Wild Card Society: The Hunt

Linda Mignani

W0401760

Wild Card Society: The Hunt
© 2016 Linda Mignani, alle Rechte vorbehalten
Korrektorat M. S.
© Covergestaltung: Sabrina Dahlenburg
(www.art-for-your-book.weebly.com)

Sämtliche Personen in diesem Roman sind frei erfunden. Dieses eBook darf weder auszugsweise noch vollständig per E-Mail, Fotokopie, Fax oder jegliches anderes Kommunikationsmittel ohne die ausdrückliche Genehmigung des der Autorin weitergegeben werden.

ISBN-10:1523438975
ISBN-13: 978-1523438976

Für meine Leser.

Die besten auf dieser Welt.

♦ ♥ ♣ ♠

Kapitel 1

Es hätte alles so perfekt sein können, rosarot und einfach. Na klar! Desillusioniert starre ich auf meinen Milchkaffee, dessen Schaum genauso vergänglich ist wie der Liebesschwur meines Ex Leander Wilcock, der Stachel in meinem Dasein. Süß sind die drei Worte ihm stets von den Lippen getropft, die bei mir bis zum heutigen Tag einen bitteren Nachgeschmack hinterlassen, der trotz meiner Bemühungen hartnäckig verbleibt. Ich hätte es gleich wissen müssen, dass jemand mit einem Bände sprechenden Namen nichts Gutes bedeuten kann. WilCOCK! Cockroach, die Küchenschabe. Cock, der Schwanz. Cock, der Gockel. All das passt auf ihn. Heftig rühre ich in der Tasse herum, sodass die sahnige Flüssigkeit überschwappt und auf dem Holztisch landet. Ich greife nach einer Serviette und tupfe die Schweinerei auf.

In diesem Augenblick ärgere ich mich nicht über die betrügerische schleimige Abflusskakerlake, sondern über mich selbst. Ich muss es endlich schaffen, meine Gefühlswelt zu resetten und dafür existiert nur ein Heilmittel: Ich brauche einen Mann, der mich zwar nicht auf Händen trägt, der jedoch richtig heiß auf mich ist und mir mein Selbstwertgefühl durch schwindelerregenden Sex zurückgibt. Für das Ego einer Frau gibt es nichts Besseres als einen Kerl, der ihr einen herrlich heilsamen Orgasmus verschafft. Aber wo soll ich ein derartiges Exemplar herbekommen? Die Arbeit in der Anwaltskanzlei beansprucht meine ganze Kraft, Zeit und Persönlichkeit. Mir fehlt schlichtweg die Gelegenheit und die Energie, um jemanden abzuschleppen oder vielmehr mich abschleppen zu lassen, weil ich leider zu der schüchternen Sorte gehöre. One-Night-Stands sind schwieriger zu finden, als ich es für möglich gehalten hätte, und die zwei, die mich nach der Trennung von Leander vögelten, waren Heißluftpistolen, die nicht einmal heiße Luft verschossen haben. Sie hatten ihren Spaß - im Gegensatz zu mir. Mich schaudert es, sobald ich daran zurückdenke. Ich muss mir meinen nächsten Lover besser aussuchen. Allerdings wirklich nur für eine Nacht, vielleicht zwei, denn von einer Beziehung habe ich erst mal die Nase voll. Irgendwie!

Man sagt, dass die Zeit jede Wunde heilt, doch das kann ich mir momentan nicht vorstellen. Ob ich jemals wieder für eine neue Liebe bereit bin, steht in den Sternen. Dennoch horte ich die Hoffnung, wie einen kostbaren Schatz in meinem Herzen, dass ich eines Tages erneut Vertrauen fassen kann, um noch einmal dieses herrliche Gefühl zu erleben, das einen mit einer Stärke durchdringt, bis es alles andere ausblendet. Liebe ist das wundervollste Geschenk und sie erhellt den Kosmos mit Licht und Farbe.

Mein dunkler, grauer Zustand muss sich ändern und dazu werde ich meine Woche Urlaub nutzen. Es muss doch ein Mann zu finden sein, der den Namen auch verdient, und weiß, was er tut. Deswegen sitze ich im *Mephisto,* warte auf Kay, meine beste und überhaupt nicht schüchterne Freundin, die wahnsinnig aufregende Neuigkeiten für mich hat, die mich aus meiner Misere erlösen sollen. Am Telefon wollte sie mir nichts Genaues verraten und mein Neugierdepegel hat längst den Zenit überschritten.

Seit ich in einen Vorort von London gezogen bin und mein Leben sich in ein Hamsterrad verwandelt hat, ist sie meine Vertraute. Nach Leander war sie es, die mich davor bewahrt hat, an Liebeskummer und Überarbeitung einzugehen. Moderne Sklaverei ist die passende Bezeichnung für meinen Job. Jedoch muss ich zugeben, dass meine Tätigkeit auch spannend ist und ich als Anwaltsgehilfin nicht Bänder tippe, sondern eine Aufgabe erhalten habe, für die ich ganz allein verantwortlich bin. Zurzeit digitalisiere ich alle Fälle und bringe eine neue Ordnung in das Ablagesystem. Die alten Fälle speise ich in das System ein, und übertrage die neueren vom umständlichen in das verbesserte Programm. Ich arbeite eng mit den Programmierern zusammen, darf Änderungswünsche weitergeben und diese Freiheit macht mir Spaß. Schon oft haben die Anwälte der Kanzlei meine Begabung genutzt. Was ich einmal gelesen habe, vergesse ich nie wieder. Seit sie mich eingestellt haben, braucht niemand mehr aufwendig nach Akten zu suchen, sofern ich die Akte kenne. Das, was ich in den Computer einspeise, ist auch in meinem Gedächtnis archiviert. Natürlich nicht wortwörtlich, aber ich merke mir die Fallnamen, die Klienten und worum es geht. Zudem vertritt *Cipolla and Denbar* die Upperclass Englands. Wenn ich es schaffe, mindestens fünf Jahre dort zu überleben, kann ich mir aussuchen, wo ich danach arbeiten möchte und das zu einem angemessenen Gehalt. Allerdings habe ich bereits nach einem Monat festgestellt, dass fünf Jahre eine verteufelt lange Zeit sind und ich eher früher als später wahrscheinlich unter einem Burn-out leiden werde, von dem ich mich nicht so schnell erhole. Ich stecke in einem Dilemma: Arbeit versus Leben.

Eigentlich wäre ich selbst gern Anwältin geworden, doch das Leben hatte andere Pläne für mich, allen voran die fehlenden finanziellen Mittel. Aber ich bin froh über das, was ich bereits geschafft habe: von ganz unten in die Mittelschicht. Ich will nicht nach Sternen greifen, die außerhalb meines Sonnensystems herumsurren. Der Stern, auf dem ich verweile, ist mehr als genug. Faktisch war meine Planung mit Leander abgeschlossen. Er war mein Sternenstaub, der sich jedoch als Asche entpuppt hat. Es sollte nicht sein und wenigstens jagt der Gedanke an ihn keine Dornen mehr in mein Herz, nur kleine fiese Nadeln, okay, mittelgroße fiese Nadeln.

Ich schiele auf die Uhr meines Smartphones, weil Kay wie immer zu spät ist, also nutze ich die Gelegenheit, meinen Blick durch das Café schweifen zu lassen. Das cremefarbene Interieur, die mit einem Rosenstoff bezogenen Polster, wirken nicht altbacken, sondern romantisch, modern, schick und gemütlich. Ich ertappe mich dabei, wie ich auf ein Pärchen starre, das eng nebeneinander auf einem der Polsterbänke sitzt. Er hält ihre Hand in seiner und flüstert ihr etwas ins Ohr, das sie lächeln lässt. Ich sehe förmlich, wie ein giftgrüner Troll auf meiner Schulter Platz nimmt, und spüre augenblicklich ein schlechtes Gewissen. Erleichtert bemerke ich daher Kay, die atemlos auf mich zueilt. Sie schafft es sogar bei Regenwetter, wie ein Sommertag zu wirken und ihr tizianrotes Haar leuchtet mit dem azurblauen Kurzmantel um die Wette. Allerdings bewegt sich Kay ungewohnt steif, als plage sie ein besonders gemeiner Muskelkater.

„Ava", ruft sie, und sobald sie mich anlächelt, vergesse ich ihr Zuspätkommen. Auf Kay kann man einfach nicht böse sein. Außerdem gibt es weitaus schlimmere Vergehen. Ich habe gelernt, mich über Nichtigkeiten nicht aufzuregen, sie sind der Mühe nicht wert. Wenn man so erschöpft ist wie ich, muss man lernen, seine winzigen Reserven zu pflegen. Sie beugt sich zu mir runter, ächzt dabei und küsst mich dann auf beide Wangen. Sie ist ebenso zierlich, wie sie quirlig ist und ihr wilder Bob passt zu ihrem ovalen Gesicht und den blauen Augen. „Ich weiß, ich bin zu spät, aber ich habe einfach kein Taxi bekommen."

„Ein Taxi?" Normalerweise hasst Kay Taxis und läuft, wann immer sie es kann. Bewegung ist für sie essenziell.

Sie zieht sich den Mantel aus, wirft ihn über meinen und zum Vorschein kommen ein Rollkragensweater und enge Jeans, bei denen es mich wundert, dass sie nicht platzen, als sie sich ungelenk hinsetzt, sogar leise aufstöhnt, als würde ihr Po schmerzen, sobald er den Stuhl berührt. „Laufen geht heute kaum", sagt sie und zu meinem Erstaunen errötet sie. „Zum Glück gibt es Stretchjeans."

Misstrauisch betrachte ich den Rollkragen und sie bemerkt meinen Blick. Versteckt sie etwa Knutschflecke?

„Ich muss dir was erzählen, aber du musst mir zuerst versprechen, dass du mich nicht verurteilst und mir außerdem schwörst, dass du mit niemanden darüber redest. Mit niemandem! Das meine ich todernst."

Ich schaffe es nicht, etwas auf diese mysteriöse Bombe zu erwidern, weil die Bedienung an unseren Tisch tritt. „Was darf ich euch bringen?"

Wir bestellen zwei Salate mit Brot und Saftschorlen, während ich mich kaum zügeln kann, da Kay meine Neugierde aufs Höchste anstachelt, da sie sich das erste Mal, seitdem ich sie kenne, derart seltsam benimmt. Allerdings läuft mir eine Gänsehaut über den Körper und meine Arme prickeln, als wüsste meine Hülle bereits mehr als ich. Verschwörerisch sieht Kay sich um, ehe sie einen Umschlag aus der Innentasche ihres Mantels zieht. Sie legt ihn auf den Tisch.

Ava Silver

steht in einer geschwungenen Handschrift in schwarzer Tinte auf dem edel aussehenden roten Papier. Ich habe noch nie eine dermaßen schöne Handschrift gesehen. Sie ist gleichmäßig, elegant und ich weiß einfach, dass sich etwas Außergewöhnliches in dem Umschlag befindet. Reflexartig will ich nach ihm greifen, jedoch platziert Kay ihre zierliche Hand darauf, bevor es mir gelingt.

„Noch nicht", wispert sie und ich fühle mich, als würde sie mir einen Leckerbissen vorenthalten, obwohl er mir vor der Nase baumelt und bereits meine Lippen mit einem Tropfen geschmolzener Schokolade benetzt hat.

Ich unterdrücke den Reiz, sie vors Schienbein zu treten, weil mich ihre Geheimniskrämerei beinahe platzen lässt. „Kay, was soll das alles?"

„Wenn du den Umschlag an dich nimmst, akzeptierst du ihre Bedingungen und das Spiel beginnt."

Ich kann nicht anders, als mit den Augen zu rollen. *Ihre Bedingungen!* Was soll das denn bedeuten? Was für ein Spiel?

Kay nimmt einen tiefen Atemzug, als müsste sie Kraft sammeln, um mir eine schreckliche Beichte zu machen. „Ich hatte am Wochenende den besten, heißesten und unglaublichsten Sex meines Lebens."

Irgendwie ist mein Hals ausgetrocknet und mein Herzschlag legt drei Takte zu. Ich packe meinen Milchkaffee und trinke die Tasse leer. Kay hat ständig guten Sex, aber ich habe sie noch nie so gesehen: Ihre Augen glänzen verträumt, sie lächelt … gierig. Zudem wirkt sie wie ein Aufziehspielzeug, das man bis zum Anschlag aufgezogen hat, und das jeden Moment losschnellen wird, um etwas Überraschendes zu tun, was sie in höchste Verzückung versetzt. Erneut huscht ihr Blick durchs Café, das um diese Zeit zwar voll ist, aber die Tische stehen weit genug auseinander, um Privatsphäre zu gewährleisten, sofern man nicht wie meine Omi brüllt, wenn sie telefoniert.

„Was meinst du mit unglaublich?" Ich denke gerade daran, wie sie sich bewegt, als würde besonders ihr Po schmerzen. Oder ist sie einfach nur wund?

Kay leckt sich über die Lippen. „Schwöre es mir, Ava."

Weil ist sonst wirklich platze, tue ich es. „Ich schwöre es dir."

„Sie haben mich …"

„Sie? Du meinst zwei Männer?", platzt es aus mir. Oh mein Gott! Ich finde nicht einmal einen Mann und Kay war mit zwei Lovern im Bett.

„Zwei Master." Sie schlägt die Lider nieder und ich habe vor heute nicht gewusst, dass sie so stark erröten kann.

„Master? Was? Du meinst …?" Handschellen und Gerten schweben lockend vor meinem inneren Auge.

„Zwei dominante Männer haben mich unterworfen, mich gezwungen meine Grenzen neu zu stecken und die bestehenden vorher auszuweiten."

Ich starre ihr direkt in die blauen Augen und sie blinzelt nicht, während mein Gehirn versucht zu begreifen, was sie gerade gesagt hat.

„Unterworfen! Gezwungen!“, wiederhole ich, als wäre ich nicht mehr fähig selbstständig zu denken.

Sie grinst lüstern bei der Erinnerung „Ja. Sie haben mir gründlich den Arsch versohlt, Dinge mit mir gemacht, die ich nie für möglich gehalten hätte, ehe sie mich gevögelt und ich so viele Orgasmen bekommen habe, dass ich sie nicht zählen konnte“, flüstert sie.

Ich weiß einfach, dass sie weder übertreibt, noch lügt. Blinzelnd wie eine Schnee-Eule starre ich meine Freundin an und klappe meinen offenstehenden Mund zu, unfähig etwas zu sagen, obwohl ich das nicht unkommentiert lassen kann. *Das kannst du nicht glauben*, rede ich mir ein.

Kay will mich bestimmt nur veralbern, weil wir uns einmal nach einer Flasche Wein unsere geheimsten sexuellen Fantasien offenbart haben, und dazu gehörte bei uns beiden, die Vorstellung von glühenden Popos, die wir über den unnachgiebigen Knien von harten Feuerwehrmännern bekommen, die uns bei einer Wanderung gejagt und gefangen haben, weil wir unerlaubt ein Lagerfeuer im Wald angemacht haben. Aber das waren nur Fantasien gewesen. Und wo zum Teufel hat Kay gleich zwei Männer … Master gefunden, die ihr diesen Wunsch erfüllten?

„Du hast zwei One-Night-Stands auf einmal ergattert und sie davon überzeugt, dass du auf BDSM-Spiele stehst?“ Und das, während ich völlig erschöpft auf der Couch lag und bei *Winter's Tale* eingeschlafen bin, in meinem schlabbrigen Wohlfühlpyjama mit einer Giraffe auf dem Oberteil und dem durchgescheuerten Schritt.

Kay hat mir erzählt, dass sie zu einer Party eines Arbeitskollegen eingeladen war, die irgendwo auf dem Land stattfinden sollte, und dass sie dort übers Wochenende bleiben wollte. Sie hat mich eiskalt angelogen!

Ich stelle ihre gewisperten Leckerbissen trotz meiner Bedenken nicht infrage, denn Kays Körperhaltung spricht Bände. Sie sitzt auf dem Stuhl, als befänden sich glühende Kohlen unter ihrer Haut. Und ihre Mimik! Sie sieht nahezu ekstatisch aus und erweckt bei mir den Wunsch, genauso fühlen zu können wie sie, ihr Erlebnis zu meinem zu machen.

„Nicht ich habe sie gefunden, sondern sie mich. Aber mehr darf ich dir nur verraten, falls du die Einladung akzeptierst. Auch ich durfte zu niemandem ein Wort sagen. Es tut mir leid, dass ich dir nicht die Wahrheit sagen konnte." Sie sieht auf ihre Hand, unter der der Umschlag, wie ein kostbares Geschenk liegt.

Ich muss zugeben, dass ihre geschickt eingesetzte Psychologie erfolgreich ist. Ich muss unbedingt bis in kleinste Detail wissen, was mit Kay passiert ist und was in der Einladung steht. Welcherart das Spiel ist, das mir schon jetzt im Kopf herumspukt. In meinem ganzen Leben bin ich noch nie auf etwas dermaßen neugierig gewesen. Außerdem schlägt meine Fantasie Kapriolen und mein Körper kribbelt bei dem Film, der sich in meinem Kopfkino abspielt. Ich will das, was Kay erlebt hat. Ich will die harte Hand eines Mannes spüren, der mich sexuell dominiert und mich kurzfristig vergessen lässt, wer ich eigentlich bin. Ich will mich fallen lassen, in kompetente Hände, dessen Besitzer weiß, was er macht und tun muss, um an meinen Kern heranzukommen. Meine Sehnsüchte gehen weit über das hinaus, was ich Kay gestanden habe und anscheinend hat sie das bekommen, wonach ich mich im Geheimen verzehre. Allerdings habe ich auch nie daran geglaubt, dass meine devoten Neigungen jemals auf einen Counterpart treffen würden, der mir gibt, was ich brauche, der mich zwingt, zu akzeptieren, was er mir gewährt, um meine Bedürfnisse zu erfüllen, egal, wie demütigend oder schmerzhaft es auch sein mag.

Kay muss die Gier in meinem Blick bemerken, denn sie lächelt wissend. „Wenn du den Umschlag nimmst, und ihn aufmachst, die Einladung herausnimmst, gibt es kein Zurück mehr. Brichst du das Siegel, akzeptierst du den Vertrag. Sie werden darauf bestehen."

Sie? Darauf bestehen! Diesmal fühle ich ein warnendes Kratzen auf meinem Leib, das meine Kopfhaut erreicht, mir eindringlich davon abrät, den nächsten Schritt zu machen. Allerdings bin ich längst losgesprintet, renne aus ganzer Kraft und Nichts und Niemand vermag mich aufzuhalten, am wenigsten ich mich selbst.

„Kay, du machst mir Angst." Sie wirkt auf einmal fremd auf mich und irgendwas ist anders an ihr. Meine beste Freundin hat sich verändert, seitdem ich sie vor zwei Wochen zum letzten Mal gesehen habe. „Von wem redest du? Woher sollen SIE wissen, dass ich in den Umschlag gesehen habe, oder wie du es nennst, das Siegel breche?"

„Nicht so laut, Ava!"

Schon jetzt bin ich hochgradig aufgekratzt und muss zugeben, dass ich mich ewig nicht mehr dermaßen lebendig gefühlt habe, als hätte jemand über mir die Sonne eingeschaltet und alles erstrahlt in frischen brillanten Farben.

Ausgerechnet in diesem Augenblick kommt unser Essen und ich kann es kaum erwarten, bis die blonde Kellnerin unseren Tisch verlässt, damit ich dieses höchst bizarre und aufreibende Gespräch weiterführen kann. Meine Finger gieren danach, den Umschlag an sich zu reißen, obwohl mein Verstand mich nachdrücklich davor warnt. Und jetzt muss ich auch noch erst meinen Salat essen, bis ich diesem Trieb endlich nachgeben kann. Ich weiß, wie kindisch, albern und dumm es ist, mich derart beeinflussen zu lassen. Dennoch komme ich nicht dagegen an. Schließlich ist es Kay, die mir diesen Champagnertrüffel vor die Nase hält, die Person, die mich am besten kennt, die weiß, was mir guttut, die immer für mich da war und ist, wenn ich sie brauche. Mein Misstrauen, meine inneren Warnsignale verblassen und ich kann es nicht mehr aushalten. Sobald wir wieder alleine sind, schnappe ich mental nach der Versuchung und es ist mir in diesem Moment schlichtweg egal, sollte der Apfel vergiftet sein. Wer will schon wissen, ob Schneewittchen nicht den irrsten Trip erlebt hat, ehe der Prinz sie wachküsste?

„Sie wissen es, Ava. Das macht das ganze Spiel so scheiße aufregend. Wenn du dich traust, bekommen sie dich."

Mein Magen flattert und vergessen ist jegliche Erschöpfung. „Für immer?"

„Nein." Sie kichert und leckt sich über die Unterlippe und ihr dunkelrosafarbener Lippenstift ist kaum noch sichtbar. „Erst mal für das nächste Wochenende."

Ich starre auf das Papier. Kay hat ihre Hand zurückgezogen. Ich brauche nur danach zu fassen, darauf zu warten, was passiert. „Du darfst mir keine Fragen vorab beantworten? Woher sollen sie …?"

„Ava! Wo bliebe der Nervenkitzel, wenn du wüsstest, worauf du dich einlässt? Du sehnst dich danach, der grausamen Tretmühle zu entkommen und der Schlüssel zu all diesen Träumen liegt vor dir."

Ich muss den verrückten Gedanken in Worte fassen. „Bist du verkabelt?"

Meine beste Freundin lässt sich nicht dazu hinreißen, mir zu antworten. Werden wir beobachtet? Ehe ich mich beherrschen kann, schweift mein Blick durch das *Mephisto*. Doch ich sehe keine Männer mit schwarzen Anzügen und Sonnenbrillen. Ich bin keine Heldin in einem Blockbuster, bei dem man die Verdächtigen durch ihre Kleidung oder dramatische Musik auf der Stelle erkennt, obwohl Kays Verhalten oscarwürdig anmutet.

Kay lässt mir Zeit, trinkt einen Schluck von der Saftschorle und beobachtet genau, was ich tue. Der Schlüssel zu all meinen Träumen …

Trau dich!

Ich tue es, greife nach dem Umschlag, dessen Papier sich genauso hochwertig anfühlt, wie es aussieht. Samtig liegt er in meiner Hand, verführerisch und unwiderstehlich. Mein Herzschlag trommelt in einer wilden Melodie, die ich nicht verstehe, die mich dennoch durchdringt. Kay verbleibt stumm, als wollte sie mich nicht beeinflussen.

Von wegen!

Der leichte Umschlag wiegt schwer. Ich drehe ihn um und ignoriere meine zitternden Finger. Die Rückseite ist bis auf das Siegel leer. Dunkelrotes Wachs mit den geschlungenen Initialen

WCS.

Was sie wohl bedeuten? Gehören sie zu einer Person? Zu einem Mann? So etwas habe ich noch nie in der Hand gehalten. Es wirkt altmodisch, nostalgisch, aber auch bedeutungsvoll … wichtig. Ich breche das Siegel und das Geräusch scheint in meinen Ohren zu dröhnen. Ich nehme nichts um mich herum wahr, alles, was zählt, ist das, was ich gleich zu sehen bekomme. Der Umschlag ist nicht zusätzlich zugeklebt, sodass ich den Brief herausholen kann. Das Papier ist kein gewöhnliches, das sie im Schreibwarenladen anbieten. Cremefarben, dick und die Ränder sind nicht gerade, sondern uneben und tragen zu dem edlen Material bei. Ich weiß einfach, dass ich keine Bagatelle halte.

Das Papier ist in der Hälfte gefaltet und ich breite es aus, wappne mich allerdings ein paar Atemzüge lang, ehe ich den Mut aufbringe, die Wörter zu lesen, die mein Schicksal bestimmen, zumindest für eine Zeit lang, sofern ich Kay glaube. Ich starre dermaßen angestrengt auf das Papier, dass die Buchstaben mir zuerst vor den Augen verschwimmen, ehe ich sie fokussieren kann. Die wunderschöne Handschrift zieht mich erneut in ihren Bann.

Die Wild Card Society freut sich, Ava Silver, am 9. Oktober begrüßen zu dürfen.

Das ist alles. Ich sehe Kay an, doch sie schüttelt den Kopf. „Gedulde dich, Ava. Noch ehe du zu Bett gehst, weißt du mehr. Aber eines darf ich dir bereits jetzt verraten: Das wird der Fick deines Lebens."

Normalerweise benutzt Kay eine etwas weniger krude Sprache. Wir sehen uns an und brechen beide in ein Gelächter aus, das die Spannung auf meiner Seite jedoch nicht bricht. Ich komme wir vor, als würde ich in einem Labyrinth voller Rätsel herumirren und wenn ich eins gelöst habe, führt es mich zum Nächsten. Der 9. Oktober ist der kommende Freitag und heute ist erst Montag. Ich weiß nicht, wie ich die Tage überstehen soll, ohne vor Nervosität verrückt zu werden.

Adieu Entspannung! Hallo Nervenbündel!

„Meinst du es wirklich ernst, dass ich nicht zurückkann? Was soll die *Wild Card Society* mir schon antun? Mich vor Gericht zerren? Mich zwingen …?"

Kay fasst über den Tisch und nimmt meine Hand. „Kein Ausweichen, kein sich aus der Schlinge herauswinden, kein Nein. Und sie haben ihre Methoden, um deine Kooperation zu bekommen, und zwar ohne Wenn und Aber."

Methoden? Ein wiederkehrendes aufgeregtes Kribbeln erfasst mich und ich wünsche mir beinahe, dass ich den Umschlag nicht berührt hätte. Allerdings merke ich auch deutlich, wie sehr es mir gefällt in dieser Situation zu stecken, bei der ich nicht die geringste Ahnung habe, wohin sie mich führt. Aufregend!

„Darfst du gar nichts mehr dazu sagen?"

„Doch. Ich darf nur nicht zu sehr ins Detail gehen."

„Wie bist du an die Einladung für mich gekommen? Ist sie von dir?"

„Meine Master waren so zufrieden mit mir, dass sie mir eine *Wild Card* geschenkt haben, die ich an eine Person meines Vertrauens weitergeben darf. Und da ich weiß, wovon du träumst, war meine Wahl logisch. Außerdem bist du vertrauenswürdig. Du erzählst mir nie von den Fällen aus der Kanzlei und wen genau *Denbar and Cipolla* vertritt."

„*Cipolla and Denbar*", korrigiere ich sie automatisch. „Und du hast auch so eine Einladung bekommen? Von wem?"

Ich beiße in das mit Olivenöl beträufelte knusprige Brot, weil ich auf einmal einen schrecklichen Hunger habe. Das muss die Aufregung sein.

„Ja, ich habe auch so eine Einladung bekommen und steckte in der gleichen Situation wie du." Kay beißt in eine Scheibe Brot, kaut und schluckt, ehe sie weiterspricht. „Von wem darf ich dir nicht verraten."

Natürlich nicht. Ihre ausweichenden Antworten zügeln nicht meine Neugierde, sondern fachen sie unermesslich an. „Und wie geht es jetzt weiter? Gibst du mir die Adresse und ich fahre dort am Freitag alleine hin?" Die Vorstellung liegt plötzlich wie ein Klumpen Eis in meinem Magen und ich lege das Brot auf den Teller. Das erscheint mir wenig verführerisch.

„Keine Angst, Ava. Du wirst das Nötige erfahren und warst von dem Moment an nicht allein, an dem du das Siegel gebrochen hast. Jetzt lass uns unser Essen genießen und nach dem Wochenende können wir fast über alles frei sprechen. Du wirst eine Menge zu erzählen haben." Sie kichert. „Einen Sack voller schlüpfriger Details, die deinen Anspruch an deinen zukünftigen Sex deutlich erhöhen werden."

Habe ich gerade den dämlichsten Fehler meines Daseins gemacht? Oder den Besten, weil es mein Leben, zumindest kurzfristig, in eine neue unerwartete Bahn wirft? Bekomme ich endlich meine Chance auf eine heiße tabulose Nacht, ganz ohne Fallstricke und einschränkende Emotionen? Eine Nacht, bei der man nur körperlich fühlt, spürt, wie noch nie zuvor? Dass ich im *Mephisto* sitze, ist auf einmal unwirklich, als würde ich träumen und mir selbst dabei zusehen.

„Warte einfach, was gleicht passiert, Ava." Lächelnd trinkt Miss Mata Hari einen Schluck und grinst anschließend.

♠♣♥♦

Die Anspannung auf meiner Seite legt sich, denn Ava Silver hat das Siegel gebrochen, konnte der Versuchung nicht widerstehen und musste ihre Neugierde befriedigen.

Neugierde ist das, was die menschliche Spezies so intelligent macht, der stete Drang nach Wissen. Doch diese Neugierde kann auch verhängnisvoll sein und sie macht uns manipulierbar. Eine geschickt eingestreute Andeutung kann Dinge in Gang setzen, die unumkehrbar sind. Jeder möchte wissen, was sich hinter der geschlossenen Tür abspielt, wozu das Geräusch, der Laut gehört, der an empfindsame Ohren dringt. Für einen Moment habe ich tatsächlich befürchtet, dass Ava nicht in die Falle tappt, dass ihr Intellekt sie nachdrücklich davor warnt, einer gefährlichen Versuchung nachzugeben. Doch sie hat nachgegeben und jetzt gehört sie mir, mit all dem Wissen, das sich in ihrem hübschen Köpfchen befindet.

Zunächst allerdings werde ich mich ausgiebig mit ihrem Körper befassen, ehe ich an das herankomme, worauf ich es eigentlich abgesehen habe. Job and Pleasure - die willkommenste Mischung überhaupt.

Bei einem flüchtigen Blick ist sie nicht so strahlend wie Kay, doch das sind die Interessanteren meistens nicht. Die beiden sind das klassische Beispiel von besten Freundinnen, bei der die eine immer im Schatten der anderen steht, beide jedoch mit dem unbewusst geschlossenen Arrangement zufrieden sind. Nicht jeder ist dazu gemacht, im Scheinwerferlicht zu stehen, die Sängerin zu sein, anstatt im Hintergrund zu verbleiben, den richtigen Rahmen zu liefern, sodass der Star wirklich erstrahlt. Dazu muss man über ein ganz eigenes Talent verfügen und im Laufe meines Lebens habe ich diese Fähigkeit zu schätzen gelernt. Die moderne Welt strebt so sehr nach Perfektion, dass sie sich mit Freuden an Oberflächlichkeit sättigt, die mein Interesse lediglich anregt. Ich mag es rauer und ungeschliffener. Und ich bevorzuge Silber vor Gold. Äußerst passend!

Ava Silver, ein klangvoller Name für eine Blume, die allerdings kaum erblüht ist. Bei mir wird sie es, jedoch nicht im Sonnenschein, sondern unter dem kühlen Mondlicht in einer ansonsten tiefschwarzen Nacht. Ich werde über sie wie eine plötzliche Dämmerung hereinbrechen und es wird zu spät für ein Entkommen sein, wenn sie schlussendlich merkt, worauf ich aus bin.

Sie bewegt ihren Kopf und das lenkt meinen Blick auf sie. Das Schönste an ihr sind ihre Haare, die in einer dichten Masse bis zur Mitte ihres Rückens fließen. Sie verlocken einen Mann dazu, seine Hände in der karamellfarbenen Fülle zu vergraben. Es ist ihre natürliche Haarfarbe und das Braun ist vielfältig. Aber das ist nicht alles, was mich an Karamell erinnert.

Sie hat von allem ein bisschen zu viel für den Geschmack der Jüngelchen in den Kontaktbörsen. Meinen jedoch trifft Ava. Ein paar Pölsterchen sind von Vorteil, bei dem, was ich mit ihr vorhabe. Außerdem bewahren sie diese davor, allzu selbstsicher wegen ihres Aussehens zu sein, sich nach dem Desaster mit ihrem Ex einfach zurück ins Getümmel zu stürzen und sich mit einem x-beliebigen Kerl zu vergnügen. Obwohl sie das zweimal gemacht hat. Allerdings waren sie keine zufälligen Bekanntschaften, so wie sie es gedacht hat.

Sie waren Stümper im Bett und haben sie noch leerer und unerfüllter zurückgelassen, genau nach meinen Anweisungen. Nein, sie wartet auf jemanden wie mich, der ihre Vorzüge zu schätzen weiß. Für mich ist sie zum Anbeißen und ich will mehr als nur ihre oberste Schicht anlecken. Ich gebe erst Ruhe, sobald ich an das saftige Innere herankomme, um es vollständig zu verschlingen.

Sie isst langsam und schaut sich immer wieder im *Mephisto* um, versucht herauszufinden, ob sie beobachtet wird, und nimmt mich nicht wahr. Mein verwaschenes T-Shirt, die Brille und das Baseballcap erfüllen ihren Zweck. Allerdings bin ich nicht der Einzige, der ein Auge auf sie hat. Die Society hat das Gespräch überwacht und ich werde Ava gleich ansprechen und sie mitnehmen, sodass sie den Papierkram und die nötigen Untersuchungen erledigen können, damit am Wochenende alles reibungslos verläuft. Jedoch weiß die Society nichts von meinen Absichten, die erheblich über das Spiel hinausgehen.

Ava bestellt sich einen Tee, nachdem sie mit dem Essen fertig ist, obwohl sie sichtlich nervös ist und am liebsten sofort das Lokal verlassen würde. Doch sie kämpft tapfer dagegen an. Ich bin gespannt, wie weit ihre Selbstbeherrschung reicht, sobald sie mir gehört und unter meinen Händen schreit, weint und kommt, bebt, zittert und stöhnt, bis sie vergisst, wer sie ist und mir gibt, wonach ich verlange, weil sie keinen einzigen klaren Gedanken mehr fassen kann. Ein Verhör der besonderen Art. Natürlich muss ich sie zuerst an mich binden. Das ist leichter, als sich die meisten eingestehen wollen. In der heutigen schnelllebigen Welt vegetieren viele einsame Herzen, die sich im Grunde genommen nur nach Liebe, Aufmerksamkeit und Zuneigung sehnen. Außerdem habe ich diesen Zustand bei ihr forciert.

Die Vorstellung, dass sie sich mir widersetzt, ich mich richtig anstrengen muss, um zu erfahren, was ich will, macht sich pochend in meinem Schwanz bemerkbar. Ich bin noch nie jemand gewesen, der den einfachen Weg, der sich in Serpentinen den Berg hinaufschlängelt, bevorzugt. Ich nehme die Nordwand, mit dem steilsten und gefährlichsten Aufstieg, um den Gipfel zu erreichen und dort meine Früchte zu ernten. Über Kay bin ich an Ava herangekommen, die die Einladung von einem Freund von mir erhalten hat. Lange habe ich meinen Plan vorbereitet, und dass die Rädchen vollendet ineinander passen, ist mehr als nur erleichternd. Was ich ihr alles antun kann …

Mir wird tatsächlich heiß und ich dränge meine Libido zurück, was mir ehrlich gesagt nicht leicht fällt - verflucht schwer sogar. Caramella spricht mich an, stärker als ihr lieb sein kann. Das Kosewort ist perfekt für sie und ich werde es ausgiebig nutzen.

Ava trägt eine zu weite weiße Bluse, dabei würde eine engere ihren Busen weitaus besser in Szene setzen. Wahrscheinlich wirkt sich die Arbeit in der konservativen Kanzlei des Grauens auch auf ihr Privatleben aus, falls man die paar Stunden, die ihr in der Woche verbleiben, so nennen kann. Ihr Arbeitgeber frisst sie bei lebendigem Leib auf, und Ava lässt es in der Hoffnung geschehen, dass es ihrer Karriere nachhaltig hilft. Jedoch weiß sie nicht, für wen genau sie wirklich tätig ist. Aber ich weiß es. Sie wird mich für den Teufel halten, sobald sie begreift, was ich von ihr will. Dabei bin ich ein Engel im Vergleich zu …

Die mir zu bekannte Kälte steigt in mir auf und ich schneide den Gedankenstrang ab, ehe er mich überwältigt. Ich darf nicht zulassen, dass Emotionen mich beeinflussen. Erbarmungslos und berechnend muss ich sein, mein Gewissen ausschalten und nicht an die Blume denken, die ich in den Boden stampfen werde, nachdem ich jedes einzelne zarte Blütenblatt geschreddert habe.

Ich stehe auf und laufe direkt auf sie zu, fange ihren Blick auf und sie sieht mich kurz an, erkennt nicht die von mir ausgehende Gefahr. Sie erwidert sogar mein Lächeln, unverbindlich, höflich und hat mich im selben Moment schon vergessen. Das wird sich sehr bald ändern, derart, dass Ava mich nie mehr vergessen wird.

Ich trete in den regnerischen Tag, spüre die kalten Tropfen auf der Haut, doch sie vermögen den sengenden Hass, der trotz meiner Bemühungen in mir aufsteigt, nicht zu löschen. Er lodert, brennt, walzt durch meine Seele, mein Herz, bis ich glaube zu verglühen. Niemand sieht die Tränen, die mir über die Wangen laufen und sich mit dem Regen vermischen. Ich erlaube mir den kurzen Luxus. Schnellen Schrittes laufe ich in das Parkhaus. Ich muss mich beeilen und mich umziehen.

♠♣♥♦

Warm liegt der Becher in meinen Händen, während ich ihn an meinen Mund führe und den letzten Schluck austrinke. Der Tee tut seine Wirkung. Ich habe ihn kannenweise nach der unsanften Trennung von Leander inhaliert. Ich ermahne mich im selben Moment und nehme mir vor, nicht mehr an ihn zu denken, nicht an den Augenblick, als ich ihn mit unserer Putzfrau Natascha im Bett erwischt habe, er sie geleckt, und wie sie dabei gestöhnt hat. Wie sich das alles angehört hat! Das war fast schlimmer gewesen, als die Drecksau mit der Schlampe zu sehen.

„Ava, hör sofort auf damit.“ Kay legt eine Hand auf meinen Unterarm. „Du grübelst schon wieder über das Arschloch nach, und wenn die Tasse aus feinem Porzellan wäre, hättest du sie zerbrochen. Du hast jetzt reizvollere, heißere Dinge, an die du denken kannst.“

Eigentlich wollte ich längst gehen, doch Kay hat gesagt, dass wir noch bleiben … müssen. Ich kann diese Anspannung kaum aushalten.

Mühsam entkrampfe ich meine Finger und stelle die Tasse auf den Tisch, nehme einen tiefen Atemzug und wünsche mir, dass ich einen Ausstellknopf besitzen würde, auf den ich nur zu drücken bräuchte, um das unerwünschte Gefühl der Verunsicherung abzustellen. Ich weiß, dass mich keine Schuld an Leanders Vergehen trifft, doch nicht immer tun Verstand und Herz, was sie sollen und schon gar nicht, was vernünftig ist.

Kay lächelt mich an. „Ich versichere dir, dass du spätestens nach Freitag nie wieder an das Schwein denken wirst. Du wirst ihn vergessen, seinen schrumpeligen kleinen Schwanz und seine Rosinchen, alles, was dazugehört." Kay sagt es so inbrünstig, dass ich lachen muss.

„Du bist wirklich davon überzeugt."

„Die *Wild Card Society* sucht seine Mitglieder sorgfältig aus. Wer auch immer sich um dich kümmern wird, hat Ahnung von dem, was er tut. Nicht nur ein wenig, sondern so richtig. Ich glaube, sie kennen die weibliche Anatomie besser als die Frau selbst." Erneut wirkt sie wie eine lüsterne Fee, die sich in die Hände von Pan begibt, um sich wochenlang in Ekstase zu verlieren.

Der Umschlag! Er drängt sich in meine Gedankenwelt und mir wird abwechselnd heiß und kalt. Unschuldig liegt er in meiner Tasche, lässt sich nicht verleugnen, und obwohl ich Kay jedes Wort über die *Wild Card Society* glaube, schreit mein Intellekt, dass sie übertreibt, schamlos, um mich zu necken und zu verunsichern. Doch instinktiv weiß ich es besser, ahne, dass ich die Box der Pandora aufgerissen und in ihrem Inhalt furchtbar herumgewühlt habe, sodass ich sie nicht mehr zubekomme und mir die Auswirkungen meiner Neugierde zum Verhängnis werden könnten.

„Es ist Zeit zu gehen, Ava. Bitte komm mit."

Ich zucke zusammen, denn ich habe den großgewachsenen Mann nicht bemerkt, der direkt neben unserem Tisch steht. Er ist in Schwarz gekleidet, muskulös und seine Miene ist bar jeglicher Emotion. Er hat ein schmales, hartes Gesicht und ich reagiere auf die stille Kraft, die er ausströmt. Er ist ein Mann, den man anstarrt, weil er ebenso faszinierend ist, wie eine Gewitterfront, die urplötzlich vor einem auftaucht und heimtückisch wie eine Raubkatze ist. Obwohl man weiß, dass man nicht in sie hineingehen sollte, will man genau das tun, das samtige, dichte Fell zwischen den Fingern, die Wärme des feliden Körpers und den Herzschlag des Unwetters spüren. Bevor mir bewusst wird, was ich tue, stehe ich auf und er zieht meinen Mantel unter dem von Kay hervor.

Er weiß eindeutig, was du trägst, er muss dich beobachtet haben, als du das Mephisto betreten hast.

Er ist der Kerl mit dem Baseballcap! Er hat sich umgezogen. Was wird er tun, falls ich ihm sage, dass ich es mir anders überlegt habe? Dass ich einen Fehler begangen habe?

„Möchtest du das wirklich herausfinden, Ava?“ Seine Stimme ist dunkel und fest, genauso wie man es bei seinem Anblick erwartet. Und woher weiß er, was ich denke?

Ein nachsichtiger Ausdruck ziert jetzt sein Gesicht. „Du hast zur Tür gesehen und dir überlegt vor mir wegzulaufen. Du willst meine Geduld nicht herausfordern. Oder?“

Alles an ihm warnt mich deutlich davor, es zu tun. Aber er wird mich kaum über die Schulter werfen, um mich aus dem Café zu verschleppen oder hinter mir herrennen. Außerdem muss er ein Meister darin sein, die Körpersprache und Mimik von anderen Menschen zu deuten, genau, wie Kay es von den Mastern der Society behauptet hat.

„Ich würde dich an einem anderen Ort überwältigen, vielleicht heute Nacht, während du schläfst oder auf dem Weg zur Arbeit bist. Das geht schneller und einfacher, als du glaubst. Und die Society wäre ebenso erzürnt wie ich über ein dermaßen dummes Verhalten. Aus diesem Grund werde ich deine Bestrafung persönlich übernehmen. Ich verabscheue Dummheit und ungehorsames Benehmen.“

Meine Ohren hören glasklar, was er wispert, mein Verstand versteht genau die Wörter und doch weigere ich mich, sie zu begreifen. Denn dann ist es real, nicht nur er, sondern auch die *Wild Card Society* und diese ganze surreale Situation, in der ich mich befinde! Er hält mir den Mantel galant hin, und ich schlüpfe mit den Armen hinein, tue es einfach. So einen Mann wie ihn habe ich vor ihm noch nicht kennengelernt. Er ist kein Macho, kein Windbeutel gefüllt mit Sahne und Kirschen. Ob er eine Art Vollstrecker für die *Wild Card Society* ist? Ein Master ist er fraglos. Allein die Vorstellung reicht, dass mein Körper mit wirklich unzüchtiger Begierde auf ihn reagiert. Zu was macht mich das, einen wildfremden Mann zu einem Lustobjekt zu degradieren? Ich hoffe nur, dass er nicht ahnt, was ich fantasiere, seitdem ich den ersten Blick auf ihn geworfen habe und erst recht, nachdem er den Mund aufgemacht hat.

„Ich … ich muss noch zahlen."

Er steht dicht hinter mir und beugt seinen Kopf, bis seine Lippen an meinem Ohr sind. „Das habe ich schon für dich getan. Und jetzt komm. Du wirst bereits erwartet."

Ich wünsche mir urplötzlich, dass er seinen Körper an meinen presst, sodass seine Wärme in meine Haut sickert, was auch eine Nuance von Intimität ist.

Hilfe suchend huscht mein Blick zu Kay, allerdings schlägt sie die Lider nieder und sieht den Mann hinter mir nicht an, als dürfte sie es nicht. Stattdessen sitzt sie absolut ruhig, irgendwie erwartungsvoll und ihre Atmung ist beschleunigt, etwas, das ich gut verstehen kann, weil mein Herzschlag einer Rhapsodie, die keinem bestimmten Rhythmus folgt, gleicht. Er legt eine Hand zwischen meine Schulterblätter und die Geste wirkt fürsorglich. Ich laufe vor ihm durch das Café und spüre nicht nur seine Berührung, sondern seine ganze Präsenz. Wer ist er? Wie wohl sein Name ist? Ob ich ihn danach fragen darf? Allein, dass ich mir diese letzte Frage stelle, ist ein Beweis, dass ich in einer für mich ungewohnten

Situation stecke, die mich unglaublich anmacht und mein normales Verhalten außer Kraft setzt. Ich bin zwar schüchtern, aber auch nicht auf den Mund gefallen, jedenfalls genug, um mich wehren zu können, sollte es erforderlich sein. Eine Konfrontation herbeiführen tue ich zwar nicht absichtlich, doch wenn ich in eine gerate, ziehe ich nicht den Schwanz ein.

Direkt vor dem *Mephisto* steht eine schwarze Limousine und er öffnet die Tür, hält sie einladend für mich auf. Ich zögere und bin innerlich hin und her gerissen, habe Angst, aber zugleich dringt ein Gefühl durch mich, das ich nicht genau bestimmen kann, selbst dann nicht, als ich in mich hineinhorche.

Erregung? Verzweiflung? Furcht? Neugierde? Lust?

Ich plumpse förmlich auf den Rücksitz.

„Schnall dich bitte an", sagt er, ehe die Tür ins Schloss fällt und er Sekunden später auf dem Fahrersitz Platz nimmt. Ich höre ein Klicken und weiß, dass er eine Sicherung aktiviert hat, ich jetzt mit ihm in dem Wagen gefangen bin und eigentlich in Panik geraten sollte. Das wilde Stakkato in meiner Brust, sowie meine eiskalten Hände sind zwar deutliche Indizien meiner Aufregung, aber von einer Panik bin ich weit entfernt, obwohl ich es nicht verstehe.

Der Wagen setzt sich in Bewegung und ich starre aus dem Fenster, während er aus London herausfährt. Für Small Talk fehlt mir im Moment die Geduld und ich glaube auch nicht, dass er sich darauf einlassen würde. Zuerst beruhigt mich die Stille, doch irgendwann lastet sie schwer auf mir und ich schaffe es nicht mehr, stumm zu bleiben. Irgendwie glaube ich, dass er mein Schweigen voraussetzt, und breche es dennoch. „Darf ich fragen, wohin wir fahren?"

„Ich bringe dich zur *Wild Card Society*, zu einem ihrer Ärzte, der dich untersuchen wird, damit sichergestellt ist, dass, wer auch immer dich gewinnt, gefahrlos mit dir umgehen kann. Alle Mitglieder werden regelmäßig auf Krankheiten überprüft. Außerdem wirst du ausführlich befragt, damit du den passenden Master bekommst, der dir gibt, was du brauchst."

Mein Mund ist schon wieder ausgetrocknet und ich weiß einfach, dass es eine sehr genaue Untersuchung wird, die sich nicht nur auf eine Blutabnahme und einen Abstrich beschränkt.

„Keine Angst", sagt er. „Du bist in fähigen Händen. Die Ärzte sind erfahren und sie werden dich nicht wie eine Ware behandeln, sondern wie eine Frau. Sie sind sorgfältig bei ihrer Recherche und gehen nicht leichtfertig mit den *Wild Cards* um. Die *Wild Card Society* tut im Vorfeld alles, damit dir gefällt, was dein Master mit dir macht."

Mit dir macht! Meine Klit pocht verlangend bei dem Gesagten und ich treffe seinen Blick, als er in den Rückspiegel sieht. Ich spüre, dass ich nicht nur rot werde, sondern knallrot. Mit Sicherheit weiß er, woran ich denke, was er mit seinen Andeutungen anrichtet und ich frage mich, ob mein *Master* so sein wird wie er. Ihm traue ich es zu, dass er eine Frau dazu zwingen kann zu kommen, selbst wenn sie es nicht will.

Ich unterbreche den Sog, den seine grünen Augen auf mich ausüben, und schaue auf meine Hände, die in meinem Schoß liegen.

Ich bin eine *Wild Card*!

Als wir auf der Landstraße sind, fährt er rechts ran und steigt aus, während der Motor läuft.

Er reißt die Tür auf und ich wünsche mir, dass er mich anlächeln würde, sodass ich endlich eine Regung in seinem Gesicht erkennen kann.

„Ich werde dir jetzt eine Augenbinde umlegen, weil wir zum Anwesen der *Wild Card Society* fahren. Du wirst sie nicht abstreifen. Solltest du das versuchen, bestrafe ich dich, noch ehe der Doc deine sicherlich hübsche Pussy und …" Er starrt mir auf das Dekolleté. „… deine saftigen Brüste untersuchen kann.“

Ich bin zu perplex, um darauf eine vernünftige Erwiderung zu geben. Aber diese ganze Konstellation ist so ungewöhnlich, dass ich meine normalen Standards vergesse. Wenn irgendein Kerl in einer Bar etwas Derartiges zu mir gesagt hätte, hätte ich ihm meinen Drink ins Gesicht gekippt, ohne auch nur einmal darüber nachzudenken. Er beugt sich in den Wagen und ich rieche sein Aftershave, rieche ihn und er zieht mich an, erweckt in mir den Wunsch, dass er mich küsst und ich obendrein absichtlich einen Grund herbeiführe, damit er mich bestrafen kann. Mit ruhigen Händen streift er mir eine weiche Augenbinde über, die so geschnitten und dicht ist, dass sie mir vollkommen die Sicht raubt.

„Sagst du mir, wie du heißt?“

„Nein, Ava.“

„Werde ich dich wiedersehen, ich meine nach heute?“

„Keine Fragen mehr. Du bist jetzt still. Und falls du dich fragen solltest, ob ich davor zurückschrecke dich zu fesseln und zu knebeln, dich anschließend hübsch verpackt in den Kofferraum zu werfen …“ Seine Stimme klingt belustigt. Aber nicht auf eine heitere Weise, sondern sie verursacht ein Schaudern, das über meine Haut wandert. „Ich tue es!“ Er legt mir eine Hand auf die Schulter, als wollte er mich beruhigen. „Es gilt eine Ausnahme. Du sagst mir sofort Bescheid, falls dir übel wird. Manche vertragen keine Autofahrt mit verbundenen Augen. Du solltest mich jedoch nicht anlügen, nur um sie loszuwerden.“

Als würde ich mich das trauen!

Ich spüre, dass er sich aufrichtet und ein paar Sekunden später rollt der Wagen an. Die ersten Minuten schaffe ich es, mich zusammenzureißen, doch dann überschlägt sich meine Fantasie. Es gibt nichts, was mich ablenken könnte, um mich davon abzuhalten, mich in eine Hysterie hineinzusteigern. Als würde mein unbekannter Entführer ahnen, was in mir vorgeht, erklingen plötzlich die schwermütigen Klänge von Beethovens *Mondscheinsonate*. Die Musik nimmt mich augenblicklich gefangen und ich lausche der Melodie, vergesse meine Angst und male mir nicht mehr aus, wie er mich vergewaltigt und anschließend in einen Graben wirft. Aber woher weiß er, dass ich dieses Stück über alles liebe?

Das hat Kay bestimmt der *Wild Card Society* verraten. Sie konnten nicht wissen, dass ich ihr Angebot wirklich annehme. Oder waren sie derart überzeugt, dass ich nicht widerstehen könnte, und haben mich vorab gründlich ausspioniert? Die Vorstellung, dass dies nicht nur eine verrückte Fantasie ist, das ich keinerlei Ahnung davon habe, was sie bereit sind zu tun, um mich zu bekommen, wirkt wie eine unwiderstehliche Verführung meiner Vorstellungskraft.

Was wäre wenn …?

Ich bin mitten im *Wenn* und ein *Aber* existiert nicht für mich. Mein Alltagsleben erscheint weit weg, als würde ich mich urplötzlich in einer unterirdischen Höhle wiederfinden, die so märchenhaft ist, dass es mir den Atem verschlägt. Doch jeder weiß, dass Märchen nur so faszinierend und wunderschön sind, weil böse interessante Figuren die Märchenwelt bevölkern. Ohne sie wären die Geschichten grau und langweilig. Mein Fahrer hätte bestimmt nicht die Rolle vom Frosch, der sich bei einem Kuss in einen Prinzen verwandelt. Er würde sich als ein dämonischer Sexgott entpuppen, dessen Absichten alles andere als ehrenhaft sind.

Die Melodie rauscht an mir vorbei und ich habe es längst aufgegeben zu erspüren, in welche Richtung wir fahren. Ich verliere meinen Sinn für Zeit und Raum, und als die Limousine schlussendlich anhält, könnten wir eine weitere Stunde gefahren sein oder auch zwei oder viel weniger.

Er schaltet den Motor aus und ich verkrampfe meine Finger, um mich davon abzuhalten, mir die Binde vom Gesicht zu reißen. Der Drang wütet in mir und ich bin froh, als er endlich die Tür aufmacht, sich über mich beugt, um den

Sicherheitsgurt zu lösen, aber nicht, um mir meine Sicht wiederzugeben. Er nimmt meine Hand in seine und sie ist warm, trocken, sicher. All das, was meine nicht ist. Allerdings merke ich auch, wie ich auf ihn reagiere, als er mich berührt. Wie wäre es mit ihm eine Nacht tabuloser Leidenschaft zu erleben? Ihm traue ich es zu, durch all meine Barrieren zu brechen, bis ich wieder zu mir selbst finde, vergesse, was Leander in mir ausgelöst hat und mir alles andere unwichtig erscheint, solange er sich mit mir beschäftigt.

Ich brauche unbedingt eine Auszeit und das ist der Grund, warum ich überhaupt in dieser furchtbar aufregenden aber zweifelsohne erregenden Situation stecke. Was hat Kay nur angerichtet?

„Vorsicht mit dem Kopf." Er umfasst meinen Hinterkopf und hilft mir beim Aussteigen. „Vertrau mir, ich führe dich hinein und nehme dir dann die Binde ab."

Seltsamerweise vertraue ich ihm wirklich. Er legt seinen Arm um meine Schultern und läuft langsam los. Es regnet noch immer, allerdings hören die Tropfen nach wenigen Schritten auf, aber ich bin so nervös, dass ich am ganzen Körper zittere, als würde ich ungeschützt in eisigen Regenschauer verharren. Unbewusst schmiege ich mich stärker an ihn, denn er ist im Moment der einzige Halt, den ich besitze. Er schenkt mir diese Annehmlichkeit, festigt sogar seinen Griff. Nach ein paar Metern bleiben wir stehen und ich höre einen Türgong, dann wie sich die Tür öffnet.

„Kommen Sie herein, Sir. Ava wird bereits im Behandlungszimmer vom Doc erwartet." Die Stimme ist leider männlich und ich sehne weiblichen Beistand herbei.

„Ich nehme dir jetzt die Binde ab." Er macht es, während noch immer die Sicherheit seines Armes mich beschützt.

Ich blinzele, bis ich meine Umgebung wahrnehmen kann. Wir stehen in einem Foyer. Es ist dämmrig und der Holzboden sowie die Wände, die in einer Farbe gestrichen sind, bei der ich auf ein dunkles Rot tippe, wirken edel und einschüchternd. Von der hohen Decke hängt ein Kandelaber, an dessen Armen unzählige geschliffene Glassteine hängen. Er muss atemberaubend sein, sobald er eingeschaltet ist. Wer auch immer uns empfangen hat, ist nicht mehr zu sehen.

„Komm, Ava."

Jetzt lässt er mich los und auf der Stelle fühle ich mich allein. Das ärgert mich und ich straffe entschlossen die Schultern und hebe das Kinn an. Ich bin keine Maus, selbst wenn ich nicht die mutigste Frau auf dieser Welt bin. Er läuft einen halben Schritt vor mir und ich beäuge seinen knackigen Arsch. Wir durchqueren eine offenstehende Schiebetür, die uns in einen Flügel des Hauses führt, sodass ich eine Ahnung davon bekomme, wie groß das Gebäude sein muss. Das ist bestimmt eines von den Landhäusern, die man manchmal für einen Spottpreis kaufen kann, da sie oft überaus renovierungsbedürftig sind und sich kaum einer den Unterhalt leisten kann. Erst jetzt wird mir richtig bewusst, dass die Society reich, mächtig und wohl organisiert ist. Wir durchqueren den Gang und er bleibt an der Seite von einer offenstehenden Tür stehen, streckt einladend einen Arm aus. Ich laufe an ihm vorbei, hinein in den hellen Raum. Ein Mann sitzt hinter einem Schreibtisch und steht auf, sobald ich eintrete. Mein Entführer lässt mich mit ihm allein, denn ich höre, wie sich die Tür schließt, ohne dass er hineinkommt.

Der blonde Mann lächelt mich an. „Ava. Ich bin Doc Torben." Er reicht mir die Hand und automatisch strecke ich meine aus. Er hält meine fest. „Du bist nervös. Das ist verständlich."

Er ist viel zu gut aussehend für einen Arzt und am liebsten würde ich mich umdrehen, aus der Tür rennen, um nach Hause zu flüchten.

„Du …"

Er hebt die Hand. „Sie, bitte. Dir steht es nicht zu, einen Master zu duzen."

Dann muss mein Chauffeur doch kein Master sein, weil er mich deswegen nicht ermahnt hat. Habe ich mich so in ihm getäuscht? Das alles hat Kay sich gefallen lassen? Aber irgendwie trägt der Umgang der Society mit meiner Person zu dem stimmungsvollen Szenario bei, das Gefühl ein Abenteuer zu erleben, bei dem man vorübergehend eine Rolle einnimmt, die so echt erscheint, dass sie einem unter die Haut geht. Anschließend jedoch kehrt man in sein gewohntes Leben zurück, in dem man macht, was einem gefällt.

„Verzeihung", sage ich.

„Setz dich bitte." Er nimmt gegenüber von mir Platz und plötzlich fühle ich mich wie eine Patientin, weil er jetzt wie ein Arzt wirkt. Vor ihm liegt ein Notizbuch und er nimmt einen Kugelschreiber in die Hand.

„Bitte lüge mich nicht an, egal, wie persönlich meine Erkundigungen sind. Spätestens dein Master wird herausfinden, falls du Neigungen, Abneigungen, Erfahrungen und Ängste verschweigst, ausschmückst oder vortäuschst.

Er könnte sich dann dazu entschließen, dich entweder selbst zu bestrafen oder dich einem der Vollstrecker der Society zu übergeben, der das für ihn erledigt. Wenn du dir unsicher bei einer Frage bist, sagst du es mir."

Mein Herzschlag überschlägt sich erneut und nicht einmal bei meinem Vorstellungsgespräch bei *Cipolla and Denbar* bin ich so nervös gewesen. Ich halte den Atem an, bis die erste Frage kommt.

„Bist du zurzeit sexuell aktiv, Ava?"

♠♣♥♦

Zwei Stunden später fährt ER mich wieder zurück und mein Verstand versucht zu begreifen, was hier eigentlich geschieht. Noch nie hat sich ein Arzt so viel Zeit für mich genommen und Doc Torben hat mich unglaublich respektvoll, aber auch gründlich, untersucht.

Die fehlende Sicht fokussiert mich auf mein Inneres und ich zucke zusammen, als urplötzlich seine dunkle ausgewogene Stimme ertönt. „Du darfst die Augenbinde abnehmen, Ava.“ Nachdem ich sie mir über den Kopf gestreift habe und klar sehen kann, treffe ich, wie auf der Hinfahrt, seinen Blick im Spiegel. Er hat solch intensive Augen, die mich zu durchdringen scheinen. Ich versuche, nicht als Erstes wegzusehen, allerdings misslingt es mir. Ob er doch ein Master ist, der es gewohnt ist, eine Frau sexuell zu dominieren? Oder ist er nur ein Vollstrecker? Ein Sadist, dem es nur darum geht, Schmerzen zuzufügen? Ein paar der Fragen des Arztes drängen sich an die Oberfläche und ich bin machtlos gegen die Hitze, die über mein Gesicht schwappt.

‚Hast du schon mal Analverkehr gehabt oder zumindest davon fantasiert?‘

‚Wie sieht es mit einer Überwältigungsfantasie aus?‘

‚Möchtest du übers Knie gelegt werden, dass dein Master dir den Arsch versohlt, bis du weinst?‘

Aber es waren auch andere Fragen gewesen.

‚Hat dich ein Mann jemals unterdrückt? Dich aus Aggressivität geschlagen? Dich auf eine andere unangenehme Weise verletzt? Hat dich jemals jemand unangemessen berührt? Dich emotional verletzt?‘

Ich habe Doc Torben von Leander erzählt. Alles! Im Nachhinein verfluche ich mich ein wenig für meine Ehrlichkeit. Doch er war so verständnisvoll und daher ist der ganze Mist aus mir geblubbert, als hätte er den Stöpsel in einer übervollen Badewanne gezogen.

„Du hast geweint, Ava“, reißt mich mein geheimnisvoller Fahrer aus den Überlegungen.

Musste er das jetzt sagen! Erwartet er eine Reaktion von mir?

„War dir die Untersuchung unangenehm?“

„Es war etwas Persönliches … aus meiner Vergangenheit. Darüber zu reden war schmerzhaft aber auch befreiend.“ Angespannt warte ich, ob er nachhakt, doch zu meiner grenzenlosen Erleichterung tut er es nicht. Ein Seelenstriptease pro Tag reicht. Er bleibt stumm, bis wir vor meinem kleinen gemieteten Haus halten, das in einem Vorort von London steht. Während der Fahrt hat er nicht nach meiner Adresse gefragt und anscheinend hat die *Wild Card Society* ihre Hausaufgaben gemacht. So viel zum vorab Ausspionieren. Was wissen sie noch alles über mich? Galant hilft er mir aus dem Wagen und bringt mich zur Tür, die er sogar für mich aufschließt.

„Die *Society* kontaktiert dich, wenn deine Ergebnisse in Ordnung sind.“ Und dann überrascht er mich, weil er mich ganz sanft auf die Lippen küsst. „Auf Wiedersehen, Ava.“

Zurück bleiben nur sein Aftershave und das Gefühl seiner weichen Lippen auf meinen. Ob ich ihn wiedersehen werde? Ich weiß bereits jetzt, dass ich ihn nie mehr vergessen kann. Eigenartig, dass manche Menschen eine derartige Wirkung auf einen ausüben.

Kapitel 2

Ich gebe dem Drang nach und fahre zum Wald, der Ort, der Nolas Friedhof ist. Ich bin schon länger nicht mehr hier gewesen, doch die Begegnung mit Ava hat Spuren bei mir hinterlassen, mich verwirrt und das war keinesfalls beabsichtigt. Gefühle und Emotionen sind absolut inakzeptabel, egal, wie flüchtig sie sind. Sie würden mich nur ablenken, mich weich machen und das darf ich mir unter keinen Umständen erlauben. Ava ist nur ein Mittel zum Zweck, trotzdem will ich ihr nicht absichtlich mehr Schaden zufügen, als nötig ist, werde es dennoch tun, falls es unvermeidlich ist. Über ihren Körper komme ich an sie heran, werde sie Dinge spüren lassen, die ihr bisher unbekannt sind, sodass ich in sie eindringen kann. Damit meine ich nicht nur mit meinem Schwanz. Mein Eindringen wird weitaus tiefer gehen. Ava hat einfach nur Pech, dass sie für mich einen Schlüssel darstellt, der mir Türen öffnen kann, die mir sonst verschlossen bleiben würden.

Aber nicht nur ihr Körper wird Befriedigung dabei erfahren, auch ich werde mir diese Annehmlichkeit erlauben. Trotz allem bin ich noch immer ein Master, der seine sexuelle Erfüllung darin findet, eine Frau zu unterwerfen, ihr Schmerzen zuzufügen, damit sie Lust empfindet. Ich beherrsche diesen schmalen Grad, kann eine Frau in die vollkommene Verzückung treiben, wenn ich es will. Allerdings beherrsche ich ebenso das Gegenteil. Bei mir sind Himmel und Hölle lediglich durch einen Schleier getrennt.

Bin ich ein böser Mensch, weil ich etwas Kaltherziges tun muss, um meinen Seelenfrieden zurückzuerlangen? Um Rache zu nehmen, an dem Abschaum, der mir alles genommen hat? Ich umklammere das Lenkrad noch lange, nachdem ich den Motor ausgeschaltet habe, lehne meine Stirn gegen das

Leder und versuche meine inneren Dämonen zu beruhigen, sie an dem Ort zu halten, an dem ich sie verbannt habe, als der Schmerz drohte, mich zu verschlingen, mich ganz und gar auszuwringen, bis nichts mehr von mir übrig bleibt. Früher habe ich nicht gewusst, dass man einen anderen Menschen dermaßen vermissen kann, dass jeder Atemzug, jeder Herzschlag schmerzt, bis man sich den Tod herbeiwünscht. In mir herrscht keine eiskalte Leere, sondern eine glühende, die mich nach und nach verschlingt, mich bei lebendigem Leib verbrennt. Ich steige aus, lasse die Jacke auf dem Rücksitz liegen und der starke Regen durchnässt in Sekunden mein Hemd. Ich sprinte los, und meine eleganten Schuhe drücken nach wenigen Metern. Sie halten dem schlammigen Weg nicht stand. Gleichwohl verdiene ich es zu frieren, Schmerzen zu empfinden, zu leiden. Ich lebe und Nola ist tot. Versagt habe ich. Versagt! Versagt! Versagt!

Obwohl der Wind mir in die Haut schneidet, renne ich den Pfad entlang, auf dem ich sogar im Dunklen laufen könnte. Ich kann die Male weder zählen noch auseinanderhalten, an denen ich die kleine Lichtung besucht habe, auf der ich Nolas Asche verstreut habe. Atemlos bleibe ich stehen und ich weiß, dass ich nicht Schuld an ihrem Tod bin und doch fühle ich mich so unglaublich schuldig, dass es mir auch in diesem Moment die Kehle zuschnürt. Ich kämpfe dagegen an, bis sich ein Schrei befreit, den ich gellend hinausbrülle, bis mir die Stimme versagt. Jedoch ändert es nichts daran, dass ich Nola nie wieder fühlen, hören, riechen, schmecken oder sehen kann. Nichts ist von ihr zurückgeblieben, außer der Erinnerung an sie.

Ich zittere am ganzen Körper und das ist nicht allein dem eisigen Wind geschuldet. Es ist eine Mischung aus Hass, Zorn, Hilflosigkeit aber auch Hoffnung, die sich den Weg durch meinen Verstand bannt. Für Mitleid oder Gewissensbisse habe ich keinen Platz. Ich weiß, dass ich Ava verletzen werde, seelisch und körperlich, jedoch wird sie überleben, ein Luxus der Nola nicht gegönnt wurde.

Natürlich ist Nolas Asche längst vergangen, dennoch falle ich auf die Knie und lege eine Handfläche aufs Gras, wünsche mir so so sehr, dass ich sie nur noch einmal fühlen dürfte, nur ein einziges Mal, sie besser verinnerlichen könnte, sodass ich nichts von ihr vergesse, sie nicht verblasst. Manchmal kann ich mich nicht mehr an ihre Stimme erinnern, weiß nicht mehr, wie sie gerochen hat. Wenn ich doch nur gewusst hätte, dass ich sie nie wiedersehen würde, dann hätte ich mir alles bewusst eingeprägt. Aber in meiner Ignoranz habe ich vorausgesetzt, dass wir die Unendlichkeit haben, um uns jeden Tag neu kennenzulernen.

Meine Rache, der Durst nach Vergeltung ist das Einzige, was mich davor bewahrt, ins Dunkel abzudriften, mir die Kraft gibt, ins Leben zurückzufinden, nicht aufzugeben, an meinem Plan zu arbeiten und ihn festzuhalten. Niemand weiß, wie es wirklich in mir aussieht. Manchmal weiß ich es selbst nicht. Ich stehe auf und der Regen vermischt sich mit meinen Tränen, während ich denselben Weg zurücklaufe, bis ich in der Limousine sitze.

Das war die letzte Gefühlsregung, die ich mir erlaube, bis ich den Abschaum beseitigt habe. Aber dazu muss ich erst mal herausfinden, wo sich die Ratte versteckt. Und nicht nur dabei wird die Kleine mir helfen. Alles, was sie weiß, wird sie mir verraten, bis ins minimalste Detail. Ich habe jeden Mitarbeiter aus dieser verfluchten Kanzlei durchleuchtet und Ava hat das Pech, dass sie perfekt ist. Sie ist ein unbedeutendes Licht und doch weiß sie zu viel.

Wenn es sein muss, ersticke ich ihr Licht, aber ich hoffe, dass es auch anders geht.

Kapitel 3

Ich stehe vor meiner Haustür und meine schweißnasse Hand umfasst den Türknauf, während ich mit mir ringe, ob ich sie aufmachen soll. Dabei ist es sinnlos zu zögern. Der Drang, mich unter meiner Bettdecke zu verkriechen und meinen Gast zu verleugnen, ist schlichtweg kindisch, feige und hochgradig albern.

ER ist es der draußen steht, mein Chauffeur, von dem ich letzte Nacht geträumt habe. Ich habe mir gewünscht ihn wiederzusehen, doch dass ausgerechnet er noch ein paar wichtige intime Details mit mir besprechen will, jagt mir ein aufgeregtes Beben durch meine Muskeln. Mir wäre beinahe vorhin das Smartphone aus der Hand gefallen, als ich den Anruf entgegengenommen habe und er am anderen Ende der Leitung war. Auf der Stelle habe ich seine Stimme erkannt. Seine Nummer war unterdrückt und ich konnte sie nicht abspeichern.

Beherzt reiße ich die Tür auf und er schenkt mir ein angedeutetes Lächeln, von dem ich nicht weiß, was ich davon halten soll, denn es wirkt zugleich beruhigend und gefährlich.

„Ava, ich dachte schon, ich muss noch stundenlang in der Kälte stehen.“ Er beugt sich vor und ich sehne die Berührung seiner Lippen herbei. Sie streifen meine in einem eigentlich kaum wahrnehmbaren Kontakt. Doch ich fühle mich, als hätte er mich richtig und lange geküsst. Meine Lippen prickeln, mein Magen flattert in einem irren Takt, der dem meines Herzens in nichts nachsteht. Ich mochte schon immer Männer mit dunklem Haar und hellen Augen und er hat all das, dazu diese Bad-Boy-Ausstrahlung, die nicht nur meine Knie weich werden lässt. Allerdings passt Boy nicht zu ihm, diesen Status hat er mindestens seit fünfzehn Jahren hinter sich gelassen. Ich schätze ihn auf Ende Dreißig und er ist ein Mann. Und was für einer!

„Darf ich reinkommen?"

„Natürlich." Automatisch räuspere ich mich, weil meine Stimme sich dünn anhört, und ich nicht will, dass er eine weitere Bestätigung bekommt, welchen Effekt er auf mich ausübt. Eigentlich ist es eine vergebliche Mühe, da es ihm bestimmt nicht entgeht, welcherart meine Reaktionen auf ihn sind und die sind indiskutabel mädchenhaft. Als wäre er ein angehimmelter Schulschwarm, der drei Klassen über mir ist. Aber vielleicht reagiere ich derart heftig auf ihn, weil er von der *Wild Card Society* ist und unser Aufeinandertreffen alles andere als gewöhnlich war. Er hat einfach den Hauch des Geheimnisvollen, des ruchlosen Outlaws. Ich trete zur Seite und er betritt meinen kleinen Flur, der in den offenen Küchen- und Wohnbereich übergeht. Ohne zu zögern, läuft er weiter und bleibt im Wohnzimmer stehen. Es ist, als wäre ich sein Gast und nicht umgekehrt. Sollte ich mich über sein arrogantes Auftreten nicht mokieren? Doch ehrlich gesagt traue ich mich das nicht, weil ich nicht einschätzen kann, wie er darauf reagieren wird. Vielleicht darf er mir probeweise ordentlich den Po versohlen, falls ich mich nicht verhalte, wie die Society es voraussetzt. Und es liegt in seinem Ermessen, wie er auf eine *Wild Card* reagiert, die sich ungewohnt zickig benimmt.

„Setzen wir uns doch, Ava." Er zeigt auf meine weiße Couch mit den hellgrünen Kissen. Meine Möbel sind alle weiß. Die Dekoration, Gardinen und der einzige Teppich, den ich besitze, und der vor dem Sofa liegt, greifen das Hellgrün auf.

Er setzt sich und seine Haltung demonstriert deutlich, dass er erwartet, dass ich mich neben ihn niederlasse. Die einzige andere und zudem alberne Option wäre am Esstisch und diese Wahl wird er mir nicht lassen. Ich kenne ein derartiges übertriebenes unsicheres Verhalten nicht von mir und ich muss zugeben, dass es mich irgendwie anmacht, genau wie die Situation an sich. Ich versuche dennoch, so weit wie möglich von ihm entfernt Platz zu nehmen, was nicht besonders viel Raum zwischen uns lässt, da es ein Zweieinhalbsitzer ist, breit genug für mich, sodass ich mich ausstrecken kann, wenn ich einen Film schaue. Doch mit ihm auf ihr wirkt sie geschrumpft. Er fängt meinen Blick auf und lässt ihn nicht wieder los. Was ist nur an diesem Mann? Werde ich auf jeden Master der *Wild Card Society* dermaßen aufgewühlt reagieren? Auf den Doc habe ich es nicht. Er war zwar ein visueller Leckerbissen, aber der Doc hat nichts in mir zum Klingen gebracht.

Ich habe in meinem ganzen Leben noch nie auf diese Weise gefühlt, wenn mir jemand in die Augen gesehen hat, nicht einmal bei Leander. Bei Leander hat auch mein Herz schneller geschlagen, doch das waren zeitlupenhafte Reaktionen gewesen, im Gegensatz zu dem, was sich jetzt in mir abspielt.

„Deine Testergebnisse sind da. Du bist gesund, dein Hormonimplantat ist aktiv und deinem Abenteuer mit dem Master, der dich gewinnt, steht nichts mehr im Wege."

Ich bin unfähig mich zu rühren, etwas zu sagen, als sie Realität meiner Entscheidung über mich hereinbricht.

„Du wirkst überrascht, beinahe schockiert. Hast du etwa gehofft, dass du eine Pilzinfektion hast, die dich davor bewahrt, am Freitag auf deinen Master zu treffen?"

Das hat er nicht wirklich gesagt!

Amüsiert hebt er seine Augenbrauen. Ein Teil von mir hat durchaus mit einer derartigen Fluchtmöglichkeit geliebäugelt.

Ich sitze weiterhin stocksteif auf dem weichen Polster, das mir allerdings in diesem Moment wie ein Betonklotz, bedeckt mit glühenden Kohlen, erscheint.

„Vorher müssen wir ein paar Formalitäten erledigen. Du hast uns bereits mündlich deine Zusicherung der Verschwiegenheit gegeben, doch die Society will es schriftlich von dir.

Du wirst mit niemandem außerhalb der Society über sie reden. Das ist nicht verhandelbar und keinesfalls leichtfertig zu nehmen."

Reicht die Macht von ihnen wirklich so weit, dass sie ein Leck auf der Stelle bemerken?

„Glaub mir, Ava, du willst nicht herausfinden, was sie tun werden, falls du dich nicht an deine Pflichten hältst." Sein Tonfall ist nicht eiskalt, aber die mitschwingende Warnung ist deutlich, vielleicht weil seine Stimmlage so ruhig ist.

„Und ich will, dass du mir persönlich zusätzlich dein Wort gibst, dass du dich an dein Gelübde hältst. Du kannst dich mit Kay austauschen, ansonsten bewahrst du absolutes Stillschweigen über dieses Wochenende."

„Reicht denn meine Unterschrift nicht? Wieso muss ich Ihnen …" Intuitiv sieze ich ihn.

„Weil ich der Vollstrecker bin, falls du einen derartigen Ungehorsam zeigst." Jetzt ist seine Stimme nicht nur ruhig, sie ist uneingeschränkt einschüchternd.

„Ich schwöre es!", platzt es aus mir. Ich will wirklich nicht aus so einem Grund von ihm bestraft werden und das sadistische Glitzern in seinen Augen zur Gänze erleben.

„Sehr schön, Ava. Du bekommst außerdem ein Safeword, mit dem du das Spiel jederzeit stoppen kannst, falls dein Master eine Grenze von dir überschreitet, er dir zu starke Schmerzen zufügt, deine Angst vor ihm zu groß wird, dir schlecht wird oder etwas anderes Ernstes. Rot ist das Wort, das in jedem BDSM-Club und auch bei uns alles stoppt. Aber du kannst dir noch ein zusätzliches aussuchen, das die gleiche Wirkung hat. Am besten ein einsilbiges, und etwas, dass du während eures wilden Zusammenspiels nicht aus Versehen sagst."

Ohne zu überlegen sage ich „Stern."

„Gut. Eine schöne Wahl."

Er öffnet die Mappe, die er in der rechten Hand hält und überreicht mir Papiere. „Unterschreibe jeweils auf der gepunkteten Linie." Dann notiert er mein Wort auf einem Blatt Papier, auf dem mein Name steht.

Ich versuche mich, auf das Geschriebene zu konzentrieren, weiß es eigentlich besser, als blind meinen Namen darunterzusetzen. Doch zu meiner Beschämung muss ich zugeben, dass ich alles nur überfliege, ehe ich unterschreibe, weil ich unfähig bin, mich zusammenzureißen.

„Du wirst am Freitag um Punkt 12 Uhr abgeholt. Morgen wird dir Kleidung gebracht, die du anziehen wirst. Ansonsten brauchst du nichts einzupacken. Dein Master bestimmt was du trägst, isst, fühlst und auch wie lange er dich behält. Entweder wirst du am Samstag zurückgebracht, allerdings …" Er beugt sich noch etwas zu mir, sodass er eine Haarbreite davon entfernt ist, mich zu berühren. Dennoch fühle ich seine Nähe, als würde mein nackter Körper sich an ihn schmiegen. „… bin ich mir sicher, dass du erst Sonntagabend wieder auf dieser Couch sitzt, mit einem Arsch, der köstlich brennt und einer Pussy, die mehr als gesättigt ist. Und da du uns deine geheimsten Sehnsüchte offenbart hast, wird er dir Dinge antun, die dich noch Wochen später nass machen, wenn du nur daran denkst."

Die glühenden Kohlen bahnen sich den Weg zu meinen Wangen, zu meiner Kopfhaut und in meinen Magen. Seine frechen Worte erregen mich bereits jetzt, und ich spüre, dass ich feucht werde, mein Geschlecht verstörende Signale durch meinen Körper schickt, die letztendlich meinen Verstand erreichen.

„Die Society bereitet verschiedene Szenarien für dich vor und du wirst eine Karte ziehen. Was immer das Schicksal für dich an diesem Tag bestimmt, wird eines deiner Träume sein. Mehrere Master haben dich ausgesucht und du wirst sie vorab nicht sehen, wirst nicht wissen, wer dich schlussendlich ficken wird, bis er seine Hände das erste Mal auf dich legt und er sich dir offenbart. Das erhöht den Reiz für dich. Nur seinen Namen wirst du erfahren, allerdings erst, kurz bevor eure gemeinsame Reise in deine Fantasie beginnt."

Einer solch durchdringenden Körpersprache und Ausstrahlung bin ich nie zuvor ausgesetzt gewesen, und das allein würde schon reichen, um mich zu beunruhigen. Aber seine Stimme gibt mir den Rest, nicht nur, was er sagt, sondern vor allem, wie er es sagt. Da liegt kein Zögern, keine Beschämung in seiner Tonlage, stattdessen eine absolute Selbstsicherheit. Er weiß, wovon er spricht.

„Hast du irgendwelche Fragen, Ava? Du kannst doch noch sprechen, oder?" Inzwischen liegt ein amüsierter Ausdruck auf seinem schmalen Gesicht, mit dem Bartschatten, den beinahe vollen Lippen und dem starken Kinn. Ich möchte diesen Mund auf meinem Körper spüren, während seine Hände mich überall berühren. Leider ist das eine Fantasie, die mir auch die Society nicht erfüllen wird.

Mein Gehirn rattert wie eine außer Kontrolle geratene Nähmaschine und ich kann keinen klaren Gedanken fassen. „Im Moment fällt mir nichts ein."

„Ich wünsche dir viel Vergnügen, Ava. Und dein Master wird es sicherlich mit dir haben." Er nimmt die Papiere und steht auf.

„Bekomme ich keine Kopie?"

„Nein. Gibst du mir bitte die Einladung zurück."

Wieso will er das? Ich möchte sie gerne behalten, dennoch stehe ich auf und hole sie aus der obersten Schublade des Sideboards. Als ich sie ihm anschließend gebe, passe ich auf, dass sich unsere Finger nicht berühren.

„Ich finde selbst raus. Auf Wiedersehen, Ava Silver."

Und dann ist er fort. Zurück bleibt nicht nur das Gefühl der Unwirklichkeit, sondern auch eine Verlorenheit, die ich mir nicht erklären kann, die Angst ihn nie wiederzusehen, die Gier nach etwas, das ich nie haben werde, weil es nie für mich bestimmt war. Und ich habe jetzt auch keinen Beweis mehr, dass es die *Wild Card Society* wirklich gibt! Damit beantwortet sich meine stumme Frage von selbst.

Kapitel 4

Ich habe Avas Duft in der Nase, eine leichte Note von Flieder, die dazu beiträgt, das Unschuldige und Reine in ihr zu unterstreichen. Allerdings ersticke ich diesen unwillkommenen Gedankengang und pflanze etwas anderes in meinen Kopf, das besser zu dem passt, was ich mit ihr vorhabe: Wenn man für das Böse arbeitet, sich weigert, die Wahrheit zu sehen, bewahrt diese Ignoranz die Unschuld? Sind diejenigen, die vor dem Hässlichen Augen, Ohren und ihre Stimme verschließen, nicht weitaus schuldiger als der Aggressor? Sind es nicht die Stummen, Tauben und Blinden, die es dem Diktator erst ermöglichen, seine Macht zu bekommen, sie auszubauen und sie dann zu behalten?

Red dir das ruhig ein, um dein Gewissen zu beruhigen, das dich aus dem Hinterhalt anfällt. So ein dämliches Klischeedenken, nur um dich selbst unantastbarer zu fühlen, um dich im Vorfeld zu rechtfertigen für das Unrecht, das du Ava antun wirst.

Jedoch erkenne ich die Gefahr, die von Moral ausgeht, und werde es nicht zulassen, darf es nicht zulassen, dass sie mich torpediert.

Ich weiß doch, dass Ava in keiner Weise schuldig ist. Allerdings darf ich das nicht berücksichtigen, weil es mich in meiner Rache beeinträchtigt, ich die Chance, die Ava mir bietet, nicht erneut bekommen werde. Einen anderen Plan auszuarbeiten erscheint mir nicht nur unlösbar, es ist unlösbar. Obendrein fehlt mir dazu die Kraft.

Ich konzentriere mich auf Nola, kann für einen Augenblick ihr sanftes Gesicht klar vor mir sehen, als müsste ich nur die Hand ausstrecken, um sie zu berühren. Doch dann schiebt sich ein neues Bild vor ihr schönes Antlitz - die Fratze des Todes.

Nola hat es nicht verdient zu sterben, vor ihrem Ende so unglaublich zu leiden und ein Opfer selbst im Tode zu sein. Ihr bereits geschundener Körper in der Gerichtsmedizin: aufgeschnitten, zugenäht, den Blicken schutzlos preisgegeben unter fluoreszierendem Neonlicht. Ich habe zwar nach endlosen Monaten herausbekommen, wer ihr Mörder ist. Allerdings konnten all mein Geld und die sorgfältigen verzweifelten Nachforschungen mir die Information nicht besorgen, wo sich die Ratte aufhält, der ihr Entsetzliches angetan hat, auch nicht, wer er jetzt ist. Sein früherer Name in der Unterwelt war Grey Ice, sein Geburtsname Grigori Denisov. Und er wurde von *Cipolla and Denbar* vertreten, wenn er in England Geschäfte abwickelte. Sie vertreten jedoch nicht nur die High Society, sondern ebenso den Abschaum Englands, gut getarnt, aber sie sind die Einzigen, die nach meiner Recherche übrig geblieben sind. Grigori ist wie ein Geist von der Bildfläche verschwunden und das auf legale Weise. Mir dreht sich nicht nur der Magen um, sobald ich daran denke, sämtliche Nerven in meinem Körper verknoten sich und der Schmerz ist nicht nur physisch, sondern im höchsten Maße psychisch. Die Pein in meiner Seele vermag ich nicht abzustellen.

Aber wenigstens eins konnte mein Vermögen erreichen, auch ich habe eine neue Identität angenommen, eine, die selbst den Nachforschungen der *Wild Card Society* standhält. Anfangs wurde ich nur Mitglied, um mich bei wilden Spielen auszutoben, als der Schmerz über den Verlust von Nola mich in einem beinahe komatösen Zustand schleuderte, indem ich unfähig war, nur den Hauch einer Emotion zu fühlen. Nicht einmal den Wunsch nach Vergeltung.

Ich habe schon immer sadistische Züge in mir getragen, empfinde es als höchst befriedigend eine Frau im Bett zu unterwerfen, ihr einen fein abgestimmten Lustschmerz anzutun, der sie über diese Schwelle katapultiert, der sie vergessen lässt, wer sie ist, sodass sie nur noch spürt. Mit Nola habe ich diese Leidenschaft geteilt, auch wenn ich es mit ihr eher zahm getan habe, im Gegensatz zu dem, was ich heute mache. Doch ich habe einer Frau noch nie bewusst einem seelischen Schmerz ausgesetzt oder ihr Dinge angetan, die sie nicht wollte. Bisher!

Nach Nolas Tod habe ich mich ausbilden lassen, war dazu in verschiedenen seriösen und unseriösen SM-Clubs und habe in einem der Ersteren drei Brüder getroffen, die mir die Kunst von vertrauensvoller Hingabe beigebracht haben. Die Sullivans sind die Einzigen, die einen Teil meiner Geschichte kennen, denn sie haben sich nicht von mir täuschen lassen, wussten, dass ich ein dunkles Geheimnis hüte. Doch ich benötigte ihre Erfahrung, um zu dem Master zu werden, der ich heute bin. Natürlich kennen sie nicht meinen Racheplan, sie wissen von Nola, wissen, dass ich nah dran war, den Verstand zu verlieren und ich habe ihnen erzählt, dass ich meine geliebte Frau durch einen Unfall mit Fahrerflucht verloren habe. An dem Punkt wusste ich selbst nicht, wie ich vorgehen will, sondern wollte nur Referenzen, damit die *Wild Card Society* meine Bewerbung annimmt. Von meinem miesen Vorhaben ahnten sie nichts, konnten sie auch nicht, da ich zu dem Zeitpunkt weder was von Ava noch von *Cipolla and Denbar* gewusst habe. Das kam sehr viel später.

Den Plan, meine Fähigkeiten, die ich als Master erlernt habe einzusetzen, fasste ich erst mit der Zeit. Irgendwann erwachte die Idee, zuerst nur als Funke, dass ich mein Wissen dazu benutzen kann, um in das Innere der Kanzlei vorzudringen, indem ich mich an ein schwaches Glied in der Kette heranmache, das allerdings mehr weiß, als es sich selbst bewusst ist. Assistentinnen, Sekretärinnen, Gehilfinnen, bekommen mehr mit, als es den meisten Chefs lieb ist. Und dann hat die Kanzlei Ava eingestellt. Das war wie ein Wink des Schicksals. Im besten Fall merkt sie nicht, dass ich sie nur benutze. Ich muss mich nur geschickt genug anstellen.

Na klar, rede dir das ruhig ein. Ava ist kein dummes naives Mäuschen. Im Moment ist sie zwar von der Society im wahrsten Sinne des Wortes geflasht, doch sobald ihr Körper und ihre Seele zur Ruhe kommen, wird ihr Gehirn anfangen richtig und intensiv zu arbeiten. Ava wird schlussendlich durchschauen, wozu ich sie benutzen will, sogar wenn es mir gelingt, meine wahren Absichten im Dunklen zu lassen. Mir bleibt nur zu hoffen, dass ich bis dahin an die Informationen herangekommen bin, auf die ich es abziele. Ich habe mir Jahre Zeit genommen, um meine Vergeltung zu planen, habe diese gefühlte Ewigkeit gebraucht, um an die spärlichen Bruchstücke ranzukommen, zu erkennen, dass Nola nicht ein zufälliges Opfer eines Gelegenheitsmonsters war, sondern, dass sie nicht der einzige Mensch gewesen ist, der wegen ihm zu Schaden kam. Gregori Denisov ist ein Serienvergewaltiger und auch ein Killer. Nola ist allein und unter starken Schmerzen gestorben, im Straßengraben, liegengelassen wie ein Stück Abfall. Und das Arschloch hat Immunität bekommen, weil er ein paar entsetzliche Jungs an die Behörden verraten hat, denen es schlichtweg egal war, mit wem sie sich einließen, dass er ein unmenschliches Scheusal ist.

Ava ist der Schlüssel zu den Geheimnissen von Grigori Denisov. Allerdings muss ich zugeben, dass es nicht so einfach wird, wie ich es mir vorgestellt habe. Anscheinend bin ich nicht der eiskalte Bastard, der ich gern wäre. Ava hat ein warmes Lächeln, das an meiner frostigen Hülle genagt hat. Sie verdient es glücklich zu sein, einen Mann zu finden, der sie zu wertschätzen weiß. Ich parke den Wagen vor meinem Restaurant. Das *Othello* ist für seine exquisite Küche, weit über die Grenzen von London hinweg, bekannt. Hier bekommt man Essen, das nicht nur frisch und kreativ ist, sondern auch eine ausreichend große Portion. Kochen gehörte einst zu meinen Leidenschaften, doch diese Begeisterung erstarb mit Nola. Jetzt lasse ich kochen und habe mit Enzio einen Koch gefunden, der seinen Beruf über alles liebt. Das schmeckt man mit jedem Bissen.

Ich steige aus, lege meine Fassade auf, die zu meiner zweiten Natur geworden ist, und betrete lächelnd das gut besuchte Lokal. Niemand bemerkt, dass ich ein Vulkan bin, in dem es im Stillen gefährlich brodelt, dass ich nur darauf warte, Grigori unter einer Lavaschicht zu begraben, ihn lebendig zu verbrennen, bis nicht einmal mehr Asche von ihm übrig bleibt. Bei einigen Gästen bleibe ich stehen, wechsle ein paar belanglose Worte und sehe kurz in der Küche nach dem Rechten, obwohl das unnötig ist. Enzio führt ein strenges Regiment in seinem Reich und er würde einen perfekten Master abgeben. Ich warte noch auf den Abend, an dem er eine meiner weiblichen Angestellten übers Knie legt, weil sie die Soße verwässert hat. Aber natürlich würde Enzio so etwas nie tun, obwohl ich glaube, dass er ab und zu darüber fantasiert.

Die wenigsten genießen es wirklich, einer Frau Schmerzen zuzufügen. Das kann ich von mir nicht behaupten.

Kapitel 5

Ob ER mich gleich abholt? Ich muss zugeben, dass ich andauernd an ihn denke, obwohl ich es mir verboten habe, mir ständig vorzustellen, dass er derjenige ist, der mich gewinnt und anschließend mit mir machen darf, was auch immer das Spiel hergibt.

In meinem Schlafzimmer beende ich das rastlose Umherstreifen, bleibe vor dem Spiegel stehen, der gleichzeitig eine Tür des Schwebeschranks ist. Ich trage den Rock und die Bluse, die die Society ausgesucht hat. Beides ist meiner Meinung nach zu eng, der Rock zudem zu kurz und ich versuche mich nicht, von dem eigenen Anblick verunsichern zu lassen. Wenn ich doch nur so gut wie Kay aussehen würde! Sie kann alles anziehen und ihre XS-Größe stellt sicher, dass sie in jeder Boutique fündig wird, im Gegensatz zu mir. Jedoch muss ich zugeben, dass die Bluse besser an mir aussieht, als ich es gedacht hätte. Die Dessous sitzen gut und der rote Spitzen-BH schimmert durch den halbtransparenten schwarzen Blusenstoff hindurch. Mein Busen wirkt verführerisch und ich ignoriere meinen Bratarsch und meine Beine, die ruhig dünner sein könnten. Mein Bauch ist okay. Zwar sind meine Hüftknochen nicht sichtbar, aber das hat bis jetzt keinen Kerl gestört. Das Verhältnis zu meinem Körper ist zwiegespalten und an manchen Tagen hasse ich ihn, nur um ihn tags darauf zu akzeptieren, manchmal sogar zu lieben.

Ich renne in den Flur, um die Haustür anzustarren. Mein kuschliges Zuhause verfehlt seine Wirkung, so wie es das andauernd tut, seitdem die *Wild Card Society* wie ein Wirbelsturm über mich hergefallen ist. Obwohl ich damit gerechnet habe, zucke ich zusammen, als es klingelt. Mein Hals ist ausgetrocknet und ich schlucke dagegen an.

Bitte sei du es, der mich abholt! Aber gleichzeitig will ich nicht, dass ER es ist, denn zu intim ist die Fahrt, die ich gleich antreten werde. Er ist der Fahrer, der Vollstrecker und kein Mitglied der Society, der dafür zahlt, dass auch er seine sexuellen Fantasien in die Tat umsetzen kann. Allerdings stützt sich diese Erkenntnis nur auf Vermutungen, denn genau wissen tue ich es nicht.

Meine Hand packt den Knauf, dreht ihn und ich öffne die Tür, sodass ich meine Bestimmung willkommen heißen kann. Ein Hüne steht vor meiner Tür, der wie der klassische Rausschmeißer aussieht. Meine Enttäuschung spült wie eine eiskalte Dusche über mich und ich zwinge ein Lächeln auf mein Gesicht, bei dem ihm nicht verborgen bleiben kann, wie verkrampft und unecht es ist.

Allerdings lässt er sich nicht dazu hinreißen eine Reaktion zu zeigen. Anscheinend ist das eine Grundvoraussetzung bei der Society.

„Ava, ich bin heute dein Fahrer und bringe dich auch am Samstag oder Sonntag zurück, je nachdem wann dein Master dich entlässt, abhängig davon, wie zufrieden er mit dir ist. Mein Name ist Jim. Schlüssel?“ Er dreht seinen Arm, sodass seine Handfläche nach oben zeigt.

Ich wünsche mir wenigstens eine Handtasche herbei, etwas, an dem ich mich festklammern kann. Doch von dieser Sekunde an bestimmt mein zukünftiger Master darüber, was ich anziehen, essen und trinken darf. Ich muss zugeben, dass ich unfähig bin zu entscheiden, wie ich genau darüber denke. Aber ich weiß, dass es mich irgendwie auf eine verrückte Weise anmacht. Am besten leugne ich es nicht vor mir selbst, weil das meinen Gewissenskonflikt vergrößert, schließlich ist der Drops gelutscht, wie man so schön sagt. Jetzt verstehe ich, wieso die Society diesen Druck auf die *Wild Cards* ausübt, denn ohne ihn, würde ich kneifen und es für immer bereuen. Ein derartiges Abenteuer wird mir nie wieder jemand anbieten.

Ich nehme meine Schlüssel von dem Schuhschrank, der rechts von mir an der Wand steht, und überreiche Jim nicht nur das Metall, sondern auch meine Person. Von nun an gehöre ich nicht mehr mir selbst, bis zu dem Zeitpunkt, an dem ich meinen Schlüssel zurückbekomme. Der Akt ist keinesfalls nur symbolisch. Mein Herz schlägt mir plötzlich bis zum Hals und meine Beine sind steif und ungelenk, als ich mich neben Jim stelle. Ich versuche mich, auf meinen winzigen Vorgarten zu konzentrieren, darauf, dass ich ihn noch für den Winter vorbereiten muss, doch ich kann an nichts anderes denken, als daran, dass ich eine *Wild Card* bin. Er schließt ab, reicht mir galant den Arm, eine Geste, für die ich ihm unheimlich dankbar bin, denn in den Schuhen kann ich wegen meines aufgeregten Zustands kaum laufen. Ich muss mich konzentrieren, um in Highheels eine gute Figur abzugeben und im Moment steht das außerfrage. Wahrscheinlich könnte ich jetzt nicht einmal von zehn rückwärts zählen oder meinen Namen buchstabieren.

Er öffnet die hintere Tür der schwarzen Limousine und sie fällt in Schloss, sobald ich Platz genommen habe. Ich weiß nicht, ob es dasselbe Fahrzeug wie letztes Mal ist. Es passiert wirklich – ich bin auf dem Weg zu einem halsbrecherischen Abenteuer, einem verrückten One-Night-Stand oder ein ganzes Wochenende mit einem Unbekannten, der mir meine geheimsten Fantasien erfüllen wird, die so ungezogen sind, dass meine Mum sich für mich in Grund und Boden schämen würde. Ich habe keine Ahnung, warum ich ausgerechnet jetzt an sie denke. Unser Verhältnis ist nicht perfekt, aber ich liebe sie und würde sie ungern enttäuschen. Meine Ängste in dieser Hinsicht sind unbegründet. Schließlich wird sie nie davon erfahren, dass ihre Tochter eine Frau mit einem schlüpfrigen Geheimnis ist. Über Sex habe ich nie mit ihr geredet und dieses Tabu werde ich niemals brechen. Meine Mum hatte nie welchen und hat mich auf einer Wiese gefunden, keinesfalls geboren. So ist das mit allen Müttern. Als Tochter darf man sich das vorstellen.

Mein Fahrer hält fast an derselben Stelle wie beim letzten Mal, als ER mich gefahren hat, und auch er streift mir eine weiche Augenbinde über. Ich weiß es diesmal besser und versuche erst gar nicht, die Zeit einzuschätzen, indem ich zähle. Das würde mich nur frustrieren und somit meine Nervosität steigern. Jim gönnt mir keine Ablenkung durch Musik, und daher bin ich gezwungen, mich mir selbst zu stellen. So viele Emotionen wandern mal mehr oder weniger heftig und in schneller Reihenfolge durch mich, bis ich glaube, bei der kleinsten Erschütterung wie ein hauchdünnes Glas zu zerspringen. Ob Kay sich ebenso gefühlt hat? Und die anderen *Wild Cards*? Wie viele gibt es wohl? Wie werden sie ausgesucht? Nur auf Empfehlung?

Die Fahrt zieht sich unendlich hin und dennoch wünsche ich mir, dass sie niemals vorbeigeht, sogar, dass ein Unfall mich vor meinem Leichtsinn rettet. Ein Schneesturm, der uns zum Umkehren zwingt, steht auch auf meiner Wunschliste. Doch als der Wagen sich verlangsamt, weiß ich, dass wir angekommen sind. Mich trennen nur wenige Schritte, bis die *Wild Card Society* mich für immer verändert.

Der Motor erstirbt und ich habe das Gefühl, dass mein Herzschlag für mehrere Takte aussetzt, nur um anschließend in einem wilden Stakkato zu wummern. Ich höre, dass Jim aussteigt, doch die Tür öffnet sich, ehe er mich erreichen kann.

„Gib mir deine Hand, Ava. Ich helfe dir beim Aussteigen“, sagt eine unbekannte männliche Stimme. Sein Griff ist sicher und ich klammere mich an ihm fest, bin nicht bereit ihn loszulassen. „Jim, ich trage sie hinein, sie ist zu panisch, um in den Schuhen zu laufen.“ Er hebt mich hoch und automatisch schlinge ich meine Arme um seinen Hals. Es ist mir schlichtweg egal, ob meine Panik offensichtlich ist. Ich nehme jede Annehmlichkeit, die ich bekomme. So wie er sich anfühlt, ist er ebenso kräftig gebaut wie Jim, sodass es ihm keine Mühe macht mich zu tragen. Ich spüre den Moment, als wir das Haus betreten. Eine willkommene Wärme nach der Kälte des Herbsttages.

Stimmengemurmel dringt an meine Ohren und ich möchte mir so gern die Binde abreißen, doch ich unterdrücke diesen Drang, denn ich ahne, dass es mir nicht gut bekommen würde. An seinen Bewegungen merke ich, dass er ein paar Stufen hinaufläuft. Nach ein paar weiteren Schritten bleibt er stehen. Es ist erstaunlich, wie schnell man eine Bindung zu jemandem eingehen kann, wenn man Angst hat.

„Ich stelle dich jetzt auf die Füße, Ava, und nehme dir anschließend die Binde ab. Bleib einfach still stehen, bis man dir etwas Anderes sagt. Sei brav und dann wirst du nicht bestraft."

Nicht bestraft! Nicht bestraft! Nicht bestraft!

Donnernd begleiten mich die Wörter, hallen immer wieder nach.

Von einer öffentlichen Züchtigung war nie die Rede gewesen. Allerdings behalte ich meine Proteste für mich. Ich schwanke, sobald er mich hinstellt und meine Beine fühlen sich an, als würde ich auf einem Schiff umherlaufen, das in einen Sturm geraten ist. Er hält mich, bis ich sicherer stehe, streift mir anschließend die weiche Maske von den Augen. Ich wünsche sie mir augenblicklich zurück, als ich meine Umgebung erfasse, vielmehr die Dunkelheit, die mich umgibt. Nur das Podest, auf dem ich bin, ist beleuchtet. Die Anwesenden in dem Raum können mich sehen, ich sie jedoch nicht. Die Stimmen sind männlich und ich lausche angestrengt, höre aber keine einzige Frau. Ich weiß nicht einmal, wie viele Männer mich betrachten. Jim tritt aus den Schatten hervor und positioniert sich neben mich. Auf der Stelle wird es still. Ich allerdings höre ein Tosen in meinen Ohren, das mich unvorbereitet trifft. Mein Körper erteilt mir eine gehörige Lektion und demonstriert mir deutlich, dass ich mich kein bisschen kontrollieren kann. Ich bin nicht abgeklärt, unfähig eine Fassade aufrechtzuerhalten, die ich nicht besitze.

Es ist nur eine Illusion, ein Spiel, eine Fantasie. Ich werde nicht wirklich wie ein preisgekröntes Schaf an den Meistbietenden verschachert. Aber es ist so real! Ich kann nicht mehr zwischen Realität und Wunschbildern unterscheiden.

Du musst dich beruhigen! Akzeptiere die Situation!

In dem Moment, als ich aufhöre gegen mich selbst anzukämpfen, gewinne ich drei Millimeter, von der einen Kilometer langen Strecke, an Boden.

„Meine Herren, vor Ihnen steht Ava Silver. Es ist ihr erstes Mal als *Wild Card*, und wie Sie deutlich erkennen können, ist sie sehr nervös, nichtsdestotrotz leicht erregbar, habe ich mir sagen lassen. Wer immer sie heute gewinnt, kann sich auf ein paar aufregende Stunden oder sogar Tage freuen. Sie steht der Welt des Lustschmerzes offen entgegen und braucht fähige Hände, die sie mit der nötigen Sanftheit aber auch Härte, in die Ekstase treiben.“

Ich starre nach vorne, versuche, die Dunkelheit zu durchdringen, zu erkennen, wer mich ansieht. Die Bluse scheint in den letzten Sekunden geschrumpft zu sein und der BH schnürt mir nahezu die Luft ab. Was habe ich nur getan? Warum habe ich das Siegel gebrochen? Warum habe ich mich nicht auf die Suche nach einem harmlosen Mann gemacht, der mich einfach nur vögelt?

„Zieh bitte das Oberteil aus, Ava.“

Was? Ich bin mir absolut sicher, dass mir nichts anderes übrig bleiben wird, als es zu tun, zudem, dass die Bitte nur obligatorisch ist. Also kann ich es auch würdevoll erledigen. Leider machen mir meine zitternden Finger zunächst einen Strich durch die Rechnung. Doch irgendwie schaffe ich es, die vier Knöpfe durch die Knopflöcher zu zwingen.

Das ist nicht anders als im Schwimmbad, wenn du einen Bikini trägst.

Netter Witz!

„Ich helfe dir." Jim zieht mir die Bluse aus und wirft sie auf den Boden. Vor Aufregung sind meine Brustwarzen hart und empfindlich und ich weiß, dass man sie durch den Spitzenstoff sehen kann. „Und jetzt den Rock. Ich mach das für dich." Er hat bereits den Knopf und den rückwertigen Reißverschluss geöffnet, ehe mein überforderter Verstand begreift, was er gesagt oder vielmehr inzwischen getan hat. Ohne zu zögern, zieht er den Stoff nach unten, reicht mir anschließend die Hand, sodass ich aus dem Kleidungsstück steigen kann. Eigentlich müsste er vor Schmerz aufschreien, weil ich mich mit verzweifelter Kraft an seine Finger klammere.

„Dreh dich um, Ava, damit die Herren deinen Arsch bewundern können. Schließlich ist das eines der Körperteile, auf denen ihr Augenmerk liegen wird, ganz wie es deinen sexuellen Fantasien entspricht."

Ich tue es einfach, verbiete mir, irgendwas zu denken. Allerdings kann ich das Gefühl der Erregung nicht ignorieren. Mir gefällt es mich zu zeigen, mich den Befehlen der Society zu unterwerfen. Irgendwie!

„Und jetzt beuge dich nach vorne, präsentiere deinem Master deine Rundungen. Die Beine schulterbreit spreizen und stütze dich mit den Händen an den Oberschenkeln ab."

Oh Gott!

Ich schwöre, dass ich mich noch nie so geschämt habe und ich vorher nicht gewusst habe, wie lustvoll gerade dieses Gefühl sein kann.

„Wie Sie zweifelsohne sehen können, ist sie gehorsam und ihr Arsch ist es wert, eine unnachgiebige Hand zu spüren. Wenn Sie dann bitte jeweils einen Umschlag aus dem Korb ziehen. Es kann nur einer diese Frucht gewinnen, die in unserer Welt jungfräulich ist."

Obwohl mir eiskalt ist, schwitze ich und friere dadurch stärker.

„Richte dich auf, Ava." Jemand reicht Jim einen roten Kimono, in den er mir hineinhilft und ich lächele ihn dankbar an. Ich höre das Rascheln von Papier und die wenigen Sekunden, die es andauert, erscheinen mir zugleich wie Minuten und Stunden. Erneut wird es still, bis Jim spricht. „Wer hat das wunderschöne Geschöpf gewonnen?"

Es ist erstaunlich, wie gut mir das Kompliment selbst in meiner Lage tut, wie eine Umarmung, in der man sich verlieren kann. Zwar durchschaue ich seine psychologische Taktik, auch, dass er mich im Ungewissen gelassen hat, ob ich mich völlig nackt präsentieren muss. Doch diese durchlittene Angst trägt erheblich zu der Realität dieser absurd anmutenden Situation bei sowie zu dem Rausch, den ich dabei empfinde.

Ein Mann in einem Smoking überreicht Jim ein gefaltetes Blatt Papier. Meine Atmung pendelt zwischen fast nicht existent und einer, die man bei einem Sprint hat, hin und her.

„Bevor du den Namen deines Masters erfährst, musst du noch eine Karte ziehen. Das Bild darauf zeigt dir, welches Szenario dich erwartet, welche Fantasie von dir in Erfüllung geht."

Der Smokingträger fächert mehrere Karten aus, die eine dunkelrote Rückseite haben und auf denen in silberner Schrift *Wild Card Society* steht. Er hält sie mir entgegen. Was wird es sein? Der Dungeon? Der Sklavenhändler? Der Cop? Meine Fantasien erscheinen mir in diesem Moment so albern aber auch brisant wie noch nie zuvor.

„Ziehe jetzt eine Karte, Ava."

Erstaunlicherweise bin ich unglaublich ruhig, als ich meinen Arm hebe, die Hand ausstrecke und die Karten anstarre. Sie geben mir nicht preis, was sich hinter ihnen verbirgt. Meine Fingerspitzen berühren eine der acht. Doch vier ist keine gute Zahl. Daher nehme ich die dritte von links.

„Sieh sie dir an, Ava."

Ich drehe sie um und auf ihr ist die Jagdgöttin Diana abgebildet. Sie ist wunderschön gezeichnet und steht stolz auf einem Hügel, bekleidet in einem roten Gewand. In der Hand hält sie einen gespannten Bogen.

The Hunt!

Oh Gott. Ausgerechnet meine wildeste Fantasie musste ich ziehen. Dass ein Mann mich jagt, mich gefangen nimmt, mich bestraft, mich vögelt, so wie er es für richtig hält. Jim nimmt mir die Karte aus der Hand.

„Dein Master ist Sloan Barker und er kann sich mit dir bei dem Szenario – THE HUNT, vergnügen. Gute Jagd."

Der Smokingträger umfasst meinen Nacken und führt mich von der Bühne. Wir nehmen eine Tür, die sich direkt hinter dem Podest befindet.

„Du kannst dich umziehen, etwas Wasser trinken und ich fahre dich zu dem Ort, an dem die Jagd beginnt. Du hast fünf Minuten Vorsprung, ehe dein Master die Fährte aufnimmt."

„Kann ich ihm entkommen? Und falls ich es schaffe, was geschieht dann?"

„Ihm entkommen?" Amüsiert zieht er die dunkelblonden Augenbrauen hoch. „Sloan Barker ist noch nie jemand entkommen. Deine Frage ist jedoch berechtigt. Solltest du den Ausgang erreichen, der sich am anderen Ende des Grundstückes befindet, entbindet die *Wild Card Society* dich von deinen Pflichten und Mr Barker zahlt dir eine Belohnung von zweitausend Pfund. Ich glaube allerdings nicht, dass du das tatsächlich willst. Aber sei gewarnt, Ava. Es ist nur eine Fantasie, doch sie wird dir verflucht echt erscheinen. Du wirst dich wirklich fühlen, als würde dich ein Mann jagen, allein aus dem Grund, um sich mit dir zu vergnügen."

Zweitausend Pfund Sterling? Das Geld könnte ich mehr als nur gut gebrauchen. Davon ist auch vorher nie die Rede gewesen.

Alles geschieht so schnell und ich stehe mittlerweile in einem Schlafzimmer. Der Smokingmann zeigt auf das Bett, auf dem ein Longsleeve, eine Runningtights, eine Fleecejacke sowie Socken liegen. Auf dem Boden stehen Laufschuhe.

„Ich hatte befürchtet, dass ich nackt und in Highheels durch den Wald rennen muss“, platzt es aus mir, wobei ich ein hysterisches Kichern unterdrücke.

„Du würdest dir nur die Knöchel brechen und dir deine schöne Haut zerkratzen. Dein Master ist der einzige, der dich verletzen darf. Und jetzt ziehe dich um, Ava. Dein Höschen und den BH lässt du bitte auf dem Bett liegen. Du kannst gerne das Bad benutzen.“ Er zeigt auf den Tisch, der zwischen zwei Sesseln am Fenster steht. „Trink von dem Wasser. Du wirst es brauchen. Ich hole dich in zehn Minuten ab.“

Sie lassen mir nicht viel Zeit, aber das ist besser so. Sobald ich alleine bin, verliere ich fast die Nerven. Doch auch das wird mich nicht retten. Ich gehe zum Fenster und blicke auf eine Gartenanlage, an die ein dichter Wald grenzt. Allerdings finde ich keine Anhaltspunkte, um festzustellen, wo ich mich genau befinde.

Du bist ein großes Mädchen, also reiß dich zusammen!

Ich suche kurz die Toilette auf, wasche mir anschließend das Gesicht mit kaltem Wasser. Meine überhitzen Wangen lassen sich jedoch nicht davon beeindrucken und glühen nach wie vor. Wie kann man zur selben Zeit dermaßen viele Emotionen fühlen, wie ein Potpourri der Gegensätzlichkeit? Wenn mich die Society nicht an der Kandare hätte, würde ich flüchten, nur um mich wahrscheinlich mein restliches Leben mit der Frage zu quälen, wie es gewesen wäre, mich einem Master hinzugeben.

Ich gehe zurück ins Schlafzimmer und ziehe mich um. Das Shirt ist eng genug, sodass es meinem Busen Halt gibt. Die Schuhe passen, als hätte ich sie selbst gekauft. Zuletzt schlüpfe ich in die Fleecejacke, trinke wie ein halb verdurstetes Pferd und dann ist es so weit, der Smokingmann holt mich ab, um mich zu meiner Fantasie zu fahren. Und genauso fühlt es sich an, so unglaublich unwirklich.

Diesmal verbindet mir niemand die Augen und ich starrte mit offenem Mund auf das herrschaftliche Gebäude, mit den vier Türmen und ich habe die aberwitzige Vorstellung von Drachen, die sich von den Zinnen erheben. Der graue Stein strahlt Geschichte aus, und weckt in mir das Bedürfnis, seine Geheimnisse zu erforschen. Doch meine Gedanken lösen sich auf, sobald wir durch das schmiedeeiserne Tor fahren, die Privatstraße entlang und dann auf einem Waldweg abbiegen, an dessen Ende sich ein kleiner Parkplatz befindet. Jetzt weiß ich auch warum ich in einem SUV sitze und nicht in der Limousine.

Er hilft mir aus dem Wagen, sieht erst auf seine Armbanduhr und mir dann in die Augen. Seine sind ein warmes Braun. „Wie sind deine Wörter, Ava?"

Ich brauche ein paar Sekunden, ehe ich verstehe, was er von mir will. „Stern und Rot."

„Du wirst sie benutzen, falls es erforderlich ist. Aber Sloan ist ein sehr erfahrener Master und du bist sicher bei ihm, auch wenn dir das vielleicht nicht immer auf Anhieb ersichtlich ist."

Na toll! Erst beruhigt er mich und im nächsten Moment verunsichert er mich aufs Höchste. Ich vermute, dass diese Männer allesamt psychologisch ausgebildet sind, um eine möglichst authentische Aura zu erzeugen, die bei mir ihre geballte Wirkung entfaltet. In diesem Fall gilt die Metapher – Gefahr erkannt, Gefahr gebannt - nicht.

Ich brauche ihn nicht zu fragen, in welche Richtung ich laufen soll. Es gibt nur einen Zugang zu dem umzäunten Areal.

„Hier nimm das und stecke es in deine Tasche. Sollte dir etwas passieren, können wir dich damit orten, und wenn du auf den roten Knopf länger als zehn Sekunden drückst, sendet es ein Notsignal aus. Den grünen Knopf drückst du, falls du unerwarteterweise den gegenüberliegenden Ausgang erreichst. Zu deiner Information, er liegt ungefähr drei Stunden entfernt bei einer konstanten Geschwindigkeit von zehn Stundenkilometern. Außerdem gebe ich dir eine Visitenkarte mit einer Notfallnummer, die du anrufen kannst, falls du jemals außerhalb der Society Hilfe brauchst. Sie ist mit Respekt zu behandeln, aber wenn du sie wählst, kommen Mitarbeiter der Society und helfen dir aus deiner Notlage."

Ich nehme das Utensil, das wie ein kleiner Sender aussieht und die Karte. Er wartet, bis ich beides eingesteckt habe. Dann beugt er sich vor und küsst mich auf die Wange. „Viel Glück und viele Orgasmen, Ava Silver." Er schließt die aus einem Maschengitter bestehende Tür auf. „An deiner Stelle würde ich keine Sekunde vergeuden. Solltest du deinem Master keine gute Jagd liefern, wird er nicht sehr amüsiert sein. Und jetzt renn." Unvermittelt gibt er mir einen leichten Schubs und schlägt mir fest auf den Po. Das reißt mich aus meiner Starre, und das Brennen auf meiner Haut bleibt die ersten Meter, die ich den schmalen Pfad entlanghaste. Soll ich wirklich ernsthaft versuchen, den Ausgang zu erreichen? Ich weiß es nicht. Als endlich mein Herz aufhört, bis wild in meine Kehle zu wummern, nehme ich die Geräusche des Waldes wahr. Wir haben Herbst und die Laubbäume erstrahlen in ihrem schönsten Kleid. Der Wind spielt mit den Blättern, sodass sie rascheln und flüstern. Ab und zu höre ich das Klopfen eines Spechts und mir erscheint die Umgebung märchenhaft. Meine Beine wollen schneller rennen, als meine Vernunft es ihnen erlaubt, doch meine Panik verlangt es von ihnen. Ich fechte einen Kampf mit mir selbst aus, vergeude unnötige Kraft, etwas, das ich mir nicht leisten kann.

Wer ist Sloan Barker? Wie sieht er aus? Was wird er mit mir machen? Hält er sich an die Bestimmungen der Society? Alles rauscht durch meinen Verstand, und ich zwinge mich dazu, diesen gefährlichen Unsinn zu beenden. Ich muss mich auf das Jetzt konzentrieren. Um mich selbst anzuspornen, bin ich inzwischen wild entschlossen, den Ausgang zu erreichen. Falls mir das gelingt, ist Sloan Barker nicht gut genug für mich. Dann hat er es nicht verdient, mich zu kriegen. Er wäre kein Master, sondern eine aufgeblasene Verpackung, die nur nach außen hin interessant erscheint. Ich beschleunige ein wenig und hoffe, dass ich das nicht gleich bitterlich bereuen werde.

Nach ein paar Metern finde ich endlich in meinen Rhythmus, bin im Einklang mit meinen Muskeln, meinem Herzschlag und meiner Atmung. Wie ein fein abgestimmtes Instrument tut mein Körper das, was ich ihm befehle. Dann durchschneidet der durchdringende Ton eines Jagdhorns die Stille und alles in mir bricht in Disharmonie aus.

♠♣♥♦

Die Jagd auf Ava ist nicht meine erste. Doch bei den vorherigen hat nichts bei mir auf dem Spiel gestanden, außer ein paar heiße Stunden zu genießen. Unverfänglicher harter Sex, manchmal mit ein bisschen Popohaue, manchmal mit weitaus heftigerem Schmerz, abgestimmt auf die jeweilige Sub. Die Frauen hatten ihren Spaß und ich auch bis zu einem gewissen Grad. Allerdings waren sie bereits anders losgerannt als Ava. Sie scheint fest entschlossen, den Ausgang zu finden und mir eine wilde Hatz zu liefern, die es in sich hat. Sie weiß nicht, dass ich im Gegensatz zu ihr, das Gelände gut kenne, ich genau weiß, wohin ich sie treiben muss.

Die Hütte wartet auf uns und Ava erwartet dort mehr als ein warm gespankter Arsch. Ich muss mich richtig anstrengen, um die Distanz zwischen uns zu verkleinern. Aber wenn es so weit ist, werde ich mich nicht sofort auf sie werfen, stattdessen sie nur wissen lassen, dass ich dicht hinter ihr bin, sie mir nicht entkommen kann, egal, wie sehr sie sich anstrengt. Ich verdränge die Gründe, warum ich sie in diese Falle gelockt habe, lasse mich von der Lust leiten, wie ein außer Kontrolle geratener Jediritter, der die dunkle Seite der Macht nicht nur gekostet, sondern verschlungen hat.

Ich habe mich gründlich auf diesen Tag vorbereitet und laufe seit Monaten viermal in der Woche, mit Sprinteinheiten, die mich an meine Grenzen gebracht haben. Dazu intensives Fighttraining, nicht nur um einen Gegner auszuschalten, sondern auch Techniken, um eine Frau möglichst schonend zu Fall zu bringen, sie zu überwältigen, damit man ihr all die bösen Dinge antun kann, von denen sie fantasiert hat. Ich will Ava jedoch nicht ungewollt Verletzungen zufügen. Der heutige Tag dient nur der Erfüllung ihrer Bedürfnisse. Und ich habe nicht vor, sie morgen nach Hause zu schicken. Mein Plan sieht vor, dass ich sie am Sonntagabend selbst in ihr Heim fahre und sie zu diesem Zeitpunkt bereits eine emotionale Bindung zu mir spürt, ohne dass ihr dies bewusst ist. Sie soll ununterbrochen an mich denken, von mir träumen, es kaum abwarten, dass ich mich ihrer erneut annehme. Ich will mich in ihre Pussy, ihr Herz, ihren Verstand und ihre Seele schleichen. Sie soll jeden Kerl vergessen, der sie jemals gefickt hat und die zukünftigen müssen sich an mir messen.

Ava rennt, als ob sie wirklich wüsste, wer hinter ihr her ist, dass ich viel mehr von ihr will, als nur in ihr Höschen zu gelangen. Ich habe zu ihr aufgeschlossen und sie erreicht die Weggabelung. Sie verschenkt wertvolle Sekunden, da sie sich zunächst nicht entscheiden kann, in welche Richtung sie weiterlaufen soll, obwohl ihr Unterbewusstsein auf der Stelle eine Entscheidung trifft. Aber sie hört zuerst nicht darauf. Auch ich weiß im Vorfeld, dass sie nach rechts laufen wird, weil der Pfad geschlungen verläuft und der andere schnurgerade. Ava enttäuscht mich nicht. Sie hat mich noch nicht bemerkt, kann mich sogar dann nicht erspähen, als sie stehenbleibt und sich umdreht. Sie ist zum Anbeißen in der engen Sportbekleidung, allerdings wird Ava noch besser aussehen, wenn sie nackt ist. Auf dem Podest hat sie verflucht sexy in der zarten Spitzenwäsche ausgesehen. Stolz hat sie gewirkt, aber dennoch war ihre Unsicherheit deutlich erkennbar gewesen. Ich mag keine arroganten Frauen, bei mir selbst bin ich in dieser Hinsicht nachlässiger. Ich muss zugeben, dass ich heiß auf sie bin, mich darauf freue, Dinge mit ihr zu tun, die sie bis jetzt mit keinem anderen Kerl geteilt hat. Sie wird eine Zierde sein, wenn sie schreiend und weinend über meinen Knien liegt, während ich sie bestrafe, bis ihr Arsch so rot leuchtet, wie ich es mag. Sie den Schmerz fürchtet, sich zugleich danach verzehrt. Zurzeit weiß ich noch nicht, ob sie überhaupt masochistisch veranlagt ist. Ich vermute es, aber genau wissen werde ich es erst, nachdem ich ihr wehgetan habe. Das Wochenende dient auch dazu, meine weitere Vorgehensweise auf sie abzustimmen. Zunächst stehen ihre Bedürfnisse im Vordergrund, und falls ich Glück habe, ergänzen sie die meinigen perfekt. Umso weniger muss ich ihr etwas vorspielen, sollte es so sein. Mein Körper meldet sich lautstark zu Wort, bei all den unsittlichen Vorstellungen, die durch meine Gedanken flitzen. Äußerst anregend, zudem es keine Fantasien sind. Ich werde bekommen, was ich will, auf die eine oder andere Weise.

Ich mache noch ein paar Meter gut und jetzt lasse ich sie wissen, dass ich mich bereits in ihrer Nähe befinde. Es ist Zeit, die nächste Phase der Jagd einzuläuten, ihren Fluchtinstinkt weiter anzukurbeln. Sie soll sich mir widersetzen. Mit voller Absicht laufe ich so kraftvoll, dass sie es hören muss. Und da der Wald nach diesem Pfad lichter wird, kann sie mich dort nicht übersehen. Fangen werde ich sie jedoch erst später. Zuerst will ich den Rausch der Jagd auskosten. Ein Fest für meine Sinne und ich gedenke jede Sekunde davon auszureizen. Auch das stellt meine Tarnung sicher. Vielleicht bin ich doch eher ein Werwolf als ein dunkler Ritter.

♠♣♥♦

Er ist hinter mir und ich weiß, dass ich ihn nicht abschütteln kann, egal, wie viele Haken ich noch schlagen werde. Ob er absichtlich auf einmal so einen Krach macht? Mit Sicherheit, denn er weiß genau, was er damit in mir anrichtet. Kein Baum oder Strauch bietet mir ausreichend Deckung, um mich zu verstecken. Der Wald ist nicht mehr dicht genug. Der gewundene Weg ist kürzer, als ich es erhofft habe. Mein Häscher ist mir immer einen Schritt voraus, denn er hat mich mühelos aufgespürt. Vielleicht liegt es daran, dass ich seit zwei Kilometern alles andere als leise bin. Mein Geräuschpegel gleicht inzwischen einem Bären, dem ein Rudel Löwen auf den Fersen ist. Keuchend schnappe ich nach Atem, während stechender Schmerz durch meine Seiten schießt und die schreckliche Erkenntnis sich in mir ausbreitet, dass es nur noch eine Frage von Minuten ist, bis er mich in die Finger bekommt. Er bekommt mich, wenn er es will, wann er es will und wie er es will.

Ich bereue es, dass ich nicht mehr Zeit auf dem Laufband verbracht habe. Im Gegensatz zu ihm - er hat offensichtlich trainiert. Er spielt mit mir, dehnt die Jagd aus, um mich zu erschöpfen, sowie meine Angst und Lust anzustacheln. Er ist verdammt erfolgreich mit seiner Methode. Einige Male hat er mich beinahe gefangen, doch jedes Mal hat er mich entkommen lassen. Niemals hätte ich ihm zugetraut, dass er mir wirklich dermaßen überlegen ist. Ich habe ihn unterschätzt und bin ihm, mit Haut, Haaren, Schweiß, Adrenalin und allem, was mein Körper sonst noch hergibt, ausgeliefert. Sich etwas vorzustellen ist ganz anderes, als es zu durchleben. Man schätzt die eigenen Reaktionen und Verhaltensweisen falsch ein.

Ich halte diese Ungewissheit nicht mehr aus, muss wissen, wie er aussieht, obwohl ich weiß, dass ich mich nicht umdrehen sollte, es gefährlich ist, es zu tun. Indessen ist der Drang ist dermaßen heftig, dass ich es nicht eine Sekunde länger aushalte. Ich verlangsame meine Geschwindigkeit, bis ich fast schleiche, und laufe einen kleinen Kreis.

Er ist in Schwarz gekleidet und er trägt eine Skimaske. Verdammter Mist! Ich bin ein Risiko eingegangen und erhalte dafür keine Belohnung. Er ist groß und das enge Longsleeve schmiegt sich an einen beeindruckenden Oberkörper mit breiten Schultern. Seine langen Beine machen bei jedem Schritt viel mehr Boden gut als meine kurzen es jemals könnten. Zwar sind die erfolgreichsten Marathonläuferinnen klein und leicht, machen mit Geschwindigkeit und einem eisernen Willen wett, was ihre Gestalt nicht hergibt, aber ich bin unerfreulicherweise nur klein. Leider versiegt meine Entschlossenheit allmählich, ausgelöscht durch Erschöpfung und zudem bin ich eher eine Mittelstreckenschnecke als eine Gazelle.

Dennoch erreicht der Anblick seiner schaurig-heißen Erscheinung, dass mein Körper einen Energieboost ausstößt, sodass ich lossprinte.

Oh Gott, was er mir antun wird, wenn er mich zu fassen bekommt! Die Angst macht einem Prickeln Platz, das sich auf meiner Haut ausbreitet, das verführerisch über mich spült und sich verlockend in meinem Geschlecht festsetzt.

Mein aufgewühlter Leib hat seine Reserven allerdings aufgebraucht. Ich spüre es deutlich in meinen brennenden Muskeln, den weichen Knien, aber vor allem in meinem Verstand, der mir zubrüllt stehenzubleiben, damit die Tortur aufhört, mich einfach meinem unausweichlichen Schicksal zu überlassen, das so berauschend erscheint. Auch schwindet meine Konzentration, die man wirklich nicht vernachlässigen sollte, wenn man über einen unebenen Waldboden bestückt mit fiesen Wurzeln, verdeckt von Blättern, rennt, als wäre der Leibhaftige persönlich hinter einem her. Und dann geschieht es, ich stolpere über einen Ast und schreie hysterisch, sodass der Laut wie eine Sirene durch den Wald donnert und ihm mit Sicherheit eine gewisse Genugtuung beschert. Ich kann mich gerade noch so fangen und taumle die nächsten Schritte. Mein Haar hat sich längst aus dem Gummi befreit und die Strähnen kleben auf meinem nassen Gesicht. Heiß tropft Schweiß meine Wirbelsäule hinab und sammelte sich zwischen meinen Pobacken. Und doch laufen kalte Schauder meine Arme hinauf. Wenn er mich einfängt, wird er mir all die Dinge antun, die ich mir in den einsamen Nachtstunden ausgemalt habe, und auch solche, die jenseits meiner Vorstellungskraft liegen.

Oh Mann, nur daran zu denken …

An seine Hände, die starken Muskeln und ich hoffe, dass er den gleichen dominanten und einschüchternden Blick hat, wie der geheimnisvolle Fahrer. Ich schlage einen Haken und sein Lachen verfolgt mich - das Lachen eines Jägers, der sich seiner Beute sicher ist. Oh Gott nein. Nur wenige Meter vor mir erspähe ich eine Blockhütte, die mich zu verhöhnen scheint, denn ich weiß, dass sich in ihr keine Retter befinden, sondern, dass er mich genau auf sie zugetrieben hat. Ich bin so überrascht von dem Anblick, dass ich ihn erst bemerke, als er direkt hinter mir ist. Er packt mich an der Hüfte, wirft mich auf den mit Blättern bedeckten Pfad und dreht mich, sodass ich auf dem Rücken liege. Ehe ich überhaupt richtig registriere, was er getan hat, ist er auf mir. Sein schwerer Körper drückt mich auf den Boden und seine Hand legt sich auf meinen Mund. Er erstickt den Schrei, ehe er sich von meinen Lippen löst. Und irgendwie hat er es geschafft, dass der Aufprall mich weder verletzt hat, noch sonderlich schmerzhaft war.

Ich keuche gegen seine Handfläche und er nimmt sie fort, greift stattdessen nach meinen Handgelenken und presst sie neben meinen Hüften auf den Pfad. Von seinem Gesicht kann ich nur den Mund und die Augen erkennen, die hellgrün sind.

Kann es sein …?

„Hast du wirklich geglaubt, du könntest mir entkommen?“ Seine Stimme ist ein schattenhaftes Versprechen, das meine Sinne erfasst, mir über die Haut kribbelt.

„Du!“ Er ist Sloan Barker, der Chauffeur.

„Hast du jemand anderes erwartet? Gehofft, dass dein Master ein wenig zivilisierter ist? Ah, Caramella, mir scheint, du hast genau das bekommen, was du am meisten herbeisehnst. Nämlich mich.“

Caramella?

Der arrogante Bastard drängt sich zwischen meine Beine und reibt seinen harten Schwanz an meinem Geschlecht. Obwohl mindestens zwei Stofflagen uns trennen, ist es, als wären wir beide nackt. Heiße Lust breitet sich in mir aus und verdrängt die Angst, die ich gerade noch gespürt habe. Es ist kein Fremder, stattdessen ist er mir fast vertraut, weil ich ständig an ihn gedacht habe. Mir wird bewusst, dass ich ein Vertrauensverhältnis zu ihm aufgebaut habe, obwohl das völlig irrational ist. Die Hitze seines Körpers dringt in meinen Leib, erzeugt eine intime Nähe, der ich mich nicht zu entziehen vermag. Dennoch steigt Wut in mir hoch, dass die Society mich im Ungewissen gelassen hat, weil es von Anfang an festgestanden hat, dass Sloan Barker mich bekommt. Er lässt unvermittelt mein linkes Gelenk los und reißt sich die Maske vom Kopf, die er von sich schleudert, und fängt meine Hand ab, ehe ich damit zuschlagen kann. Er ist verflucht schnell.

Aber wenigstens schwitzt er ebenso wie ich und sein Haar klebt an seinem Kopf. Allerdings hat er im Gegensatz zu mir keine Kraft eingebüßt, ringt nicht nach Atem und sieht so aus, als könnte er die zurückgelegte Strecke noch ein paarmal rennen, ehe er richtig aus der Puste ist.

„Da steckt ja nach wie vor ein wenig Feuer in dir, Ava. Ich dachte schon, ich könnte dich ohne Gegenwehr ficken, dass du eine leichtere Beute bist als angenommen. Das wäre eine herbe Enttäuschung." Dann wird sein Blick für einen Moment weich. „Hast du dir wehgetan, als du gestolpert bist?" Da liegt so viel Besorgnis in seiner Stimme, dass ich ihn nur anstarre, weil es so überraschend ist.

„Alles okay. Habe mich nur erschrocken."

„Gut." Jetzt sieht er wieder wie der Jäger aus, sodass ich nach Luft, nach Worten, nach Fassung ringe, aber all das bleibt mir versagt. Er zwingt meinen rechten Arm nach oben über meinem Kopf, dann den linken und hält beide Handgelenke mit der rechten Hand fest, in einem für mich undurchbrechbaren Griff. Der anmaßende Arsch besitzt die Frechheit mir zuzuzwinkern und ich will ihm wehtun. Er richtet sich etwas auf, was den Druck auf meine Handgelenke noch erhöht und öffnet den Reißverschluss meiner Fleecejacke.

„Deine Augen sprühen Gift und Galle und doch bist du so hilflos, Caramella. Ja, das bist du, geschmeidig, fließend wie Karamell, nicht nur wegen deinen unglaublich tollen Haaren." Blitzschnell lässt er mich los, was mir aber reichlich wenig nutzt, da er den Bund meines Shirts packt und es mir über den Kopf zieht, mir somit die Sicht raubt. Meine Arme sind in den Ärmeln gefangen und sogleich spüre ich seinen heißen Mund, der fest an meiner rechten Brustwarze saugt, sie dann mit seiner Zunge leckt, nur um sie im nächsten Moment zu zwicken. Das kommt so überraschend, dass ich perplex erstarre, derweil der Reiz wie flüssige Lava meine Nervenbahnen flutet und sich den direkten Weg zu meiner Klit bahnt. Das hat vor ihm noch nie jemand getan. Mein überfordertes Gehirn kann sich nicht entscheiden, ob der Schmerz von lustvoller Natur ist, mein Körper jedoch hat längst seine eigene Meinung dazu.

Es fühlt sich großartig an und ich bin scharf auf ihn. Sein Gewicht löst sich von mir. Während ich blind um mich trete, zerrt er mir die Runningtights herunter und mit einem Ruck sogar über die Schuhe. Entsetzt spüre ich die nassen Blätter an meinem nackten Hintern, die kühle Luft auf meinem entblößten Körper. Meine Nippel sind hart und ich weiß nicht, ob es wegen des Windes ist. Sloan lacht wirklich gemein und ich bin jetzt so zornig auf ihn, dass ich mir am liebsten den nächstbesten Ast schnappen möchte, um ihn diesen über seinen Schädel zu ziehen oder noch besser, ihn wie einen Vampir aufzuspießen. Und schon reißt er mir das Shirt zusammen mit der Jacke von den Armen. Er steht hinter mir und grinst auf mich herab, als ich zu ihm hochstarre. Und wie er mich ansieht! Seinen Blick über mich schweifen lässt, als hätte er jedes Recht dazu und alle Zeit der Welt. Die Gier in seinem Blick entfacht auch mein Verlangen auf ihn, auf seine Dominanz, auf das, was er mit mir vorhat, bereits mit mir macht. Er ist all das, wonach ich mich in meinen schmutzigen Träumen gesehnt habe.

„Möchtest du nicht aufstehen? Der Waldboden sieht nicht besonders einladend aus. Hoch mit dir, Ava.“ Seine Stimme verändert sich, während er spricht. Zuerst hat sie sich nachsichtig angehört, amüsiert, doch dem letzten Satz haftet eine Gefährlichkeit an, die mir einen Schauder über die Haut treibt, der nichts mit Angst gemein hat.

Na großartig! Ich liege wie ein sehr nackter Käfer auf dem Rücken und er reicht mir nicht einmal eine Hand, um mir aufzuhelfen.

„Du bist kein Gentleman, Sloan.“ Das erste Mal seinen Namen laut auszusprechen ist ungewohnt, zudem erzeugt es eine Art von Nähe, als würde er erst in diesem Moment real werden. Dabei kann ich mir nicht vormachen, in einem

Traum gefangen zu sein. Dazu spüre ich die nassen Blätter, die kleinen Steine allzu deutlich unter der Haut. Der Wind streichelt meinen Körper, kühlt meine schrecklich heiße Oberfläche. Ich rieche den Wald mit seinem erdigen Duft, aber Sloan stellt all das weit in den Schatten. Seine Existenz überwältigt meine Sinne. Wie er da steht! Ein Prinz der Dunkelheit, der mich verschlingen will und es auch wird. Sein Blick liegt schwer auf mir.

„Wenn du nicht innerhalb der nächsten drei Sekunden stehst, werde ich dich umdrehen und dir an Ort und Stelle den Arsch versohlen, solange bis deine Tränen vom Boden aufgesogen werden.“ Er flüstert die Wörter beinahe. „Und du kannst absolut nichts tun, um mich davon abzuhalten.“

Ich muss zugeben, dass ein Teil von mir danach giert, herauszufinden, ob er zu seiner Drohung steht. Aber ich rapple mich auf und meine geschundenen Muskeln schreien stumm, während mir ein ungewolltes Wimmern entweicht, welches ihn amüsiert schnauben lässt.

„Und jetzt renn für mich, Caramella.“

Das werde ich nicht tun! Erbost drehe ich mich um, sodass ich ihn ansehen kann, und wünsche mir auf der Stelle, dass ich es nicht getan hätte. Da glitzert etwas Hungriges in seinen Augen, das vorhin noch nicht da gewesen ist.

„Du weigerst dich? Ernsthaft?“

Ich brauche meine ganze Willenskraft, um nicht vor Sloan zurückzuweichen. Dabei kann ich ihm nichts vormachen. Er weiß, dass ich am liebsten schreiend vor ihm davonlaufen würde, allein, um der Eindringlichkeit seines brennenden Blicks zu entgehen, sowie der unheimlichen Stille, die er ausstrahlt.

„Dann muss ich mir wohl etwas einfallen lassen, um deine Kooperation zu erzwingen. Anscheinend willst du den Master in mir reizen, mich bereits jetzt herausfordern, obwohl du kaum stehen kannst.“

Er mustert meine Brüste, wobei er sich nicht einmal die Mühe macht, unbeteiligt dreinzuschauen. Ich weiß zwar nicht warum, aber dass er bekleidet vor mir steht, ist erregend, auch, dass ich verunsichert wütend bin. Ich kann mich nicht daran erinnern, jemals so aufgewühlt gewesen zu sein, und dass ich es als angenehmes Gefühl empfunden habe. Genau das tue ich, denn ich mag die Situation, in der ich stecke. Sie ist für mich unkontrollierbar, weil ich Sloan nicht einschätzen kann. Aus dem Inneren seines Longsleeves zieht er etwas hervor und ich brauche ein paar Augenblicke, bis ich verstehe, dass es keine Antenne aus Gummi ist, sondern ein Utensil, mit dem er mich schlagen kann. Provokativ zieht er eine Augenbraue hoch, bevor er wispert: „Lauf, mein Häschen!"

Und genau das tue ich. Ich wirbele herum und es ist mir egal, dass meine Brüste wippen, alles an mir wackelt, was wackeln kann, solange er mich nicht mit diesem grässlichen Ding schlägt.

„Du hast einen prachtvollen Arsch", ruft er mir hinterher. Nach dem ersten Schreck merke ich überdeutlich, dass ich keine Energie mehr habe, um ihm eine weitere Hatz zu liefern. Doch darauf hat er es auch nicht abgezielt. Sloan wollte mich nur auf die Rückseite der Hütte zutreiben, auf den Pfosten zu, von dem lederne Manschetten baumeln. Das Gelände ist durch einen Zaun abgegrenzt, den ich niemals überwinden könnte. Ich bleibe wie angewurzelt stehen und drehe mich ihm zu, wobei ich hoffe, dass er nicht auf meine Vorderseite schlägt. Schleichend kommt er auf mich zu, gibt mir deutlich zu verstehen, dass ein Entkommen eine Unmöglichkeit darstellt. Zwei Meter von mir entfernt bleibt er stehen, während ein nonchalantes Lächeln seine Mundwinkel umspielt.

„Stell dich an den Pfahl, Caramella. Wenn du es freiwillig tust, wirkt sich das positiv auf deine Bestrafung aus, dann bleiben keine Striemen zurück, die dich noch die ganze nächste Woche schmücken würden."

In meinen Träumen hat das alles viel verführerischer angemutet. Die Vorstellung, durch einen Gummistock Schmerzen zu erfahren, erscheint mir in diesem Moment genauso erstrebenswert, wie blutend in ein Becken mit ausgehungerten Piranhas zu springen. Und dennoch trete ich an den Pfahl heran, während mein Herz nicht schlägt, stattdessen versucht, aus meiner Brust zu springen. Als ich stehenbleibe, ist er bereits hinter mir und presst seinen harten Körper an meine Rückseite. Inzwischen zittere ich so heftig, dass sich Espenlaub an mir ein Beispiel nehmen kann. Als ich nach unten schaue, bemerke ich eine Wasserflasche.

„So große Angst und trotzdem gehorchst du mir." Sloan schiebt mit einer Hand meine Haare zur Seite und atmet gegen meinen Nacken. Wie kann man zur selben Zeit schweißüberströmt sein und dennoch so schrecklich frieren? Er holt tief Luft, als ob er meinen Geruch kostet. Seine Lippen berühren meinen empfindsamen Hals, ziehen eine gänsehautlastige Spur bis zu meiner Schulter. Sein Mund ist so weich und besänftigend, während seine harten Muskeln mich daran erinnern, mit wem ich es hier zu tun habe.

„Heb deine Arme an, Caramella."

Er wird es tatsächlich tun und mich fixieren, damit er mich bestrafen kann.

„Vertraust du mir, Ava?"

Die Frage erstaunt mich, jedoch kommt sie genau im richtigen Moment. Um ehrlich zu sein, weiß ich es nicht. Und um weitaus ehrlicher zu sein, er braucht mich nicht zu fesseln, um mir wirklich grauenvolle Dinge anzutun, sollte er das wollen. Ich hebe meine Arme und nie zuvor ist mir etwas derart schwergefallen. Ich bin gefangen zwischen dem Pfahl und ihm, aber noch mehr gefangen nimmt mich seine Persönlichkeit, diese Gefahr, die ich in ihm erahne, die er kontrolliert und somit auch mich. Seine linke Hand umfasst mein linkes Handgelenk und sein Daumen streichelt die dünne Haut an der Innenseite. Er kann bestimmt meinen rasenden Puls fühlen. Sekunden später fixieren die Manschetten mich an das Holz. Sloan überprüft den Sitz, indem er mit einem Finger unter das Leder fährt. Das beruhigt mich ein wenig. Er geht nicht gewissenlos vor, das beweist obendrein die Länge der Ketten, denn meine Arme sind nicht straff nach oben gezogen. Er tritt von mir zurück und ich halte die Luft an, in Erwartung einer schrecklichen Tortur, die bestimmt meinen armen Hintern treffen wird. Oder hat er vor, mir auf den Rücken zu schlagen?

„Ich werde dich jetzt bestrafen, dir etwas antun, das all deine Sinne erobern wird. Du wirst mich anflehen, mich anbetteln, alles tun, damit ich dir Gnade erweise."

So überzeugt ist er davon! Vielleicht schaffe ich es, ihm eine Lehre zu erteilen. Mein Stolz und meine Sturheit bewahren mich sicherlich davor zu betteln. Das habe ich noch nie getan und gedenke auch nicht, mein Verhalten zu ändern. Er packt mein Haar, zieht meinen Kopf zur Seite und hält mir die Flasche an die Lippen, in der ein Strohhalm steckt. Das kommt dermaßen überraschend, dass ich vor Schreck zusammenzucke.

„Trink. Sonst kollabierst du mir, ehe ich mit dir fertig bin."

Lindernd läuft das kühle Wasser meine ausgedörrte Kehle hinunter, und er lässt mich so viel trinken, wie ich es brauche. Doch irgendwann ist auch diese Annehmlichkeit vorüber und ich kann nicht mehr hinauszögern, dass er seine Gier, mir sehr wehzutun, an meinem Körper stillt.

Aber du hast das Safeword! Sogar zwei Stück.

Sobald der Gedanke in mir hochsteigt, wird mir das eigene Dilemma bewusst, denn wenn ich es jetzt sage, werde ich nie wissen, wie es ist, einem Master wirklich zu gehorchen, dazu noch so einem. Sloan stellt die Flasche zurück auf den Boden und ich schließe die Augen, lehne meine Stirn gegen das

Holz, versuche mich auf den Schmerz vorzubereiten, der allerdings nicht kommt. Stattdessen legt er seine Hände um meine Hüften und für einen kurzen Moment befürchte ich, dass er mich erst fickt und danach schlägt, seine Bedürfnisse an mir sättigt, ohne, dass ich etwas kosten darf, was für mich ist. Schließlich ist er der Master!

Doch er rutscht höher mit den Händen und ich schwöre, dass seine Handflächen glühende Spuren auf meiner Haut hinterlassen. Das intensive Angstempfinden steigert jeden meiner Sinne. Er folgt meinen Rippenbögen, bis hinauf zu meinen Brüsten, die er sanft umfasst, sie nach oben drückt und knetet, wobei er meine Nippel stimuliert, bis sie schrecklich pochen und verstörende Signale durch meinen Körper schicken, die sich schlussendlich in meinem Geschlecht sammeln. Er schafft es mit Leichtigkeit, dass ich nass für ihn werde, er jetzt mühelos in mich eindringen könnte, doch da er sich an mich presst, spüre ich zwar seine Erektion, aber auch, dass seine Hose an Ort und Stelle sitzt.

Anscheinend gewährt er mir eine Galgenfrist. Seine Lippen berühren schon wieder diese hochempfindlichen Stellen an meinem Hals, folgen der Kurve, bis sie meinen Schultermuskel erreichen und er dann leicht hineinbeißt. Der verführerische Schmerz wandert durch meine Nervenbahnen, erzeugt ein unerklärliches Sehnen in meinem Schoß. Er lässt mir ein wenig Platz, den ich ausnutze, um mich an ihm zu reiben. Inzwischen möchte ich, dass er mich nimmt. Meine Arme zittern, als ich mich strecke, mich rekele und mich auf die Zehenspitzen stelle.

„Sloan“, keuche ich.

Abrupt entzieht er mir jeglichen Körperkontakt, ehe seine Handfläche meine rechte Pobacke trifft. Der klatschende Laut ist ein deutliches Indiz, wie fest der Treffer war und die durchdringende Hitze entreißt mir einen Schrei.

„Wie heiße ich, Ava?“, wispert er in einem Tonfall, der sich ebenso in mir einbrennt, wie es der Schlag getan hat.

Scheiße! Ich habe alles vergessen, außer Acht gelassen, wie ich mich benehmen soll, hätte wissen müssen, dass sein Vorname keine angemessene Anrede während unseres Spiels ist. Er setzt meine Intelligenz voraus bei diesem Arrangement und ich kann nicht so tun, als wüsste ich es nicht.

„Master!“ Ich schluchze den Titel, mehr als das ich ihn sage. Der eine Hieb hat mich erschüttert und ich habe Angst, dass er mir noch ein paar verabreicht, die mich überfordern.

„Entzückend, Caramella. Ich bestehe nur auf diese Anrede, wenn wir miteinander … spielen. Es ist ein Zeichen deines Respekts und deiner mentalen Einstellung mir gegenüber.“

So sehr der Schmerz mich entsetzt hat, weitaus mehr entsetzt mich, dass sein Lob meine Seele streichelt. Damit habe ich nicht gerechnet. Ich habe damit gerechnet, dass ich zwar auf körperliche Reize reagieren werde, jedoch nicht, dass er mich emotional dermaßen aufwühlt.

Ich zucke zusammen, als er seine Handfläche sanft auf die in Feuer stehende Stelle legt. Aber meine Furcht ist zumindest jetzt unbegründet, denn er reibt die Pein fort, bis sie zu einem verführerischen Glühen abebbt. Gerade noch habe ich gedacht, dass ich keinen weiteren Schmerz ertragen kann, doch nun sehne ich ihn herbei und auch die Liebkosung, die folgt. Vor allem diese!

Erneut presst er sich dicht an mich und es ist ein Zeichen seines überlegenen Status‘. Er macht es, weil er es kann und ich ihn nicht aufzuhalten vermag. Dieses Mal legt er seine rechte Hand auf meinen Bauch und umfasst mit der linken meine Kehle. Er gibt mir keine Zeit, um in Panik zu geraten. Seine Fingerspitzen streifen meine Schamlippen, teilen sie, um die gierig pochende Stelle freizulegen. Ich muss nasser sein, als ich es angenommen habe, denn ich spüre die kühle Luft überdeutlich. Zischend ziehe ich einen Atemzug ein und dann taucht er mit einem Finger in meine Spalte, um anschließend die cremige Nässe auf meiner Klit zu verteilen.

Der Reiz ist ebenso heftig, wie es sein Schlag gewesen ist. Instinktiv versuche ich nach hinten auszuweichen, doch sein unnachgiebiger Körper hält mich genau dort, wo ich bin.

„Sachte, Caramella." Er lacht mit purer männlicher Genugtuung, denn ich bin im wahrsten Sinne des Wortes gefangen, wobei die Fesselung nur symbolisch ist. „Ich werde dich in Ekstase treiben, bis du kaum noch stehen kannst. Und um ehrlich zu sein …" Er führt seinen Mund dicht an mein Ohr „… wirst du mir auf deinen Knien sehr gut gefallen. Da sind mehrere Szenarien, die mir überaus zusagen." Sein Atem kitzelt mich.

Er übt etwas Druck auf meine Kehle aus, schneidet mir allerdings nicht die Luftzufuhr ab, oder tut mir weh. Dennoch erhöht es meine Gier auf ihn, auf seine Dominanz und auf all die ungeahnten Verhaltensweisen, die er mir entlockt. Ich nehme diese erst wahr, wenn sie geschehen, denn vorauszuahnen vermag ich sie nicht. Der anstrengende Lauf und die ganze erregende unglaubliche Situation fordern ihren Tribut ein. Vielleicht ist es auch nur meiner Erschöpfung geschuldet, dass ich so heftig auf alles, was er mit mir macht, reagiere. Ich will mich davon überzeugen, mich quasi selbst belügen, dass meine Reaktionen auf meinen Master rein physischer Natur sind, dass ich kein emotionales Band zu ihm knüpfe, egal welcherart. Mir fallen ungeheuerlich viele Gründe ein, warum das nicht sein kann, allerdings glaube ich nicht einen einzigen davon.

Konzentrieren vermag ich mich sowieso nicht auf mein Gedankenchaos, denn zu nachdrücklich ist das, was er mit meinem Körper anstellt. Gleißendes Verlangen jagt durch mich hindurch, erobert jeden Millimeter meines Leibs, obwohl ich mich für ein paar Augenblicke dagegen wehre, während seine starken Arme mich halten und seine Hände mir auf verschieden Weisen schreckliche Dinge antun. Allerdings gewinnt er meinen inneren Kampf, keinesfalls ich. Eine

Hand hält buchstäblich mein Leben und die andere katapultiert mich in einen lustvollen Himmel.

Meine Klit ist geschwollen und selbst meine Schamlippen fühlen sich unglaublich durchblutet an. Das Pochen meines Kitzlers verwandelt sich in ein Ziehen, in ein Pulsieren, das sich bis zu meinem Anus fortsetzt. Seine geschickten Finger führen genau den richtigen Druck aus, um mich beinahe von den Füßen zu fegen. Doch er hält mich fest, was mir viel deutlicher bewusst ist als die Fesseln. Längst bin ich von dem Drang erfüllt, dass diese furchtbare Gier, endlich zum Stillstand kommt. Und nur Sloan kann das erreichen. Längst ist das, was ich bin verblasst, denn ich würde inzwischen alles tun, nur damit ich kommen kann. Ja, ich sehne mich danach zu betteln, zu flehen, verzweifelt zu fordern, dass er mich erlöst. Verwegen versuche ich den Druck auf seine Finger zu verstärken, doch er lässt es nicht zu.

„Du bist der Meinung, dass du dir einen Orgasmus verdient hast, Caramella? Jetzt schon?"

Was sind das für blöde Fragen? Kann man sich einen Orgasmus verdienen? Womit? Mit einem sauber geputzten Haus? Geistesgegenwärtig stelle ich nur mir selbst diese Fragen, denn ich glaube nicht, dass es ihm gefallen würde, sollte ich sie laut in den Wald schluchzen. Auch das ist ungewohnt für mich. Oft blubbern mir Sätze über die Lippen, die lieber keiner gehört hätte. Bis jetzt hat das keine Konsequenzen für mich gehabt. Doch bei ihm ist das etwas ganz anderes. Ich bin unter seiner Gnade und er kann mich bespielen wie ein verfluchtes Schlagzeug oder eine Gitarre, sollte ihm der Sinn danach stehen. Er hat mich gejagt und mich bekommen, in mehr als nur einer Hinsicht. Im Moment allerdings zupft er an mir herum, als wäre ich eine Harfe und die Melodie ist einen Tick zu sanft für mich. Sloan Barker weiß genau, was er mit meinem Körper anstellen muss, um an mich heranzukommen. Ich wünsche mir, dass ich ihm mehr entgegensetzen könnte, dass er mich mit dem einen grässlichen Schlag nicht dermaßen aus der Bahn gedrängt hätte, sodass ich seinen nachfolgenden Handlungen schutzlos ausgeliefert bin, ich wie ein Tier auf ihn reagiere, das nur seinen Trieben und Instinkten folgt.

Er hört auf meine Klit zu stimulieren, dringt stattdessen mit zwei Fingern in mich ein. Ich kann mich nicht davon abhalten zu stöhnen, ihm nicht nur die visuelle Genugtuung zu bieten, wie sehr er über mich bestimmt. Er kann es ebenso fühlen, als auch hören und ich befürchte, zudem riechen. Mein altes Selbst strampelt sich urplötzlich frei, ehe ich es registriere.

„Soll ich dir vielleicht einen Kuchen backen … Master Fiesling?“ Die Worte hallen nicht nur in meinen Ohren, seine sind höchstwahrscheinlich zusammengezuckt.

Während ich den Reiz seiner Finger in mir überdeutlich spüre, die mich weiten, mich füllen, sich so unglaublich geil in mir anfühlen, weil ich weitaus mehr als nur erregt bin, jagt gleichzeitig Furcht vor seiner Strafe durch mich hindurch.

„Du glaubst tatsächlich, dass ein loses Mundwerk angebracht ist? Du bist meine Gefangene, meine Sklavin und anscheinend musst du noch lernen, wo dein Platz ist.“ Er hält absolut still. Umso deutlicher wird mir das eigene Zittern bewusst, das nicht nur auf meiner Haut ist, sondern bedeutend tiefer reicht. „Schmerz ist ein Mittel, das man sorgsam einsetzen muss, um ans Ziel zu gelangen. Ich werde dir jetzt einen Vorgeschmack davon geben, gerade so viel, dass er sich in deinen Verstand einbrennt, so wie meine Handfläche es auf deinem Arsch wird.“

„Bitte nicht, Master.“ Ich möchte mir selbst die Zunge abbeißen, denn ich flehe niemanden an. „Bitte.“ So schnell wirft man seine eigenen Prinzipien über Bord, die so lausig wirken, wenn man vor Sloan Barker steht, der anscheinend nicht nur einen Körper aus Stahl besitzt, sondern auch einen Willen, der meinen als lächerlich erscheinen lässt. Er zieht seine Hand aus mir zurück, belässt die andere auf meiner Kehle.

„Dein Puls überschlägt sich, Caramella. Du kannst mir nicht standhalten und ich werde dich so oft spanken, bis es dir sehr sehr leidtut, was du gerade nicht nur gesagt, sondern förmlich gezischt hast. Ich mag keine Schlangen. Ich bevorzuge Häschen in meinem Bett.“

Langsam löst er den Griff um meinen Hals und tritt anschließend etwas zurück. Er wartet ein paar Sekunden, die mir wie eine Unendlichkeit erscheinen. Zuerst denke ich, dass er mir nur noch mehr Angst einjagen will, doch dann begreife ich, dass er mir Zeit gewährt, mein Wort zu sagen. Ich habe das Werkzeug, um mich vor der Pein zu drücken, mich aus meiner Verantwortung herauszuwinden. Anscheinend versteht er mich besser, als ich es in diesem Augenblick tue, weil ich es nicht will. Ich bin bereit, mich bestrafen zu lassen, da ich es verdiene.

Wie verrückt ist das?

„Gut“, sagt er. „Streck mir deinen Po entgegen. Das wird mich milder stimmen, die Füße etwas auseinander, damit du mehr Halt hast.“

Am liebsten würde ich mich umdrehen und meinen Hintern an das Holz pressen, damit er keinen Zugriff auf ihn erhält, trotzdem befolge ich seinen Befehl, wie das Häschen, das er verlang. Auch ein Hase hat Zähne und Krallen, aber vielleicht ein wenig unzureichend für Sloan Barker. Meine Finger sind so verkrampft, dass sie wehtun, mich für ein paar Augenblicke von dieser komischen Furcht ablenken, die ich nicht zu deuten vermag. Mit einer Hand umspannt er meine rechte Pobacke und das veranschaulicht mir, wie es wirklich um mich bestellt ist. Ich bebe nicht nur, ich schlottere. Er dagegen ist unglaublich warm, lebendig und so scheiß heiß. Nicht nur seine Körpertemperatur, sondern der Mann an sich.

♠♣♥♦

Ich fühle das Beben ihres Körpers unter meiner Hand und Ava hat keine Ahnung, wie verflucht geil mich das macht. Und ihr Arsch! Ich kann es kaum erwarten ihn zu spanken, die Haut zu erröten, so fest, wie sie es ertragen kann. Und dann werde ich sie abermalig bis dicht an einen Orgasmus bringen. Ich wiederhole es so oft, wie es nötig ist, bis sie ihr Handeln wahrhaftig bereut und sie sich wie ein Häschen an mich schmiegt, sie sich nicht mehr daran erinnert, dass sie sich gegen mich wehren will.

Allerdings weiß ich auch, dass sie erneut gegen mich aufbegehren wird und das brauche ich ebenso wie ihre Hingabe. Zurzeit bin ich nicht der Mann, der das Arschloch aufspüren will, sondern ich bin der Master, der eine verfickt anregende Session mit seiner wunderschönen devoten Gespielin genießt. Sie schenkt mir Freiheit aus dem Albtraum meines Lebens. Ich habe Ähnliches schon mit einigen Subs erfahren, aber bei ihr ist es anders, da sie mir mehr unter die Haut geht, aus welchem Grund auch immer.

Ich versuche mir einzureden, dass ich nur so fühle, weil ich bei ihr bereit bin, Grenzen zu überschreiten, wenn ich es muss. Die anderen Devoten haben normale fest abgesteckte Spiele mit mir erlebt. Ava weiß nicht, dass es für mich nicht nur die Erfüllung einer sexuellen Fantasie ist. Für mich ist es echt. Sie hat keine Ahnung, dass ich mich an sie angeschlichen habe, um sie aus der Dunkelheit anzufallen, obwohl sie im Licht steht. Ich bleibe einen Moment ganz still, um die Atmosphäre der Umgebung zu verinnerlichen. Aber nicht nur sie, sondern auch Ava. Ihre Lust, ihre Angst, ihr Mut, nicht zuletzt ihre Hingabe. Am meisten fasziniert mich allerdings ihr Vertrauen, das groß genug ist, dass sie nicht ihr Safeword in den Wald wispert oder brüllt.

Durch ihre Haltung ist ihr Po fest und einem rausgestreckten Arsch kann niemand widerstehen, ein sadistisch veranlagter Mann schon gar nicht. Ich bin kein Hardcoresadist, jedoch genieße es durchaus, Schmerz auszuteilen, dabei stellt das Leid und die Begierde der Sub meine Belohnung dar und natürlich auch meine eigene Lust. Ich kann eine Peitsche schwingen, doch sie ist schwer zu kontrollieren und mir zu heftig. Am liebsten nutze ich meine Hand, gerne einen Gürtel, Flogger oder eine Gerte. Falls ich mich besonders fies fühle, einen Rohrstock. Der absichtlich harte Testschlag von vorhin hat mir allerdings deutlich gezeigt, dass ich sanft vorgehen muss. Genau nuancierter Schmerz als Verführung von Ava, um ihren Bedürfnissen gerecht zu werden. Sie ist sensibel, aber zur selben Zeit robust, eine durchaus verführerische Kombination. Schließlich vermag ich es auch eine Strafe bis zu einem gewissen Grad angenehm für sie zu gestalten.

Ava kann nicht sehen, dass ich in diesem Moment lächle, weil sie dort so angespannt steht, als erwartet sie, dass ich sie mit einem Stück Stacheldraht auspeitschen werde. Nach diesem Wochenende wird sie sicherlich ein paar Striemen davontragen, doch ihre Haut zu durchbrechen, sie wirklich zu verletzen, das will ich nicht.

Und wenn es sein muss?

Ich hatte es mir leichter vorgestellt, sie zu benutzen. Die Finger der linken Hand drapiere ich um ihre Hüfte, weil ich genau weiß, wie wichtig Körperkontakt ist. Und dann versetze ich ihr den ersten Schlag, der sie überrascht, nicht, weil er so fies ist, stattdessen weil es einer ist, der sie lockt. Sie stößt einen erleichterten Atemzug aus. Aber auch eher sanfte Hiebe können schmerzen, wenn die Anzahl hoch genug ist. Ava wird mit der Zeit lernen, die Pein nicht zu fürchten, sondern sie herbeizusehnen. Ich spanke sie in einem Rhythmus, der es ihr erlaubt, sich in die ausbreitende Wärme hineinzufühlen, ehe sie in Hitze übergeht.

So schafft sie es, die Reize als das zu verarbeiten, was sie sind – anregend, eine Verführung ihres Körpers und ihrer Seele. So lernt sie mir zu vertrauen, selbst wenn ich ihr wehtue.

Ich liebe es, sobald meine Handfläche auf weiches nachgiebiges Fleisch aufprallt, bis meine Hand mehr oder weniger glüht. Einen kleinen Preis muss sogar ich zahlen. Ava steht zuerst still, ich könnte auch sagen, vor Angst erstarrt, doch das gibt sich nach einigen Treffern. Ich löse meine Berührung an ihrer Hüfte und vergnüge mich stattdessen mit ihren herrlich vollen Brüsten. Das Gefühl dieser Weichheit jagt in meinen Schwanz, steigert meine Gier auf sie, die ich kaum noch ertragen kann. Sie wimmert köstlich, sobald ich ihre prallen Nippel zwicke, sie gleichzeitig zwischen Daumen und Zeigefinger drehe, teste, wie stark sie auf diesen Lustschmerz anspricht.

„Master!“, keucht sie, und ich höre heraus, wie sehr es ihr gefällt. Ich liebe es, mich ausgiebig mit weiblichen Brustwarzen zu beschäftigen, mag es, dass sie auf der Stelle auf Reize reagieren, bis sie plump und fest sind. Ich schlage rigoroser zu, bis es Ava sichtlich wehtut, sie inzwischen bei jedem Treffer stöhnt, allerdings nicht lauthals schreit. Dazu könnte ich sie bringen, sofern ich es wollte.

Doch das hebe ich mir für ein späteres Szenario auf, wenn ich sie auf die lustvolle Qual konditioniert habe, sie mir vertraut und mir nicht nur sprichwörtlich aus der Hand frisst.

Von hinten fasse ich ihr zwischen die Schenkel und sie spreizt sie instinktiv weiter. Ava ist nicht nur ein wenig erregt, ihre Pussy sagt mir alles, was ich wissen muss.

„Caramella, du bist pitschnass", flüsterte ich dicht an ihrem Ohr, während ich ihren Venushügel umfasse und zärtlich ihre Klitoris reibe. Ich weiß, dass sich diese Stimulation mit den brennenden Stellen auf ihrem Gesäß vermischt, und auch mit den Signalen, die ihre geschundenen Nippel aussenden. All das sammelt sich in ihrem Kitzler, verwandelt sie in ein Geschöpf, das nach der Erlösung trachtet. Und wie sie stöhnt, sich windet und die Herrschaft über sich selbst verloren hat. Ja, dieses verbotene Spiel fühlt sich nicht nur für sie geil an. Ihre Beine zittern und eigentlich wollte ich sie noch einmal bestrafen, sie nicht zum Orgasmus kommen lassen, doch ich sehe ihr an, dass sie das Ende ihrer Kräfte erreicht hat. Ich darf sie nicht überfordern. Ihre Gesundheit liegt in meinen Händen. Ausgerechnet! Mühelos gleitet mein Daumen über ihre nasse Lustperle. Sie ist mehr als bereit für meinen Schwanz. Zudem muss ich zugeben, dass auch ich es kaum noch aushalte. Ich will sie ficken und ich werde sie ficken. Jetzt!

Ich löse das Band, das meine Sportpants an Ort und Stelle hält, und ziehe mir die Hose bis zu den Knien herunter. Meine Erektion steht von meinem Körper ab und die Luft fühlt sich im ersten Moment viel kälter an, als sie es eigentlich ist. Doch mein durchblutetes Organ sehnt sich nach der Hitze, die mir nur ihre enge, feuchte Pussy bieten kann. Ich beuge mich über sie und beiße sie hart in den Hals. Als sie aufschreit, breitet sich das Verlangen auf sie in mir aus, gleich elektrischen Impulsen, die meine Herzfrequenz erhöhen.

„Du bist ein ungezogenes, geiles Ding. Genau, wie ich es mag“, wispere ich an ihrem Ohr und sie belohnt mich mit einer Gänsehaut. Ich spüre, dass sie kurz davor ist zu kommen und bringe meinen Schwanz in Position, der unglaublich pochend in meiner Hand liegt. „Auf die Zehenspitzen mit dir.“

Ihre Größe macht es erforderlich, dass ich leicht in die Knie gehe. Doch ich nehme gern die unbequeme Haltung in Kauf, denn der Genuss wird verkrampfte Muskeln aus meinem Verstand wischen, wenigstens solange ich sie vögele. Als ihre Klit unter meinem Daumen zu zucken beginnt, dringe ich in sie ein, langsam, sodass ich jeden Millimeter genießen kann, bis mich ihre Hitze, Enge und Nässe wie ein

Kokon umhüllt. Sie kommt, sobald ich ganz in ihr drin bin, und ich spüre die Kontraktionen ihres Geschlechts um meinen Schwanz. Ich schließe die Augen, um mich zu kontrollieren, die Lust auf sie etwas zurückzudrängen, damit das hier nicht eine Zehnsekundenvorstellung wird. Ich lasse Ava ihren Orgasmus auskosten, höre erst auf sie zu stimulieren, als das Zucken aufhört.

Sie atmet so heftig, als wäre sie gerade einen steilen Berg hinaufgesprintet und ich fühle ihren rasenden Herzschlag, als ich ihren Oberkörper mit einem Arm umschlinge, mir den Luxus erlaube, sie für ein paar Augenblicke zu halten.

Erst dann packe ich ihre Hüften, fange an, mich rhythmisch zu bewegen, genau in dem Takt, der mir jetzt am besten gefällt. Tiefe bedächtige Stöße, die ich allerdings nicht lange durchhalten werde. Mein Körper übernimmt die Herrschaft, setzt meinen Verstand außer Gefecht, bis nur Gier verbleibt, die wie Lava durch meine Adern strömt und alles in mir mit wohliger Wärme flutet. Meine Hoden schaukeln, als ich Ava härter nehme. Sie versucht tapfer auf den Zehenspitzen zu bleiben, obwohl sie kaum noch stehen kann.

Ich bewege mich schneller, schonungsloser, und mein Becken klatscht gegen ihren roten Arsch. Allerdings wird die Röte in einer Stunde verblasst sein. Für sie hat sich das Spanking unerbittlich angefühlt, weil es ihr erstes Mal war. Aber das war es nicht. Es war ein Flüstern des Windes und kein Orkan. Dennoch ist der Anblick ein weiteres Aphrodisiakum für mich. Ich kann nichts dagegen tun, dass ich meine Fingerkuppen in ihr Fleisch bohre bei meinem wilden Ritt, der mich fortreißt, meine Glieder, Muskeln und Nervenbahnen mit purem Vergnügen überschwemmt, meinen Verstand damit flutet, bis ich nur noch fühle. Der Orgasmus packt mich, reißt mich fort und mein Schwanz pocht in diesem wunderbar ziehenden Gefühl, bis ich mich in ihr verströme, ich die Augen zukneife, als Glückshormone ihr Werk tun. Ich pumpe in Ava hinein, bis es abebbt. Jetzt ringe ich ebenso um Atem, wie sie es gerade noch getan hat. Ich ziehe mich aus ihr zurück und zerre meine Hose nach oben, beeile mich sie loszubinden, indem ich die Schnallen der Manschetten löse. Obwohl meine Muskeln dermaßen verkrampft sind, dass ich Mühe habe zu stehen, reiße ich mich zusammen. Ihr geht es schlimmer als mir.

Ich fasse sie an den Schultern und drehe sie um, fange ihren Blick auf, der so offen und verletzlich ist, wie Ava in diesem Moment. Auf Gefühlshöhen und -ebenen katapultiert und geschubst zu werden, entzieht einem die Kraft, um sich zu verstellen, es sei denn, man ist so ein kalter Arsch, wie ich es bin oder vielmehr sein muss. Ich gebe zu, dass ihr Anblick mich berührt und ich dränge das Gefühl energisch zurück. Dennoch versinke ich in ihren Augen, deren Ausdrucksstärke sich in meiner Seele vergräbt. Solch wunderschöne blaugrüne Augen. Sie zittert und schwankt, das Haar klebt ihr auf Stirn und Wangen. Und sie hat auch ein paar Tränen geweint.

„Ich kümmere mich um dich, Caramella." Ich hebe sie hoch und sie ist zu verwirrt und ausgelaugt, um zu protestieren. „Halt dich fest."

Sie schlingt ihre Arme um meinen Hals, während ich zu der Veranda laufe, die um die ganze Hütte herumführt, nehme die drei Stufen und erreiche die Hintertür. Ich sehe ihr an, dass sie etwas sagen möchte, nach den richtigen Worten ringt, und es für sie ungewohnt ist, auf diese Weise zu fühlen. Die Tür ist aufgeschlossen und die Society hat alles vorbereitet. Der Kamin ist an, im Boiler ist das Wasser heiß und wir haben genügend Essen, um uns das ganze Wochenende zu versorgen. Mit dem Ellbogen drücke ich die Klinke herunter und betrete einen der zwei Räume. Die Hütte hat einen Wohnraum mit einer Küchenzeile und ein angrenzendes Schlafzimmer sowie ein Bad.

Ich durchquere den Raum und setze sie auf eine Decke, die auf der Sitzfläche des grünweiß karierten Loungesofas liegt. Sie steht in genau dem richtigen Abstand vor dem Kamin, sodass die Wärme bis zu ihr dringt. Eine zweite Decke drapiere ich ihr um die Schultern.

„Danke, Master."

„Sloan."

Mich die ganze Zeit über so nennen zu lassen wäre albern. Ich lege meine Hand an ihre Wange und sie schmiegt sich dagegen, legt sogar ihre darüber und wirkt, als wollte sie in mich hineinkriechen.

Perfekt! Mein Plan geht auf.

Wir beide brauchen eine Dusche, doch zuerst hole ich Traubensaft, den ich in zwei Gläser gieße. Eines reiche ich ihr und setze mich neben sie. Ava reagiert genau, wie ich es geplant habe und eigentlich sollte ich mir auf die Schulter klopfen. Ich schütte den Saft förmlich in mich hinein und der Fruchtzucker tut das, was er soll, auch bei ihr. Ich stelle mein Glas auf den Abstelltisch, der neben dem Sofa steht und sie reicht mir ihres, das ich danebenstelle. Statuenhaft sieht sie auf ihre Hände, als könnten ihr diese mitteilen, was sie jetzt tun soll.

„Komm her."

Sie rückt dicht an mich heran und ich ziehe sie gegen mich, halte sie und streichele sanft ihren Nacken. Die Berührungen holen sie langsam aus ihrer Starre. Nächstes Mal werde ich sie noch tiefer in diesen Zustand treiben, sodass ihr Bedürfnis nach Zärtlichkeit und Trost stärker ausgeprägt ist. Und beides wird sie bei mir suchen und es auch bekommen.

„Erzähl mir, wie du dich fühlst, Ava."

Sie sieht zu mir auf und ich erkenne, dass sie sich mir nicht anvertrauen möchte, weil sie instinktiv ahnt, in welche Gefahr sie sich begibt. Ava hat geglaubt, dass ich ihr eine sexuelle Fantasie erfülle, die sie körperlich befriedigt, sie jedoch mental nicht erreicht. Sie konnte nicht wissen, dass sich ein Band zwischen uns formt, eine Verbindung, die sie niemals bei einem normalen Vanillafick fühlen würde, es sei denn, sie hätte sich Hals über Kopf verliebt. Es ist natürlich keine Liebe, die sie für mich empfindet, aber ich habe von der ersten Sekunde an ihre Neugierde auf mich geweckt. Ich weiß, dass sie sich sofort von mir angezogen gefühlt hat, weil es in ihrem Blick ersichtlich war. Und jetzt habe ich ihr Dinge angetan, die für sie neu sind. Das erste Mal, wenn man etwas Neues schmeckt, sieht, spürt oder riecht und es einem unter die Haut geht, ist immer unvergesslich. Ich bin ihr mehr als nur unter die Haut gegangen. Sie hat mir ihren Körper und ihre Seele anvertraut und glaubt, dass ich das Vertrauen verdiene.

„Antworte mir, damit ich weiß, dass ich dir nicht zu viel zugemutet habe."

Darüber zu reden, festigt die Verbindung, denn so wird sie es sich schneller eingestehen, dass sie sich zu mir hingezogen fühlt.

„Es war anders, als ich es mir ausgemalt habe. Ich habe es mir nicht so intensiv vorgestellt."

„Intensiv?"

„Alles, was du mit mir gemacht hast, war so eindringlich, angefangen mit der Art, wie du mich auch jetzt ansiehst. Wie du mich berührt, mich gezwungen hast, mich wie in einem Rausch zu fühlen, aus dem ich ganz langsam erwache. Irgendwie hat es mich schockiert, dass du mich so mühelos beeinflussen konntest und es zweifelsohne jederzeit wieder schaffen wirst."

Ich lächele sie an und küsse sie zart auf die Stirn. „Hat es dir denn gefallen?"

„Ja, aber nicht nur körperlich. Meine Emotionen liegen noch immer frei und ich fühle mich das erste Mal seit Ewigkeiten lebendig. Meine Arbeit …" Sie nimmt einen tiefen Atemzug.

Ich muss mich zügeln, um mein Interesse an diesem Thema nicht allzu deutlich zu zeigen.

„Ich will dich nicht langweilen.“

„Das tust du nicht. Ich würde gern mehr über dich erfahren. Aber dafür ist später noch Zeit. Du solltest jetzt duschen und anschließend etwas essen. Im Kühlschrank stehen ein paar Leckereien für uns. Ich bereite alles vor.“ Ich zwinkere ihr zu. „Verbrauche aber nicht das ganze warme Wasser. Sonst muss ich dich für diesen Frevel bestrafen.“ Und dann gebe ich der Versuchung nach, umschließe ihr hübsches, ehrliches Gesicht mit beiden Händen, die Berührung auch für mich unerwartet liebevoll.

„War es schön für dich, Caramella? Ich habe dich nicht überfordert? Immerhin war es dein erstes Mal.“

Sie legt ihre rechte Hand über meine linke. „Es war … ist ein wundervoller realer Traum, Sloan. Du hast mir sehr viel mehr gegeben, als du weißt. Jemand hat mich tief verletzt und du hast erreicht, dass es weniger wehtut.“ Ich sehe den Schock in ihrem Blick, denn das hat sie nicht sagen wollen. Und ich will nicht so empfinden, wie ich es in diesem Moment tue.

Wer verfällt hier eigentlich wem?

Kapitel 6

Das warme Wasser prasselt auf mich herab und ich bin froh, dass ich mich langsam wieder in den Griff bekomme. Vorhin, nachdem Sloan mich gefickt und anschließend ins Haus getragen hat, wäre ich beinahe in Tränen ausgebrochen. Ich weiß nicht, ob das wegen des unglaublichen Glücksgefühls passiert ist, das ich bei meinem Orgasmus gefühlt habe, so gewaltig wie nie zuvor. Mir fällt auf, dass er mich nicht geküsst hat. Wie er wohl schmeckt? Ob er es noch tun wird?

Und als er gerade mein Gesicht zwischen diesen starken Händen gehalten hat, hatte er so etwas wie Schatten in seinen Augen, als ob er genauso überrascht von seinen Gefühlen sei wie ich.

Das ist Quatsch, was du da denkst!

Im Gegensatz zu mir, ist er erfahren und wird seine Empfindungen, die über das Wochenende hinausgehen, unter Verschluss halten. Er will nur seinen Spaß mit mir. *Mache nicht alles kaputt, indem du mehr in seine Handlungen hineininterpretierst, als sie es wert sind.* Dennoch bin ich mir sicher, dass er für ein paar Augenblicke absolut verloren gewirkt hat. Allerdings nicht in der Art, als wüsste er nicht, wie er sich als Master verhalten soll, sondern es war etwas Anderes. Aber da war noch mehr, denn ab und zu blitze etwas in seinen Augen auf, als würde es ihm schwerfallen, Wesenszüge vor mir zu verbergen, die ich nicht sehen soll. Wahrscheinlich erfahre ich nie, was es gewesen ist. Und irgendwie bin ich zu erschöpft, um zu grübeln.

Ich drehe mich, sodass das Wasser auf meinen Po trifft. Die Haut auf meinem Hintern brennt, doch es ist kein unangenehmes Gefühl, eher das Gegenteil. Allerdings bemerke ich bereits jetzt, dass mir morgen ein furchtbarer Muskelkater bevorsteht. Ich bin unglaublich gesättigt, zugleich aufgedreht und kann nicht glauben, wie schön es gewesen ist, auf diese Weise Sex zu haben. Mich von einem fast fremden Mann völlig beherrschen zu lassen, der darüber bestimmt was ich empfinde, war weitaus erfüllender aber auch erschreckender, als ich es mir erträumt habe. Ich habe ihm absolut vertraut und von der ersten Sekunde an gewusst, dass ich bei ihm in überaus fähigen Händen bin. Das mag verrückt und unvernünftig sein, jedoch fühle ich mich so sicher bei ihm, befreit von den üblichen Selbstzweifeln. Sloan hätte mir Grauenvolles antun können, trotzdem habe ich nicht befürchtet, dass er mein Vertrauen missbrauchen würde.

Das Wasser trägt seinen Geruch fort und ich hoffe, dass seine Macht über mich ebenso verschwindet, sie nicht auf Dauer in mir nachklingt. Das ist nicht mein Plan. Das würde mir nur wehtun.

Ich will nur ein aufregendes Wochenende erleben und danach in meine gewohnte nüchterne Welt zurückkehren, die mir keinen Raum für Träumereien lässt. Die Zeit mit Sloan soll eine angenehme Erinnerung sein, die nur ein wohliges Gefühl hinterlässt, so wie ein toller Urlaub. Es ist nicht vorgesehen, dass ich Sand oder Muscheln mit nach Hause nehme. Ich will nur eine gebräunte Haut, die mit der Zeit verblasst.

Nachdrücklich reiße ich mich aus meinen Überlegungen, denn ich möchte keine Züchtigung erfahren, weil Sloan gleich kalt duschen muss. Ich fürchte, das wird ihn nicht abkühlen, stattdessen aufheizen, ihn anstacheln, mir Entsetzliches anzutun. Oder bilde ich mir das ein? Interpretiere mehr in diesen Mann hinein, weil er auch ein Master ist?

Natürlich erhöht dieser Status seine ‚werf-mich-auf-den-Tisch-und-nimm-mich' Ausstrahlung um einiges, denn schließlich ist es, als würde mein lang angehimmelter Rockstar endlich leibhaftig vor mir stehen und mich mit auf sein Hotelzimmer schleppen. Ich schäume mich ein, zucke zusammen, sobald ich all die überempfindlichen Stellen berühre. Meine Hand gleitet über meinen Po und er ist wärmer als mein restlicher Körper, mit Ausnahme meiner Nippel, die in Flammen zu stehen scheinen. Ich kann es kaum ertragen, sie mit den Fingerspitzen zu streifen, und doch ist es erfüllend, ein Nachklang des heißen Sexes.

Sein Geruch ist von meiner Haut verschwunden. Seine Wirkung auf mich verbleibt jedoch auf mir, in mir und sie lässt nicht nach. Ich stelle das Wasser ab und wickle mich in ein Handtuch, drapiere ein kleineres um meinen Kopf. Auf einmal überfällt mich eine Woge von Schüchternheit und ich würde mich am liebsten augenblicklich ins Schlafzimmer verziehen, Zeit gewinnen, sodass ich mich gegen ihn wappnen kann.

In diesem Moment betritt er das Bad und ich sehe ihn zum ersten Mal nackt. Alles, was ich bei ihm gefühlt habe, als er mich an sich gepresst hat, ist wahr. Er ist durchtrainiert und könnte mich mit einem Schlag außer Gefecht setzen, eine gut geölte Maschine, die mit Sicherheit genauso funktioniert, wie er es will. Dieser Körper lässt ihn nicht so leicht in Stich. Sein Brustkorb ist unrasiert und das trägt zu seiner gefährlichen Ausstrahlung bei. Es macht ihn wilder. Er hat ein Tattoo auf der vorderen Schulterpartie, zwei ineinandergeschlungene silberne Ringe mit kyrillischen Schriftzeichen. Ungewöhnlich! Ich habe keinen russischen Akzent bei ihm bemerkt.

Ich bemerke sein spöttisches Lächeln, kein Wunder, denn schließlich beäuge ich ihn wie einen Mann, mit dem ich ins Bett gehen möchte. Bei ihm kann ich keine Unzulänglichkeiten feststellen, etwas, das ich nicht von mir behaupten kann. Unbewusst umklammere ich den Rand des Handtuches.

„Nicht doch, Caramella. Runter damit.“

Ich reagiere nicht sofort, bin nicht gewillt, mich ihm zu präsentieren.

Sein Blick verfinstert sich. „Du schämst dich? Ernsthaft? Ich habe dich gerade gefickt, alles von dir gesehen, und du unterstellst mir einen schlechten Geschmack?“

Grüne Augen, die sich förmlich in mich bohren. Meine Füße stehen zwar still, doch innerlich gleicht mein Körper einem Hochgeschwindigkeitszug.

„Ich wiederhole mich ungern, Ava. Ich habe kein Problem damit, dich auf der Stelle in ein heulendes Häufchen Elend zu verwandeln, solltest du mich noch eine Sekunde länger herausfordern. Halsstarrigkeit ist bis jetzt keiner Sub gut bekommen, derer ich mich angenommen habe. Das wird sich mit dir nicht ändern.“

Seine Stimme wäscht über mich und sie hinterlässt Hitze, aber irgendwie weckt sie auch Trotz in mir, den ich nicht von mir kenne. Dazu die Erkenntnis, dass ich tun muss, was er verlangt, ist schwer zu schlucken. Nichtsdestotrotz fällt das Handtuch zu Boden. Ich presse meine Handflächen auf meine Oberschenkel, in dem sinnlosen Versuch ihm nicht zu zeigen, wie sehr er mich aufregt, erregt und verunsichert. Sloan starrt mir weiterhin in die Augen, so schrecklich irritierend. Diese Emotion verstärkt sich allerdings, sobald er anfängt, mich zu mustern. Nein, er sieht mich nicht nur an. Er bewertet, taxiert und nimmt mich visuell auseinander. Ich fühle mich so unzulänglich, wie nie zuvor.

„Du bist eine wunderschöne Frau, Ava. Unglaublich begehrenswert.“

Alles, was ich gerade gefühlt habe, wird durch das Gesagte ausgelöscht. Ich glaube ihm, er lügt mich nicht an, nur um mich zu umschmeicheln. Das hat er nicht nötig.

„Danke“, murmele ich und finde mich sogleich in seinen Armen wieder.

„Auf der Couch liegt ein Bademantel für dich bereit. Nimm den Föhn aus dem Badezimmerschrank mit und trockne deine Haare. Ich will nicht, dass du dich erkältest.“ Er mildert seine Befehle mit einem Kuss auf meine Stirn ab.

Zehn Minuten später sitze ich vor dem Kamin und die Wärme legt sich wie Balsam auf meine aufgebrachten Nerven. Sobald mein Körper herunterfährt und mein Verstand ihm folgt, überfällt mich rasender Hunger. Ich starre auf das Brot, den Teller mit dem Schinken und dem Käse, den kleinen Blätterteigrollen und mir juckt es in den Fingern, mir etwas in den Mund zu stopfen. Er hat alles auf dem Beistelltisch neben der Couch angerichtet. Doch geduldig warte ich auf Sloan.

Sekunden später höre ich, dass er aus dem Bad kommt und er tritt nackt an mich heran, greift sich den zweiten Morgenmantel und zieht ihn über. „Greif zu, Caramella. Du siehst aus, als würdest du gleich umfallen. Und ich rate dir, ausreichend zu essen und nicht jetzt mit irgendeiner blödsinnigen Diät anzufangen, nur weil du der Meinung bist, dass du mit den obligatorischen fünf Kilo weniger besser aussehen würdest. Du brauchst deine Kraft, um mir standzuhalten."

Woher weiß er, dass ich genau das vorhin gedacht habe, dass ich sofort mit dieser Hungerkur beginnen sollte, die ich schon seit Ewigkeiten machen will?

Er gießt uns Wein ein. Meinen Durst habe ich in der Zwischenzeit mit Wasser gestillt. Ich stehe auf, nehme mir einen Teller und belade ihn großzügig. Sloan tut es mir nach und wir sitzen anschließend nebeneinander auf der Couch, ich mit hochgezogenen Beinen und er so lässig, wie es ein nur ein Mann tun kann, ohne dass es aufgesetzt wirkt. Er reicht mir ein Weinglas und nimmt sich das andere. „Auf ein schönes Wochenende, Ava."

„Das heißt, du schickst mich nicht morgen weg?"

„Nein, ich bin längst nicht fertig mit dir."

Ich nippe vorsichtig an dem grauen Burgunder, während ich meine Freude darüber nicht verbergen kann. Sloan dagegen trägt ein Pokerface erster Güte zur Schau, ehe er mich richtig anlächelt. „Mir scheint, du möchtest noch nicht nach Hause?"

„Nein. Ich habe nur an dir geknabbert und bin nicht satt."

Er lacht und der dunkle männliche Laut vibriert in mir nach. Ich möchte mehr von diesem Mann erfahren, mehr Zeit mit ihm verbringen, sogar nach dem Wochenende. Entsetzt würge ich diesen Gedankenstrang ab. Für einen derart gefährlichen, fordernden und geheimnisvollen Mann wie Sloan Barker habe ich keinen Platz in meinem Leben. Ich benötige meine ganze Konzentration für meinen Job und der lässt keinen Raum, für eine aufregende Beziehung, die über das Normale hinausgeht, zu. Ich befürchte, dass ich mindestens eine Woche brauche, um mich von den Strapazen dieses Wochenendes körperlich zu erholen. Nachlässigkeit wird bei *Cipolla and Denbar* nicht geduldet. Alle Angestellten müssen ein einwandfreies Bild abgeben, auch in der Öffentlichkeit. Sie überprüfen sogar, wie sich ihre Mitarbeiter in den Social Media aufführen und wir dürfen uns keine Skandale oder politisch orientierte Bemerkungen erlauben. Wir dürfen aus Sicht meiner Arbeitgeber nicht angreifbar sein und die kleinsten Vergehen führen ausnahmslos zur Kündigung.

Wenn sie jemals von der *Wild Card Society* erfahren, werde ich so schnell auf der Straße sitzen, dass mein Herz keine fünf Schläge Zeit hat, bis ich den Karton mit meinen persönlichen Sachen in den Händen halte. All das habe ich nicht bedacht, als ich das Siegel gebrochen habe. Doch die Verschwiegenheitsklausel der Society bietet mir ausreichend Schutz. Oder?

Für ein *Oder* ist es längst zu spät und ich sollte es auch nicht zulassen, ansonsten bin ich in wenigen Tagen ein Nervenbündel und werde zu einem Gespräch zu Mr Denbar vorgeladen. Das ist ein Termin, den jeder Angestellte der Kanzlei hasst und fürchtet. Das weiß ich, obwohl ich so gut wie gar keinen Kontakt zu meinen Kollegen habe.

Automatisch esse ich und lasse mich für ein paar Minuten von den Köstlichkeiten ablenken. Wenn man richtig Hunger hat, erhöht das den Genuss um einiges.

„Machst du dir um irgendwas Sorgen, Ava?“

„Ich grübel gerade darüber nach, was mein Arbeitgeber dazu sagen würde, wenn er wüsste, was ich hier mache.“ Im selben Moment würde ich mir am liebsten selbst in den Arsch treten. Ich darf nicht über *Cipolla and Denbar* reden.

„Dein Arbeitgeber?“ Sloan runzelt die Stirn und legt seinen leeren Teller zur Seite. „Was haben deine Chefs mit deinem Sexualleben zutun?“

„Ich bin bei einer renommierten Anwaltskanzlei beschäftigt.“

„Du bist Anwältin? Partnerin?“

„Nein, ich bin nur eine Gehilfin.“

„Nur?“ Er hebt seinen Arm und streichelt mir über das Haar. „Oft arbeiten die sogenannten Gehilfen besonders hart. So wie ich dich einschätze, arbeitest du gewissenhaft, loyal und bis zum Rande der Erschöpfung. Das habe ich dir deutlich angesehen, als ich dich im *Mephisto* zum ersten Mal getroffen habe. Du warst sehr müde.“

Von jetzt auf gleich möchte ich ihm mein Herz ausschütten, doch ich schlucke den Ausbruch herunter. Das ist viel zu riskant. Ich kenne diesen Mann nicht, obwohl ich ihm dieses Wochenende meine seelische und körperliche Unversehrtheit anvertraue, auf eine Weise, die ich vor ihm noch bei keinem anderen zugelassen habe, nicht einmal bei Leander.

„Das ist nicht nur meinem Job geschuldet, sondern einer missglückten Beziehung. Aber wie ich vorhin schon sagte, ich will dich nicht langweilen und es gibt keinen größeren Stimmungskiller, als sich über einen Ex zu unterhalten oder über einen Job.“

Er nimmt meinen Teller und legt ihn zur Seite, reicht mir mein Glas und wir trinken beide unsere Gläser leer, die er anschließend auf den Boden stellt. Mir steigt der Alkohol sofort in den Kopf und er hat jetzt ein leichteres Spiel mit mir, als er es ohnehin schon hatte. Sloan scheint der Alkohol nicht zu beeinflussen.

„Dann sollten wir uns mit anderen Dingen befassen.“ Er zieht mich dicht zu sich heran, bis mein Oberkörper halb auf seinen Schoß liegt. Er beginnt seine Verführung mit den Augen, sieht mich erst lange an, bis mir warm von seinem Blick wird, wärmer als vom Feuer des Kamins. Anscheinend spürt er genau, wann der Moment gekommen ist, um weiter vorzugehen, denn er beugt sich zu mir herab, und ich schließe die Lider in Erwartung seines Kusses. Zuerst spüre ich seinen Atem und dann berühren seine Lippen meine, unendlich sanft, liebevoll, sodass ich mich ihm entgegenlehne. Er schiebt eine Hand unter meinen Rücken, ehe er den Kuss vertieft, sein Mund fordernder wird. Mit der anderen Hand löst er den Gürtel des Morgenmantels und streichelt mit dem Handrücken über die Seite meines Halses, anschließend über meine Schlüsselbeine. Verlangend leckt seine Zunge meine Unterlippe und ich öffne den Mund, damit er mit ihr eindringen kann. Ich schmecke ihn zum ersten Mal und irgendwie ist im ersten Moment ein Kuss intimer als ein Fick. Unser Speichel vermischt sich und meine Lust auf ihn erwacht zum Leben, als hätte er Wasser auf brennendes Öl geschüttet. Und dann legt er seine Handfläche auf meinen Bauch, den ich vor ihm nicht als erogene Zone angesehen habe. Doch mein Fleisch vibriert unter der Stärke seiner Berührung und das Gefühl bahnt sich einen direkten Weg zu meinem Geschlecht.

Das Wissen, dass er einfach alles mit mir machen kann, sollte er es wollen, ist unglaublich erotisierend. Ich weiß nicht, was Sloan vorhat, ob er mich vielleicht über seine Knie legen will, ehe er mich nimmt oder etwas ganz anderes mit mir macht. Die Haut auf meinen Po brennt noch leicht, doch ein Schlag wird reichen, um die Glut erneut zu entfachen und ich weiß nicht, ob ich ihr standhalten könnte.

Meine Pussy ist schon wieder nass und ich will ihn, mit einer Dringlichkeit, als hätte ich seit Wochen keinen Sex mehr gehabt. Doch vorhin hat er mich von hinten genommen und ich möchte noch so viel mehr. Ich will ihn beobachten, während er kommt, will weitere Küsse und Zärtlichkeiten, vielleicht weil ich ahne, wozu er wirklich fähig ist. Mit ihm zu schlafen, ist wie ein wildes ungezähmtes Pferd zu reiten, das einen zwar auf seinem Rücken gelassen hat, aber man nicht weiß, was geschieht, sobald es losrennt.

Sloan steht vorsichtig auf, sodass ich nicht von der Couch falle und auf ihr liegenbleibe, entledigt sich des Morgenmantels und sein Schwanz zeigt eindeutig, wie erregt er ist, auch ohne, dass er mir wehgetan hat. Ich liege auf dem Rücken und schaue zu ihm hoch, fühle mich unglaublich weiblich, zudem schwach und stark zugleich.

Dieses wahrhaft maskuline Exemplar will mich und das ist ihm unmissverständlich anzusehen. Nackte Gier steht auf seinem Antlitz und Blicke können streicheln, das merke ich deutlich. Sloan findet mich heiß und das ist doch genau das, was ich wollte, keinesfalls mehr. Er kniet sich auf die Couch, zwischen meine angewinkelten Beine, und ich liebe es einfach, als er seine Handfläche unter meinen Nacken schiebt, um meinen Kopf anzuheben. Es ist fürsorglich und fordernd zugleich.

Ich würde ihn tatsächlich anbetteln, damit er mich erneut küsst, denn ich verzehre mich nach dieser Nähe, brauche sie und bekomme sie. Allerdings krachen diesmal seine Lippen förmlich auf meine und der Kuss raubt mir meine Sinne. Ich will, dass er mich auf der Stelle nimmt, habe weder Geduld noch Kraft für ein ausgiebiges Vorspiel. Mein Körper ist ausgelaugt und dennoch giere ich nach seinem Schwanz, dass er mich füllt, auch ohne, dass ich einen Orgasmus erreiche. Ich will einfach diese Intimität zu ihm und ich weiß, dass ich sie von Sloan erhalten werde.

Es gibt Männer, die vögeln einen, sodass man das Gefühl hat, eine aufblasbare Puppe zu sein. Obwohl sie in einem drin sind, ist man weit weg. Ich ahne, dass das bei ihm nicht möglich ist. Sloan wird Distanziertheit nicht dulden, sie womöglich bestrafen, falls ich es versuchen sollte. Es existiert noch so viel, was ich mit ihm erleben möchte, allerdings nie erleben werde.

Live in the moment!

Und ich greife zu, gebe mich Sloan willentlich hin und halte nichts zurück. Mir ist es egal, ob das dumm ist. Ich habe nur dieses eine Wochenende mit ihm und danach trennen sich unsere Leben für immer. Zudem bezweifele ich, dass ich jemals wieder einem Mann über den Weg laufen werde, der sich mit ihm messen kann, ob Master oder nicht.

Er hält mich, als wäre ich kostbar, zerbrechlich und genauso fühle ich mich auch, während er mich küsst. Dann verlässt sein Mund meinen, zieht eine Spur hinunter zu meinen Brüsten und seine Lippen umschließen meine linke Brustwarze mit nasser Hitze.

Sie ist wund, aber das erhöht das ziehende Gefühl, als er an ihr saugt, ganz fest und sie anschließend zärtlich mit seiner Zunge leckt. Er umfasst meine Wangen, so unglaublich behutsam, dass sich meine Augen mit Tränen füllen. Auf alles was er tut, reagiere ich unfassbar intensiv. Vielleicht liegt es an den vielen Empfindungen, die mich, seitdem ich Jim meinen Schlüssel gegeben habe, überrollen. Doch ich kann genauso wenig dagegen etwas tun, als die Lust zu beherrschen, die mich anfällt und mich meine Erschöpfung vergessen lässt.

Ob es ihm überhaupt Spaß macht, mich einfach nur zu lieben? Oder bereitet er mich nur auf ein neues Spiel vor? Darf ich ihn fragen?

„Sloan …“ Er ermahnt mich nicht, weil ich seinen Titel missachtet habe. „Macht dich das an …?

„Sei still und spreize deine Beine weiter.“

♠♣♥♦

Ich starre auf sie herab, weiß genau, was in ihrem Kopf vorgeht. Viele Frauen, die noch nie was mit BDSM zu tun hatten, denken, dass ein dominanter Mann ausschließlich durch Unterdrückung oder das Austeilen von Schmerz zum Zug kommt. Auf die meisten Dominanten, die ich kennengelernt habe, trifft das nicht zu. Ein ständiges Machtgefälle, keine Zärtlichkeiten und eine stete Ausübung von Autorität, verliert seinen Reiz. Ich bin nicht nur ein Master, sondern ebenso ein Mensch und ein Mann, der ohne Berührungen und Streicheleinheiten nicht leben kann. Das trifft sogar in der Regel auf liebevolle Sadisten zu, die nicht nur ihre Bedürfnisse erfüllen wollen, sondern auch die ihrer Partnerin. Ich genieße es nach einer unerbittlichen Hand, meine zarte Seite zu zeigen. Natürlich ist dies im Falle von Ava nicht uneigennützig, denn damit binde ich sie stärker an mich.

„Bist du schon mal richtig geleckt worden, Caramella?"

Ich mag es, wie sie vor Verlegenheit den Blick abwendet, sie meinem aber nicht entkommen kann. Das Anstarrduell beherrsche ich bis zur Vollendung und auch hart gesottene Subs brechen irgendwann ein. Ava fasst sich schlussendlich ein Herz und sieht mir in die Augen.

„Hast du deine Stimme verloren?" Ich unterdrücke ein Lächeln, weil sie so unglaublich fassungslos aussieht und nicht weiß, was sie sagen soll.

„Was für eine Antwort erwartest du denn von mir?"

„Die Wahrheit, Ava. Mich anzulügen ist nicht ratsam, egal, um was es geht." Ich lege meine Handflächen auf die Innenseiten ihrer Oberschenkel.

„Vor dir hätte ich die Frage mit einem klaren Ja beantwortet. Doch ich glaube, dass du mich eines Besseren belehren wirst, auch, dass du das bereits weißt." Inzwischen ist ihr Blick herausfordernd, beinahe ein wenig frech.

Wenn alles so läuft, wie ich es plane, unsere Beziehung etwas fortgeschrittener ist, werde ich sie für ein derartiges Verhalten zur Verantwortung ziehen. Doch sie ist erfrischend unerfahren und ich möchte sie keinesfalls verschrecken, nicht um ihretwillen, sondern um meinetwillen. Zumindest rede ich mir das ein. Allerdings kann ich nicht leugnen, dass ich bis jetzt jede Sekunde mit Ava genossen habe. Es soll heute schön für sie sein. Morgen werde ich härter vorgehen.

Langsam beuge ich mich über ihre Scham, wobei ich ihr noch immer in die Augen sehe. Viele Männer lassen sich gerne oral bedienen, haben jedoch keine Lust die Gefälligkeit zu erwidern. Ich gehöre nicht zu ihnen und mag es eine Frau mit meiner Zunge in die höchste Verzückung zu bringen, sie zu schmecken, bis sie sich vergisst. Und genau das tue ich jetzt. Mit zwei Fingern spreize ich ihre Schamlippen und kann mir diesmal ein triumphierendes Lächeln nicht verkneifen, denn Ava ist nicht nur minimal erregt. Ihre Klit ist geschwollen und ich lecke direkt darüber. Sie zuckt stöhnend zusammen. Vielleicht hat sie sich vorgenommen ein wenig Widerstand zu leisten, mir zu demonstrieren, dass ich ein arroganter Bastard bin, der sich selbst überschätzt, doch ich bin gut in dem, was ich tue.

„Halt still. Oder ich fessle dich so, dass du dich nicht mehr bewegen kannst.“ Ich weiß, dass es eine Unmöglichkeit für sie in ihrem untrainierten Zustand darstellt. Sie kann nicht stillhalten. Allerdings weiß ich auch, dass meine Androhungen sie anmachen.

„Es tut mir leid, Master“, wispert sie wenig überzeugend.

Es tut mir leid, Baby.

Es wäre besser für mich, wenn ich mein Gewissen ins Nirwana schicken könnte. Doch damit werde ich mich nach dem Wochenende beschäftigen. Ich muss eine Lösung finden, um die nagenden Bisse loszuwerden, denn letztendlich habe ich Jahre meines Lebens in diesen Plan gesteckt, der mich davor bewahrt hat, vor Trauer einzugehen.

„Ich werde dich zu einem späteren Zeitpunkt dafür bestrafen, falls du mir nicht gehorchst." Schließlich muss ich ihr einen Grund geben, warum ich sie gleich morgen früh übers Knie legen werde, um ihr ordentlich den Arsch zu versohlen. Ich brauche keine Begründung, um genau das zu tun, mache es einfach aus Lust, doch für sie als unerfahrene Devote, ist eine Züchtigung leichter zu erdulden, wenn ich ihr von meiner Seite aus ein Motiv liefere. Sie ist noch nicht bereit, den Schmerz als ein Teil unserer Wesen zu akzeptieren. Allerdings wird sie es lernen, und von dem Moment an, wird sie endgültig von mir abhängig sein.

Ich bedecke ihren Bauch und ihren Venushügel mit Küssen, und sie versucht krampfhaft, sich nicht zu rühren, ein Kampf, den sie jedoch längst verloren hat. Sie atmet hektisch, als ich mich ihrer delikatesten Stelle nähere, sie zunächst nur mit den Lippen berühre. Sie wappnet sich gegen meine Zunge, doch diesmal lecke ich sie nicht, sondern sauge fest an ihrem Kitzler und sie enttäuscht mich nicht. Ihr Becken ruckt nach oben und sie hebt sogar den Kopf an, packt mit beiden Händen die Decke, auf der sie liegt.

„Sloan!" Ihre Verzweiflung klingt in dem einen Wort mit. Mein Schwanz war bereits vorher hart, aber ihr Flehen pumpt weiteres Blut hinein.

Ich kommentiere ihr prickelndes Versagen nicht, lasse sie im Ungewissen und all das erhöht ihre Erregung. Wenn man etwas nicht haben darf, obwohl es zum Greifen nah ist, will man es unbedingt. Die Gier darauf schaltet den Verstand aus, bis man es bekommen hat. Erst dann stellt man sich den Konsequenzen. Ich lecke und sauge sie abwechselnd, und inzwischen denkt Ava nicht mehr nach. Sie ist ein wollüstiges Geschöpf, das nur danach giert, Erlösung zu erfahren. Ihr Stöhnen hallt nicht nur durch den Raum, sondern auch in mir, torpediert meine Selbstbeherrschung. Eine Frau zu genießen, während sie vollkommen loslässt, ist ein verfickt geiles Geschenk. Nicht jede ist dazu fähig. Die meisten hören nicht auf zu denken, sind immer noch Herr ihrer Sinne, selbst wenn ein Höhepunkt sie erfasst. Ich will nicht, dass der Höhepunkt sie erfasst, er soll sie packen, seine Klauen in sie schlagen, sie fortreißen, bis Ava nur fühlt, eine gleißende Lust erfährt, wie nie zuvor. Sie soll den Kontrollverlust, das Davonschweben, das absolute Loslassen nie mehr vergessen, sodass sie sich nie wieder mit weniger zufriedengibt. Das wird mir heute noch nicht gelingen, aber die ersten Schritte sind vollbracht. Mit zwei Fingern dringe ich in ihre enge Spalte, während ich sie weiterhin mit meiner Zunge genussvoll foltere. Mit einem der nassen Finger dringe ich anschließend in ihren Anus ein, nicht tief, lediglich weit genug, um diese höchst erogene Zone einzubeziehen. Sie stößt ein überraschtes Keuchen aus, doch ich gebe ihr keine Gelegenheit irgendwelchen Unmut zu äußern, irgendein dämliches Schamgefühl aufzubauen. Ich krümme den Finger und weiß, dass der Reiz auch ihre Klitoris stimuliert. Das verräterische Zucken setzt ein und ich bringe sie zu einem verflucht glücklichen Orgasmus, wenn ich ihre Schreie richtig interpretiere. Als ich den Kopf hebe, um ihr ins Gesicht zu sehen, spricht ihr Lächeln eine ganz eigene Sprache.

Ich muss Ava jetzt haben. Bevor ich sie küsse, wische ich mir mit dem Handrücken über das Kinn und sie errötet zuckersüß, ehe ich ihren Mund einfordere, sodass sie sich selbst schmecken kann. Eine Form der Intimität, die nicht näher sein könnte. Mein pochender Schwanz dringt leicht in ihr entspanntes, furchtbar heißes Geschlecht. Es fühlt sich herrlich an, von ihrer Wärme empfangen zu werden. Ich nehme sie, ohne meine Lippen von ihren zu lösen. Mir ist nicht danach, sie langsam zu vögeln, mir Zeit zu lassen. Dazu habe ich morgen Gelegenheit. Dennoch halte ich einen Moment inne, um ihr nach dem Kuss in die vor Lust funkelnden Augen zu sehen. Im Licht des Kamins wirken sie dunkelblau, allerdings entgeht mir nicht ihre Verletzlichkeit. Wenn ich es forciere, kann ich Ava zerbrechen. Bevor ich sie das erste Mal berührte, dachte ich irrtümlicherweise, dass es mir egal wäre, sollte es so sein.

„Bitte mach weiter. Ich will, dass du in mir kommst."

Manche Master mögen es nicht, wenn eine Sub Wünsche äußert, ich nehme das nicht immer so genau und folge keinem festgelegtem Protokoll. Zu starre Regeln können ein Zusammenspiel unter Umständen zerstören. Ich habe die ein oder andere Session gesehen, bei der der devote Part dermaßen große Angst hatte, etwas falsch zu machen, dass sie wie abgerichtete Roboter reagierten und das ist weit von dem entfernt, was ich anvisiere.

Ich dränge ein Lächeln zurück, als ich an drei ganz besondere Subbies denke, die das Leben ihrer Maestros andauernd auf den Kopf stellen. Die drei dominanten Brüder haben mit ihren nicht immer devoten Frauen, die perfekte Balance gefunden. Wäre mein Leben ein anderes, wäre das mein Ziel, welches ich anstreben würde. Als ich sie damals kennengelernt habe, waren sie alle noch single.

Ansatzweise habe ich das mit Nola gehabt, doch bevor wir dieses Level erreichen konnten, hat man sie grausam ermordet.

„Sloan, ist alles in Ordnung? Bist du zornig, weil ich …?"

Anstatt ihr zu antworten, bewege ich meine Hüften und halte ihr zerbrechliches Gesicht zwischen meinen Händen. So fragil, so liebenswert, so unschuldig und ehrlich. All das, was ich nicht bin!

Ihre Augen füllen sich mit Tränen und ich sollte eigentlich darüber froh sein, denn es ist ein weiteres Zeichen ihrer Bindung an mich. Stattdessen muss ich hart gegen das eigene Ich anschlucken.

„Du hast nichts Falsches getan, Caramella. Für einen Master gibt es nichts Besseres, als eine Ungehorsamkeit, die dermaßen verführerisch und zügellos daherkommt. Du warst sehr laut, sehr temperamentvoll und gierig. Diese Eigenschaften weiß ich durchaus zu schätzen und sie auch zu nutzen.“

Sie schmiegt sich gegen meine rechte Hand und eine einsame Träne tropft aus ihrem Augenwinkel. Wenn sie nur wüsste, wie verloren ich mich in diesem Moment fühle, eine neue Art von Verlorenheit, nicht die vertraute, die mich seit Nolas Tod begleitet hat.

Ich erlaube meinem Körper, die Kontrolle über mich zu erlangen, lasse mich von dem Gefühl in Ava drin zu sein, in eine begrüßenswerte Leere zerren, die meinem Verstand eine Ruhepause gönnt. Meine Hüften bewegen sich schneller, ohne dass ich es bewusst tue, während die Gier sich in mir ausbreitet, all die kalten Stellen in mir mit Wärme füllt. Auch sie ist willkommen, selbst da es nur die einer körperlichen Empfindung ist, keinesfalls eine emotionale. Ich bin nicht Ava. Mir fällt es leicht, beides voneinander zu trennen. Oder?

Ich lasse sie nicht los, halte sie, solange ich sie ficke, ihr es allerdings so vorkommt, als würde ich sie lieben. Das Dunkle in mir weicht der Helligkeit, die Ava mir kurzfristig schenkt. Gleißende Lust strömt durch mich hindurch, verkrampft meine Muskeln, als ich hart und fest in sie hineinstoße, bis die Erfüllung alles andere auslöscht, mich mit einem Glück flutet, das bereits in dem Moment abebbt, als ich meinen Samen in ihr verströme.

Kapitel 7

Mein rasender Herzschlag wummert in meiner Brust, als ich aus einem tiefen Schlaf schrecke. Ich liege auf der Seite und das Fenster ist in meinem Blickfeld. Ein neuer Tag, der gerade beginnt. Ein ganz zartes Orange kündigt ihn an. Innerhalb von wenigen Sekunden bin ich hellwach. Zu viel habe ich gestern erlebt und mein Gehirn liegt nicht in einem dichten Nebel, sondern fährt sofort hoch, etwas, das ich von meinem Körper nicht behaupten kann. Der befürchtete Muskelkater peinigt meinen Leib in einem Ausmaß, als würde jeder Muskel reißen, sobald ich mich auch nur einen Millimeter bewege.

Verfluchte Scheiße!

Meine Glieder stehen in Flammen und die Pein ist nicht nur durchdringend, sie frisst mich förmlich auf. Es ist, als wenn mein temporärer Herr und Gebieter mich durch einen Sloanwolf gedreht hätte. Ich bin so mit meinem Leid beschäftigt, dass ich erst jetzt bemerke, dass der besagte Wolf mich beobachtet. Ächzend drehe ich mich ihm zu. Sloan steht im Türrahmen und sieht unverschämt sexy aus.

„Schmerzen, Caramella?"

Wenn er dabei nicht ganz so sadistisch grinsen, seine Augen weniger gierig funkeln, und dazu nicht diese Arroganz sein Antlitz schmücken würde, könnte ich ihm seine Besorgnis vielleicht abkaufen. Aber nicht so!

Empörung breitet sich in mir aus und dieser muss ich lautstark Luft machen, sonst ersticke ich. Mein Mund öffnet sich bereits, da schnellt er nach vorne. Seine Handfläche auf meinem Oberkörper presst mich die mühselig erarbeiteten Zentimeter zurück, nicht auf die Matratze, sondern förmlich in sie hinein.

„Ehe du dich selbst in einem für mich untolerierbaren Benehmen verstrickst, solltest du lieber dein Gezicke für dich behalten. Diese Warnung spreche ich nicht erneut aus. Mach mit ihr, was du willst, sodass ich mit dir machen kann, was ich will."

Anscheinend ist Sloan nicht nur geistig hellwach, sondern auch körperlich. Das ist mehr als unfair! Ihn könnte zumindest ein Zwicken plagen.

„Ein ‚Guten Morgen, Master', könnte mich gnädiger stimmen. Denn schließlich hast du bereits ein Rendezvous mit mir, meinen kräftigen Oberschenkeln und meiner harten Handfläche sowie meines sadistischen Gemüts."

Ich kann keinen Humor in seiner Mimik entdecken und muss zugeben, dass ich diesem vielsagenden Blick nicht standhalten kann. Leider kann ich eine Menge in seinen Augen lesen und Gnade oder Nachsicht stehen dort nicht geschrieben.

„Du musst bestimmt nötig auf die Toilette, Ava. Soll ich dich bereits bestrafen, während dieser Zustand anhält? Ein wenig Respekt deinerseits könnte dich vor diesem Schicksal bewahren. Dein Blick ist absolut unangemessen, wobei ich eingestehe, dass mir das zusagt, denn damit besiegelst du dein Los. Ich bekomme mein Vergnügen."

So ein Arschloch!

Er hat mich in der Defensive und ich muss meine normalen Verhaltensregeln vergraben, um ihn zu besänftigen. Süße Worte formen sich in meinem Gehirn, während ich ihn am liebsten beißen würde.

„Guten Morgen, schnuckliger Master. Es tut mir leid, dass ich dich angefunkelt habe. Das war respektlos von mir, deiner unterwürfigen Gefangenen."

Weiterhin bohrt sich sein Blick in mich hinein und ich kann das nicht mehr aushalten. Seine Hand liegt ebenso schwer auf mir wie seine Persönlichkeit.

„Du könntest ins Badezimmer kriechen, um mir deine Reue zu beweisen."

Was soll das denn jetzt? Allerdings muss ich, seitdem er es erwähnt hat, noch weitaus dringender aufs Klo, als ich es vorher musste. Und dann grinst er breit, sehr breit und die pure Belustigung lässt mich für einen Sekundenbruchteil vergessen, mit wem ich es hier zu tun habe.

„Ah, Caramella. Dich kriechend zu sehen, ist nicht das, was ich will. Wenn du vor mir kniest, wirst du andere Aufgaben zu erledigen haben." Er zwinkert mir zu. „Nach dem Frühstück bin ich dein Master, bis dahin Sloan. Wir besprechen beim Essen den heutigen Tag, mein weiteres Vorgehen mit dir. Ich bin in großzügiger Stimmung und gewähre dir eine kleine Gnadenfrist. Allerdings solltest du meine Gutmütigkeit nicht überstrapazieren."

Gutmütigkeit?

Ob ich der Bestrafung entgehen kann? Möchte ich das überhaupt? Fragen über Fragen, auf die ich keine Antwort kenne, er dagegen schon. Sloan weiß genau was er will, wann er es will und wie er es will. Er nimmt äußerst langsam seine Hand fort, steht auf, fasst nach meinen Handgelenken und zieht mich in eine sitzende Position. Ganz so fies braucht er angesichts meines Leidens nicht zu grienen. Ich versuche nicht, auf seine Körpermitte zu schielen. Das erste Mal seit Ewigkeiten habe ich nackt geschlafen, ebenso wie Sloan. Entgegen meinen Vermutungen habe ich nicht gefroren. Sloan ist eine super Wärmflasche, aber das behalte ich lieber für mich.

„Muss ich dich ins Bad tragen, oder schaffst du es selbst?"

So verführerisch sich das auch anhört, ich sollte keine weiteren Schwächen zeigen, weder körperlicher noch emotionaler Natur. Von dem Moment an, als ich nicht mehr an die Schmerzen denke, wird mir mein außer Kontrolle geratenes Gefühlsleben in aller Anschaulichkeit bewusst. Das Glücksgefühl, das mich nahezu überwältigt, wenn ich ihn ansehe, der sich überschlagende Herzschlag, sobald er mich berührt, und ich kann gar nicht beschreiben, was ich alles fühle, bei seinem Blick, der so tief dringt. Er verunsichert mich, ängstigt mich und meine Haut vibriert, zieht sich zusammen und mein Magen flattert, demonstriert mir deutlich, dass es doch keine Angst ist, die ich fühle, sondern der Beginn einer starken Zuneigung, die ich auf der Stelle beenden muss.

Sollte mir das nicht heute oder morgen gelingen, dann spätestens am Montag, wenn er ebenso schlagartig aus meinem Leben verschwindet, wie er von der ersten Sekunde an über mich hergefallen ist, mit einer Urgewalt, die mir alles abverlangt. Aber noch darf ich seine Präsenz genießen, alles absorbieren, was er mit mir anstellt. Ich muss meinen schmerzenden Körper zurückdrängen, sodass ich mich ganz auf ihn an diesen beiden Tagen einlassen kann, etwas, das er erwartet und auch bekommen wird. Er wird es sich nehmen und ich werde es ihm geben, entweder freiwillig oder er wird mich dazu zwingen. Das letzte Wort in diesem Gedankenstrang ist nur eines: unglaublich erregend. Er zieht mich mit Schwung aus dem Bett, sodass ich gegen ihn pralle, mich in einer warmen Umarmung wiederfinde, die mir absolute Geborgenheit vermittelt. Er umfasst meinen Hinterkopf und ich lasse mich mental einfach fallen, speichere den innigen Kontakt ab, damit ich davon zehren kann, wenn ich am Montag zurück in meiner einsamen grauen Tretmühle bin, die mir keine Zeit für Liebeleien lässt. Außerdem bietet sich an meinem Arbeitsplatz keine Gelegenheit, um einen Mann kennenzulernen. Zudem steht *Cipolla and Denbar* Beziehungen innerhalb der Firma ablehnend gegenüber.

Ich sitze den größten Teil des Tages allein in einem riesigen Archiv, das sich auf dem Dachboden befindet. Ein Eremit im Job und das weitet sich auf mein ganzes Leben aus. Ich nehme mir fest vor, an den nächsten Wochenenden auszugehen, denn anscheinend bin ich einsamer, als ich es gedacht habe. Der ungestillte Hunger nach Zärtlichkeiten ist höchstwahrscheinlich der Auslöser für mein seltsames Verhalten. Natürlich bin ich mir auch bewusst, dass Sloan ein außergewöhnlicher Mann ist, was sicherlich ein weiterer Grund für meine übersprudelnden Emotionen ist.

Eine derart attraktive Gefahr kann mich nicht kalt lassen. Es ist nicht nur sein Aussehen, das in mir all diese Stellen zum Klingen bringt, sondern das, was er mit mir macht. Im Vergleich zu ihm wirkt Leander wie ein Milchbübchen, ein Junge, der es niemals zum Mann geschafft hat. Jedoch weiß ich nicht, ob Sloan auch auf Dauer diese Wirkung auf mich hätte, sie mir nicht eines Tages zu viel würde, ob ein Leben am Limit nicht zu anstrengend wird oder sogar abstumpfend, bis mich seine Dominanz nur anödet, mir obendrein auf die Nerven geht.

Jetzt allerdings ist er weit davon entfernt mich zu langweilen. Tief in meinem Herzen weiß ich, dass ich nur nach Ausreden suche, nach Fluchtpunkten, damit ich mir nicht eingestehen muss, wie sehr er mich berührt. Er küsst mich auf die Stirn und sieht mir anschließend unglaublich lange in die Augen. Ich wünsche mir, dass er das nicht tun würde.

„Ab ins Bad mit dir, Caramella. Ich mache Frühstück für die Dienerin." Er lacht und ich liebe es, wenn er das tut.

Zehn Minuten später sitze ich in zwei Decken eingehüllt auf einer Bank, die auf der rückwertigen Seite der Veranda steht. In den Händen halte ich einen Becher mit Milchkaffee, den er für mich gemacht hat. Er verführt und bestraft mich genau in der richtigen Reihenfolge. Sloan duscht gerade und ich nutze die Ruhe, um ein wenig zu Verstand zu kommen. Es ist absolut still, wenn man von dem Rascheln der Blätter und dem gelegentlichen Vogelgezwitscher absieht. Die Sonne kämpft sich durch und der Ort wirkt fast mystisch. Das Laub schimmert in brennenden Farbtönen und die Blätter segeln zu Boden, so unglaublich sanft und verträumt.

Ja, das hier ist ein Traum. Ich dränge sowohl die Gedanken zurück, die sich um Zuneigung für Sloan drehen, als auch die Frau, die den Mann und den Master kennenlernen möchte, bis es nichts mehr zu entdecken gibt. Allerdings vermute ich, dass dies nie bei ihm der Fall sein wird.

Ich nehme ein paar tiefe Atemzüge und zwinge mich in die Gegenwart. Schließlich ist sie aufregend genug. Was er wohl heute mit mir vorhat? Wird er mich wirklich bestrafen? Oder hat er das nur gesagt, um meine Fantasie anzukurbeln?

Als wäre das nötig!

Sloan braucht mich nur mit einem Blick zu streifen und mein Einfallsreichtum läuft auf Hochtouren. Allerdings befürchte ich, dass seine Kreativität meine weit in den Schatten stellt. Ich bin ihm in vielerlei Hinsicht unterlegen. Bei ihm ist es jedoch kein unangenehmes Gefühl. Bei Leander ist das anders gewesen, er hat mich oft klein gehalten, mich als dumm dargestellt, wenn ich etwas nicht perfekt konnte. Ich werde nie den gemeinsamen Skiurlaub vergessen, seine Ungeduld, seinen Zorn, weil ich mich so ungeschickt angestellt habe und mich der Skilehrer mit einem Augenzwinkern zu den Kindern gepackt hat. Mit ihnen hatte ich den Spaß meines Lebens und sie haben sich jedes Mal ausgeschüttet vor Lachen, wenn ich auf meinen Hintern gefallen bin. Sie sind aus den Heiterkeitsausbrüchen gar nicht mehr rausgekommen. Sogar jetzt noch muss ich darüber lachen und tue es auch.

„Ava." Ich zucke zusammen, denn Sloan hat sich an mich herangeschlichen und steht hinter mir. Zum Glück ist meine Tasse fast leer. „Dein Lachen ist wunderschön. Woran hast du gerade gedacht?"

Ich liebe es, wenn er mich berührt, so wie in diesem Moment, als er seine Handfläche gegen meine Wange schmiegt. Er riecht gut, nach herber Seife und seinem Geruch, der unmöglich zu beschreiben ist. Aber was auch immer es ist, es zieht mich magisch an.

„Ich habe gerade an meine missglückten Skiversuche gedacht und dass mein Gesäß mit blauen Flecken übersät war."

„Eine verführerische Vorstellung, Caramella."

Ich lege den Kopf in den Nacken und treffe seinen Blick. Die rohe Gier, die ich darin erkenne, trocknet meinen Mund aus, im Gegensatz zu meinem Geschlecht, das mit Nässe auf ihn reagiert. Wie schafft dieser Mann es bloß, mich ständig zu erregen, obwohl er gar nichts Offensichtliches macht?

„Blaue Flecken findest du inspirierend?"

Sein Lächeln verwandelt sich in etwas, das so sexy ist, weil der Mann, der es zur Schau trägt, nicht nur unglaublich gefährlich erscheint, sondern es auch ist.

„Sofern sie von meiner Handfläche herrühren oder von einem Paddel, das ich auf deine Rundungen aufklatschen lasse. Die Vorstellung macht mich mehr als heiß." Sein Blick verlässt mich nicht und ich versinke darin. „Morgen werde ich sehen, wie sehr die Male deinen Arsch schmücken, die ich bei dir heute hinterlassen werde. Aber keine Sorge, Ava, ich stimme deine Bestrafung auf dich ab, sodass du sie nicht nur ertragen kannst, du wirst in der Zukunft ständig daran denken, nachdem dein anfängliches Entsetzen abgeklungen und der Schmerz ein dumpfes Echo in deiner Erinnerung ist." Mit dem Daumen streichelt er die Unterseite meines Kinns. „Du wirst dich nach dieser Erfahrung sehnen, mit jeder Faser deines Ichs. Das verspreche ich dir."

Ich bin hin und hergerissen zwischen: OMG, LOL, WTF und ROFL.

„Zunächst jedoch frühstücken wir, machen anschließend einen Spaziergang und dann habe ich mir ein schönes Szenario ausgedacht." Er wackelt mit den Augenbrauen. „Bei dir wird es mit einem Heulanfall beginnen, auf den ich mich überaus freue. Zweifelsohne werde ich der Verursacher sein."

„Du bist ein Mistkerl, Sloan Barker."

„Ah, Caramella. Zu späterer Stunde wirst du nicht nur den Mistkerl in mir näher kennenlernen, es wird der sadistische Mistkerl sein."

Herrgott noch mal! Muss er mich ständig aufheizen, verunsichern und herausfordern? Mich zugleich in eine unglaubliche Furcht sowie Erregung versetzen, die ihresgleichen suchen?

„Komm, ich habe Hunger und dieses Bedürfnis stille ich zuerst, ehe ich mich an dir labe, kleine hilflose Ava."

In meinem Magen ist so viel los, dass ich bezweifle, auch nur einen Bissen herunterzubekommen. Er nimmt mir die Tasse ab und reicht mir seine Hand. Nachdem ich stehe, verschlingt er seine Finger mit meinen und zieht mich in die Hütte. Wohlige Wärme erwartet mich, denn er hat inzwischen den Kamin entfacht, und wie versprochen das Frühstück vorbereitet.

„Wäre das nicht meine Aufgabe, als …?"

„… als meine Magd? Ich kann mich nicht daran erinnern, dass es eine deiner Fantasien ist, mich von vorne bis hinten zu bedienen. Manche Frauen mögen das und es ist für sie sehr erfüllend. Wie sieht es mit dir aus?" Fragend mustert er mich.

„Öhm, ich glaube nicht. Offen gesagt wäre das keine Fantasie für mich, sondern das war eine bittere Realität, die ich mit Leander …" Scheiße! Ich plappere! Dabei sind sowohl mein Ex als auch mein Arbeitgeber Tabuthemen. Leander hat sich mit Vorliebe bedienen lassen, selbst dann, wenn ich vor Müdigkeit kaum die Augen aufhalten konnte. Und zu gern würde ich mit Sloan über meinen Job reden, jemandem meine Bedenken und Entdeckungen mitteilen, bei der ich keine Ahnung habe, was sie wirklich bedeuten. Doch ich darf nicht, unter keinen Umständen.

Sloan sieht mich an und ich sehe die gefährliche Intelligenz in seinen Augen. Ich ahne, dass er auch im normalen Leben ein Mann ist, den man besser jederzeit ernst nimmt und mit Respekt behandelt. Ich befürchte, dass er mehr wissen will, und mich mit Leichtigkeit dazu bringen kann, über Dinge zu reden, obwohl ich es eigentlich nicht möchte. Zu meiner grenzenlosen Erleichterung bohrt Sloan nicht nach, zeigt stattdessen auf das Sofa auf dem ein kuschliger Sweater, eine Winterleggings und ein Paar flauschige Socken liegen. Alles passt in der Farbe zu meinen Augen; ein sattes Blaugrün.

Ob er die Sachen gekauft hat oder die *Wild Card Society*? Was wissen sie noch über mich? Wie tief reichen ihre Informationen?

„Ist alles in Ordnung, Ava? Du siehst aus, als wenn du dich um etwas sorgst, was nichts mit einem schmerzenden Arsch zu tun hat."

„Ich, ich …" *Hör auf zu stammeln und dich zu rechtfertigen.* „Ich frage mich gerade, was die Society genau über mich weiß."

„Du meinst Intimitäten, die über dein Gewicht und deine sexuellen Fantasien hinausgehen?"

Er kennt mein Gewicht!

Sloan fasst mich an den Schultern und hält mich auf Armeslänge von sich. „Sie haben sich natürlich im Vorfeld über deine Integrität erkundet. Wenn sie fraglich wäre, hättest du niemals eine *Wild Card* Einladung erhalten. Sie wissen, wo du arbeitest und wie viel du verdienst. Aber das alles sind Dinge, die dich sicherlich nicht verwundern. Du bist nicht dumm, Ava, hast vorab genau gewusst, worauf du dich einlässt. Nicht wahr?"

Ich habe das Gesamtpaket nicht analysiert, obwohl der Inhalt nicht überraschend daherkommt. Es wäre eine Lüge, die nur meinen Verstand beruhigen soll.

„Ja, du hast recht. Es hat mich gerade nur geängstigt." Und tut es in diesem Moment! Wie viel ich verdiene! Wo ich arbeite! Mir wird bewusst, dass ich meinen Job nicht nur verlieren könnte, sondern sicherlich werde, sollten meine Arbeitgeber jemals dahinterkommen, dass die *Wild Card Society* derartige Erkundigungen über mich eingeholt haben, und sie damit praktisch, in ein Zielobjekt verwandelt hat.

„Die Recherche ist bei jedem Mitglied oder den *Wild Cards* gleich gründlich. Aber auch sie sind zur Verschwiegenheit verpflichtet, etwas, das die Mitglieder nicht auf die leichte Schulter nehmen. Deine Geheimnisse sind sicher. Außerdem hast du nichts zu verbergen, Ava. Das weiß ich. Oder arbeitest du für die Mafia?“

„Nein, natürlich nicht.“ Wenn ich an einen Lügendetektor angeschlossen wäre, würden die Nadeln nicht nur ausschlagen, das Gerät würde LÜGNERIN schreien. Eigentlich hatte ich für meinen Seelenfrieden beschlossen, meine Befürchtungen auf sich beruhen zu lassen, nicht an mich heranzulassen, dass *Cipolla and Denbar* nicht nur die Upperclass Englands vertritt.

„Dann haben wir beide ja nichts zu befürchten. Es gibt keine Skelette in unseren Kellern.“

Er sagt es mit einer absoluten Gewissheit, doch bei ihm bin ich mir da nicht so sicher. Ich fürchte, dass Sloan voller Geheimnisse steckt, die so tief verborgen sind, dass selbst die Society sie nicht entdecken kann. Wieso ich so fühle, kann ich nicht begründen. Vielleicht ist es die Art und Weise, wie manchmal Schatten von Erinnerungen über sein Antlitz huschen, derart schnell, dass ich sie nicht bemerken würde, wäre er nicht mein Master. Bei ihm achte ich auf jede Nuance und sei sie noch so subtil.

„Ich habe uns Tee gemacht oder möchtest du lieber noch mehr Kaffee?“

„Tee reicht.“ Dankbar nehme ich den Themenwechsel an, der mich den düsteren Gedanken entreißt. Ich habe nichts zu verbergen, aber ob, das für *Cipolla and Denbar* gilt, steht auf einem ganz anderen Blatt. Sollten sie jemals davon erfahren, was ich durch Zufall entdeckt habe …

Ich stelle mich auf die Zehenspitzen und lege meine Arme um seinen Hals. „Bekomme ich einen Kuss, Sloan Barker. Noch darf ich dich um derartige Kleinigkeiten bitten.“

„Darfst du das?“ Er beugt sich herab, sodass ich ihn küssen kann. Ich vertiefe den Kuss nicht, sondern genieße nur für einen Augenblick die Wärme und Weichheit seiner Lippen. „Ich danke dir für dieses Wochenende. Du bist ein toller Mann und ein großartiger Master.“ Dann lasse ich die Decken zu Boden fallen, löse mich von ihm und kann nicht widerstehen, ich strecke ihm meinen Po übertrieben entgegen, als ich zuerst nach der Hose greife.

„Caramella, du spielst mit dem Feuer. Ich werde dir später zeigen, dass es auf dir brennen kann, ohne dich jedoch zu verbrennen.“ Er grinst wahrhaft diabolisch.

Ich erkenne es deutlich, da ich mich ihm zudrehe, auch, dass ihm meine Reaktion auf ihn nicht verborgen bleibt. Seine grünen Augen scheinen zu funkeln und sie wirken sehr hell in seinem sonnengebräunten Gesicht. Ob er vor kurzem Urlaub gemacht hat?

„Zieh dich an, Ava, ehe ich es mir anders überlege und dir bereits vor dem Frühstück, deine kaum vorhandenen Kräfte raube. Oder möchtest du genau das?“

„Wenn ich das nur wüsste.“ In meiner Hast die Leggings überzustreifen, falle ich fast auf die Nase.

Sloan bewahrt mich mit starken Händen davor. „Du bist so ein süßer Tollpatsch. Ich würde dir gerne das Skifahren beibringen.“

Schade, dass er nie Gelegenheit dazu bekommen wird. Es ist das erste Mal, dass er etwas erwähnt hat, das nach diesem Wochenende stattfinden müsste.

„Doch das steht außerfrage, nicht wahr? Nach diesem Wochenende trennen sich unsere Wege.“

Bitte sag, dass dem nicht so ist. Aber er sieht mich nur unergründlich an, ehe er mich loslässt, in mehr als nur einer Weise. Ich schlucke meine unberechtigte Enttäuschung herunter. Sloan wartet, bis ich mich angezogen habe, dann zieht er mir einen Stuhl zurecht. Ich setze mich und lasse die Atmosphäre auf mich wirken. Er hat Kerzen angezündet. Ich kann mich nicht daran erinnern, wann das letzte Mal jemand ein romantisches Frühstück für mich zubereitet hat.

Natürlich kannst du das nicht, weil es dir noch nie passiert ist.

„Du siehst etwas überfordert aus, Caramella“, sagt er, nachdem er sich hingesetzt hat.

„Hast du damit gerechnet, dass ich die ganze Zeit über gemein zu dir bin, dich rumkommandiere und dass hauptsächlich ich zum Zug komme? Deine Bedürfnisse nur ankratze? Mich wie ein Schwein verhalte? Stellst du dir so einen Master vor? Einen Mann, der dich demütigen muss, um auf seine Kosten zu kommen?“

„Wenn ich ehrlich sein soll, weiß ich nicht genau, was ich erwartet habe. Aber sicherlich nicht einen traumhaften Kerl, wie du es einer bist.“

„Mache ich dir aus diesem Grund Angst, Ava? Wäre es dir lieber, wenn ich ein kaltes Arschloch wäre?“

„Nein, natürlich nicht.“ Das ist glatt gelogen und ich kann nicht erkennen, ob er es geschluckt hat. Mit einem kalten Arschloch könnte ich umgehen, ihn bereits vergessen, nachdem sich meine Haustür hinter mir schließt. Während mich so einer spankt, würde ich nur Gefahr laufen, ein paar Tränen zu verlieren, die sich auf die Session beschränken. Ich würde ihn danach nicht vermissen. Bei Sloan jedoch …

Sloan nimmt die Teekanne und gießt Tee für uns beide ein. Ich schnappe mir eine Scheibe Brot und beschmiere sie mit Erdnussbutter und Himbeermarmelade.

„Die Marmelade ist selbst gemacht. Jetzt sag nicht, dass du es warst.“

„Nein, Caramella. Die Society sorgt gut für ihre Mitglieder. Du kannst froh sein, dass du nicht das Gefängnisszenario gezogen hast. Da geht es ein bisschen rauer zu. Und für diese Fantasie habe ich um die mildere Variante gebeten. Es gibt auch eine ungeheizte Hütte ohne Generator und Sonnenkollektoren. Doch für dich als Anfängerin ist diese hier ausreichend. Ich will dich verführen und dich nicht verschrecken."

Hätte er doch nur keine Rücksicht auf mich genommen, dann wäre mein Gefühlsleben nicht derart außer Kontrolle.

Kapitel 8

Die Kleine hat bereits jetzt Probleme damit, ihre Geheimnisse für sich zu behalten. Ein paar Mal wären ihr beinahe private Details über die Lippen geschlüpft. Aus Erfahrung weiß ich, dass man daran zerbrechen kann, wenn man sich nie jemanden anvertrauen kann. Ich weiß allerdings eine Menge über sie, weiß, wie sehr Leander Wilcock sie verletzt hat, wie müde und erschöpft sie ist, dass sie Schwierigkeiten hat, Vertrauen zu fassen. Ich ahne, dass sie beim Archivieren Dinge entdeckt hat, die sie beunruhigen, dass sie vermutet, wie gefährlich *Cipolla and Denbar* ist. Das habe ich vorhin ganz klar in ihren Augen erkannt. Vielleicht kann ich doch anders vorgehen!

Sie lechzt danach, sich jemandem anzuvertrauen. Derjenige werde ich sein. Verzweifelt versucht sie, eine Mauer gegen mich aufzubauen, nicht daran zu denken, dass sie mich nach Sonntag nie wieder sehen wird.

Allerdings stimmt das nicht.

Sie zieht meine Aufmerksamkeit erneut auf sich, als sie sich über die Unterlippe leckt.

Erdnussbutter und Marmelade!

Wie kann man das nur essen? Ich kann nichts dafür, dass ich sie niedlich, sexy und liebenswert finde. Auch ich schaffe es nicht, eine Mauer gegen sie zu errichten. Jedoch ist dies nicht fatal, denn umso echter wirke ich auf sie. Das Wilcock sie betrogen hat, ist kein zufälliger Wink des Schicksals. Hätte er es nicht getan, wäre ich nie so einfach an sie herangekommen. Ja, es waren einige Umwege nötig, um sie in meine Fänge zu locken. Mit einem festen Partner wäre es weitaus schwieriger gewesen und Natascha kann niemand widerstehen. Wilcock hatte keine Chance.

Ava versucht, mich nicht allzu offensichtlich anzustarren. Aber es misslingt ihr gründlich. Ich weiß, dass sie mit einem faszinierten Entsetzen über ihre Bestrafung nachdenkt, über mich als Mann grübelt und einzuschätzen versucht, ob das Raubtier, das ihr gegenübersitzt, lediglich die Zähne fletscht oder zubeißt.

Ich esse betont langsam, um ihre Geduld auf die Probe zu stellen. Sie sitzt auf ihrem Stuhl, als hätte sie Feuerameisen unter dem Hintern. Dem kann ich nachhelfen. Doch zuerst muss ich noch tiefer in ihre Seele eindringen, um an ihr Herz zu gelangen.

♠♣♥♦

Zwanzig Minuten später laufen wir durch den Wald. Es hat sich weiter abgekühlt, aber der Tag könnte nicht schöner sein. Der Himmel ist strahlendblau und die Blätter segeln wie bunter Schnee auf den Waldboden. Das Wetter spielt mir genauso in die Hände wie die Jahreszeit. Es ist romantisch, es ist herzerwärmend und ein Fest für die Sinne.

Zuerst stakst Ava mehr, als das sie läuft, neben mir her. Doch ihre Muskeln erwärmen sich allmählich und somit verblasst der Muskelkater – wenigstens für den Moment. Ich lege ihr den Arm um die zerbrechlichen Schultern.

„Hast du eigentlich nie Freizeit, Ava? Du wirkst wie jemand, der bis an seine Grenzen geht, um seinen Arbeitgeber zufriedenzustellen."

„Erwartet das nicht jeder Boss von seinen Angestellten?"

„Ich tue es nicht. Was nutzt mir eine wertvolle Angestellte, wenn sie kurz vor einem Burn-out steht?"

„Ich habe mir schon gedacht, dass du eine Firma besitzt."

„Ein Restaurant."

„Und du peitschst deine Untergebenen nicht, bis sie fast umfallen? Das hört man ständig von Gastronomiebesitzern."

„Nein, außerdem benutze ich selten eine Peitsche. Ich bevorzuge meine Hand.“ Ich bleibe stehen und stelle mich vor sie. „Ernsthaft jetzt, ich bin ein gerechter Boss und nutze meine Angestellten nicht aus. Niemand sollte seine Machtstellung schamlos missbrauchen.“

„Das passt auch nicht zu dir. Du bist bestimmt ein toller Arbeitgeber, aber trotzdem Furcht einflößend.“

„Das mag sein. Allerdings respektiere ich meine Angestellten. Somit respektieren sie mich ebenso.“

Sie lächelt mich an. „Obwohl du mich geschlagen hast, hatte ich dennoch nicht das Gefühl, dass du auf mich herabsiehst.“

„Nur in den Sessions herrscht ein scheinbares Machtgefälle. Doch das würde ich nie ausnutzen. Dein Wohlergehen steht an oberster Stelle. Du hast Angst vor einer Peitsche? Glaubst du, dass ich dich damit überfallen würde?“

„Ich kann mir nicht vorstellen, dass mir der Schmerz einer Peitsche gefallen würde.“ Sie sieht mich dieses Mal mit richtiger Angst an.

„Caramella, du bist sicher bei mir. Ich überfordere dich nicht. Das ist keine leere Phrase. Als Master überschreite ich nicht deine Grenzen.“

„Das glaube ich dir vorbehaltlos.“

Wir schlendern weiter und ich merke wie entspannt Ava ist.

„Gefällt dir deine Arbeit? Ist sie spannend und fordert dich?“

Sie antwortet nicht sofort, wägt ihre Antwort sorgfältiger ab, als mir lieb ist.

„Weißt du denn, wo ich arbeite?“

„Nein, diese Informationen behält die Society für sich. Sie geben nur Dinge weiter, die wichtig für die Sessions sind, um sicherzustellen, dass nichts passiert, was der devote Part nicht möchte oder ihm schaden könnte. Und natürlich müssen die Neigungen des Masters zu der Sub passen. Auch ein

Dominanter möchte keine Praktiken ausführen, die ihm schaden oder nicht mit seinem Gewissen vereinbar sind."

„Das stimmt. So herum habe ich es bis jetzt nicht betrachtet. Und was meinen Job angeht ... Ich arbeite in einer Anwaltskanzlei und am Anfang dachte ich, dass es mein Traumjob ist. Mittlerweile jedoch stelle ich es infrage. Die vielen Stunden überfordern mich. Daher genieße ich das Wochenende mit dir ganz besonders. Besser als ein Urlaub. Du lässt mich den Alltag vergessen." Sie bleibt stehen und lächelt mich offen und vertrauensvoll an. Ich fühle mich wie der letzte Arsch. „Du bist ein toller Master, Sloan Barker. Jede Frau kann sich glücklich schätzen, dich als solchen zu erleben."

Ich sehe ihr an, dass ihr weitere Fragen auf der Zunge liegen, dass sie am liebsten alles von mir wissen möchte, angefangen bei meiner Familie bis zu meinen Verflossenen. Sie wird einiges erfahren, aber nur aus meinem jetzigen gefakten Leben. Ich bin ein Schatten meiner selbst. Inzwischen haben wir die Hütte erreicht und treten in die Wärme. Wir entledigen uns unserer Jacken und Schuhe und ich brauche jetzt sofort eine Session, die mich in der Gegenwart hält. Ich muss aus dem Gedankenkarusell aussteigen. Auf der Stelle! Sie bringt mich dazu, weit vom Weg abzukommen, sodass ich mich nicht auf mein eigentliches Vorhaben fokussieren kann. Ich laufe hinüber zum Kamin und lege Holz nach. Außerdem kann ein unerwarteter Befehl sehr sexy für den devoten Part sein und für mich ist es ein anregendes Vorspiel.

„Zieh dich aus, Ava. Auf der Stelle!" Ich würze meine Stimme mit genau der richtigen Prise Dominanz, die sie auf der Stelle in hochgradige Nervosität versetzt. Wie ein verschrecktes Reh bleibt sie stocksteif stehen. „Ich will dich innerhalb der nächsten Sekunden nackt und kniend vorfinden. Es wäre besser für dich, mir zu gehorchen."

Für einen Sekundenbruchteil starrt sie mich an, als hätte sie tatsächlich den Schneid, sich mir zu widersetzen. Doch dann zieht sie sich aus, verflucht schnell und kniet sich auf den harten Dielenboden. Sie friert und ist unsicher, während sie darüber nachgrübelt, wie hart ich sie schlagen werde. Ob sie ihr Safeword rufen muss. Ob sie das will, was ich mit ihr mache.

Absolut köstlich!

„Sehr schön, Ava." Ich laufe ins Bad, hole mir ein paar Handtücher und das Öl, welches sich nicht nur zur Massage eignet, sondern auch für Pussys. Mit einem unheilvollen Ausdruck auf dem Antlitz durchquere ich den Wohnraum und sie verfolgt jede meiner Bewegungen, schluckt hart, sobald sie mir ins Gesicht sieht.

Absolut zuckersüß!

Ich schnappe mir die zwei Decken, die auf der Couch liegen, und breite sie vor dem Kamin aus. Anschließend werfe ich ein paar Kissen darauf. Ich verstecke das Öl unter einem der Kissen und drapiere die Handtücher auf der Unterlage. Dann gehe ich ins Schlafzimmer. Dort statte ich das Bett mit einigen nützlichen Dingen aus, hole mir noch eine gemein aussehende lange Gerte, die hinten im Kleiderschrank versteckt ist. Betont dramatisch bleibe ich schlussendlich vor ihr stehen und sie beäugt die Gerte, als hätte ich ein Schlachtmesser in der Hand.

Sie zuckt zusammen, sobald ich den Arm hebe und ihre bereits vorher beschleunigte Atmung gerät jetzt völlig außer Kontrolle. Ich lege die Spitze der Gerte, die mit einer netten Klatsche ausgestattet ist, unter ihr Kinn und zwinge sie mit sanftem Druck mir in die Augen zu sehen. Das ist für sie in diesem Moment keine leichte Aufgabe, weil sie vor Angst gelähmt ist. Auch das muss ich in ihr hervorrufen, umso stärker wird sie mir verfallen.

„Steh auf und lege dich mit dem Bauch nach unten auf die Handtücher."

„Auf die Handtücher, MASTER?"

„Du scheinst mir etwas unsicher zu sein, wenn du den Titel derart betonst."

Sie presst ihre Lippen aufeinander, aber ihr Blick funkelt herausfordernd.

„Ava?"

„Muss ich mich wirklich auf ein Handtuch legen? Das erscheint mir übertrieben."

„Natürlich. Ich möchte nicht die Decken beschmutzen, während ich dich bearbeite."

„Bearbeite?"

Ich beuge mich herab und sie wäre aufgesprungen, wenn sie es gekonnt hätte, das ist ihr deutlich anzusehen. Fest packe ich in ihr Haar und ziehe ihr den Kopf in den Nacken. „Wenn ich einen Papagei gewollt hätte, hätte ich mir einen bestellt, Caramella. Zwinge mich nicht nachzuhelfen. Ich will dich sofort vor dem Kamin, ausgebreitet und ergeben." Inzwischen habe ich mich so tief heruntergebeugt, dass meine Nasenspitze kurz davor ist, ihre zu berühren. „Möchtest du meine wahrhaft dunkle Seite kennenlernen? Es fehlt nicht mehr viel." Ich lasse sie los und trete von ihr zurück.

Ava sieht mich an, mit einem aufrichtig angepissten Blick. Es fällt ihr offensichtlich schwer, dass in mich gesetzte Vertrauen beizubehalten. Ich unterdrücke den Reiz ihr aufzuhelfen. Ungelenk steht sie auf, läuft langsam zum Kamin und legt sich hin, wobei sie eine Begeisterung zur Schau trägt, als hätte ich ihr befohlen, sich auf einen frisch gedüngten Rasen zu legen. Platt wie eine Flunder und absolut bewegungslos präsentiert sie sich mir.

„Wie gehorsam du sein kannst, wenn du dich bemühst. Aber anscheinend bist du fest entschlossen, ein gewisses Maß an Renitenz zu beweisen. Ich fürchte allerdings, dazu wirst du gleich keine Kraft mehr haben, weil ich sie dir nehmen werde. Dein kleiner Aufstand wird bei deiner Bestrafung Berücksichtigung finden. Nachhaltig und einschneidend wie ein Steppenbrand, der eine pure Verwüstung hinterlässt." Theatralik schadet nie!

Inzwischen kann sie nicht stillhalten und sie zittert, trotz der Wärme der brennenden Holzscheite.

Ich gehe neben ihrer Hüfte auf ein Knie, fische die Augenbinde aus meiner Hosentasche und streife sie ihr über. Weder wehrt sie sich, noch äußert sie einen Protest. Ich weiß, wie verdammt schwer ihr das fällt, denn schließlich erwartet sie, dass ich sie mit der Gerte auspeitsche, bis sie blutet. „Vertrau mir, Caramella. Tust du das?"

„Ich versuche es, Master."

Ich spüre, dass sie an einem neuen Punkt unserer Beziehung angekommen ist, an dem Fingerspitzengefühl erforderlich ist. Ein zu sanftes Vorgehen ist ebenso falsch wie ein zu hartes. Ich lege meine Handfläche auf ihre Lendenwirbel, zärtlich, und merke sofort, dass sie die Berührung beruhigt. „Du hast deine Wörter, mit denen du mich jederzeit stoppen kannst. Sag sie mir."

„Rot und Stern."

„Jetzt entspann dich, Caramella. So ist der Schmerz erträglicher."

Natürlich macht sie das genaue Gegenteil, weil sie nicht in der Lage ist, ihre Reflexe zu kontrollieren. Sie liegt dort wie ein Ziegelstein, verkrampft ihre Finger im Handtuch und presst ihren Körper fest auf die Unterlage.

Ich lege die Gerte neben ihr ab. Dann ziehe ich die Flasche Öl unter dem Kissen hervor, öffne den Verschluss und träufle ihr die nach Mandelblüten duftende Flüssigkeit tröpfchenweise zwischen ihre Schulterblätter. Sie zuckt zusammen, kann zunächst nicht deuten, was es ist. Ava hat Schmerz erwartet, der sie durchdringt, sie überfordert, sie auf der Stelle zum Schreien bringt. Ich folge ihrer Wirbelsäule, danach den Rundungen ihres Hinterns, ihrer Beine, bis ich mit den öligen Tropfen bei ihren Knöcheln ankomme. Sie misstraut der unerwarteten Wendung und hält nicht nur sprichwörtlich den Atem an. „Lass locker, Bunny. Ich füge dir keine Pein zu, während du hier liegst."

„Du bist ein böser Master."

Du hast ja keine Ahnung wie böse.

Ich knie mich neben sie und beginne bei ihren Schultern mit einer zunächst zärtlichen Massage. „Du bist schrecklich verspannt, Caramella. Doch das wird sich innerhalb der nächsten Minuten ändern."

Sie kann nicht anders, als unter meinen Zuwendungen nachzugeben, als wäre sie ein Block aus Eis, auf den die ersten Sonnenstrahlen treffen. Zuerst werde ich sie entspannen, dann erregen, ihr anschließend etwas antun, das ganz und gar nicht gentlemanlike ist, um sie für eine ihrer Fantasien in die richtige Stimmung zu versetzen. Um sie wirklich echt wirken zu lassen, muss sie mich kurzfristig mit Inbrunst hassen. Ich giere bereits jetzt danach, genau das in ihr auszulösen.

Mit den Händen gleite ich über ihren wunderschönen Körper. Ich mag Avas Weichheit, dass sie Fleisch auf den Rippen hat, ihr Arsch exakt die Plumpheit besitzt, um meinen Handflächen standzuhalten. Ihr Hintern und ihre Beine sind am stärksten von dem Muskelkater in Mitleidenschaft gezogen.

„Halt still, Caramella." Zum Glück kann sie nicht sehen, dass ich lächele, es mich, von meinem Schwanz abgesehen, entkrampft sie überall zu streicheln, zu kneten, sie zum Schnurren zu bringen.

„Ich versuche es ja, Master."

Ich lasse mir Zeit mit der Massage, bis sie absolut entspannt ist. Erst dann klapse ich sie fest auf den Po und der satte Knall ist ein herrlicher Klang.

Erschreckt keucht sie auf, dennoch höre ich ihr deutlich an, dass sie es mochte.

„Dreh dich um, Ava."

Sie gehorcht unglaublich schnell, in der irrigen Annahme, dass ihre Spankingzone vor mir in Sicherheit ist. Ihre Rückseite zu massieren war bereits stimulierend, aber das Öl auf ihren Brüsten zu verteilen, ihr dabei ins Gesicht zu sehen, während ich an ihren Nippeln zupfe, torpediert meine Selbstbeherrschung. Doch ich muss mich zügeln, mich darauf besinnen, dass ich sie nicht einfach nur ficken will. Meine Absichten reichen weit über die meines Schwanzes hinaus.

Dennoch …

Ich setze mich rittlings über sie, beuge mich herab und küsse sie mit der Leidenschaft, die durch meine Venen rast. Sie hält sich nicht zurück, trifft meine Zunge mit ihrer und stöhnt in meinen Mund. Ich zupfe fest an ihren Brustwarzen, füge ihr lustvollen Schmerz zu, ehe ich mich von ihr löse und bis zu ihren Füßen rutsche.

„Spreiz deine Schenkel für mich."

Sie tut es und ich starre auf ihren Venushügel, auf ihre durchbluteten Schamlippen und ihre geschwollene Klit. Ich führe zeitgleich jeweils einen Finger in ihren Anus und in ihr Geschlecht ein. Sie ist so heiß, fühlt sich an diesen Körperstellen beinahe fiebrig an.

„Sloan", keucht sie.

„Ist das angenehm, Caramella?"

„Mehr als das."

Sie ruckt mit dem Becken hoch, als ich ihren Kitzler mit meinem Daumen massiere.

„Das fühlt sich anscheinend noch besser an, du lüsternes Ding."

Sie steht vollkommen unter meinem Bann und ich weiß genau, was ich machen muss, damit ich an sie herankomme. Ein schnöder Orgasmus ist nicht das, was ich will. Das geht viel zu leicht, stellt keine Herausforderung für mich dar. Ich ficke sie mit meinen Fingern, bringe sie dicht an ihren Höhepunkt, den ich ihr selbstverständlich versage.

„Das ist nicht dein Ernst! Bitte hör nicht auf. Bitte. Das darfst du mir nicht antun."

„Und ob ich das darf. Du bleibst liegen, bis ich dir was anderes sage.“ Ich stehe auf und gehe ins Bad, um mir die Hände zu waschen, kehre zu ihr zurück und setze mich auf das Sofa. Ich nehme das Saunatuch, was ich vorhin hier deponiert habe und breite es über meinen Beinen und der Sitzfläche aus.

Oh, wie ich mich auf das, was gleich geschieht, freue.

„Nimm die Binde ab und knie dich zunächst vor mich, ehe du dich über meine Knie legst. Es ist Zeit für deine Bestrafung und deine Überwältigungsfantasie. Du wirst bald in der richtigen Stimmung für sie sein, im Gegensatz zu jetzt.“ Ich erlaube mir ein ziemlich arrogantes Lachen. „Im Augenblick könnte ich dich auf der Stelle ficken und du würdest jede Sekunde genießen.“

♠♣♥♦

Ich reiße mir die Binde vom Kopf, blinzele, bis ich klar sehe, was sich als ein Fehler erweist. Denn natürlich drehe ich mich Sloan zu, damit ich ihn anstarren kann. Die Massage hat so verflucht gutgetan und seine Stimulation meiner anscheinend immer gierigen Pussy und auch dieser anderen Körperstelle, zumindest was ihn anbelangt, wirkt sogar jetzt in mir nach. Ich glaube, wenn ich meine Schenkel fest genug aneinanderpresse, könnte ich kommen. Ich unterlasse es jedoch, so mutig bin ich nicht.

Wie sehr er mit meinen Ängsten spielt. Ich habe tatsächlich gedacht, dass er mich auspeitschen wollte, bis ich blute. Ein blöder Gedanke! Aber ohne Schmerz komme ich dennoch nicht davon. Ich wünschte mir wirklich, dass mich diese Gewissheit nicht so schrecklich anmachen würde.

Völlig entspannt lungert er auf der Couch, doch dieser Eindruck hält nur solange an, bis ich seinen Blick in Betracht ziehe. Seine Augen funkeln diabolisch und das wird durch das flackernde Kaminfeuer verstärkt. Er freut sich offensichtlich darauf, was er mir jetzt antun wird.

Schluck!

Sloan trachtet danach mir wirklich wehzutun, mich auch mit Gewalt über seine Knie zu zwingen, mich zu spanken, bis ich schreie und weine. Eher wird er nicht von mir ablassen. Er spannt die Muskeln seiner Arme an, als wollte er mich verhöhnen, mir noch deutlicher aufzeigen, dass ich nicht die geringste Chance gegen ihn habe.

Oh ja, ein Teil von mir verlangt auf der Stelle mein Wort zu sagen. Aber der andere Teil, der dunkle verruchte Teil, fordert meine Unterwerfung ein, dass ich den Schmerz erfahre und mich nicht aus Feigheit aus der Schlinge ziehe, bevor ich weiß, wie es ist. Ich will vor diesen Mann treten, der mir gleich viel tiefer unter die Haut dringen wird, als ich es mir jetzt vorstellen kann. Ich setze an, mich aufzurappeln, als er mit der Zunge schnalzt. „Auf allen vieren, Caramella. Die zwei Meter sind nicht zu viel verlangt."

Ich wünsche mir, dass Blicke wirklich töten könnten, oder zumindest kleine Löcher in die Haut bohren. Klitzekleine Löcher! Es dauert vielleicht drei Sekunden und doch komme ich mir höchst dämlich vor und verstehe nicht, warum ich ihm überhaupt gehorche. In der Zwischenzeit hat er seine Beine gespreizt und ich bin zwischen ihnen angekommen.

„Richte den Oberkörper auf, Ava, und den Po auf die Fersen. Ich fessele deine Handgelenke, denn du wirst deinen Hintern vor mir schützen wollen." Es ist nicht die Andeutung eines Lächelns auf seinem Gesicht zu erkennen. Bin ich wirklich sicher bei ihm?

Natürlich bist du das!

Wie eine Sklavin sitze ich vor ihm und ich schaffe es nicht, meine Atmung zu kontrollieren. Die Wärme des Kamins erreicht meine Rückseite, doch Sloan spüre ich um einiges deutlicher. Erst jetzt bemerke ich die Manschetten und das Halsband, die neben ihm auf der Sitzfläche liegen.

Ein Halsband!

„Deine Handgelenke, Ava." Er hält die Manschetten hoch und ich strecke meine Arme aus. Es ist ein seltsam vertrautes Gefühl, als er sie mir umlegt und anschließend die kurzen Ketten, die an ihnen befestigt sind, ineinander hakt. Er überprüft den Sitz und hält danach meine Hände kurz in seinen. „Und jetzt das Halsband. Neige deinen Kopf."

Irgendwie ist diese Handlung eine ganz besondere, die mir ein Prickeln über die Haut jagt. Er sieht mir direkt in die Augen und in diesem Moment kann ich nur Wärme in seinen erkennen, als würde er genauso fühlen wie ich. Ich beuge meinen Hals und er legt mir das Halsband um. Locker umschließt das dunkelbraune Leder meinen Hals, auch mein Leben, denn er könnte es mir damit nehmen. Das Halsband bindet mich noch stärker an meinen Master, als die Manschetten. Es ist ein Symbol.

„Sieh mich an, Ava."

Sobald ich es tue, stockt mir der Atem in der Brust.

„Über meine Knie, kleine Sklavin."

Ich möchte stolz und sicher aufstehen, ihm vorenthalten, wie groß meine Furcht vor dem ist, was er mit mir vorhat.

„Es ist keine Schande Angst zu zeigen. Ich sehe dir an, dass du versuchst, tapfer zu sein. Allerdings ist das unnötig und ändert nicht das Geringste an meinem Vorhaben. Lass deine Gefühle zu. Ich erwarte sie und gebe mich auch nicht mit weniger zufrieden. Ich will, verlange und bekomme die echte Ava und auf gar keinen Fall einen Schatten dieser Person. Ich giere nach deiner Angst, deinem Schmerz und deiner Lust. Bei mir geht alles ineinander über, nahtlos und geschmeidig." Er lacht keinesfalls heiter. „Es ist erleichternd, sich nicht zu verstellen, keine Rolle zu spielen, so wie wir es ständig müssen. Komm, meine Kleine. Es ist Zeit für deine Züchtigung und für die Erfüllung unserer Träume."

Im Moment bin ich mir unsicher, ob sich meine Träume mit seinen decken. Meine gefesselten Handgelenke erinnern mich nachhaltig daran, wer in diesem Spiel der wehrlose Part ist. Ich stehe auf und er setzt die Füße enger aneinander. Mein Herz schlägt so unglaublich schnell, sobald ich mich über seine harten Oberschenkel drapiere. Meine Lust springt mich an, völlig unerwartet, und sie verdrängt die Angst. Ich bin genau dort, wo ich sein möchte. Mein Körper zeigt es mir ganz deutlich.

„Hast du es bequem?" Seine Stimme facht meine Neugierde und Erregung auf ihn weiter an, so verheißungsvoll klingt sie mit dem dunklen Timbre, der absoluten Selbstsicherheit, die ihn ihr schwingt.

Meine Arme hängen nach unten und ich merke, dass ich die Augen geschlossen habe, als könnte mir das helfen. „Verglichen mit einem Zahnarztstuhl ist es annehmbar, Master."

Er macht ein Geräusch, das sich wie ein heiteres Seufzen anhört. „Bist du bereit, Caramella?"

„Macht das einen Unterschied?" Ich weiß, dass ich lieber unterwürfig sein sollte, um Sloan zu besänftigen, ihn für mich einzunehmen, sodass er vielleicht ein bisschen Mitleid für mich empfindet. Doch tief in meinem Herzen weiß ich, dass er sich nicht von seinem Kurs abhalten lässt, unabhängig davon, ob ich mich bei ihm einschmeichele oder nicht.

„Entspann dich, Bunny." Der pure Hohn tropft aus den Worten und ich vermute, dass er breit grinst. Das sadistische Monster freut sich sehr auf das, was er mir antun wird. Zudem spüre ich seine Erektion. „Wenn du dich verkrampfst, wird es nur schlimmer. Allerdings weiß ich, dass du dich wie ein Bogen anspannen wirst, bis du schlussendlich nachgibst. Ich erlaube dir zu schreien, so laut, wie du willst. Denn außer den Eichhörnchen und mir hört dich hier niemand."

Mein Verstand jagt kontinuierlich Bilder durch meinen Kopf, die mich gleichermaßen erregen und ängstigen. Wird der Schmerz mich in eine andere Welt entführen? Doch wie ist diese Welt? Schrecklich? Erleichternd? Berauschend?

Mein eigener Atem rasselt in meinen Ohren, bildet ein Konzert mit meinem wild schlagenden Herzen und dem Rauschen meines Blutes. Meine gesteigerten Sinne jagen eine Gänsehaut über meinen Körper, als wäre ich ein Igel, der seine Stacheln aufstellt. Bei dem Vergleich muss ich kichern, ein deutliches Zeugnis, dass ich meine Reaktionen kaum zu kontrollieren vermag und an der Grenze zur Hysterie stehe. Verrückterweise wird mir meine Hilflosigkeit, der Irrsinn meiner Fantasien erst jetzt richtig bewusst. Und genau diese Hilflosigkeit macht mich an, trotz des Mischmaschs an sämtlichen Gefühlen, die ein Mensch durchleben kann. Zudem alle auf einmal. Auch das ist mir vorher nicht bewusst gewesen.

Und dann knallt seine Handfläche auf meinen Po, viermal in schneller Reihenfolge, dazu noch auf dieselbe Stelle.

Wusch!

Mein Gehirn ist leer gefegt. Das hier ist keine Verführung, kein langsames Hineingleiten in die Qual, kein leichter, warmer Sommerregen, so wie beim letzten Mal. Das hier ist ein Eissturm, der mir spitze Hagelkörner weit unter die Haut treibt, ein grauenvolles überwältigendes Inferno. Ich will nur eines: weg von diesem Mann. Doch er lässt mich nicht. Nach diesen Schlägen gewährt er mir eine Pause, sodass sich diese Folter wirklich ausbreiten kann, nicht nur auf meiner Oberfläche, sondern in meiner Seele.

„Du musst den Schmerz akzeptieren, Caramella, begreifen, dass du eine Bestrafung verdienst. Nach der Akzeptanz kommt das Vergnügen."

Er kann sich seine weisen dämlichen Worte in den adretten Arsch stecken! Allerdings habe ich keine Gelegenheit mehr ihm das zu sagen, denn schließlich hat er einen Po zur Verfügung, mit dem er machen kann, was immer er will.

Klatsch! Klatsch! Klatsch!

Ja, ich weiß, ich will nicht schreien, will mir meine Würde bewahren, doch ich lerne bereits jetzt, dass dies eine Unmöglichkeit darstellt. Mein Keuchen geht in Schreie über, die zuerst von Zorn geprägt sind. Mein Bestreben, von seinen Knien zu entkommen, verhindert er so unglaublich leicht, dass meine Wut sich in eine ebenso flammende Hölle verwandelt, wie die Haut auf meinem Hintern. Er schlingt einfach ein Bein über meine Unterschenkel und jetzt weiß ich auch, warum er das Halsband nicht fester angezogen hat. Er packt es, als ich versuche ihn zu beißen, hält mich in einem Griff, der kurz davor ist, mich zu würgen.

„Lass das!“ Die nächsten Schläge sind weitaus durchdringender als die vorherigen.

Ich kreische, schreie, weine inzwischen und doch hört er nicht auf mein Gesäß und auch die Rückseite meiner Oberschenkel zu spanken. Dazu lacht er lauthals, als ich aus voller Kehle brülle, dass er ein Schwein ist, eine widerliche Mistsau. Er kommentiert meine Flüche mit einer Handfläche, die auf der Unterseite meines Pos eindrischt, was besonders schmerzhaft ist.

Und plötzlich kann ich nicht mehr kämpfen, weder gegen ihn noch gegen mich selbst und schon gar nicht gegen die Qual. Die Erfahrung ist zu viel, zu intensiv, zu gründlich. Und genau in diesem Moment, als ich dabei bin, in einen schwebeartigen Zustand zu fallen, der mich vor allem bewahrt, hört Sloan auf.

Nein!

Ich hasse ihn, will ihm ebenso wehtun, wie er mir wehgetan hat. Der Druck in mit steigt wie in einem Teekessel ohne Ventil.

„Jetzt bist du bereit für deine nächste Fantasie. Ich nehme an, du möchtest alles anderes, als dass ich dich auf der Stelle ficke.“ Er lässt mich los und ich bemerke meine freien Beine. Mein Versuch, von seinem Schoß zu springen, ein paar rettende Meter zwischen uns zu bringen, endet unsanft, weil meine Muskeln versagen und ich ausgerechnet auf der Körperstelle lande, die keine weitere Berührung mehr erträgt.

Sloan springt auf die Füße, so elegant und selbstsicher, obendrein widerlich grinsend. Ich will ihm etwas in seine Visage schmieren. Er ragt über mir auf, zieht spöttisch die Augenbrauen hoch, ehe er mich mit einem Ruck hochzieht.

„Ich festige zuerst das Halsband und befreie dich dann von den Manschetten. Wenn du schlau bist, verdrängst du deinen entzückend angepissten Zustand für ein paar Minuten, bis deine Überwältigungsfantasie beginnt. Und, Ava, ...“

Er hebt die Hand und ich wäre vor ihm zurückgewichen, wenn er nicht den Ring zu fassen bekommen hätte, der die Vorderseite des Halsbands ziert. Danach zieht er ein Papiertaschentuch aus seiner Hose und wischt mir damit übers Gesicht, entfernt die Spuren aus Tränen und Speichel, für die er sich ganz allein verantwortlich zeigt. „... du solltest mir einen ernst zu nehmenden Kampf liefern, ansonsten sehe ich mich gezwungen, deinen so wunderbar feurig roten Arsch einer weiteren Bestrafung zu unterziehen. Ich brauche dich nicht darauf hinzuweisen, dass mir dies eine Menge Spaß macht, im Gegensatz zu dir. Und jetzt Naseputzen.“

Er nimmt ein weiteres Taschentuch und umfasst damit meine Nase. Ich weiß nicht wieso, aber ich empfinde seine Fürsorge als hochgradig demütigend und lästig.

„Ava!“, knurrt er.

Ich schwöre, dass ich seine Stimme als einen eisigen Hauch spüre, der allerdings Hitze in mir ausbrechen lässt. Ich tue schon wieder, was er verlangt.

„So ein braves Mädchen.“ Er wirft die Tücher auf den Boden, packt meine Schultern und dreht mich herum, sodass er hinter mir steht. Wer hätte gedacht, dass nur die Wärme eines männlichen Körpers, mich dermaßen aufwühlen könnte? In mir den Wunsch weckt, dass er mich berührt, überall und schonungslos.

Bist du total bescheuert? Du hast ihn gerade noch verabscheut!

Ich fühle mich so klein, verletzt, durcheinander und sehne mich danach ihn zu küssen, mich in seine Arme zu schmiegen, damit er mich tröstet, mich besänftigt, mich beruhigt. Zugleich will ich ihn treten, beißen, schlagen, ihn verfluchen. Ich hasse ihn! Er legt seine Handfläche an meinen Hinterkopf und führt etwas Druck aus, bis mein Kinn meinen Oberkörper zwischen den Schlüsselbeinen berührt. Anschließend lösen seine warmen starken Finger die rückwertige Schnalle und ziehen sie dann fester. Allerdings überprüft er auch hier den Sitz.

„Fühlt es sich angenehm an, Ava?" Jetzt ist seine Stimme so liebevoll und sie treibt mir Tränen in die Augen. Ich hasse mich dafür! Vielleicht fällt es mir leichter, den Hass auf mich zu konzentrieren, da es mir bei ihm auf ganzer Linie misslingt. Seine Zuwendungen sollten bedeutungslos sein, nachdem, was er mir gerade angetan hat. Nie hätte ich es für möglich gehalten, dass Haut dermaßen brennen könnte und es einfach nicht aufhört.

„Es ist okay."

Danach nimmt er mir die Manschetten ab, wirft sie auf die Couch und umschlingt mich mit einem Arm, ehe ich mich von ihm lösen kann. „Hasst du mich jetzt, Ava?", wispert er mir ins Ohr.

Warum nur reagiere ich auf alles, was er tut? Die feinen Härchen in meinem Nacken stellen sich auf.

„Ja, du Arschloch."

Arschloch! Arschloch! Arschloch!

„Gut, es wäre höchst bedauerlich, wenn meine Bemühungen nicht gefruchtet hätten. Und nun lauf, denn sobald ich dich kriege, ficke ich dich, egal, ob du es willst oder nicht, mein süßes Bunny." Er schubst mich in den Raum und bleibt absolut regungslos stehen, als ich unbesonnen herumwirbele, um ihn anzustarren. Die einzigen Vorteile, die ich gegen ihn habe, sind meine eingeölte Haut sowie mein rasender Zorn.

Er leckt sich über die Unterlippe, als ich wie eine schwer atmende Statue ein paar Meter entfernt vor ihm stehe. Und seine Augen! Sie verbergen seine Gier, sein rohes Verlangen auf mich nicht. Er will mich und ich kann ihn nicht aufhalten! Adrenalin flutet plötzlich meinen Körper und ich krache aus der Starre. Leider ist er schneller als ich, schneidet mir den Weg ab, als ich nach rechts renne. Allerdings packt er mich nicht, sondern spielt mit mir. Ich stoppe so abrupt, dass ich strauchle und ungewollt gegen ihn pralle. Er fängt mich ab, hält mich in seinen starken Armen, die im Moment nichts Zärtliches an sich haben. Sie sind wie Eisen und dennoch tut er mir nicht weh. Aber er könnte es, sofern er es wollte. Das macht mich höllisch an. Heiß rauscht das Blut durch meine Adern, um sich an all den unglaublich verführerisch pochenden und kribbelnden Stelen zu sammeln. Doch ich muss ihm einen Kampf liefern, obwohl ich danach giere, mich ihm willig hinzugeben. Allerdings brauche ich mich nur auf meinen wahrhaft um Hilfe, Erlösung und Gnade schreienden Po zu konzentrieren, um meinen Zorn auf ihn neu zu entfachen. Ich kann immer noch nicht glauben, dass der sadistische Grinch mir einen dermaßen tief gehenden Schmerz angetan und er währenddessen pures Vergnügen erfahren hat. Es ihn aufgegeilt hat, meine Schreie zu hören, und mich zum Weinen zu bringen, bis ich mich ihm völlig unterordne. Dabei habe ich etwas so Rohes empfunden, das mich irgendwie an ihn geschweißt hat. Ich habe ihm Emotionen und Reaktionen überlassen, die ich sonst unter Verschluss halte, von denen ich gar nicht wusste, dass ich dazu fähig bin, so intensiv und durchdringend zu spüren und zu reagieren.

Ehe ich weiß, was ich vorhabe, beiße ich ihm in den Oberarm, versuche mich mit meiner ganzen armseligen Kraft aus seinem Griff zu befreien. Hart packt er in mein Haar. Er hat sich nicht dazu hinreißen lassen aufzuschreien. Im Gegensatz zu mir. Ich vermag den Schmerzenslaut genauso wenig zurückzuhalten, wie die Gesamtheit aller möglichen Gefühle, die mich in abwechselnder Reihenfolge anfallen. Zuerst Zorn, dann der Wunsch nach Trost und jetzt Erregung, gepaart mit einer furchtbar erscheinenden Angst, weil mich diese näher zu ihm zieht, anstatt mich in die Flucht zu schlagen. All das steigert seine Anziehungskraft auf mich. Ich hoffe nur, dass sie an Wirkungsstärke verliert, sobald das Wochenende vorbei ist. Sloan Barker ist kein Mann für ein *Happy Ever After*. Er ist ein Orkan, der über einen hinwegfegt und die Spuren, die er hinterlässt, werden irgendwann verblassen, aber er hat eindrücklich die Landschaft für immer verändert. Der Schmerz auf meiner Kopfhaut katapultiert mich zurück zu Sloan. Hart zieht er meinen Kopf in den Nacken.

„Du willst aufbegehren, kleines Miststück? Dich mir verweigern?"

Muss er mich auf diese erbarmungslose Weise mustern? Wenn ich ihn jetzt zum ersten Mal sehen würde, würde ich mich bis ins Mark vor ihm fürchten. Aber ich vertraue diesem Mann und das macht das Spiel so aufregend. Es ist nur eine Fantasie und hat nichts mit der Realität zu tun.

„Lass mich los, du feiges Ungeheuer!"

Für einen Moment fällt die Maske und ich merke deutlich, dass er sich ein Prusten verkneifen muss.

„Feiges Ungeheuer!", knurrt er, während er mich rückwärts drängt. Meinen sinnlosen Versuch nicht nachzugeben ignoriert er. „Du kannst es wohl kaum erwarten, dass ich dich ficke. Nicht sanft scheint mir."

Ich kann es wirklich kaum erwarten, und ich schaffe es nur mit Mühe, meine Rolle zu spielen. Aber der Gedanke, dass Sloan mir erneut den Hintern versohlt, wenn ich keine überzeugende Leistung hinlege, jagt mir ein Schaudern über den Körper, das auf der heißen Haut meines geschundenen Hinterns ein Prickeln hinterlässt.

„Gott, Ava. Du sollst mich nicht so gierig anstarren, als könntest du es kaum abwarten, mich zu bespringen."

„Ich kann nichts dafür, Master."

Er lacht laut und das verursacht seltsame Dinge mit mir. Es hört sich so warm an, so liebenswert und steht im starken Kontrast zu dem, was er gerade mit mir macht. Inzwischen hat er mich ins Schlafzimmer gedrängt, wo er mich kurzerhand auf das Bett wirft. Es tut verflucht weh, als mein Po auf das Laken trifft. Die weiche Baumwolle fühlt sich wie Schmiergelpapier an. Allerdings habe ich anderes im Sinn als zu fliehen. Ich bin genau dort, wo ich sein möchte. Sloan reißt sich das Shirt über den Kopf und die Pants über die Hüften. Er ist so unglaublich perfekt. Ich hatte vor ihm noch nie einen Mann im Bett, der all das ist, wovon ich schon immer geträumt habe. Alles an ihm ist hart und auch die Körperstelle, auf die ich es in diesem Moment besonders abgesehen habe.

„Ava, was soll ich nur mit dir anstellen?"

„Mich ficken? Zuerst will ich …"

Zwei Sekunden später kann ich nicht mehr sprechen, da ich seinen Schwanz im Mund habe. Ich knie auf allen vieren vor ihm, und falls er tatsächlich was anderes mit mir vorhatte, denkt er jetzt nicht mehr an sein Vorhaben. Er hat das Bett mit Manschetten versehen, aber die brauchen wir nicht. Ich weiß, dass ich wahrscheinlich nie wieder die Gelegenheit nach diesem Wochenende bekommen werde ihn zu schmecken, zu fühlen, zu spüren und zu hören. Mit der Zunge umkreise ich seine Eichel und sauge anschließend daran, teste wie fest er es mag. Sloan vergräbt seine Hände in meinem Haar, doch diesmal tut er es sanft.

„Du bist so verflucht wunderschön, Caramella. Und dein Arsch … Rot ist eine Farbe, die ihm ausgezeichnet steht."

Ich nehme seine Härte tiefer auf und sein ungezügeltes Stöhnen, während ich ihn lutsche, macht mich noch schärfer auf ihn. Es bereitet mir Vergnügen, ihn mit dem Mund zu stimulieren. Ich schließe die Augen und gebe mich Sloan hin, auf eine andere Weise, als wenn er mich vögeln würde. Ein Blowjob kann unbefriedigend sein, vor allem wenn man weiß, dass nur er auf seine Kosten kommt. Doch bei Sloan hege ich diese Befürchtung nicht, selbst wenn er jetzt abspritzen würde, würde er dafür sorgen, dass ich zu meinem Orgasmus komme. Das weiß ich einfach.

„Langsam, Ava." Seine Stimme spiegelt glasklar die empfundene Lust wieder, die ich ihm bereitwillig schenke. Ich möchte, dass auch er an mich denkt, nachdem sich unsere Wege trennen. Der Gedanke, dass ich nur ein kurzes Intermezzo für ihn bin, schmerzt mich, obwohl ich weiß, wie dämlich das ist. Die bloße Vorstellung, dass er sich vielleicht nächstes Wochenende mit einer anderen *Wild Card* amüsiert, bohrt giftige Pfeilspitzen in eine Stelle in meinem Herzen, die nicht für Sloan reserviert ist. Dieser Bereich ist unantastbar, jedoch versage ich kläglich bei dem Versuch, die Stelle zu beschützen.

Er ist es, der sich aus meinem Mund zurückzieht.

„Leg dich hin." Ich tue es und er schiebt mir das zweite Kissen unter den Kopf, sodass ich eine halbsitzende Position einnehme. „Spreiz die Beine." Er kniet sich dazwischen und diesmal ist er es, der seine Härte an meine Lippen führt. Er umfasst meinen Nacken und stützt mich dabei. Noch während ich ihn sauge, fängt er an meine Klit zu stimulieren und er geht nicht zögerlich vor. Seine Finger sind zielgerichtet und ich bin so nass, zudem ölig, dass seine Fingerkuppen leichtes Spiel mit mir haben.

Längst rekele ich mich, kann kaum stillhalten, sobald dieses Ziehen in meinem Unterleib einsetzt und nackte Gier alles andere auslöscht.

Ich höre, dass er ebenso unbeherrscht stöhnt wie ich, dass er sich mir genauso hingibt wie ich mich ihm. Wir wären ein perfektes Paar, wenn man unsere Beziehung auf Sex reduzieren würde. Alles fühlt sich harmonisch an, vollendet aufeinander abgestimmt und ich befürchte, dass meine zukünftigen Liebhaber es nicht einfach haben werden. Sie alle müssen sich mit Sloan messen.

Er zieht sich aus meinem Mund zurück und starrt mir sekundenlang in die Augen, zerrt mich in die grünen vielschichtigen Abgründe, bis ich mühsam schlucke, es nicht mehr aushalte. Ich will seine Härte in mir spüren, will, dass er mich nimmt und uns beide von dem Verlangen erlöst, das unsere Körper absolut beherrscht. Doch ehe er das tut, nimmt er seine Hand von meinem Geschlecht, beugt sich zu mir herunter und küsst mich ruchlos. Und dann dringt er endlich in mich ein, nicht grob, sondern sanft, bis er mich ausfüllt. Er umfasst meine Wangen und ich weiß, dass ich nicht die Lider schließen darf.

„Streichel dich, bis du kommst, Ava."

Er stützt sich auf die Handflächen, gibt mir den nötigen Raum, damit ich meine Lustperle massieren kann. Sie ist furchtbar geschwollen und ich bin so unglaublich erregt, dass ich dem Orgasmus nichts entgegensetzen kann. Zu sehr hat er meinen Körper vorbereitet, sich dabei bis in meine Seele vorgeschlichen und er lächelt, als ich komme, dieses berauschende Gefühl wellenartig durch mein Geschlecht pulsiert, meine Klit unter meinen Fingerspitzen zuckt. Sloan behält die langsame, tiefe Penetration bei, bis mein Orgasmus abebbt, erst dann lässt er seiner eigenen Begierde freien Lauf. Jetzt bin ich es, die lächelt.

Kapitel 9

Ich bringe Ava Sonntagabend zu ihrer Haustür und überreiche ihr den Schlüssel. Sie starrt ihn sekundenlang widerwillig an, ehe ihre zerbrechlichen Finger ihn umschließen. Sie ist emotional genau dort, wo ich sie haben wollte. Ihre Augen zeigen deutlich, was sie fühlt und der Schmerz sowie die Verwirrung darin sollten mich freuen, stattdessen fühle ich mich konfus, als wüsste ich nicht mehr, was ich eigentlich beabsichtige.

„Auf Wiedersehen, Ava."

Ich weiß, dass sie die Frage, ob wir uns wiedersehen, kaum unterdrücken kann. Aber sie behält sie für sich, weil sie die Antwort fürchtet. Sie nimmt einen hörbaren Atemzug und sie wird, sobald sie allein ist, in Tränen ausbrechen und gar nicht wissen, warum sie so reagiert.

„Ich werde der Society vorschlagen dich erneut als *Wild Card* in Erwägung zu ziehen. Es hat Spaß gemacht, sich mit dir zu vergnügen, und ein anderer Master kann noch viel aus dir herausholen."

Ihr Ausdruck wird hart und natürlich will sie keinen anderen Master, sie will mich.

„Ich danke dir, Ava." Ich beuge mich zu ihr herunter und küsse sie leicht auf die Lippen. Ihr ist kalt und das ist nicht allein dem Regen geschuldet.

„Ich brauche dich nicht nach deiner Telefonnummer zu fragen, schätze ich." Sie senkt den Blick. „Scheiße, vergiss es einfach. Das ist mir rausgerutscht. Das war eine blöde Frage. Auf Wiedersehen, Sloan." Ihre Hand zittert und sie braucht zwei Versuche, ehe sie das Schlüsselloch trifft.

Schwein! Schwein! Schwein!

Sie sieht mich nicht an, nachdem sie die Tür aufgeschlossen hat, sie drückt sie auf und Sekunden später ist sie im

Inneren verschwunden, befindet sich in der vermeintlichen Sicherheit ihrer vier Wände. Doch diese bieten ihr keinen Schutz gegen ihre Gefühle, stattdessen werden sie die Leere in ihr verstärken. Sie wird Schwierigkeiten haben, sich auf ihren Job zu konzentrieren, wird ihr jetziges Leben infrage stellen. Starke Emotionen lösen das in jedem Menschen aus, vor allem solche, die aussichtslos erscheinen.

Ich gehe die paar Schritte zu meinem Wagen, zwinge mich nicht zu dem Fenster zu sehen, hinter dem sie steht. Ich spüre, dass sie mich beobachtet. Mit einem Scheißgefühl fahre ich los und versuche nicht an ihren verletzten Ausdruck zu denken, während ich zu meinem Haus fahre, das kein Zuhause für mich ist. Daran ändert selbst die geschmackvolle Einrichtung nichts. Die Innendesignerin hat zwar gute Arbeit geleistet und trotzdem kann es nicht mit dem gemütlichen Heim mithalten, das ich mir mit Nola geteilt habe. Sie hatte ein Faible für Kissen, Gardinen, kleine Teppiche, die sie ständig ausgetauscht hat.

Allerdings weiß ich, dass sie das viktorianische Haus geliebt hätte, in dem ich jetzt wohne. Aus diesem Grund habe ich es auch gekauft. Doch im Inneren sollte mich nichts an Nola erinnern, daher ist es schlicht, klar und aufgeräumt. Weiß und Grau bestimmen jeden Raum. Sobald das hier alles vorbei ist, werde ich irgendwo aufs Land ziehen, vielleicht an die Küste.

Und was willst du tun, wenn du deine Rache vollendet hast? Hast du überhaupt einen weiteren Grund, um zu leben? Zu atmen, während Nolas Staub längst vergangen ist? Willst du ihr nicht folgen? Du könntest es auch sofort tun.

Das wäre eine feige Lösung. Nein, erst muss ich Grigori aufspüren und was dann mit mir geschieht, ist mir egal. Ich presse meine Kiefer dermaßen hart aufeinander, dass es wehtut, denn Avas Geruch liegt mir in der Nase und ihre melodische Stimme ist ein Klang in meinem Verstand. Ich bringe ihr Zuneigung entgegen und das muss ich unterbinden. Die

Garage öffnet sich automatisch, als ich auf sie zufahre und ich bleibe noch im Wagen sitzen, nachdem ich den Motor abgestellt habe. Ich weiß, was ich tun muss, um mich zurück auf den richtigen Kurs zu bringen. Doch zunächst muss ich Ava loswerden, sie von mir abwaschen, damit ich mich auf meine Aufgabe konzentrieren kann. Ich habe mich selbst über- und meine Gefühlswelt unterschätzt. Jeder Mensch sehnt sich nach Liebe, Geborgenheit, körperlicher Nähe. Mein Glaube, dass ich über diesen Zustand weit hinaus bin, hat sich als ein verräterischer Irrtum herausgestellt. Oder ist es nur Ava, die mich so berührt? Wäre es mir bei einem anderen Opfer nicht so ergangen? Ich löse den Sicherheitsgurt, öffne die Fahrertür und steige aus. Mich davon abzuhalten, sie zuzuknallen schaffe ich nicht. Aber auch das ist ein Fehler. Ich muss stets die Kontrolle behalten über mich, über mein armseliges Dasein, über Ava. Lasse ich es zu, dass der eiserne Griff über mich selbst nachlässt, dann kann ich mir gleich eine Kugel durch den Kopf jagen und Ava ebenso erlösen, bevor *Cipolla and Denbar* begreifen, dass ich mich in ihr Wissen einschleiche. Es ist Zeit, die nächste Phase meines Plans einzuläuten und dazu gehört es, ein paar Tage verstreichen zu lassen, bevor ich Ava noch stärker in mein Netz einwickele. Früher war ich ein ungeduldiger Mensch, doch inzwischen habe ich schmerzhaft gelernt, dass Ungeduld einem nur Verzweiflung bringt.

Ich nehme die rückwertige Tür der Garage, die in den Garten führt. Es regnet schon wieder. Ich haste über den Pflasterweg aus Naturstein und betrete das Haus durch die Terrassentür, die in den Wohnbereich führt. Das elektronische Schließsystem ist das Beste, was es auf dem Markt gibt. Die Schiebetür schließt sich automatisch und riegelt sich ab. Der Parkettboden knarrt unter meinen Füßen und das ganze Haus atmet Geschichte aus. Ich bin hier völlig fehl am Platz, denn ich besitze keine, weil ich zu einem Geist werden musste, der unbefleckt aus der Asche seiner vergangenen Existenz gestiegen ist.

Sloan Barker!

Ich laufe in den ersten Stock und betrete mein Schlafzimmer. Noch nie hat eine Frau hier übernachtet. Ava wird die erste sein, die das zweifelhafte Vergnügen haben wird. Ich gehe ins angrenzende Bad und zerre mir die Kleidung vom Körper, werfe sie auf den Boden und laufe in den großzügigen Duschbereich. Sie ist bodengleich und mit einer gefliesten Mauer vom restlichen Badezimmer abgetrennt. Der dunkelgrau gesprenkelte Mineralstein ist fugenlos. Ich drücke auf die Taste, die das Wasser anstellt, welches temperaturgenau aus dem Duschkopf fließt. Ich kann mich nicht davon abhalten, Avas Duft noch einmal tief einzuatmen, ehe ich mich unter das Wasser stelle und sie mir von der Haut spüle. Wenn es doch nur ebenso bei meinem Verstand funktionieren würde!

♠♣♥♦

Eine halbe Stunde später gehe ich in mein Arbeitszimmer und öffne den Safe, um das Grauen zu betrachten, das mich erden wird und keinen Raum für außer Kontrolle geratene Gefühle zulässt. Die Fotos haben sich in meine Seele eingebrannt und doch sind sie nichts im Vergleich zu dem Anblick von Nolas Körper, als er auf dem Stahltisch lag. Der Gerichtsmediziner hat die Decke bis zu ihren Schultern heruntergezogen, damit ich Nola identifizieren konnte. Ich habe sie ganz runtergezogen.

Schwindel erfasst mich und ich stütze mich mit einer Hand an der Wand ab, atme mehrere Male durch, ehe ich nach dem Umschlag greife. Es ist wie ein Ritual. Vielleicht sollte ich alles vergessen! Einfach Sloan Barker sein und Victor Adrenski in seinem Grab lassen. Victor ist an dem

Tag gestorben, als er in der Gerichtsmedizin stand und den geschundenen Körper von Nola unter dem gleißenden Licht verinnerlichte, das ihr keine Würde gelassen hat. An dem Tag hätte ich den Gerichtsmediziner beinahe verprügelt, weil er sie berührt hat. Ja, auch ich bin kein Mann mit einer weißen Weste gewesen. Allerdings ist mein Schmutz ein anderer als bei Grigori Denisov. Ich habe nicht gemordet, vergewaltigt, gefoltert. Ich habe nur mit den falschen Leuten Geschäfte gemacht, etwas, das mich Nola gekostet hat. Grigori Denisov war längst vom FBI observiert worden und er hat ihnen ein paar Unterweltgrößen in den USA geliefert. Dafür hat er ein neues Leben im Vereinigten Königreich bekommen. Seine Weste wurde reingewaschen und er lebt hier unbehelligt, wie eine fette Spinne, die weit oben ihr Netz gespannt hat und sich in Sicherheit wiegt. Er wähnt sich unentdeckt. Aber jedes Monster besitzt einen Schwachpunkt und da macht Grigori keine Ausnahme. Er stammt aus absolut schrecklicher Armut, die keinen Winkel für Träumereien lässt. Für ihn ist Geld das Allerwichtigste und er wird seinen angehäuften Reichtum auf den geheimen Konten nicht verschimmeln lassen. *Cipolla and Denbar* verwalten Offshore-Konten, die getarnt als Wohltätigkeitseinrichtungen, Briefkastenfirmen und was man noch so verwenden kann, um legal illegale Spuren zu verwischen. Ava muss etwas wissen, selbst wenn sie sich dieser Tatsache nicht bewusst ist.

Natürlich könnte ich sie auch entführen, sie foltern, sie entsorgen, nachdem sie mir alles gesagt hat, was sie weiß, doch diese Grenze werde ich nicht überschreiten. Ich bin ein anderes Monster als Grigori.

Kapitel 10

Mir fällt beinahe die Akte aus der Hand, als das Telefon auf meinem Schreibtisch unvermittelt losplärrt. Verflucht! Ein Blick auf die Uhr bestätigt mir, dass ich seit zehn Minuten vor mich hinstarre, ohne bewusst wahrzunehmen, was ich sehe oder woran ich denke. Das zweite stimmt nicht ganz, denn natürlich ist Sloan der Grund für meinen miserablen Zustand. Wir haben Freitag, und es ist fünf Tage her, seit ich ihn gesehen habe. Mir geht es hundeelend. Ich fühle mich, als hätte mein Herr mich an einer Autobahnraststätte mitten in einer stürmischen Nacht zurückgelassen.

Ich bin armselig!

Sloan hat mir keine Versprechungen gemacht, hat mich nicht wie Leander hintergangen, hat mit offenen Karten gespielt und dennoch kann ich nichts dagegen tun, dass ich mich genauso mies fühle, wie in der Woche, nachdem ich Leander mit Natascha im Bett erwischt habe.

Ich räuspere mich, ehe ich nach dem Hörer greife. Eine unangenehme Vorahnung läuft auf spitzen Absätzen über meine Kopfhaut. Es ist das Vorzimmer von Mr Cipolla, Miss Josefine Aggerton. Natürlich ist sie ungebunden, denn kein Partner würde die Arbeitszeiten von Josefine tolerieren. Sie ist mit der Kanzlei verheiratet und diese duldet keine Nebenbuhler.

„Ava Silver."

„Ms Silver, Mr Cipolla möchte Sie jetzt sehen."

Auch wenn ich nicht viel Kontakt zu den anderen Angestellten in der Kanzlei habe, weiß ich, dass niemand gerne zu Mr Cipolla oder Mr Denbar gerufen wird.

Du hast dir nichts zuschulden kommen lassen, außer, dass du am Montag das erste Mal eine halbe Stunde zu spät gekommen bist. Das ist wohl kaum ein Kündigungsgrund. Oder?

Die Eigentümer dulden keine Nachlässigkeit, keinen Tratsch oder ein Privatleben, das Auswirkungen auf die Kanzlei hat. Wir müssen wie ein geöltes Laufwerk funktionieren, selbst, wenn jemand Sand in unser Getriebe gestreut hat. Miss Aggerton wartet meine Antwort nicht ab. Sie unterbricht die Verbindung.

Ich stehe auf und mir ist ein wenig übel. Jetzt bereue ich es, dass ich noch nichts gegessen habe. Mein Sandwich liegt unangetastet in meiner Tasche. Ich streiche meinen Rock glatt, der mir plötzlich zwei Größen zu eng erscheint, und haste aus meinem Büro. Ich bin die Einzige hier oben und ich wünsche mir, dass jemand anwesend wäre, mit dem ich meine Aufregung teilen könnte, der mir bestätigt, dass ich nichts falsch gemacht habe. Und wenn sie von der *Wild Card Society* erfahren haben?!

Wie aus dem Nichts schießt der Gedanke durch meinen Kopf und mir bricht der Schweiß aus. Völliger Blödsinn! Das können sie nicht wissen, und falls sie von der Society wissen, dann nur, weil sie selbst Mitglieder sind. Ich vergrabe meine Verschwörungstheorien im Keller meines Bewusstseins, denn genau dort gehören sie hin. Etwas Derartiges zu denken ist irrational und dämlich. Außerdem muss ich mich auf Mr Cipolla konzentrieren und jedes Wort was aus seinem Mund kommt abwägen, ehe ich auf seine Fragen antworte. Ich erreiche den Fahrstuhl und es kommt mir wie eine Ewigkeit vor, bis sich die Tür mit einem Ping öffnet, das in einem starken Kontrast zu dem Wumm-Wumm meines Herzens steht.

Mr Cipolla kann nicht Furcht einflößender als Sloan sein. Ihm bist du mit Mut und Entschlossenheit gegenübergetreten, obwohl du wusstest, dass er dich züchtigen will.

Der Gedanke, dass Mr Cipolla mich über seinen Schreibtisch beugt, um mich für mein Zuspätkommen zu bestrafen, lässt mich hysterisch kichern. Die Vorstellung ist lächerlich. Ich drücke auf den Knopf für die erste Etage, die allein Mr Cipolla und Mr Denbar gehört. Ich bin erst einmal dort gewesen, als Miss Aggerton mich eingestellt hat. Zu gut erinnere ich mich an den Einstellungstest. Ich verdanke den Job meinem außergewöhnlichen Gedächtnis.

Der Fahrstuhl öffnet sich und gibt den Blick auf ein Foyer frei, an dessen Ende Miss Aggerton hinter ihrem Schreibtisch thront. Es ist ein langer Weg bis zu ihr und es ist erstaunlich, wie bewusst man läuft und atmet, wenn es darauf ankommt. Ich zwinge ein Lächeln auf mein Gesicht, straffe die Schultern und hoffe, dass Josefine mich nicht durchschaut. Sie ist nicht mehr wert, als ich es bin und daran kann auch ihr geringschätziger Ausdruck nichts ändern.

Soweit die Theorie!

Ich bin bestimmt nur dermaßen verunsichert, weil mein Gefühlsleben völlig außer Kontrolle geraten ist, und ich nicht verstehe, wie das geschehen konnte.

„Ms Silver, Sie können sofort durchgehen.“ Josefine deutet auf die geschlossene Tür neben sich.

Ich klopfe an, drücke die Türklinke runter und betrete Mr Cipollas Büro. Ich weiß nicht, womit ich gerechnet habe, aber nicht mit diesem Raum, dem jegliche persönliche Note fehlt. Er schaut nicht von seinem Glasschreibtisch hoch und ich weiß nicht, wohin mit mir. Ich hasse das!

„Mr Cipolla, Sie wollten mich sehen?“ Meine Stimme klingt unerwarteterweise fest.

Endlich bequemt er sich, seinen stechenden Blick auf mich zu richten. Waren seine Augen schon immer so kalt gewesen? Oder bilde ich mir das nur ein, weil meine Nervosität sekündlich ansteigt. Ich habe Mr Cipolla selten von Nahem gesehen. Eigentlich noch nie so nah, korrigiere ich mich. Er steht auf und sein maßgeschneiderter dunkelblauer

Anzug wirkt ebenso einschüchternd wie der hochgewachsene Mann.

Wenn sie dich feuern wollten, würde nicht Mr Cipolla persönlich die undankbare Aufgabe erledigen.

„Ava, ich beiße nicht. Sie können ruhig näherkommen." Er lächelt mich an. Allerdings ist es eines von diesen, die man nicht einschätzen kann. So würde ein Hai lächeln, sofern er es könnte. Muss ein Topclass-Anwalt nicht genauso sein? Undurchschaubar, raubtierhaft und doch eiskalt charismatisch? Auf eine bestimmte Weise erinnert er mich an Sloan. Fraglos wäre er die unangenehmere Version von dem dunklen Master.

Shit!

Jetzt denke ich schon wieder an ihn. Das muss aufhören! Ich kann mein Leben nicht von einem Mann beeinflussen lassen, dessen Wege sich zufälligerweise einmal mit meinen gekreuzt haben. Was kann man gegen Gefühle tun? Sie lassen sich nur bis zu einem gewissen Maß steuern und manche überhaupt nicht. Ich glaube, es ist Zeit für die Packung Schokoladeneis, die im Kühlfach meines Kühlschrankes lauert. Als hätte ich schon vor ein paar Wochen geahnt, wie es mir ergehen würde.

Mr Cipolla reicht mir nicht die Hand. Aber das habe ich gewusst. Miss Aggerton hat es mir bei meiner Einstellung gesagt, dass er das nicht mag. Er deutet auf die Sitzgruppe, die vor einem der großen Fenster steht. Das schwarze Leder wirkt ebenso steril, wie der Rest des Raums. Zudem ist der Zweisitzer unglaublich unbequem. In letzter Sekunde halte ich mich davon ab, auf dem Sofa herumzurutschen. Ich darf keine Schwäche zeigen. Ich presse meine Beine aneinander und setze mich etwas schräg. Mr Cipolla nimmt mir gegenüber Platz. Er scheint keine Probleme damit zu haben, eine bequeme Position zu finden. Seine dunklen Augen fixieren mich und ich weiß es besser, als dem Blickkontakt auszuweichen.

„Sie sind diese Woche zu spät gekommen, Ava. Das erste Mal.“

Mein Mund ist plötzlich ausgetrocknet und ich sehne ein Glas Wasser herbei. Doch der zwischen uns stehende Tisch ist leer.

„Es tut mir leid, ich habe mit einer Erkältung gekämpft und am Abend vorher starke Medikamente genommen.“

„Mit einer Erkältung?“

Du Blödi! Er ist ein Anwalt und spürt Lügen auf wie ein Schwein, das auf Trüffel konditionier ist!

„Ihre Augen sind gerötet und Sie sind sehr blass. Ich möchte, dass Sie gleich nach Hause gehen und sich über das Wochenende auskurieren.“

Er feuert mich nicht! Dennoch stellt sich keine Erleichterung ein, weil er mich kaum zu sich zitiert hat, um mir das zu sagen.

„Fühlen Sie sich bei uns wohl, Ava?“

„Ja, ich liebe meine Arbeit. Sie ist interessant und …“

Mr Cipolla hebt die Hand und aberwitzigerweise frage ich mich, ob er sich die Haare färbt. Kein graues Haar ist zu sehen, und da er um die Fünfzig ist, erscheint mir das unwahrscheinlich. Dass ich an so einen Mist denke, ist nur ein Beweis meiner hochgradigen Nervosität. Im Angesicht des Todes soll man ja angeblich auch an die verrücktesten Dinge denken.

Was ist denn das für ein Vergleich, Ava Silver!

„Ich wollte von Ihnen keinen Textbaustein hören. Also fangen Sie von vorn an.“

Der Drecksack bringt mich völlig aus dem Konzept und ich ringe nach den richtigen Worten. Und er weiß es.

„Ich mag es allein zu arbeiten und daher kommt mir die Tätigkeit auf dem Dachboden sehr entgegen. Ich bin kein Teamworker. Bis zu einem gewissen Grad möchte ich selbst in der Hand haben, wie ich meine zu erledigenden Aufgaben gestalte. Soweit man das als Angestellte kann.“

Ein anderer Arbeitgeber würde eine derartige Antwort inakzeptabel finden, doch er scheint davon unbeeindruckt.

„Ich konnte mein eigenes Ordnungssystem entwerfen und auch anwenden."

„Es ist mir zu Ohren gekommen, dass Sie noch einige Wünsche an den Programmierer hatten. Sehr intelligente sogar."

Ich erlaube mir ein Lächeln, das meine Freude über das unerwartete Kompliment deutlich zeigt. „Nach einer kurzen Einweisung findet jeder auf Anhieb, was er sucht. Niemand braucht mehr in einem staubigen Archiv herumzuwühlen." Ich kann stolz auf das sein, was ich bisher erreicht habe und dieses Gefühl verdrängt die Unsicherheit.

„Sie sind sich darüber bewusst, dass Sie niemals über ihre Arbeit reden dürfen, die Akten streng vertraulich sind."

„Selbstverständlich, Mr Cipolla." Mir fällt ein Felsbrocken vom Herzen, weil ich wirklich nie auch nur ein Sterbenswörtchen über die Fälle verloren habe und immer alles für mich behalte, sogar die von mir entdeckten Ungereimtheiten. Mein Instinkt ermahnt mich nicht mit leiser Stimme, dass ich Mr Cipolla gegenüber meine Entdeckungen verheimlichen soll, es ist ein Brüllen in meinem Warnsystem.

„Und das gilt genauso für die Zukunft, egal, mit wem sie privat verkehren, Ava."

„Selbstverständlich."

„Und alles, was sie bis jetzt archiviert haben, war einwandfrei?"

„Einwandfrei?" Ich weiß einfach, dass er mir einen Köder hinwirft, einen bedrohlichen Köder, der größer ist, als ich es bin. Falls ich unbedacht zuschnappe, werde ich diejenige sein, die am Haken hängt. „Natürlich. Das Archiv ist gut sortiert und alles ist dort abgelegt, wo es hingehört."

„Sie haben also nichts entdeckt, was fehl am Platz wäre?"

„Nein." Eiskalte Zähne scheinen sich in meine Wirbelsäule zu bohren. „Falls dem so wäre, hätte ich Miss Aggerton auf der Stelle benachrichtigt. Wenn ich irgendwas nicht leiden kann, dann ist es Unordnung und Schlampigkeit."

„Das will ich hoffen, Ava. Mr Denbar und ich verlassen uns vollständig auf sie. Wir wären sehr enttäuscht, sollten Sie unser Vertrauen nicht wertschätzen."

Die Zähne beißen zu und reißen mir ein Stück Mark heraus. Jetzt fühle ich eine Angst, die nichts mit der zu tun hat, die ich bei Sloan empfunden habe. Diese hier ist grauenvoll. Ich halte seinem Blick stand, als er mich seziert. Was immer er auch in meinen Augen sieht, scheint ihn zufriedenzustellen. „Aber ich bin mir sicher, dass Sie weiterhin das tun, was Sie sollen, Ava." Er steht auf und das Gespräch ist beendet. „Ich wünsche Ihnen ein schönes Wochenende. Nutzen Sie es, um am Montag pünktlich und gesund in der Kanzlei zu erscheinen."

„Danke, Mr Cipolla." Ich spüre seinen Blick auf mir, als ich rausgehe und dabei vehement den Reiz unterdrücke zu rennen. Ich wünsche Miss Aggerton noch ein schönes Wochenende und atme erleichtert auf, als ich endlich im Fahrstuhl stehe. Die Türen schließen sich und vermitteln ein trügerisches Gefühl der Sicherheit. Doch ich reiße mich zusammen, weil ich weiß, dass eine Kamera die Kabine überwacht. Was immer Mr Cipolla bei mir erreichen wollte, er hat es geschafft. Und wenn ich daran ersticke, ich werde never ever mit jemanden über meine Tätigkeit sprechen, selbst mit den Kollegen in der Kanzlei nicht. Meine Entdeckungen werde ich nie aussprechen, sie vergessen und einfach weitermachen wie bisher. Ich muss das schaffen. Natürlich könnte ich auch sofort kündigen, doch dann würde ich mich mit einer unterbezahlten Stelle zufriedengeben müssen. Anwälte gehören zu den knauserigsten Arbeitgebern. Zudem bin ich mir unsicher über das, was ich entdeckt habe, denn ich habe nicht versucht, das Gefundene zu entschlüsseln. Vielleicht ist alles nur belanglos.

Außerdem muss ich mich in den Griff bekommen, solange ich hier arbeite. Mir stehen noch ein paar Jahre bevor. Ich glaube zwar nicht, dass *Cipolla and Denbar* so weit geht, ihre Mitarbeiter auszuspionieren, aber sicher bin ich mir nicht. Ist es möglich, dass sie von der *Wild Card Society* erfahren haben? Erneut stelle ich mir die unangenehme Frage. Auf einmal fühle ich mich fiebrig und will nur noch nach Hause. Sobald der Fahrstuhl in meinem Stockwerk hält, haste ich über die Holzdielen, die so herrlich unter jedem Schritt knarren, und betrete den Dachboden - mein persönliches Reich. Dachboden trifft es nicht ganz, denn er ist ausgebaut und gedämmt worden. Und meine Schreibtischecke ist hell und freundlich. Mein Computer schaltet sich automatisch nach zehn Minuten aus und ein Notebook besitze ich nicht. Es ist den Mitarbeitern verboten, mit Ausnahme der Anwälte, Arbeit mit nach Hause zu nehmen. All die Regeln kamen mir bis vor ein paar Tagen normal vor, um die Kanzlei und ihre Klienten zu schützen. Doch nach dem Gänsehautgespräch mit Mr Cipolla fühle ich mich bedrängt, beinahe bedroht. Oder bilde ich mir das alles nur ein? Ist meine Welt derart aus den Fugen durch Sloan geraten, dass meine Urteilskraft mehr als eingeschränkt ist? Ich Schatten und Gespenster sehe, wo gar keine sind?

Ich wünsche mir so sehr, dass ich meine Bedenken mit jemanden teilen könnte und am liebsten mit Sloan. Er würde mir bestimmt den richtigen Rat geben. Doch das wird nie geschehen. Ich werde ihn nie wiedersehen. Mir schnürt sich die Kehle zu.

Ich schnappe mir meine Jacke, ziehe sie über und kuschele mich in die Wärme, die sie mir nicht nur körperlich gibt. Vielleicht bekomme ich wirklich eine Erkältung und all das trägt zu meinem geschwächten Zustand bei. Wenn es mir physisch besser geht, wird sich bestimmt auch mein emotionales Chaos klären, sodass ich Sloan als eine Art Urlaubsflirt des Jahrhunderts abspeichern kann, und mit ihm den exotischen oder vielmehr erotischen Ort, den ich gemeinsam mit ihm durchlebt habe. Ich kann mich nicht davon abhalten über meinen Po zu streichen, um den fast vergangenen Schmerz ein letztes Mal aufflackern zu lassen. Es ist furchtbar – jede Faser von mir sehnt sich danach, diese herrliche brennende Schwerelosigkeit erneut zu erfahren. Ich habe nicht gewusst, dass Hilflosigkeit so stimulierend sein kann. Beinahe schleiche ich nach draußen, von der unbegründeten Angst befallen, dass mich jemand aufhält. Doch die Security lässt mich unbeschadet ziehen. Sobald ich außerhalb des Gebäudes bin, haste ich zur U-Bahn-Station. Ich brauche einen Plan, um Sloan zu vergessen. Ja, ich muss ihn vergessen, löschen - archivieren wird nicht funktionieren.

♠ ♣ ♥ ♦

Vierzig Minuten später schließe ich meine Haustür auf und wäre beinahe auf den Zettel getreten, den jemand unter der Tür durchgeschoben hat. Ich erkenne die Handschrift von meiner Nachbarin Ms Carlton, die zu meiner Rechten wohnt. Sie hat ein Paket für mich angenommen. Seltsam, ich habe nichts bestellt. Aber vielleicht ist es ein Carepaket von Mum, mit selbst gebackenen Keksen und Marmelade. Ihre Toffee-Cookies wären jetzt genau das Richtige, zusammen mit einer Kanne Tee, um mich mit Liebe zu ummanteln. Ich werfe meine Tasche auf das Sideboard, mache mir nicht die Mühe zum Bürgersteig zu laufen, sondern springe über die kniehohe Mauer, die unsere kleinen Vorgärten voneinander trennt. Ms Carlton ist nett und unaufdringlich, eine perfekte Nachbarin. Kurz, nachdem ich geklingelt habe, öffnet sie die Tür.

„Ava, Sie sind aber früh zu Hause."

Da ich keine Lust auf Smalltalk habe, benutze ich die Erkältungsausrede, die sie mir auf der Stelle abkauft. Ich muss wirklich schlecht aussehen.

„Sie sehen richtig krank aus. Kann ich etwas für Sie tun?"

Nur wenn sie Herzen kitten könnte.

„Ich brauche dringend Schlaf und Ruhe."

„Sie muten sich auch zu viel zu. Die ganzen Überstunden. Sie sollten Ihr junges Leben nicht so verschwenden." Sie lächelt mich an und ihre Augen spiegeln Verlust und Trauer wieder. Ihr Mann ist im letzten Jahr verstorben, nach vierzig gemeinsamen Jahren. Wie muss sich das anfühlen? Der Verlust muss so schlimm sein, dass er einen von innen zerfrisst, bis man selbst sterben möchte. Oder stirbt man im selben Augenblick und es ist nur eine atmende Hülle, die verbleibt? Reist die eigene Seele zusammen mit der des geliebten Partners an den letzten Ort unserer Existenz?

Tränen brennen hinter meinen Lidern. Es ist einfach nur schrecklich! Meine Gefühle fahren nicht nur mit mir Achterbahn – sie haben beschlossen an der höchsten Stelle des Loopings abzuspringen, sodass sie unkontrolliert in der Atmosphäre herumwirbeln.

Ms Carlton dreht sich zur Seite, um nach dem Paket zu greifen, und reicht es mir. Sofort weiß ich, dass sich etwas Besonderes darin befindet. Die Verpackung ist eine dunkelrote Kartonage.

„Kam das mit der Post?"

Sie schüttelt den Kopf. „Das hat ein Bote für Sie abgegeben."

Ich nehme den Karton und kann es kaum erwarten, die schwarze Samtschleife zu lösen.

Golden - Adornments For You, steht aufgedruckt auf dem Deckel.

„Danke, Ms Carlton." Ich lächle ihr noch zu, ehe ich mich umdrehe und zurück in mein Haus eile, während mein Herz nicht schlägt, es vollführt Kapriolen in meiner Brust. Ist es wirklich möglich, dass es ein Geschenk von Sloan ist? Ich zwinge mich dazu, mich mit der Bombe in meinen Händen auf die Couch zu setzen.

Eine Bombe, in der Tat, da ich in tausend Stücke zerspringen werde, falls dieses Präsent nicht von Sloan ist. Ich habe richtiggehend Angst, die Schleife zu lösen, weil die Verzweiflung der vergangenen Woche mich mit Vehemenz anspringt. Der Karton steht auf meinen Knien und es bringt nichts, es hinauszuzögern. Ich muss es wissen! Ich will es wissen!

Meine Finger sind erstaunlich ruhig, als ich die Enden des Bandes fasse und an ihnen ziehe, bis sich die Schleife löst. Sie fällt zur Seite. Wenn nur mein Herz nicht so pochen würde, mein Magen nicht derart voller Schmetterlinge wäre, ich doch nur gelassen und über den Dingen stehen könnte. Ich nehme den Deckel ab, schließe für einen Moment die Augen, bis ich mich traue hineinzusehen.

Auf Seide gebettet liegt es dort, das schönste Geschenk, das ich jemals bekommen habe. Damit meine ich nicht, den materiellen Wert, sondern das, was es aussagt. Ich nehme das weiße Halsband in die Hand. Das weiche Leder ist mit unzähligen funkelnden saphirblauen Steinen verziert.

Ich weiß einfach, dass die Farbe fantastisch zu meinen Haaren und Augen passt. Die Schnalle ist aus Silber und an ihr hängt ein kleines Schild: *Golden – Rebecca Maxwell.* Er hat es exklusiv für mich anfertigen lassen. Erst jetzt bemerke ich den Umschlag. Meine plötzlich zitternden Finger bekommen ihn zu fassen und öffnen ihn. Ich ziehe das Papier hervor.

‚Ich hoffe, dir gefällt das Geschenk. Ich hole dich morgen Abend um 19 Uhr ab. Du bleibst über Nacht bei mir. Trage das Halsband.‘

S. B.

Die ganze Anspannung der Woche fällt mit einem Getöse von mir. Ich lehne mich zurück, da sich das Sofa für einen kurzen Moment wellenartig unter mir zu bewegen scheint. Eindrücklich erinnert der Schwindel mich daran, dass ich heute noch nichts gegessen habe.

Sloan will mich wiedersehen! Trunken vor Glück - das Sprichwort beweist mir gerade, dass es mehr als nur ein paar Wörter sind. Aber eins nach dem anderen. Auf wackligen Beinen hole ich meine Tasche und zerre das Sandwich heraus. Nachdem ich es aus der Folie gewickelt habe, verschlinge ich es. Augenblicklich geht es mir besser, zumindest was die Übelkeit angeht. Eigentlich müsste ich stinksauer sein, dass Sloan mich hat zappeln lassen, bis ich glaubte, vor Sehnsucht nach ihm zu vergehen. Und sein Brief! Dieser Befehlston! Allerdings bin ich ehrlich genug zuzugeben, dass mir genau dieser Tonfall gefällt. Es ist kein Herumschleichen, kein Angriff aus dem Hinterhalt, sondern er attackiert von vorne und im hellen Sonnenlicht. Ich fühle mich nicht mehr krank, ausgelaugt, oder von Mr Cipolla auf eine subtile Weise bedroht. Morgen liege ich in Sloans Armen, über seinen Knien, vielleicht auch auf dem Boden vor ihm. Köstlicher Schmerz erwartet mich, Unterwerfung und Hingabe, pure Lust, die so rein ist, dass sie meine Ängste und Bedenken auslöscht.

Aber ist das wirklich alles, was du von ihm erwartest? Körperliche Erfüllung? Willst du nicht mehr von ihm? Nähe und Intimität, die nicht nur aus Begierde entsteht, sondern aus tief empfundener Zuneigung? Etwas, das einem nur die Zeit schenken kann, wenn sich diese Zuneigung irgendwann in Liebe wandelt, unbemerkt von den Liebenden.

Ich schelte mich für die eigenen Gedanken, weil ich viel zu viel von Sloan, aber auch von mir selbst erwarte, bereits nach dem Gipfel greife, ehe ich die Ausläufer des Berges erreicht habe. Das empfundene Glücksgefühl sollte ich nur als das betrachten, was es ist. Wie die Hochstimmung an einem Sonnentag nach einem langen dunklen Winter, wenn der Himmel blau ist, man den Frühling in der Luft spürt und einen Hauch davon erschnuppert. Ich laufe ins Badezimmer, das zwar nicht geräumig ist, jedoch eine Badewanne hat. Ein Bad ist jetzt genau das Richtige. Ich könnte mir nachher was zu essen bestellen und einen gemütlichen Abend auf der Couch verbringen, der dann wirklich gemütlich ist, weil ich nicht einsam bin. Morgen holt Sloan mich ab.

Das Brummen meines Smartphones reißt mich aus den Gedanken und ich stürze zurück ins Wohnzimmer. Es ist Kay. Augenblicklich überwältigt mich ein schlechtes Gewissen, da ich ihr versprochen hatte, sie anzurufen. Doch ich war so deprimiert und durcheinander, dass ich nicht einmal auf ihre Nachrichten auf meinem Anrufbeantworter reagiert habe.

„Hey, Kay“, melde ich mich und höre selbst, wie aufgedreht meine Stimme klingt.

„Du lebst noch. Ich habe mir schon Sorgen gemacht. Ist alles in Ordnung mir dir? Du hast das Wochenende hoffentlich genossen und wurdest hinterher nicht von Gewissensbissen geplagt.“

„Kay!“ Wenn ich sie nicht unterbreche, komme ich niemals zu Wort. „Mir geht es fantastisch.“ Hätte sie mich vor einer Stunde angerufen, wäre meine Antwort ‚*Mir geht es beschissen*‘ gewesen.

„Wann machst du Feierabend? Soll ich nachher bei dir vorbeikommen? Dann können wir zusammen was essen und du plauderst endlich aus, wie es dir als *Wild Card* ergangen ist. Ich platze vor Neugierde.“

„Ich bin schon Zuhause.“

„Du bist doch nicht krank!“

Ich will Kay nichts von der schrecklichen Woche erzählen und nutze eine Notlüge, die ja irgendwie auch der Wahrheit entspricht. „Ich hatte so starke Kopfschmerzen, dass ich mich beinahe übergeben hätte. Mr Cipolla hat mich nach Hause geschickt."

„Ernsthaft? Möchtest du lieber allein bleiben?"

„Nein, ich habe zwei Tabletten genommen und jetzt geht es mir besser. Ich nehme noch ein Bad, schmeiße mich in meinen Snoopy-Pyjama und bestelle uns was beim Griechen für 18 Uhr. Und sei pünktlich." Ich werde das Essen für 19 Uhr ordern. Schließlich kenne ich meine Freundin nur zu gut.

„Freu mich, bis später, Ava."

Nachdem ich mich von ihr verabschiedet habe, unterbreche ich die Verbindung. Ich weiß selbst nicht, warum ich ihr die Wahrheit vorenthalte. Irgendwie bin ich nicht bereit, mein Gefühlsleben vor ihr auszubreiten. Dazu bin ich viel zu aufgewühlt und es kommt mir zudem wie ein Verrat an Sloan vor. Mir widerstrebt es, unsere Intimität zu teilen und Kay bildet seltsamerweise keine Ausnahme. Was Leander anbelangte, habe ich keine Hemmungen verspürt. Jedes schmutzige Detail und jede Emotion habe ich vor Kay ausgebreitet. Das hat mir gut getan.

Jedoch ist Sloan etwas Besonderes und ich bin nicht bereit ihn zu teilen – mit niemandem.

♠♣♥♦

Vier Stunden später sitzt Kay mit angezogenen Beinen neben mir auf der Couch und wir genießen beide das restliche Schokoladeneis. Ich weiß wirklich nicht, wo sie die Menge an Essen hinsteckt. Mir sieht man es an, ihr nicht. Gemein ist das!

Das griechische Essen haben wir bereits verspeist und uns nur über Belanglosigkeiten und Avatar unterhalten. Wir lieben den Film und haben ihn mindestens zehn Mal gesehen. Kay hat sich zurückgehalten, doch ich spüre, dass sie ihre

Neugierde nicht mehr zügeln kann. Mir würde es ja genauso ergehen, wenn die Situation andersherum wäre.

„Jetzt erzähl schon. Wie war dein Wochenende als *Wild Card*?“

„Es war fantastisch.“

Kay seufzt übertrieben. „Lass dir nicht alles aus der Nase ziehen. Oder hat dein Master dir verboten, über die Erfahrung mit ihm zu sprechen?“

„Nein, hat er nicht. Es war wunderschön, erfüllend, beängstigend, süchtig machend, intensiv und hat meine Erwartungen förmlich gesprengt.“

„Ich weiß.“ Sie lächelt lüstern. „Ich habe vorher nicht gewusst, dass Orgasmen so sein können.“

„Hast du deine Master nach deinem Wochenende als *Wild Card* wiedergesehen?“

„Nein, aber ich habe mich beworben und hoffe, dass ich erneut eingeladen werde. Neues Spiel, neuer Master.“ Kay runzelt die Stirn. „Ava, du weißt schon, dass Gefühle, die sich auf emotionaler Ebene außerhalb der Fantasie abspielen, eine Harakiri Mission darstellen. Du bist doch nicht so dumm und hast da mehr hineininterpretiert.“

„Natürlich nicht. Nach Leander habe ich keine Lust mich in absehbarer Zeit zu binden. Es war nur eine sehr durchdringende Erfahrung, auf eine Weise, die ich nie für möglich gehalten hätte.“ Stimmt das überhaupt, was ich da von mir gebe? Oder belüge ich mich selbst und Kay, damit sie nicht weiter auf mich einwirkt, weil ich weiß, dass sie recht hat. Ich bin nicht bereit, mich zu verteidigen. Wie soll ich Kay ein Chaos erklären, das ich nicht verstehe? Ich durchschaue nicht einmal ansatzweise, was mit mir los ist. Theoretisch begreife ich, warum ich Sloan dermaßen verfallen bin und eigentlich sollte mich dieses Wissen von dem Drang befreien, mehr von ihm zu wollen als den heißesten Sex aller Zeiten. Und was erwartet er von mir? Unser Beisammensein könnte sich für ihn nur auf das Körperliche beschränken. Ich weiß, dass ich mich damit auf Dauer nicht zufriedengeben kann. Die Auswirkungen würde mich früher oder später noch mehr zerstören als Leanders Verrat. Ich spüre Kays Blick auf mir und Ablenkung ist die beste Taktik.

„Wie war es mit zwei Männern gleichzeitig zu vögeln?“ Es ist zweifelsfrei eine heiße Fantasie, sich zwei Liebhabern hinzugeben, aber es ist nicht meine.

Kay leckt verträumt den Löffel ab. „Von einem Mann festgehalten zu werden, während der andere dir den Arsch versohlt, anschließend vier Hände auf deinem Körper zu spüren, die dich überall berühren war eine unglaubliche Erfahrung.“

„Und du willst die beiden wirklich nicht wiedersehen?“

Kay schüttelt den Kopf. „Es war erholsam, nur Sex zu haben, bei dem ich von vornhinein gewusst habe, dass kein emotionaler Ballast mitgeliefert wird, weder von meiner Seite noch von ihrer. Ich konnte einfach ich selbst sein und brauchte mich nicht zu verstellen. Und du, Ava? Hat dein Master dir das gegeben, was du gesucht hast?“

„Mehr als das.“

„Ich hoffe, dass er dir Leander aus dem Kopf getrieben hat und du dein Leben wieder genießen kannst. Du kannst nicht so weitermachen und immer nur arbeiten. Das weißt du, Süße. Schau nach vorne. Die Welt steht dir offen und mit ihr jeder Kerl, den du haben willst.“

Im Moment will ich nur Sloan. Er fehlt mir so sehr, dass ich es körperlich spüre. Aber was wird nächste Woche sein? Werde ich es schaffen, mich nach dem Wochenende von ihm zu lösen, oder geht es mir dann noch schlimmer als jetzt? Ich bin mir der Gefahr bewusst, in die ich sehenden Auges hineinrase. Doch ich habe so viel Leid, graue einsame Tage durchlebt, dass ich bereit bin, mich in ein paar Stunden Glück zu sonnen, auch wenn es mir hinterher schlecht ergeht. Besser ein wenig lachen, ein bisschen Freude und Nähe genießen als leer ausgehen. Nach dem Wochenende ist die Zukunft und wer weiß schon, wie diese aussieht. Ich schlecke den letzten Rest Eis aus meinem Dessertglas, eine himmlische Kühle, die mich seltsamerweise umso mehr an die Hitze erinnert, die Sloan auf vielfältige Weise in und auf mir ausgelöst hat.

Ich erzähle Kay nicht, dass ich Sloan morgen wiedersehe.

Und ich denke nicht nur an seine harte Hand, sondern vor allem an die zärtliche, liebevolle und umsichtige Seite, die er mir nicht vorenthalten hat. Er hat sich um mich gekümmert, wie es noch kein anderer Mann getan hat. Vielleicht ist es das, was mich so zu ihm hinzieht.

Kapitel 11

Die Frage, ob Ava bereit für mich ist, stellt sich mir nicht. Es ist Fakt und sie wird momentan nervös wie ein eingesperrter Tiger in ihrem Heim auf und ab laufen. Sie wird mein Halsband tragen und ich bin mir sicher, dass sie jedes Mal feucht zwischen ihren hübschen Schenkeln wird, sobald sie daran denkt, was ich mit ihr machen werde und schon gemacht habe. Sie wird sich nach dem Schmerz ebenso sehnen wie nach Zuneigung, nach den Berührungen meiner Hände, egal, wie sie ausfallen.

Es ist leicht, an Frauen heranzukommen, die einsam, enttäuscht und unglücklich sind. Ich habe Ava den finalen Schubs versetzt, damit sie genauso wird, wie ich sie brauche. Allerdings gebe ich ungern zu, dass ich mich sehr darauf freue, sie wiederzusehen und nicht aus den gerade genannten Gründen. Auch für mich sind die vergangenen Tage nicht einfach gewesen. Ich habe mehr an ihren weichen nachgiebigen Körper und ihr bezauberndes Wesen gedacht, als mir lieb ist. Eigentlich jede verfluchte Sekunde, in der ich den Griff um meine Gedankenwelt gelockert habe. Aber ich kämpfe nicht gegen meine Gefühle an, denn umso authentischer bin ich in meiner Rolle.

Rolle!

Wenn das eine Rolle ist, dann kann ich mein wahres Ich anscheinend nicht besonders gut von dem gespielten Ich trennen. Eigentlich ist es ein perfekter Zustand – eigentlich. Schließlich soll Ava sich nicht nur in mich verlieben, sie soll mich lieben, aus tiefstem Herzen, sodass sie alles für mich tun würde. Und das geht nur, wenn ich authentisch wirke. Das Problem ist nur, dass ich nicht nur so wirke, sondern es auch bin. Sie ist wie ein warmes Licht in einem ansonsten lebensfeindlichen Dschungel. Ich kann nichts dagegen tun, dass ich geradewegs darauf zu laufe, um mich in Geborgenheit zu hüllen.

Shit!

Ich parke meinen SUV vor ihrem Haus und steige aus. Fast rechne ich damit, dass sie die Tür aufreißt, sobald ich vor ihr stehe. Jedoch tut Ava es nicht. Ich drücke auf den Klingelknopf, wobei ich im letzten Moment den Reiz unterdrücke mit den Fingerkuppen gegen mein Bein zu trommeln. Nervosität ist ein ebenso schlechter Wesenszug für einen Master wie Ungeduld. Ehe sie sie öffnet, höre ich Ava an der Tür. Endlich kann ich sie ansehen, sie erfassen, sowohl visuell als auch emotional. Ihr Anblick rast über mich wie ein Schneesturm und trifft mich völlig überraschend. Das pure Glücksgefühl zerrt an mir, bis ich ihm nachgebe und es mich wie eine Steppdecke umschmiegt.

Sie ist so verflucht schön, zerbrechlich und sie gehört mir, mir allein. Das Halsband ziert ihren Hals und purer männlicher Stolz jagt einen gierigen Impuls durch meine Nervenbahnen. Ich vermute, dass sie die Bedeutung eines derartigen Schmuckstücks nicht kennt. Rebecca Maxwell hat es angefertigt und sie hat fantastische Arbeit geleistet. Das Blau der Steine sieht noch besser an Ava aus, als ich es mir vorgestellt habe. Sie trägt ein Kleid, das in der Farbe perfekt zum Halsband passt.

„Sloan." Die Kleine strahlt über das ganze Gesicht.

„Du siehst bezaubernd aus, Caramella." Ich muss sie auf der Stelle berühren, sie schmecken, sie halten. Mich dürstet es nach ihren Tränen und ihrer Hingabe, aber auch nach ihrem Lächeln und ihren Schreien, während sie kommt. Einfach alles, was sie mir geben kann, um mich zu vervollständigen. Meine Wunden sind verflucht schwer und sie werden mir in diesem Moment mit aller Deutlichkeit bewusst, denn Ava ist wie Balsam. Ich umfasse ihren Hinterkopf mit einer Hand und sie bietet mir willig ihre Lippen an. Da ist kein Zögern auf ihrer Seite, kein Kokettieren oder Taktieren. Sie überlässt sich mir mit ganzem Herzen. Ich atme tief ein, ihren reinen Duft nach Flieder und Frühling, ehe ich sie küsse. Ava fühlt sich äußerst sexy an, als sie in meinen Armen förmlich schmilzt, sich meinem Kuss leidenschaftlich hingibt. Als ich mich von ihr löse, ist sie atemlos.

„Bereit, Ava?"

Sie nickt und ich verschlinge die Finger meiner rechten Hand mit ihren schlanken Fingern. „Ja, Master", wispert sie. „Ich habe dich so vermisst." Erschreckt verstummt sie. Es ist ihr deutlich anzusehen, dass sie das nicht hatte sagen wollen.

„Ich dich auch, meine schöne Sklavin. Komm." Eine Lüge ist das nicht.

Shit! Shit! Shit!

Ich greife nach der Reisetasche, die neben ihr auf dem Boden steht, schlinge sie mir über die Schulter und halte anschließend meine linke Hand vor sie. Ava versteht die Geste auf der Stelle und legt ihre Schlüssel auf meine Handfläche. „Du gehörst jetzt mir. Das ist dir bewusst, nicht wahr?"

Ihre Wangen nehmen einen Hauch von Farbe an und sie wirkt wie eine Katze, die vor einer Schüssel mit geschlagener Sahne steht. Gierig, schüchtern, glücklich, nervös – all das ist sie und ich merke ihr jedes dieser Gefühle deutlich an, denn die meisten davon sind ein Spiegel meiner Emotionen, von dem Attribut schüchtern abgesehen.

„Ich möchte es auch nicht anders haben, Sloan." Sie lächelt mich an und sie erinnert mich jetzt an eine Rose, die in ihrer ganzen erblühten Pracht vor mir steht. Allerdings ist dieses Wunder kurzlebig, berauschend und einzigartig. Ich weiß, dass sie in den vergangenen fünf Tagen durch eine emotionale Hölle im Zickzackkurs gelaufen ist, während sie verzweifelt versucht hat, ein Ziel zu finden, um mich währenddessen zu vergessen. Sobald sie eine Tür entdeckte, erwies sich der Ausgang als ein Trugschluss, der sie zurück in die Flammen geworfen hat. Ich bin der Grund für diese Hölle.

Ava nimmt einen tiefen Atemzug, wobei sie sichtlich mit sich ringt, ob es angemessen ist, ihr Innenleben nach außen zu kehren. „Ich dachte, dass du dich nie wieder bei mir melden würdest und das hat unglaublich geschmerzt. Du hast in drei Tagen an denen wir zusammen waren geschafft, was andere nicht in Jahren erreicht haben." Ängstlich mustert sie mich, versucht verzweifelt einzuschätzen, wie ich ihren Ausbruch werte.

Ich erlöse sie aus diesem Zustand, indem ich meine Maske für einen Moment fallenlasse und sie erfassen kann, dass ich sie ebenso vermisst habe, obwohl ich den Ausgang aus dem Labyrinth kenne. Ich ziehe die Tür ins Schloss und schließe ab. Dann laufe ich mit Ava zu meinem Fahrzeug. Sie begleitet mich bereitwillig, nicht ahnend, dass meine Motive alles andere als nett sind.

Ich öffne die Beifahrertür und sie steigt ein. Von ihr unbemerkt fallen die ersten Rosenblätter der Winternacht zum Opfer. Ja, das ist es, was ich bin. Eine klirrend kalte Nacht, die durch die Haut dringt, sich im Inneren festsetzt und das Leben langsam auslöscht, bis es zu spät ist, um sich dagegen zu wehren. Ich öffne die Heckklappe, um ihre Tasche hineinzuwerfen. Das Geräusch, als sie zufällt, hat etwas Endgültiges an sich. Ich kann nicht mehr zurück und Ava auch nicht.

Nachdem ich neben ihr Platz genommen habe und losgefahren bin, fasse ich wieder nach ihrer Hand, verstärke somit die Bindung zwischen uns. Die ganzen kleinen Gesten sind wichtig. Liebe und Strenge müssen genau abgestimmt sein und ich beherrsche dieses Spiel perfekt.

Für einen dämlichen Moment wünsche ich mir, dass ich keine hinterhältigen Motive hätte und ich das Gefühl auskosten könnte, mich in eine bezaubernde Frau mit devoten Neigungen zu verlieben, aus vollstem Herzen und mit reiner Seele.

♠♣♥♦

Vierzig Minuten später stehen wir in meiner Garage. Es ist das erste Mal, dass ich ein Date mit in mein Haus nehme. Der Augenblick ist bedeutend und Ava ahnt von all dem nichts. Sie ist so glücklich, beinahe schwerelos und noch kann ich sie in diesem Zustand lassen. Sie wird jedoch irgendwann erkennen, dass ich ein berechnendes Arschloch erster Güte bin. Ich würde lügen, wenn ich behaupten würde, dass ihre Ahnungslosigkeit nicht einen Hauch Tabasco hinzufügt und ich die vollständige Kontrolle über Ava als unsexy empfinde. Der dominante und sadistische Part in mir absorbiert diese Konstellation, die Ava und ich in dem System ergeben. Anziehungskraft in Vollendung, die sie geradewegs in meine Umlaufbahn katapultiert. Allerdings ist auch der sanfte Part in mir äußerst aktiv, der Mann in mir, der sie beschützen will – vor allem vor mir selbst.

Ich hole ihre Tasche aus dem Kofferraum, hänge sie mir über die Schulter und öffne die Tür, die in den Garten hinausführt. Sie läuft hindurch und wartet auf mich. Ich lege ihr den Arm um die Schultern und ihre Nervosität ist körperlich spürbar.

„Du bist aufgeregt, Caramella."

„Ja, das bin ich. Du könntest schließlich auch ein Serienmörder sein, der mich zu seinem Vergnügen fesselt …"

„… und dich dann übers Knie legt? Und wieso denke ich, dass du genau das willst, Ava?"

Inzwischen stehen wir vor der Terrassentür, in der wir uns spiegeln. Sie trifft meinen Blick in dem Glas. „Zum Glück treffen sich unsere Wünsche in dieser Hinsicht." Ein frecher Ausdruck huscht über ihr Gesicht.

„Ah, Caramella." Ich erlaube mir ein Augenbrauenhochziehen. „Allerdings kann ich diese Begierde von dir auf eine Weise gestalten, die mir höhere Lust schenkt als dir." Mein Schwanz wird hart bei der Vorstellung, noch mehr, als ich die Gier in ihren Augen bemerke. „So sehr willst du es?"

Sie hat von der Süße gekostet, die einen herben Beigeschmack hat und das Vergnügen abrundet. Ava will nicht nur naschen, sie will sich richtig satt essen.

„Ja, Master. So sehr."

„Wenn ich dir jetzt zwischen die Beine fasse, was finde ich da?"

„Bestimmt nicht die Wüste Gobi, fürchte ich."

Ich kann mir das Lachen nicht verkneifen und versuche es auch gar nicht. Die Mär vom Master, der stets übellaunig sein Werk verrichtet, ist eine sich hartnäckig haltende urbane Legende.

Sekunden später sind wir im Wohnbereich und sie ist zu höflich, um die mangelnde Wärme meines Heims anzusprechen. „Die Einrichtung passt zu dir, Sloan", sagt sie stattdessen.

„Wie meinst du das?"

„Du musst mich schon foltern, um Näheres zu erfahren."

„Muss ich das?" Ich lasse ihre Tasche von meiner Schulter rutschen und starre ihr in die blaugrünen Augen, die so sonnig und verführerisch sind.

„Wenn es dir nichts ausmacht, Master."

Anscheinend möchte sie kein Herantasten in die Session, sondern möchte unverzüglich beginnen. Ihr Wunsch deckt sich mit meinem. Sie wird mir helfen die angestaute Unruhe loszuwerden, sodass ich mich auf mein eigentliches Unterfangen fokussieren kann.

„Zieh dich aus und lass nur das Halsband an."

Trotz ihrer frechen Worte schleicht sich ein Hauch von Unsicherheit auf ihr Antlitz. Exzellent!

„Sofort, Ava!“ Jeglicher Humor ist aus meiner Stimme und meiner Haltung verschwunden. Das Spiel beginnt. Eine neue Jagd, bei der die Beute bereits feststeht!

Sie streift sich zuerst die blauen Schuhe von den Füßen, greift dann nach dem Saum des Kleides, macht eine Bewegung mit ihren Hüften, die mir unmöglich wäre, aber bei ihr verflucht sexy aussieht und zieht sich das anschmiegsame Material über den Kopf. Sie lässt das Kleidungsstück auf den Boden fallen und sieht mir geradewegs in die Augen. Ich muss zugeben, dass mir bei ihrem Anblick heiß wird. Sie trägt weiße Dessous aus feiner Spitze und halterlose Nylons. Ihre Nippel zeichnen sich deutlich unter dem zarten Stoff ab. Stolz steht sie vor mir und sie hat jedes Recht dazu. Ava öffnet den vorderen Verschluss des BHs und streift ihn von den Schultern. Ich liebe es, wie ihre Brüste etwas nachgeben. Anschließend rollt sie die Strümpfe nach unten. Ich reiche ihr die Hand und sie greift danach, als wäre sie ein Rettungsanker. Auch mich überfällt ein warmes Gefühl, als sie sich an mir festklammert, ausgerechnet bei dem Mann Schutz sucht, der ihr ein paar richtig fiese Dinge antun wird, ehe sie in einen Rausch verfällt.

Sie entledigt sich der Strümpfe und richtet sich auf. Erst dann löst sie ihre zerbrechlichen Finger aus meiner Hand. Ich lasse sie. Ava zieht den Slip aus und steht in ihrer ganzen nackten Schönheit vor mir. Sie hat weitaus mehr entblößt als nur ihren Körper und ist sich dieser Tatsache bewusst. Schließlich habe ich es nicht nur auf ihren Leib abgesehen, sondern auf ihre Seele, ihr Herz, ihre Geheimnisse. Allerdings ahnt sie davon nichts, aber sie weiß sehr wohl, dass sie mir ihre Unversehrtheit vertrauensvoll überlässt, obwohl ich ihr wehtun werde, auch, dass sie das äußerst begehrt.

Ich nehme mir Zeit sie zu betrachten, lasse meinen Blick über ihre Gliedmaßen, Weichheit, Kurven und Täler schweifen, bis ich ihr ins Gesicht sehe. Mittlerweile ist sie verunsichert, stellt ihr Aussehen infrage, denkt, dass sie nicht schön genug ist, um meinen Ansprüchen zu genügen.

„Dreh dich um!“

Sie zuckt tatsächlich zusammen, bevor sie meinen Befehl befolgt. Ihr Arsch ist ein blasser Traum, dessen Farbe ich zu ändern gedenke. Ava steht sehr gerade und bewusst. Aus Erfahrung weiß ich, dass sie alles intensiver erlebt als gewöhnlich. Wie die Luft sich auf ihrer überhitzten Haut anfühlt, sie beinahe zu liebkosen scheint, jede Nuance in meiner Stimme, die sie zu deuten versucht und es ihr dennoch misslingt. Ihre Atmung ist schnell und ihr Herzschlag wird dem nicht nachstehen. Ava steht unter Spannung, wartet darauf, dass ich beginne, und fürchtet trotzdem, was als Nächstes geschieht. Ich ziehe das Bondage Tape aus meiner Hosentasche. Es hat die perfekte Länge um ihre Handgelenke auf ihrem Rücken zu fixieren. Normalerweise bevorzuge ich Manschetten, doch manchmal mag ich es zarte Gelenke zu umwickeln, und da ich nicht gedenke, sie allzu lange in diesem Zustand zu lassen, ist das Tape das richtige Mittel der Wahl. Ich stelle mich dicht hinter Ava, kurz davor sie zu berühren, wissend, dass sie mich dennoch überdeutlich spürt, nicht nur körperlich, sondern auch emotional. Ich beuge meinen Kopf, bis mein Atem über ihre Schulter fächert.

„Hände auf den Rücken“, wispere ich. Eine Gänsehaut perlt über ihren Körper und sie erzittert herrlich.

Ohne das geringste Zögern befolgt sie erneut meinen Befehl. Ihr Vertrauen ist grenzenlos. Ich habe schon mehr bei ihr erreicht, als ich es zu hoffen wagte. Sehr viel mehr. Ich umwickle mit dem Tape ihre Handgelenke, passe dabei auf, dass es sich nicht verdreht oder ich es zu fest ziehe. Wenn sie es ernsthaft darauf anlegen würde, könnte sie sich daraus befreien.

„Knie dich hin.“ Ich umfasse ihre Schultern und halte sie, während sie es tut. Gefesselte Handgelenke auf dem Rücken sind beeinträchtigender, als man es zuerst annimmt. „Mach es dir bequem, solange du hier auf mich wartest. Eine weitere Zutat fehlt." Ich habe noch etwas anderes in meiner Hosentasche versteckt. Mit der weichen Binde raube ich ihr die Sicht. Nun hat sie Zeit und die nötige Ruhe, um sich mit ihrer Situation zu beschäftigen, ganz ungestört sich die schrecklichsten Dinge auszumalen, die ich ihr antun könnte.

♠♣♥♦

Der Holzboden drückt bereits jetzt gegen meine Knie und auch die überstreckte Stellung meiner Füße ist überaus unangenehm. Empfinde ich die Haltung nur als derart unbequem, weil ich so feinfühlig bin? Ich bilde mir ein, dass die Luft sich förmlich auf meine Haut setzt, sie plötzlich Gewicht hat und auf mich presst. Warum kann ich nicht heraushören, was genau Sloan macht? Ich erfasse zwar, dass er in diesem schönen Zimmer, dem allerdings jede persönliche Note fehlt, herumläuft, offensichtlich etwas aus einem Schrank holt, aber ansonsten fühle ich mich in vielerlei Hinsicht blind und hilflos. Schlussendlich gebe ich meine Bemühungen auf und beschäftige mich lieber mit den dunklen Begierden von Sloan. Ich ahne, dass es kein simples Übers-Knie-Legen wird, sondern sein Vorgehen ist weitaus ausgeklügelter. Ob er mich mit einer Gerte schlägt? Mir Striemen verpasst? Mir so wehtut, dass ich es nicht aushalte? Und wenn ich mein Safeword benutzen muss? Wird er mir böse sein und mich nie wiedersehen wollen? Verspiele ich mir damit Sloan?

Das Blut rauscht in meinen Ohren und mir bricht der Schweiß auf dem ganzen Körper aus. Ich schwöre, dass ich einen Meter in die Luft schnelle, als Sloan mich urplötzlich an der Schulter berührt, seine starken Finger der Rundung folgen und mich an Ort und Stelle halten.

„Du scheinst mir übernervös zu sein. Ob du dazu einen Grund hast? Was meinst du, Caramella?“ Spöttisch ist sein Tonfall und überaus beunruhigend.

„Ich weiß es nicht, Master.“ Und das entspricht der Wahrheit. Meine Rolle als devote Sklavin ist zu neu und unerprobt für mich. Ich vertraue Sloan, wahrscheinlich mehr als es angebracht ist, aber diese Zuversicht beschränkt sich auf Sloan, erstreckt sich keinesfalls auf mich. Die Erkenntnis, dass ich meinen Master ebenso wenig einschätzen kann wie mich selbst, wütet gerade in meinem Gehirn.

„Mhmm.“ Seine Lippen streifen die sensible Stelle an der Seite meines Halses, so unglaublich zärtlich und doch spüre ich sie überall. Meine Brustwarzen prickeln und meine Klit pocht erwartungsvoll. So ist das noch nie gewesen, bei keinem meiner vorherigen Liebhaber, egal, wie intensiv oder lange ich mit ihnen zusammen war. Sex war immer mehr oder weniger schön gewesen, aber nichts, was mir in Erinnerung geblieben wäre. Mit Sloan ist alles anders. Bei ihm ist jede Sekunde, wie keine davor. „Ich werde dich nicht bestrafen, da du etwas falsch gemacht hast. Ich tue dir weh, weil es das ist, was du brauchst, Caramella. Nicht wahr?“

„Ja, Master.“

„Flehe mich an, dir wehzutun.“

Ich spüre, dass ich richtig nass zwischen meinen Schenkeln werde. Es ist nicht nur das, was Sloan gesagt hat, sondern wie er es gesagt hat. Er beherrscht seine Stimme meisterhaft, als wäre sie ein Instrument, das völlig unter seiner Kontrolle steht.

„Bitte bestrafe mich, Master.“ Das Gesprochene schwingt in meinem Inneren wieder und erhöht das Kribbeln meiner Klit.

Plötzlich rieche ich ihn überdeutlich, die unaufdringlich herbe Note seines Aftershaves, und dem Geruch eines Wintertags, kurz bevor der erste Schnee fällt. Er ist so warm, so selbstsicher und mir körperlich sowie mental überlegen. Ich weiß, dass sobald die Session vorbei ist, ich meine Gefühle hinterfragen werde. Doch im Moment trägt meine Unterlegenheit erheblich zu der Erregung bei, die mich in Wellen erfasst, mich jedes Mal fortreißt, sobald ich Sand unter meinen Füßen spüre. Ich kann mich nicht wehren gegen das, was er mit mir vorhat und will es auch nicht. Stattdessen giere ich danach, dass er meine Barrieren zerstört, um an all die versteckten Winkel in mir heranzukommen, bis ich mich ganz ätherisch fühle, losgelöst von allem, was mich jemals belastet hat. Ja, jetzt identifiziere ich den Zustand, in den er mich letztes Mal mit Leichtigkeit gebracht hat. Und ich sehne ihn erneut herbei, mit einer Inbrunst, die mich selbst erschreckt. Es ist gefährlich, auf was ich mich einlasse und doch kann ich nichts dagegen tun. Vom ersten Augenblick an, als ich Sloan gesehen habe, ist er mir nicht mehr aus dem Kopf gegangen.

„Du fühlst dich herrlich an, weißt du das, Ava?“ Sinnliche Worte, gewispert in dieser tiefen Stimme, verursachen ein aufgeregtes Kribbeln in meinem Magen. „Solch eine weiche Haut, verletzlich und vollkommen intakt. Wie Seide, zart und makellos.“ Mit den Fingerspitzen streichelt er über meine Oberarme, über meine Schultern, meinen Nacken. Die Berührung unglaublich sanft. „Möchtest du, dass ich dich zeichne, meine Spuren auf dir hinterlasse, Caramella?“

„Ja. Bitte!“

Tu es endlich.

„Dann soll es so sein.“ Er streift mir die Binde vom Kopf und ich blinzele gegen die Helligkeit an, obwohl das Licht gedämpft ist. „Aufstehen.“ Sloan umfasst meine Ellbogen und hilft mir hoch. Anschließend umschlingt er mich mit beiden Armen und hält mich umfangen, bis meine verkrampften Muskeln mich tragen. Ich fühle mich so unendlich geborgen, dabei weiß ich, dass seine wahren Absichten von ganz anderer Natur sind. Was ich jetzt erfahre, ist die zahme Seite von ihm, die Hand in Hand mit der wilden Seite einhergeht.

„Was machst du mit mir, Sloan?“

„Dich verführen, so wie es vor mir kein anderer Mann bei dir getan hat und es auch nach mir niemand wird.“

Er gibt mir keine Zeit auf das Gesagte zu reagieren, darüber nachzudenken, die Bedeutung zu analysieren. Dabei möchte ich gedanklich alles auseinandernehmen, bis ich es begreife. Sloan führt mich zu einer U-förmigen weißen Couch. Auf einer Schmalseite hat er ein Handtuch gelegt und ich bemerke die Manschetten, die an den Füßen befestigt sind.

„Knie dich mit gespreizten Beinen darüber, Ava.“

Meine gefesselten Hände berauben mich von jeglicher Möglichkeit, um mich abzustützen. Ich steige über die Couch und spüre augenblicklich die Dehnung an den Innenseiten meiner Oberschenkel.

Ouch!

Er packt meine Schultern, hält mich, während er meinen Oberkörper nach unten zwingt. Meine Schenkel sind so weit gespreizt, dass sie keinen Raum für Fantasie lassen. Sloan kann tief blicken, sofern er es will. Und natürlich will er. Er geht in die Hocke und Sekunden später umschlingen die weichen Manschetten meine Fußgelenke.

„Stillhalten!“ Mir bleibt fast das Herz stehen, als er mir ein Messer zeigt, mit dem er dem Himmel sie Dank nur den Strick durchtrennt, das meine Handgelenke umschlingt. Wie ich jetzt allerdings sehen kann, war es kein Strick, sondern ein schwarzes Material, das wie Klebeband aussieht. Sloan hat die Überreste vor mir auf die Sitzfläche geworfen. Er massiert meine Handgelenke, ehe er mir befiehlt, die Arme baumeln zu lassen. Überdeutlich spüre ich das Halsband, die Polsterung der Couch unter dem weichen Handtuch. Kurz darauf sind meine Handgelenke von Manschetten umfasst. An ihnen sind Ketten deren Enden er mit Karabinerhaken an den Fußfesseln befestigt. Hilflosigkeit ist nicht gleich Hilflosigkeit. Die Erkenntnis hämmert in meinen Kopf und auch der Grad meiner Erregung steigt mit meiner Machtlosigkeit.

Hätte ich Bedenken gehabt, ob ich wirklich ausgeprägte devote Neigungen habe, wären sie in diesen Sekunden ausgemerzt worden. Mein ganzer Körper scheint zu vibrieren, kann es kaum erwarten, bis Sloan ihn endlich berührt – egal wie! Bei den Armen hat er mir ein wenig Spielraum gelassen. Aber ansonsten kann ich mich fast gar nicht bewegen.

Sloans Blick liegt schwer auf mir. Ich kann es spüren. „Sind die Fesseln tolerabel, Caramella?“ Er geht neben meinem Kopf in die Hocke und streichelt mir über die Wange. Es tut so unglaublich gut. „Nicht zu stramm? Und du leidest nicht unter Klaustrophobie?“ Seine Stimme ist getränkt mit Wärme und plötzlich brennen Tränen hinter meinen Lidern.

„Alles in Ordnung, oder auch nicht.“

„Sachte, Ava. Deine Emotionen laufen auf Hochtouren und du kannst es nicht kontrollieren. Kämpfe nicht dagegen an.“

Ich schaffe es einfach nicht, mich zusammenzureißen. Inzwischen umfasst er mein Gesicht mit beiden Händen und ich absorbiere ihn. Das geht bei Weitem über die besänftigende Berührung hinaus. Es ist, als würde er meine Seele streicheln, mein Inneres erreichen und selbst dann nicht haltmachen.

Mit den Daumen wischt er meine Tränen fort, wartet geduldig, bis ich mich beruhige. „Du kennst deine Safewörter? Sag sie.“

Ich habe wirklich Schwierigkeiten mich zu konzentrieren und brauche ein paar Sekunden, ehe ich mich erinnere. „Stern und Rot.“

Falls er mir noch tiefer in die Augen sieht, verglühe ich unter der Intensität der Verheißungen, die in den Abgründen seiner Iriden und seiner Seele lauern. Allerdings ist Sloan nicht nur Dunkelheit, sondern auch Licht und beides ist bei ihm stark ausgeprägt. Wenn er es wollte, könnte er mich im Finsteren lassen.

„Wiederhole die Wörter."

Ich tue es.

„Gut, mein kleines Bunny." Er nimmt seine Hände fort und augenblicklich fühle ich mich alleingelassen, obwohl er direkt neben mir steht. Als wüsste er genau, was in mir vorgeht, umfasst er meinen Nacken und der Griff untermalt seinen Besitzanspruch, ist zugleich wohltuend aber auch stimulierend. Eine weitere Nuance der Hilflosigkeit. Ich weiß, dass der Schmerz schlussendlich über mich hereinbrechen wird, doch in welcher Form bleibt im Moment meiner sich überschlagenden Vorstellungskraft vorbehalten.

Wie eine Feder streicheln seine Fingerspitzen der anderen Hand meinen Rücken, bis hinunter zu meinem Po. Ich schließe die Lider in Erwartung des ersten Schlages, aber die verrückt machende Berührung verbleibt sanft. Dennoch stehen meine Nervenenden in Flammen. Anders kann ich es mir nicht erklären, dass ich die Liebkosung so durchdringend spüre, bis tief in mein Fleisch. Seine geschickten Finger wandern weiter, bis sie meine Spalte erreichen. Ich vermag Sloan nicht aufzuhalten, selbst wenn ich es wollte. Einerseits treiben seine Bemühungen mich heftiger in diesen lustvollen Wahnsinn, andrerseits versetzt mich das Wissen, dass er mich züchtigen wird, in einen Strudel der Empfindungen. Mein Kopf fühlt sich leicht an und ich ahne, dass es nur eine Kostprobe ist, ein Vorgeschmack auf das, was mich unter den Zuwendungen meines Masters erwartet. Meine Haltung ist unbequem, aber vielleicht gerade deswegen so unglaublich heiß. Zudem weiß ich, dass ihm der Anblick gefällt. Soll man mich doch für eingebildet halten. Ich fühle mich sexy, begehrenswert und verrucht. Ich zeige Sloan Seiten von mir, die ich mir selbst bis jetzt vorenthalten habe. Ach verflucht! Ich wusste nicht, dass eine derart wollüstige, unverschämt gierige Person in mir schlummert. Beim Sex war mein Verstand bisher immer aktiv, sogar während der Orgasmen, obwohl meine vorherigen Liebhaber auch keine von der Sorte gewesen waren: Hey Baby, mach die Beine breit, mein Schwanz reicht, um dich zum Orgasmus zu vögeln, mit Ausnahme der beiden One-Night-Windbeutel. Das war wahrhaft grauenvoll gewesen. Mit allen anderen war der Sex okay. Aber mit Sloan? Vielleicht ist es kein Sex, den wir haben, sondern etwas ganz Anderes.

Er verstärkt den Druck auf meinen Hals, ehe er mit dem Finger in mein Geschlecht eindringt und gleichzeitig meine Klit massiert. Das ziehende, köstliche Gefühl breitet sich aus - so irrsinnig schön, dass es all meine Sinne auf der Stelle erobert und ich nur aus Gier bestehe.

„Ich glaube, du magst es vollkommen meiner Gnade ausgeliefert zu sein. Dass ich mit dir machen kann, was immer ich will, wann ich es will und wie ich es will. Oder wie erklärst du es dir, dass du so unverschämt nass bist und deine süße kleine Klit unglaublich geschwollen ist?"

Als wäre ich jetzt in der Lage zu antworten. Es ist noch schlimmer. Sobald ich den Mund aufmache, um etwas zu sagen, beschränkt sich meine Artikulation auf Seufzen und Stöhnen. Und dann beugt er sich über mich und beißt mir verflucht fest in die rechte Pobacke. Sloan erwischt mich kalt, denn damit habe ich nicht gerechnet. Es tut wirklich weh und doch kann ich nichts tun, um ihn daran zu hindern, obwohl ich es versuche. Meine Gegenwehr ist sinnlos, ich kann ihn weder abschütteln noch ihm ausweichen. Ich bin schrecklich wehrlos und Sloan vollkommen ausgeliefert, wobei sich dieser Zustand nicht auf die Fixierung beschränkt! Sein Besitzanspruch reicht viel tiefer und ich ergebe mich ihm mit Haut und Haaren, mit meinem Herzen und meiner Seele. Die Pein vermischt sich mit dem Genuss, und als er dann sanft an der geschundenen Stelle saugt, spüre ich pure reine Lust.

Wärme breitet sich in mir aus, ein Gefühl absoluter Hingabe, gemischt mit Vertrauen. Ich habe noch nie einem Menschen so vertraut wie Sloan, nicht einmal Leander. Das erkenne ich glasklar. Ich muss diesem Irrsinn etwas entgegensetzen, denn er könnte mich ins Verderben stürzen. Ich befürchte, dass ich gewillt bin, weitaus mehr für diesen fantastischen Mann zu empfinden, obgleich ich weiß, dass es zu diesem Zeitpunkt schlichtweg bescheuert ist. Schließlich hat er mir nichts versprochen und doch bin ich nicht als *Wild Card* bei ihm, sondern weil er mich wiedersehen wollte. Aber was bin ich für ihn? Wie nah ist er bereit, mich an sich heranzulassen? Und kann ich ihm standhalten, wenn er ein bisschen Nähe zulässt, die mir allerdings nicht nah genug ist?

Inzwischen sind es nur seine Lippen, die zärtlich meinen Po liebkosen. Meine Klit pocht schrecklich und ich würde jetzt alles tun, damit er mich kommen lässt. Selbstverständlich versagt er mir meinen Höhepunkt, entzieht mir die Stimulation, kurz bevor es richtig interessant wird. Ich will noch viel mehr!

Obwohl es unverständlich erscheint, sehne ich die Züchtigung durch Sloan genauso herbei wie einen Orgasmus. Dennoch ist meine Angst davor keine unerhebliche. Es ist, als schütte ich einen Cocktail in mich hinein, der verflucht gut schmeckt, aber dessen Zutaten ich nicht kenne. Und doch bestelle ich mir einen zweiten, ungeachtet, was er in mir auslöst. Ich bin bereit, die Konsequenzen zu tragen, egal, wie sie ausfallen.

Ich weiß, ich bin dumm.

Als er sich aufrichtet und hinter mich tritt, kann ich mich nicht entscheiden, ob ich die Luft anhalten oder so schnell atmen sollte, als wäre ich einen Berg hinaufgesprintet.

„Ich werde sachte anfangen, Caramella, gebe dir dadurch ausreichend Zeit, dich in den Schmerz fallen zu lassen. Das ist keine Bestrafung, sondern eine sehr intensive Verführung. Ich fordere viel von dir ein und erhalte es von dir, weil du gar nicht anders kannst. Deine devote Natur möchte mich zufriedenstellen und wird es schlussendlich auch. Aber bis dahin …“

Etwas Geschmeidiges berührt meinen Po. Das ist kein Stock oder eine Gerte. Es fühlt sich weich an. Eine Peitsche? Jetzt höre ich auf zu atmen.

„Hast du Angst vor mir, Ava?“

Angst hat man vorm Zahnarzt oder vor einem Parkhaus in der Nacht. Das hier mit Sloan, ist Angst auf einer ganz anderen Ebene. Da ich es nicht erklären kann, beantworte ich seine Frage mit einem ‚Ja, Master‘. Erleichtert atme ich aus, weil er nicht nachbohrt, mich nicht zwingt nachzudenken.

„Ich werde sanft zu dir sein, bis ich merke, dass du bereit für mehr bist. Entspann dich, Ava.“

Wenn ich das nur könnte! Meine Muskeln sind so angespannt, dass ich von der Anstrengung zittere.

„Das hier ist ein Flogger. Einer meiner Lieblingsinstrumente. Ich weiß damit umzugehen und kann die Intensität des Schmerzes genau takten und steuern.“

Und dann trifft mich das Leder das erste Mal quer auf meinen Po, leicht wie warme Wassertropfen auf nackter Haut, die sich ausbreiten und über mich rinnen. Sloan wiederholt die liebkosenden Schläge und mit jedem Treffer verliere ich ein Stück weit meine Anspannung. Das Leder auf mir zu spüren, fühlt sich verteufelt gut an. So habe ich mir das nicht vorgestellt. Erneut habe ich mich überschätzt, nicht einsehen wollen, wie gut Sloan in dem ist, was er macht. Ich bin chancenlos ihm standzuhalten, oder mich dagegen zu wehren, dass er meine mentalen und körperlichen Barrieren geschickt zum Einsturz bringt. Er geht keine Risiken ein und stimmt sein Vorgehen genau auf mich ab. Die Wärme auf meinem Po breitet sich aus, hüllt mich in einen Kokon, der auch meinen Verstand erfasst. Ich habe Schwierigkeiten mich zu konzentrieren und lasse mich treiben. Mir bleibt sowieso keine andere Wahl. Mein Master gewährt mir weder ein Zurückscheuen noch ein Verleugnen meiner Triebe, die er gekonnt in mir freisetzt. Zwischen den köstlichen Treffern reibt er immer wieder mit der Handfläche über meinen Po. Ich versuche mich jedes Mal in die Berührung zu schmiegen, sie auszukosten, sie zu verinnerlichen.

Wie auf einer Wolke fühle ich mich, die mit mir davonschwebt und dann trifft mich die erste festere Feuerzunge auf der rechten Seite meines Hinterns, erwischt auch meine Hüfte.

Oh!

Ich bin längst nicht mehr ich selbst und stöhne laut vor Lustschmerz, wobei ich nicht weiß, welcher Reiz überwiegt. Lust! Schmerz! Schmerz! Lust! Sloan lässt weitere Glut auf mich hinabregnen und er taktet die Schläge präzise wie ein Uhrwerk. Es ist hypnotisch, was er mir antut. Er verwandelt mich in eine Kreatur der Gier, die nur noch spürt, keinesfalls denkt. Längst ist mir nicht mehr warm, ich verbrenne förmlich, will einerseits, dass er aufhört mir diese verstörende Agonie anzutun, und andrerseits bin ich nicht gesättigt, verlange nach mehr. Und er gibt mir mehr!

Schweiß vermischt sich mit Tränen und ich sollte nicht erregt sein, nicht so nass und hungrig. Aber ich kann nicht anders, als Sloan zu geben, was er will, denn schließlich ist es das, wonach ich mich verzehre.

Plötzlich hören die Schläge auf und er fasst mir von hinten zwischen die Beine, massiert mein geschwollenes Geschlecht mit leichter Hand. Ich fühle mich, als würde ich gleich zerspringen, vergehen wie Eissplitter unter praller Sonne, sollte er mir vorenthalten, was ich brauche. Nur ein Instinkt wütet in mir, der Drang zu kommen, damit dieses entsetzliche Pochen und Pulsieren endlich aufhört, sodass ich mich ausschließlich auf den Schmerz fokussieren kann. Nur er kann mich zurückholen.

„Du bist bereit für mich, Ava. Doch ich werde nicht nur deine Pussy ficken, sondern dir einen Analplug verpassen. Wehr dich nicht dagegen.“

Kühle tropft auf meine überhitzte Haut, genau zwischen meine Pobacken. Ich kann mich ihm nicht verwehren, kann nichts tun und meine Hilflosigkeit erreicht nur eines: dass ich ihn lasse.

♠♣♥♦

Ava hat wahrscheinlich nicht richtig begriffen, was ich vorhabe, denn zu weit habe ich sie in den losgelösten Zustand getrieben. Ich habe sie lange, geduldig und zunächst mit der nötigen Sanftheit mit dem Flogger in Ekstase versetzt, sie zwischendurch liebkost und bespielt, bis sie die ganzen Reize nicht mehr voneinander zu unterscheiden vermag. Zudem empfindet sie es als hochgradig erregend, gefesselt zu sein und ihre Hilflosigkeit erschreckt sie nicht, Ava liebt sie.

Sie vertraut mir! Bedingungslos!

Für einen furchtbaren Augenblick befällt mich der Drang, das mögliche Wissen noch heute aus ihr zu pressen, es hinter mich zu bringen, mich einfach sofort der Finsternis zu stellen. Entschlossen bezwinge ich mein Unterbewusstsein. Wenn ich geschickt genug bin, wird Ava mir freiwillig alles erzählen und ich breche ihr nur das Herz, verletze nicht ihren Körper auf eine unverzeihliche Weise. Mit der nötigen Gewalt würde ich es mit Leichtigkeit schaffen, die grandiose Session in etwas wahrhaft Grauenvolles zu verwandeln. Doch zum Glück kann ich es nicht. Ava bedeutet mir schon jetzt viel zu viel.

Mein außer Kontrolle geratener Herzschlag beruhigt sich. Ich gebe dem Bedürfnis nach, sie anzufassen, lege meine Hand auf die rechte Seite ihres Hinterns. Er ist warm und pulsiert förmlich vor Vitalität, genau wie Ava. Die Kleine ist ein Lichtblick in meiner düsteren Welt. Als ich über ihre Haut streichele, seufzt sie glücklich. Ich werde sie noch glücklicher machen. Vorhin habe ich einen Aufliegevibrator unter einem der Kissen auf dem Sofa deponiert. Er ist perfekt geeignet, um sie mit lustvoller Qual zu foltern. Ich ziehe ihn hervor, schiebe ihn unter ihre Pussy, schalte ihn ein und merke sowohl an ihrem Zucken als auch an ihrem Stöhnen, dass er genau richtig liegt.

„Der Vibrator scheint dir zu gefallen, Caramella. Es ist Zeit herauszufinden, wie sehr es dich anmacht, wenn ich dir das nächste Toy in deinen entzückenden Körper stecke." Der Buttplug liegt gut in meiner Hand, als ich ihn aus seinem Versteck hole. Ich schmiere ihn mit ausreichend Gleitgel ein. Das schmale Ende erleichtert das Einführen und die konische Form stellt sicher, dass er sie genau dort dehnt, wo es darauf ankommt. Der Anus ist eine erogene Zone, der oft viel empfindlicher ist als der Scheideneingang.

„Ganz ruhig, Ava. Ich verspreche dir, dass es schön für dich wird." Langsam führe ich ihn ein, in diese besondere Öffnung, die ein hohes Maß an Fingerspitzengefühl erfordert. Geht man hier zu unbedacht vor, kann man nicht nur körperlichen Schaden, sondern vor allem einen seelischen anrichten, der irreparabel sein kann. Instinktiv versucht sie sich gegen das Eindringen zu sperren, doch sie hat keine Chance, mich an meiner Vorgehensweise zu hindern. Sowie ihre Haltung als auch das Gel stellen sicher, dass ich mein Ziel mühelos erreiche. Eine Frau auf diese Weise zu penetrieren ist nicht sanft, obwohl ich sanft vorgehe. Dieser Körperbereich ist eine Tabuzone und sie zu erobern hat nichts mit lieben zu tun. Es ist roh und animalisch, exakt, wie es sein soll. Ich brauche das jetzt und werde dafür sorgen, dass Ava es genießt. Aber das sind nicht meine einzigen Motive. Sie soll sich nachher, wenn sie von ihrer rosaroten Wolke fällt, in meine tiefschwarzen Arme retten, um dort Trost und

Vergessen zu finden. Ich werde ihr nichts vorenthalten, denn genau darauf ziele ich ab.

Und falls sie nichts weiß? Energisch unterdrücke ich die leisen Zweifel, ehe sie zum brüllenden Orkan werden. Ava ist der Schlüssel zu meiner Rache, anders kann und darf es nicht sein. Ich stelle mich nicht den Unsicherheiten, falls nichts in den Akten steht. All das ist zu weit weg. Nein, ich muss in der Gegenwart bleiben, damit ich die Vergangenheit zwar nicht vergesse, aber die Zukunft der Drecksau besiegeln kann und somit meine. Allerdings auch die von Ava, ein Kollateralschaden, den ich in Kauf nehmen muss.

Doch es fällt mir so verflucht schwer. Sie ist all das, was ein Mann, ob dominant oder nicht, sich von einer Frau nur erträumen kann. Wenn ich ein anderes Leben führen würde, würde ich mich mit Freuden in sie verlieben und alles dafür tun, damit sie bei mir bleibt, ohne jeglichen Hintergedanken meinerseits.

„Sloan, das ist zu viel.“ Ihre Stimmlage ist hoch und wird von einem verzweifelten Stöhnen gekrönt. Sie reißt mich aus den unwillkommenen Gedanken.

Ava akzeptiert meine Stimulation nicht nur, sie genießt sie und sieht wunderschön währenddessen aus. Ihr Hintern ist rot, geziert von ein paar deutlichen Striemen. Diese wird sie noch die gesamte Woche tragen. Ich weiß, dass sie bei jeder Bewegung an mich denken wird. Verzagt wird sie versuchen, mich aus ihrem Herzen zu drängen und dabei kläglich versagen.

„Es ist geschafft, meine entzückende Sklavin. Der Plug ist ganz in dir drin.“ Es schadet nicht, das Offensichtliche auszusprechen. Schade, dass sie ihn nicht sehen kann. In der Mitte des breiten Endes ist ein blauer funkelnder Stein eingefasst.

„Du brauchst dich nicht zurückzuhalten, komme so oft und heftig, wie du möchtest.“ Da sie unerfahren ist, weiß sie nicht, was es bedeutet Orgasmen zu bekommen, obwohl man gesättigt ist und ich sie trotzdem dazu zwinge. Als hätte sie nur auf meine Erlaubnis gewartet, sehe und höre ich, wie sie ihren ersten Orgasmus bekommt, mit einer Intensität, die sie überrascht, mich jedoch nicht.

„Sehr schön, Ava. Aber das war erst der Anfang." Ich kann nicht anders, als zu lächeln. Für mich ist das Verführen von Ava mein Vorspiel und mein pochender Schwanz teilt mir nachdrücklich mit, dass jetzt die Zeit für den Hauptakt ist.

Nachdem ihr Höhepunkt abgeklungen ist, wird der Reiz des Vibrators unerträglich für sie und sie versucht tatsächlich, ihre Pussy von der Stimulation zu lösen. Ich schlage ihr fest mit der Handfläche auf den Arsch und sie belohnt mich mit einem Schrei, der sich zugleich wütend und schmerzerfüllt anhört. Ich packe grob in ihr Haar und ziehe ihr den Kopf in den Nacken, bis sie meinen Blick trifft. Ihre Augen spiegeln deutlich ihren überreizten Zustand, die völlige Machtlosigkeit wieder, aber da ist auch dieses Feuer, das in den Iriden einer devoten Frau brennt.

„Lass das, oder du wirst es bitter bereuen. Das verspreche ich dir nicht nur, es ist eine unumstößliche Tatsache. Hast du mich verstanden? Du bleibst mit deiner Pussy an Ort und Stelle."

„Ich kann nicht!" Aufrichtige Verzweiflung, die direkt in meinen Schwanz jagt, meinen Sadismus nährt und mich bis in mein dunkelstes Inneres erfreut.

„Wirklich?" Ich senke meine Stimme zu einem bedrohlichen Wispern und sie erkennt auf der Stelle, in welcher Gefahr sie sich befindet.

„Es tut mir leid, Master. Aber … aber ich kann das nicht aushalten."

„Und ob du das kannst. Allerdings findest du gleich heraus, dass dir Schlimmeres bevorsteht, als du zu diesem Zeitpunkt erahnen kannst."

Sie spannt ihren Körper an und versucht mir zu gehorchen, während sie mich aus feurigen Augen anstarrt, die der Glut auf ihrem Arsch nicht nachstehen. Ich hebe meine Augenbrauen und sie macht die Augen zu. So verflucht niedlich. Ich lasse es ihr durchgehen. Betont langsam löse ich meine Finger aus ihrem Haar und trete von ihr zurück, um mich meiner Kleidung zu entledigen. Ich zerre mir das Longsleeve über den Kopf, die Jeans von den Hüften und unterdrücke ein erleichtertes Seufzen, sobald ich die Shorts ausgezogen habe. Mein pochender Schwanz ist heiß, hart und überempfindlich, ebenso wie meine schmerzenden Hoden. Ich schnappe mir eines der großen Kissen und werfe es auf den Boden, ehe ich mich darauf niederlasse. Die Höhe ist perfekt, um gleich in sie einzudringen und genüsslich zu ficken. Doch zuerst bediene ich den Regler des Vibrators und schalte ihn auf Maximum. Wenn Ava es gekonnt hätte, wäre sie von der Couch gehüpft. Aber sie geht nirgendwohin.

„Du bist ein sadistisches Schwein, Sloan Barker."

„Das merkst du reichlich spät, Caramella."

Ich verabreiche ihr ein paar wirklich feste Schläge mit meiner Hand, auf die sie sich allerdings nicht zu konzentrieren vermag, da ihre Klit mit anderen Dingen beschäftigt ist. Ich packe sie an den Hüften und sie erstarrt, als ich mit meinem Schwanz in ihre nasse, sehr enge Spalte eindringe. Erst jetzt wird ihr die Größe des Plugs richtig bewusst und sie wird für einen Augenblick vollständig nachgiebig unter meinem Griff, sobald ich ganz in ihrer Pussy bin. Auch ich halte still, genieße ihre Hitze und ihre Unterwerfung, bis in die letzte Zelle meines Körpers. Ich spüre den Plug, der nur durch eine Hautschicht von mir getrennt ist, wie sie ein weiteres Mal versucht, der Stimulation des Vibrators etwas entgegenzusetzen. Ihr sinnloses Strampeln facht meine Geilheit auf sie an. Meine Fingerkuppen vergraben sich förmlich in das weiche Fleisch ihrer Hüften. Inzwischen fleht sie mich an, doch ihr Flehen erstirbt gurgelnd auf ihren Lippen, sobald ich mich bewege. Ich tue es langsam, ziehe meine Härte beinahe aus ihrem Geschlecht, ehe ich mich erneut in ihr versenke.

Sie kann nicht anders, als mir einen weiteren Orgasmus zu schenken, den sie äußerst laut in den Raum kreischt. Vielleicht sollte ich sie das nächste Mal knebeln. Das wäre auch für sie besser, wenn ich bedenke, was ihr so alles über die hübschen Lippen kommt, ungeachtet der Konsequenzen. Aber sie ist keine trainierte Sub oder Sklavin, und was ich von ihr einfordere, setzt ihren Verstand außer Kraft. Außerdem ist sie meine *Wild Card*, und ich war noch nie jemand, der auf eine strikte englische Erziehung mit festen Regeln und Ritualen steht. Ich bin gerne innovativ, ein Anrecht, das ich auf meine Sub ausweite. Allerdings heißt das nicht, dass ich ihr jede Verfehlung durchgehen lasse. Zu gegebener Zeit folgt eine Züchtigung, nur nicht für alles, was sie macht. Es gibt für mich kein richtig oder falsch. Was und wie ich bestrafe, entscheide ich aus dem Moment heraus. Und im Moment genieße ich es einfach, meine sich windende und gequälte Gefangene zu ficken, die nicht weiß, ob sie stöhnen, wimmern oder schreien soll, daher entscheidet sie sich zu einer Kombination aus allem. Ich würde lügen, wenn ich behauptete, dass mich ihr offensichtliches Leid nicht anmacht, genauso wie sie lügen würde, wenn sie behauptete, dass sie nicht vor süßer Pein vergeht.

Ich behalte meine bedächtigen tiefen Stöße bei, weil ich Avas Zustand auskosten will, bis ich vollkommen gesättigt bin.

„Noch einmal, Caramella. Lass dich für mich treiben." Ich weiß nicht, ob sie mich verstanden hat, allerdings spielt das auch keine Rolle. Sie wird erneut kommen, und umso mehr sie sich dagegen sperrt, desto erfüllender wird es für uns beide sein.

Aber es ist verflucht schwer, sich zu beherrschen. Ich greife den Plug und ficke sie zusätzlich mit dem Toy. Das gibt der Kleinen sprichwörtlich den Rest.

„Sloan, ohhhhhhh … das ist … ohhhhh!“

Und dann setzt das Pulsieren ein. Ich spüre das Zucken um meinen Schwanz, das sich bis zu ihrem nicht mehr unschuldigen Arschloch fortsetzt. Sie kommt heftig und lange. Ich lasse den Plug los, denn auch mich erfassen diese Wellen, die sich ausgehend von meinen Hoden und meiner Härte durch meinen ganzen Körper ausbreiten. Schneller und fester versenke ich mich immer wieder in Ava.

Es ist so verflucht erlösend!

Ein reines Glücksgefühl wischt alles fort und in diesen Augenblicken bin ich nur bei Ava, gefangen in der Gegenwart, die keinen Raum für die Vergangenheit oder die Zukunft lässt. Ich lasse mich fallen, mich von der Euphorie davontragen, die ein richtig guter Fick mit sich bringt. Und doch weiß ich bereits jetzt, dass es mit Ava anders ist, nicht einfach nur gut.

Shit!

Als der Orgasmus mich noch stärker packt, schließe ich die Augen und reite das Pochen im wahrsten Sinne des Wortes aus, bis es vollständig abebbt. Atemlos verharre ich auf Beinen, die mich kaum tragen, obwohl ich knie. Meine Muskeln brennen und mein Herzschlag trommelt in meiner Brust. Doch ehe ich mich ausruhen kann, muss ich mich zuerst um Ava kümmern. Ich ziehe meinen Schwanz aus ihrer Pussy und den Vibrator unter ihr hervor, ehe ich ihn ausschalte und zur Seite lege. Sie gibt ein derart erleichtertes Seufzen von sich, dass ich breit grinse. Ich löse die Manschetten und entferne anschließend vorsichtig den Plug.

„Streck dich auf der Couch aus, Ava. Du wirst auf keinen Fall stehen können.“

Wie eine entzückende Robbe plumpst sie auf den Bauch. Ich fasse sie an den Schultern und drehe sie auf den Rücken, schiebe ihr noch ein Kissen unter den Kopf. Aus glasigen Augen starrt sie mich an. Sie ist nahe daran in Tränen auszubrechen, ist genau dort, wo ich sie haben wollte. Ich habe Ava jeglicher Zurückhaltung beraubt, sie emotional und körperlich an ihre Grenzen gebracht, aus dem alleinigen Ziel, sie an mich zu schnüren, mit einem Knoten, der unlösbar ist. Ich fasse nach dem bereitstehenden Becher mit dem verdünnten Saft, hebe ihren Nacken an und stütze ihren Kopf, damit sie trinken kann. Sie trinkt alles aus und schluckt anschließend schwer.

„Mund auf." Ich lege ihr ein Stück Schokolade auf die Zunge und sie lächelt entzückt. Danach schaue ich mir ihre Gelenke an. Sie sind weder aufgeschürft, noch sind Blutgefäße abgeschnürt. Allerdings weisen sie eine leichte Röte auf. Ich trinke auch etwas, lasse sie aber nicht aus den Augen. Die erste Träne tropft ihr aus dem Augenwinkel. Ich setze mich neben sie, ziehe sie in meine Arme und drapiere eine Decke über sie.

„Weine ruhig, Ava. Ich bin bei dir."

Vergeblich versucht sie sich zusammenzureißen, versteht nicht, was mit ihr los ist und dann gibt sie auf. Ava weint, als hätte ich ihr Furchtbares angetan, was ich ja irgendwie getan habe. Ich habe sie emotional für meine Zwecke missbraucht und werde noch weitergehen, mache erst Halt, wenn sie vor sich selbst zugibt, dass sie mich liebt, es für sie kein Zurück mehr von mir gibt.

Allerdings ist da diese nagende Stimme in mir, die mir glasklar zu verstehen gibt, dass ich dabei bin ihr zu verfallen oder es bereits bin.

Fest umschließen meine Arme sie, und nachdem sie endlich aufgehört hat zu weinen, trage ich sie ins Bad, wasche sie, lege sie anschließend ins Bett und eigentlich sollte diese Vorgehensweise nur ihr guttun. Aber ich bin Schwein genug zuzugeben, dass es mir ebenso guttut. Es besänftigt mein Gewissen, ein Gewissen, das ich nicht gebrauchen kann.

Sie schläft an mich gekuschelt ein und ich kann mir nicht helfen. Ich sehe sie an, sauge ihren Anblick in mich auf. Ihre langen Haare mit den vielen Karamelltönen sind zerzaust, ihre Wangen bleich von der Anstrengung. Ihre Wimpern bilden einen perfekten Fächer und ihre Atmung ist tief und gleichmäßig. Ihre Stirn lehnt an meinen Oberarm und sie hat eine Hand auf meinen Bauch gelegt. Der Plan war, dass sie mich liebt, ich sie aber keinesfalls.

Großer Irrtum! Wie falsch ich doch lag, was mich selbst angeht. Die nagende Stimme weitet sich zu einem Chor aus, der immer wieder in meinem Bewusstsein wiederschwingt.

Irgendwann holt auch mich der Schlaf.

Kapitel 12

Ich schrecke aus einem tiefen Schlaf hoch und mein Herzschlag droht meinen Brustkorb zu sprengen. Mein ausgelaugter Körper hindert meinen Verstand zunächst daran, vernünftig zu arbeiten. Ein paar Sekunden bin ich orientierungslos, bis ich kapiere, dass der Mann, der etwas in einer mir unverständlichen Sprache ruft, Sloan ist. Wir haben Vollmond und Sloan hat vergessen, die Gardinen vor die Fenster zu ziehen, sodass ich mittlerweile alles im Raum erkennen kann.

Er muss einen Albtraum haben. Ist das Russisch? Das würde zu seinem Tattoo passen. Ich will gerade meine Hand auf seine Schulter legen, da brüllt er aus voller Kehle: NOLA!!!

Ich hüpfe förmlich zur Seite und schreie selbst vor Schreck auf. Allerdings hat das auf Sloan keinerlei Effekt.

Wer ist sie? Doch das hat jetzt keine Bedeutung, ich will ihn aus dem Entsetzen befreien.

„Sloan“, wispere ich zunächst, ehe ich seinen Namen lauter rufe und mich traue, meine Hand leicht auf seine Schulter zu legen. Obwohl ein Schweißfilm seine Haut bedeckt, ist er eiskalt.

Er reißt die Augen auf, setzt sich abrupt auf und Schweißperlen rinnen seine Schläfen herab. Als er seinen Arm hebt, um sich an die Stirn zu fassen, sehe ich, dass seine Hände zittern. Was immer er geträumt hat, ich vermute, dass es nicht nur ein Traum gewesen ist, sondern seinen Ursprung in einem grauenvollen Erlebnis hat. Seine Reaktionen erschüttern mich zutiefst. Ich hätte ihm nie zugetraut, dermaßen die Fassung zu verlieren, auch wenn sein Verhalten dem Albtraum geschuldet ist.

„Ava“, sagt er mit belegter Stimme. „Habe ich dich erschreckt?“

Leicht berühre ich ihn an der Wange. „Du hast was auf Russisch gerufen.“

„Tatsächlich? Als Kind habe ich für ein paar Jahre mit meinen Eltern in Russland gelebt. Ich spreche es fließend.“

Das klingt plausibel, dennoch kann ich mich des Gefühls nicht erwehren, dass er mich anlügt. Aber warum sollte er das? Dazu gibt es keinen Grund. Außerdem legt er auf Ehrlichkeit höchsten Wert.

„Ich konnte nicht verstehen, was du gesagt hast, außer dass du den Namen Nola geschrien hast.“

„Was?“ Er bewegt den Kopf, als würde er sich aus einer schrecklichen Erinnerung befreien. „Das war mein Hund. Er ist vor meinen Augen überfahren worden.“

„Das ist furchtbar. Wie alt warst du da?“

„Sieben oder acht.“

„Und das ist in Russland passiert?“

Er nickt und schwingt die Beine über die Bettseite. „Ich hole mir was zu trinken. Möchtest du auch was?“

„Ja, sehr gerne.“

Die Erklärung klingt einleuchtend und ich sollte wirklich nicht misstrauisch sein. Nur weil Leander so ein hinterhältiger verlogener Arsch ist und war, bedeutet nicht, dass jeder Mann so ist. Außerdem habe ich keine Liebesbeziehung mit Sloan, sondern es soll nur eine rein körperliche sein. So ist die ursprüngliche Abmachung, von der ich nicht weiß, ob sie noch Bestand hat oder sich geändert hat. Und doch fühle ich mich ihm unbeschreiblich nah, was nicht verwunderlich ist. Schließlich hat er mich bei der Session vorhin unglaublich gefordert. Alles tut mir weh und mein Verstand, mein Herz sind völlig außer Kontrolle geraten, weil Sloan unvergleichliche Dinge mit mir gemacht hat. Das ist auch der Grund, warum ich unfassbar heftig geweint habe. Im Nachhinein schäme ich mich dafür, aber ich habe es nicht zurückhalten können.

Sloan hat es bestimmt nicht auf mein Herz abgesehen, sondern wollte nur eine schöne Session mit mir erleben. Dieser fiese Gedanke treibt mir erneut Tränen in die Augen, die heiß hinter meinen Lidern brennen. Ich fühle mich elend, kraftlos und aufgewühlt, sodass ich nur hoffen kann, dass dieses Chaos in mir langsam abebbt, genau wie das Brennen auf meinen Hintern. Die Innenseiten meiner Oberschenkel schmerzen unglaublich, als hätte ich stundenlang auf einem Pferd gesessen. Meine Klit ist immer noch übersensibel und ich spüre sie jedes Mal, wenn ich meine Beine bewege. Sogar mein Anus tut weh. Nur daran zu denken, wie geil es sich angefühlt hat, als er den Plug dort hineingepresst hat, während mir mein Safeword auf der Zunge lag. Ich habe es einerseits nicht gewollt, dass er das mit mir macht und andrerseits hat mich gerade dieser innere Zwiespalt unglaublich angemacht. Diese Erkenntnis setzt mir zu und ich bin unfassbar erleichtert, als Sloan zurück ins Schlafzimmer kommt. Allein zu sein erscheint mir im Moment unmöglich.

Er trägt seinen nackten Körper mit Stolz, wozu er auch jeden Grund hat. Männer brauchen sich meistens nicht mit Cellulitis, hängenden Brüsten oder fetten Ärschen herumzuplagen. Sloan ist einfach perfekt, mit seiner großen kräftigen Statur, den langen Beinen, breiten Schultern und dem knackigen Po. Ich weiß, dass ich kein Schreckgespenst bin, doch ich spiele auch nicht in Sloans Liga. Was will dieser fantastische Mann und Master von mir?

Gönnt er sich zwischendurch eine devote, unerfahrene Frau, mit temporären Komplexen, um seinem Ego zu schmeicheln?

Was für ein Blödsinn! Du weißt genau, dass er das bestimmt nicht nötig hat. Männer wie er können jede Frau haben.

Er bleibt neben dem Bett stehen und sieht auf mich herab. „Zieh die Decke runter, ich will dich ansehen.“

Und ich möchte mich im Bett verstecken! Ich weiß nicht, woher diese Unsicherheit auf einmal rührt. Schließlich hat Sloan alles von mir gesehen, weitaus mehr als jeder Mann vor ihm.

„Falls du nicht meine Hand auf deinem sicherlich noch sehr heißen Arsch spüren willst …"

Ich werfe die Decke von mir und die Hitze, die in meine Wangen strömt, verwandelt mich in eine Tomate, die genügend Zeit hatte in der Toskana zu reifen.

„Warum so schüchtern, Caramella?" Sloan hält zwei Gläser in den Händen und setzt sich neben mich auf die Bettkante. Eines stellt er mitten auf meinen mir plötzlich riesig erscheinenden Bauch. Und haben meine Brüste schon immer so schlaff ausgesehen? Das Glas ist kalt und ich zucke zusammen. Zum Glück hält er es fest, sonst wäre es umgekippt. Im Mondlicht sehe ich, dass Sloan die Stirn runzelt und sein intensiver Blick meinen sucht.

„Warum hast du versucht, deinen Körper vor mir zu verstecken, Ava?"

Bei jedem anderen Mann, den ich kenne, wäre es einfach zu lügen, die Wahrheit abzustreiten, um einer Konfrontation aus dem Weg zu gehen. Bei Sloan traue ich mich das nicht. Ich kann schlichtweg nicht einschätzen, was er tun wird, wenn ich ausweichend antworte. Zudem befürchte ich, dass eine Bestrafung in meinem jetzigen Zustand das Gegenteil von lustvoll ist. Eigentlich wollte ich noch mehr über Sloan erfahren.

Doch jetzt stehe ich im Zentrum seiner Aufmerksamkeit. Meine Kehle ist plötzlich staubtrocken und ich fasse nach dem Glas, versuche Zeit zu schinden, während ich ein paar Schlucke trinke. Leider fällt mir nichts Plausibles ein. Sloan leert sein Glas und stellt es auf den Nachttisch.

„Im Vergleich zu dir fühle ich mich unzulänglich."

Ohne mit der Wimper zu zucken, starrt Sloan mich an. „Unzulänglich? Jetzt auf einmal?"

„Du bist so perfekt und ich …"

„Du hast etwas an dir gefunden, das du hässlich findest? Dein Bauch ist nicht flach genug? Deine Hüftknochen stehen nicht hervor? Dein Arsch ist zu plump? Deine Brüste nicht fest genug? So was in der Art, Caramella?"

„Wenn du es schon weißt, warum fragst du mich?" Ich weiß nicht wieso, aber ich fühle mich überfordert und zu ausgelaugt, um Sloan standzuhalten. Das macht mich wütend.

„Du schnappst um dich, um dem Offensichtlichen zu entgehen. Das funktioniert bei mir nicht, Ava."

Braucht er nie zu blinzeln? Ich halte das Glas fest in meinen Händen, als könnte es mich vor ihm beschützen. Er nimmt es mir ab.

„Es tut mir leid, ich … ich bin es nicht gewohnt, dass ich die Wahrheit sagen muss, selbst wenn ich keine Lust dazu habe. Bitte bestrafe mich nicht." Wie von allein flehe ich ihn an. Das ist doch peinlich!

„Hmmm. Du meinst also, ich sollte dir nicht befehlen, dich in die Ecke des Schlafzimmers zu knien, um dort die Nacht zu verbringen? Nackt, frierend und unglücklich? Deinen Po verschone, der bereits wund ist und dir etwas anderes aufbürde, weil ich vierundzwanzig Stunden am Tag darauf bestehe, dass du dich mir unterordnest."

Meint er das ernst? Seine Mundwinkel verziehen sich zu einem angedeuteten Lächeln. „Ah, Caramella. Du bist nicht nur begehrenswert, sondern zudem entzückend. Ich wollte dich nur davon überzeugen, dass du wunderschön bist." Er legt seine Hand auf meinen Bauch und ungeachtet meiner Erschöpfung reagiert mein Körper augenblicklich mit flatternden Schmetterlingen auf die Berührung. Ich giere danach in seinen Armen zu liegen, Trost, Schmerz und Lust zu erfahren, denn all das kann nur er mir geben. Die Erkenntnis schlängelt sich in mein Bewusstsein und klammert sich dort fest. Ich bin rettungslos verloren, wenn ich nicht schnellstmöglich der Anziehungskraft von Sloan, Stärke entgegensetze.

Woher ich diese allerdings nehmen soll, entzieht sich mir. Im Moment ist es sinnlos, also kann ich aufhören, mich innerlich gegen ihn abzustrampeln.

„Ich habe dich nicht ausgesucht, weil du grässlich bist, Ava, weder deine Persönlichkeit, noch dein Körper. Du hast eine Ausstrahlung an dir, die mich unglaublich anzieht, eine Leuchtkraft, der ich mich nicht entziehen kann. Diese Empfindung geht weit über das Körperliche hinaus.“ Er lächelt mich auf diese unwiderstehliche Weise an.

Seine Worte krachen auf mich, bleiben nicht außen vor, sondern treffen mich mitten ins Herz, genau dort, wo es darauf ankommt. Diese Wirkung verstärkt sich beträchtlich durch die Art und Weise, wie er mich ansieht. Ich weiß nicht, ob es das Mondlicht ist, das dieses seltsame Schimmern in seine Iriden zaubert, aber für ein paar Sekunden sieht er ebenso verloren aus, wie ich es bin. Vielleicht möchte er mehr von mir, als ich es zu hoffen gewagt habe. Auf einmal versetzt die Vorstellung mich in Angst. Sollte Sloan mich irgendwann von sich stoßen, wäre der Schaden erheblich zerstörender als bei Leander.

Leanders Verrat war wie ein Messer in meiner Schläfe, doch sollte Sloan mich hintergehen, hätte die Klinge die Macht mir sprichwörtlich den Kopf abzuschlagen. Ich habe bereits jetzt Dinge mit ihm geteilt, die ich vor ihm für unmöglich gehalten hätte. Eine derartige Nähe, Intimität und Vertrauen sind unglaublich kostbar, aber auch gefährlich. Dennoch möchte ich all das nicht mehr missen. Wie leer wäre mein Dasein ohne diese Erfahrungen? Der schwer interpretierbare Ausdruck verschwindet von seinem Gesicht und wird durch ein freches Grinsen ersetzt.

„Falls ich dich in die Ecke verbanne, wirst du es tränenüberströmt tun, weil du dir eine Verfehlung geleistet hast, über die ich nicht hinwegschauen kann. Du wirst dann eine

Menge haben, worüber es sich nachzudenken lohnt.“ Er presst leicht auf meinen Bauch und sein Blick tut das Gleiche mit meiner Seele, allerdings nimmt seine Einwirkung dort an Heftigkeit zu. „Vielleicht bist du leichtsinnig genug, um herauszufinden, was genau du tun musst, um diese Strafe zu erhalten.“

In dieser Sekunde bin ich nicht einmal mutig genug, um zu atmen. Ich brauche meine ganze Willenskraft, damit ich den dunklen Abgründen standhalte.

„Jetzt lass uns weiterschlafen. Schließlich ist heute ein neuer Tag und den solltest du besser ausgeruht antreten.“ Er streichelt mir über die Wangen und ich schmiege mich an ihn, lasse mich einfach fallen. Was soll ich Sloan schon entgegensetzen?

♠♣♥♦

Der Duft von Kaffee weckt mich, und ich strecke mich genüsslich, ehe ich die Augen öffne. Sloans Haus ist großartig, nichtsdestotrotz unpersönlich. Ein paar Kissen und Bilder, ein wenig Dekoration und es wäre ein Heim. Sein Schlafzimmer ist in einem dunklen Grau mit weißen Akzenten gehalten, wirkt aber nicht düster.

Fang bloß nicht an umzudekorieren! Du bist nur ein Gast, wahrscheinlich einer unter vielen. Vermutlich wirst du dieses Haus niemals wiedersehen.

Erneut fällt mir auf, dass ich so gut wie gar nichts über Sloan weiß, er über mich allerdings auch nicht, nur das, was die Society ihm mitgeteilt hat. Der Gedanke, dass ich vielleicht nie die Gelegenheit bekommen werde, ihn besser kennenzulernen, schmerzt richtig mies. Ich strampele mich aus der Decke und sehe auf seine Bettseite. Eine dunkelrote Rose liegt gemeinsam mit einem Blatt Papier auf seinem Kissen.

‚Sie ist genauso perfekt wie du.'

Seine Handschrift ist ebenso gradlinig, wie Sloan es ist. Ich nehme die Blume vorsichtig in die Hand, damit ich mich nicht an den Dornen verletzte, und führe sie an meine Nase. Ihr betörender Duft verführt zusammen mit seinen Worten meine Sinne. Kitschig, romantisch – effektiv. Ich lege das zarte Gebilde auf den Nachttisch, ehe ich das Papier an mich nehme, es sorgfältig falte und dann aufstehe. Allerdings versagen meine Beine ihren Dienst und ich falle zu Boden, als die Muskeln einfach unter mir nachgeben.

Dass ich aufschreie, ist nur dem Schreck geschuldet. Verfluchter Mist!

„Ava!" Sloan kniet auf einmal neben mir. „Was ist passiert?"

„Meine Beine sind taub. Sie müssen wohl eingeschlafen sein."

„Das ist eine Nachwirkung von gestern." Seine Hände gleiten an meinen Oberschenkeln entlang und ich bin unglaublich froh, dass ich sie spüre. „Das ist gleich vorbei. Keine Angst, Caramella."

Mein rasender Herzschlag beruhigt sich, was allein seiner Anwesenheit geschuldet ist. Irgendwas in mir glaubt felsenfest, dass, wenn Sloan bei mir ist, mir nichts Schlimmes passieren kann. Er hat die Erfahrung, jegliches Unheil von mir fernzuhalten. Es sei denn, er ist das Unheil. Dann vermag mir niemand zu helfen.

Leicht massiert er meine Beine, was dennoch schmerzhaft ist. Das Blut verteilt sich mit einem fiesen Prickeln in meinem Gewebe. Doch ich ertrage es, weil es auch guttut, dass das Leben in sie zurückkehrt.

„Mir scheint, dass du heute einen Wellnesstag brauchst." Er lächelt mich an und ich schmelze dahin. „Versuchen wir, ob du jetzt stehen kannst." Er nimmt meine Hände, richtet sich auf und zieht mich auf die Füße. Sogleich umschlingen mich seine starken Arme und halten mich. „Alles Okay?“, wispert er gegen mein Haar.

Eigentlich ist gar nichts in Ordnung, seitdem ich ihn das erste Mal gesehen habe. „Ich kann stehen.“

Er lässt mich langsam los. „Geh duschen, das Frühstück ist in zehn Minuten fertig. Eine Verspätung könnte ich als einen Affront werten.“ Sloan zwinkert mir zu und lässt mich natürlich im Ungewissen, wie ernsthaft er die Androhung meint. Ich drehe mich um und er lacht fies, als ich Richtung Bad humple. Gemeiner Master!

Allerdings beeile ich mich, damit ich nicht herausfinden muss, ob er mich wirklich bestrafen würde. Ein gemütlicher Tag erscheint mir sehr viel begehrenswerter, als einer, bei dem ich körperlich erneut an meine Grenzen gehen muss, weil er mich mit Leichtigkeit dazu bringt. Ich spüre meinen Körper überdeutlich, mit all seinen Muskeln an geheimen und offensichtlichen Stellen. Nach der Dusche erlaube ich mir ein paar Sekunden, um meinen Hintern in dem Ganzkörperspiegel zu betrachten, der in seinem Badezimmer hängt. Mehrere Striemen schmücken meine Haut und der Anblick entsetzt mich nicht, er macht mich stolz.

Warum auch nicht? Schließlich hat er mich nicht auf ewig gebrandmarkt.

Ich hole mir Leggings und einen kuschligen Pullover aus meiner Tasche, ziehe beides über und schlurfe in den Wohnbereich. Weitere Rosen zieren den Esstisch. Sie wirken beinahe fremd in dem aufgeräumten Haus. Er hat sie extra für mich gekauft. Möglicherweise nutzt er seine Verführungskünste bei jeder Frau und weiß, wie er sie am besten um seine langen starken Finger wickeln kann. Dadurch, dass ich so ausgehungert nach Liebe, Zuneigung und Anerkennung bin, hat er ein leichtes Spiel mit mir. Vielleicht hat er mich deswegen ausgesucht.

Ich schäme mich für meine eigenen miesen Gedanken, doch sie sind nur ein Indiz dafür, wie verzweifelt ich mich gegen seinen Charme wehre, weil ich Angst habe, dass er mich schlussendlich von sich stößt. Er steht an der Terrassentür und sieht nach draußen.

„Komm her, Caramella." Wenn eine Stimme wie flüssige dunkle Schokolade klingen kann, dann tut es seine. Er dreht sich um, sobald ich ihn erreiche, und umfasst meine Schultern. „Du bist eine ganz besondere Frau, zudem die erste *Wild Card*, die ich in mein Haus gelassen habe." Er schmunzelt, während ich versinke. „Eigentlich bist du mein erstes Date, das mein Haus betreten hat."

Draußen ist ein diesiger Tag, doch für mich geht die Sonne auf. Ich fühle mich auf einmal größer, strahlender und kann nicht glauben, was er gerade gesagt hat. Ehe ich es schaffe, etwas wie Silben aus meiner unkooperativen Kehle zu zwingen, spricht er weiter. „Ich möchte dich auch nach diesem Wochenende wiedersehen, dich besser kennenlernen, dir schlimme und wundervolle Dinge antun und dich für mich gewinnen."

„Ist das dein Ernst?" Mein Tonfall hört sich sogar in meinen Ohren verzweifelt an.

„Verflucht ernst."

„Wieso ich? Du bist schrecklich erfahren und ich kann doch nur eine unter vielen sein?"

„Ich habe lange nach dir gesucht, Ava. Du bist mein Schicksal."

Was für eine eigenartige Wortwahl! Allerdings ist Sloan alles andere als ein normales Date. Er ist kein hüfthohes klares Wasser, bei dem man alles im Überblick hat. In ihm lauern Untiefen, ein pechschwarzes Dunkel, aber auch Licht und Wärme an überraschenden Stellen. Eine warnende Stimme in meinem Inneren erklingt, doch ich ersticke sie, ehe sie es schafft, nur ein einziges Wort zu sagen.

„In meinem ganzen Leben habe ich noch niemanden so gewollt wie dich. Ich würde dich gerne näher kennenlernen." Ich sehe keinen Sinn darin, das Offensichtliche zu verleugnen, meine Gefühl zu verstecken. Man kann sich nicht aussuchen, in wen man sich verliebt, das ist unmöglich. Liebe und Anziehungskraft sind unerklärlich und können in keine logischen Bestandteile zerlegt werden.

Schwer ruht Sloans Blick auf mir. „Allerdings möchte ich dich nicht überfallen. Ich gebe dir meine Nummer, und wenn du am Freitag immer noch das Gleiche empfindest, rufst du mich an, dann hole ich dich von deiner Arbeit ab und bringe dich am Montagmorgen dorthin zurück."

Da ist schon wieder dieser seltsame Glanz in seinen Augen, und jetzt weiß ich mit Bestimmtheit, dass es nicht dem Mondlicht geschuldet ist, so wie ich es in der Nacht vermutet habe. Nach seinem Albtraum konnte ich es nicht klar erkennen. Wenn ich es nicht besser wüsste, würde ich es für Angst halten. Wovor? Vor mir oder vor sich selbst?

„Du musst wissen, dass ich sehr viel arbeite und eigentlich bin ich eine Sklavin meiner Firma." Ich darf nicht über meine Tätigkeit reden, aber ihm die Adresse und den Namen zu verraten, verletzt nicht die Verschwiegenheitsklausel. Wenn ich mehr von ihm erfahren will, muss ich auch Sloan an meinem Leben teilhaben lassen. *Cipolla and Denbar* können mir nicht alles verbieten. Das würde zu weit gehen, rede ich mir erneut ein. Bei Leander hatte sich diese Frage nicht gestellt, da ich mit ihm zusammen war, als sie mich eingestellt haben. Allerdings wissen sie nicht, dass ich es nicht mehr bin. Im Nachhinein ist es mir ein Rätsel, dass ich auf der Arbeit wie ein Roboter in der grauenvollen Zeit nach der Trennung funktioniert habe, doch es ist mir gelungen.

„Während der Woche falle ich todmüde ins Bett und bin zu nichts zu gebrauchen."

„Wie weit deine Erschöpfung tatsächlich reicht, Ava, finden wir gemeinsam heraus. Ein Schritt nach dem anderen. Zunächst sollten wir was essen. Ich weiß nicht, wie es dir geht, aber ich habe einen riesigen Hunger."

„Ich auch.“ Wir haben gestern nach der Session nichts mehr gegessen und mein Magen beschwert sich knurrend, sobald ich an das Frühstück denke.

„Dann komm.“ Er legt einen Arm um mich und führt mich zu einem der dunkelgrau gepolsterten Stühle. Anschließend setzt er sich gegenüber von mir.

Falls ich irgendwelche Diätabsichten hegen würde, hätte ich sie spätestens jetzt über Bord geworfen. Sloan will eine Beziehung mit mir! Mit mir! Eigentlich brauche ich die Woche nicht, um mich zu entscheiden. Aber ich bin froh, dass er sie mir gewährt.

Nachdem ich den ersten Hunger mit zwei Croissants gestillt und meinen Flüssigkeitshaushalt mit Unmengen Tee ausgeglichen habe, bin ich mutig genug, um ihm eine Frage zu stellen.

„Sloan, ich darf nicht über meine Arbeit reden, nicht irgendwelche Details über die Klienten bei *Cipolla and Denbar* und ihre Fälle verlieren, auch nichts Allgemeines. Gibt es bei dir ein Tabuthema?“

„Nein.“ Er fasst nach meiner Hand und drückt sie. „Du kannst mich alles fragen und ich akzeptiere dein Tabu. *Cipolla and Denbar* sind eine der mächtigsten, wenn nicht sogar die mächtigste Kanzlei Englands und ich verstehe, das du Klauseln unterworfen bist.“

Ich bemerke entsetzt, was für ein Druck hinsichtlich meines Arbeitgebers auf mir liegt. Aber ich will im Moment mehr über Sloan erfahren und wenn nicht jetzt, wann dann? Natürlich kann ich mich nicht beherrschen und stelle die Frage, die mir am meisten zu schaffen macht. „Warst du schon mal verheiratet?“

„Ja, das war ich.“

Oh Gott, hoffentlich ist er nicht einer von diesen Männern, die ihre Ex niemals ganz loslassen können.

„Sie ist vor drei Jahren gestorben.“

Scheiße! Ich schäme mich zutiefst über meine Gedanken.

„Gestorben! Das tut mir unendlich leid, Sloan."

Im Moment trägt er nicht diese undurchdringliche Mimik zur Schau. Der Verlust hat ihn tief getroffen. Er muss sie über alles geliebt haben. Ich möchte wissen, wie sie gestorben ist, aber ich bringe es nichts übers Herz, die Frage auszusprechen.

„Sie wurde überfahren und sterbend zurückgelassen."

Ich springe auf und umrunde den Tisch, rechne damit, dass er mich von sich stößt, jedoch tut er es nicht. Er zieht mich auf seinen Schoß und presst mich so fest an sich, dass ich kaum Luft bekomme.

„Ich habe dich heute Nacht angelogen, Ava. Nola ist meine Frau gewesen und ich habe nicht wahrhaben wollen, dass ich dich dichter an mich rangelassen habe, als geplant. Ich wollte dich niemals mit meinem Schmerz belasten. Das verstehst du sicherlich."

Mehr als er ahnt. „Das verstehe ich zu gut." Manche Schrecken kann man nicht aussprechen oder teilen. Dazu braucht es den richtigen Moment. Sterbend zurückgelassen! Wie unbeschreiblich grauenvoll. Das ist mit einem Mord gleichzusetzen. Ich möchte ihm den Schmerz nehmen, wobei ich genau weiß, dass dies unmöglich ist. Mein erlittenes Martyrium erscheint auf einmal lächerlich. Zudem verblasst er allmählich und das habe ich allein Sloan zu verdanken. Allerdings weiß er das nicht. Wenn ich dazu bereit bin, werde ich es ihm verraten. Das Leid in seinen Augen bricht mir das Herz. Ich kann mir nicht vorstellen, wie es ist, wenn man den geliebten Partner für immer verliert. Selbst bei einer hasserfüllten Trennung ist der andere noch da. Und den Tod wünscht man niemandem. Ja, ich habe Leander in die tiefste Hölle gewünscht, aber niemals würde ich wollen, dass er stirbt.

Bin ich etwa die erste Frau, die Sloan nach seinem Verlust an sich heranlässt? Hat das Schicksal für uns entschieden und uns zusammengeführt, damit wir uns gegenseitig heilen können?

Langsam, Ava! Hör auf, den gesamten Kuchen in Sloanform auf einmal zu verschlingen! Knabber erst mal an einem kleinen Stück, vorsichtig und genügsam.

Irgendwas in mir warnt mich, tiefer zu dringen und ihn zu fragen, ob der Täter jemals gefasst wurde, was genau passiert ist. Wenn Sloan so weit ist, wird er es mir von allein erzählen. Allerdings fürchte ich, dass er nicht zur Ruhe kommt, weil die Drecksau davongekommen ist. Mir wird schlecht bei dem Gedanken.

Wir klammern uns aneinander fest, gefangen in düsteren Erinnerungen.

„Was war mit deinem Ex, Ava? Er hat dir sehr wehgetan, nicht wahr?“

„Ja, das hat er.“ Ich presse mein Gesicht gegen seine Schulter, nicht gewillt ihm ihn die Augen zu sehen. Es ist dämlich, dass ich so fühle, aber noch immer fühle ich mich beschmutzt, als ob Leanders Verrat meine Schuld gewesen ist, ich zumindest eine Mitschuld an dem Betrug trage, weil ich nicht gut genug gewesen bin, um Leander bei mir zu halten. Er musste sich sein Vergnügen woanders suchen. Ich kann mich noch so oft für diese blöden Gedanken innerlich ohrfeigen, sie sitzen in mir wie ein Stachel, der sich festgehakt hat, kontinuierlich ein wenig Gift verspritzt und mich davon abhält, vollständig zu heilen.

„Ava, sag es mir und sieh mich dabei an.“

„Willst du sie wirklich hören? Langweilige Geschichten über meinen Ex? Das ist so belanglos verglichen mit dem, was du erleiden musstest.“

„Für so eine Bemerkung gehörst du übers Knie gelegt, Caramella.“ Diesmal höre ich deutlich heraus, dass er es nicht ernst meint.

„Dein Ex scheint ein Dämon in deiner Vergangenheit zu sein. Und wenn das mit uns etwas werden soll, müssen wir ihn zuerst beseitigen."

Beseitigen! Die abstruse Idee, dass Sloan es nicht nur sprichwörtlich meint, entlockt mir ein unangebrachtes Lächeln. Vielleicht sollte ich Leander als eine *Wild Card* vorschlagen und ein paar Master könnten ihn entführen, sich an ihm austoben, bis er wahrlich bereut, was er getan hat.

„Leander war meine erste vermeintlich große Liebe, der erste Mann, den ich dicht an mich herangelassen habe. Vor ihm gab es nur Schwärmereien, Liebeleien, die bereits beendet waren, ehe sie richtig anfangen konnten." Ich hasse es wirklich, dass mir widerliche Tränen hinter den Lidern brennen. Das ist ein Zeichen von Schwäche, und dass Sloan Zeuge davon wird, tut doppelt weh. Erleichtert lese ich in seinen Augen nur Verständnis, kein ungeduldiges Verurteilen meiner Unzulänglichkeit. „Ich tue mich sehr schwer Vertrauen zu fassen. Das war schon immer so bei mir."

„Aber mir vertraust du", sagt er schrecklich sanft.

Ich schlucke mehrere Male hart, weil ich nicht weinen will. Die Mistsau hat keine einzige meiner Tränen verdient. Und doch lodern die Gefühle in mir hoch, dabei habe ich gedacht, ich hätte sie endlich bewältigt. „Du hast mir keine Wahl gelassen. Ich konnte nicht anders … kann nicht anders, als bei dir eine Ausnahme zu machen."

Er umfasst meine Wangen und küsst mich leicht auf die Lippen. „Was hat er dir angetan?"

„Ich hätte es wahrscheinlich nie erfahren, wenn es nicht einen Bombenfund bei Bauarbeiten in der Nähe der Kanzlei gegeben hätte. Wir mussten alle unsere Büros verlassen und hätten erst nach Stunden zurückkehren können. Mr Denbar hat uns nach Hause geschickt. Es ist so ein scheiß Klischee." Ich brauche ein paar Atemzüge, bis ich weiterreden kann. Sloan drängt mich nicht. „Er lag mit unserer Putzfrau Natascha in unserem Bett, wobei er sie gerade in eine kreischende

Verzückung geleckt hat.“ Das Bild hat sich in die Netzhaut meiner Augen eingebrannt. Ich weiß noch genau, wie ich im Türrahmen stand und mein Gehirn eine gefühlte Ewigkeit dazu gebraucht hat, um zu begreifen, was ich sehe, höre und rieche. Man kann wirklich innerhalb von ein paar Sekunden einen geliebten Menschen hassen, so heftig, dass man sich vor Ekel beinahe übergibt. Aber leider wischt die Abscheu nicht die Liebe aus.

„Wir wollten heiraten, haben schon von Kindern gesprochen, die wir irgendwann mal wollten. Wenn ich mir vorstelle …“

„Stell es dir nicht vor, Ava. Es ist nie geschehen. Das Schicksal hat für dich entschieden und es verhindert.“

„Und dann hätte ich dich nie kennengelernt.“

Jetzt tropfen Tränen meine Wangen hinunter. Ich weine nicht über das, was Leander mir angetan hat, sondern weil ich entsetzlich durcheinander bin und Angst davor habe, dass ich erneut dermaßen grässlich verraten werde. Ich weiß, dass es blöd ist. Aber wer kann schon seine Empfindungen kontrollieren und das nach allem, was Sloan von mir eingefordert hat? Und ich weine auch für Sloan, über den schrecklichen Verlust, den er erlitten hat. Wenn ich ihm doch nur den Schmerz nehmen könnte!

Er zieht mich zurück in die Wärme seiner Arme, verbleibt ruhig und stark, gibt mir somit den nötigen Trost, den ich anscheinend so dringend brauche, obwohl ich es nicht gewusst habe. Das Weinen wäscht irgendwie den letzten Schmutz fort, den Leander hinterlassen hat.

„Kannst du dir vorstellen, dass sein Name Leander Wilcock ist? Das ist ein schlechter Witz.“ Leider vermag ich nicht über ihn zu lachen.

♠♣♥♦

Während Ava herzerweichend weint, ich sie genau dort habe, wo ich es wollte, bekämpfe ich die eigenen inneren Dämonen, die meine Eingeweide mit eisigen Klauen zerfleischen, sodass ich ihnen nicht standhalten kann. Ich habe ihr das angetan! Irgendwie …

Leander ist ein Arschloch und Natascha war nicht seine einzige Verfehlung. Dennoch wird deshalb meine Schuld nicht geringer. Ich spüre, dass sie sich nach dem Zusammenbruch leichter fühlt und dass sie ihn gebraucht hat, um sich endgültig von der Ratte zu lösen. Doch ihre neu erlangte Freiheit ist keine, denn sie fühlt sich dadurch stärker zu mir hingezogen, ist völlig durcheinander, nach allem, was ich ihr abgefordert habe. Sie ist körperlich und mental erschöpft und kann sich nicht gegen mich wehren, gegen den Trost, die Wärme, das Verständnis, meine Dominanz und meine sanfte Seite, die ich ihr ausgewogen präsentiere. Eigentlich hatte ich ihr nicht von Nola erzählen wollen, zumindest jetzt noch nicht. Doch mein Albtraum hat eine Improvisation erforderlich gemacht und es hat einfach gepasst, sie erst anzulügen, um ihr dann einen Teil der Wahrheit zu verraten. Vertrauen gegen Vertrauen. Sie hat diese Last aus meiner Vergangenheit auf der Stelle in das eigene Herz eingeschlossen und leidet mit mir. Ich habe alles genau durchgeplant, allerdings ist die Praxis ganz anders als die Theorie. Man kann nicht jedes Detail voraussehen und ohne Spontanität funktioniert ein durchdachter Plan nicht. Mittlerweile weiß ich selbst nicht mehr, was ich ihr vorspiele und was echt ist. Das eigene Gefühlschaos greift nahtlos ineinander über, und hierbei fehlt mir die Erfahrung, um mich gegen Ava zu wehren. Zu viele Jahre habe ich allein mit meinen Racheplänen, meiner Trauer, meinem Verlust gelebt, die keinen Raum für Zuneigung, Liebe, Vertrauen gelassen haben, sodass mich die Reaktionen auf Ava stetig aus dem Hinterhalt anfallen, obwohl ich es inzwischen besser wissen müsste. Vielleicht sollte ich sie zulassen, mir eine Pause aus der Hölle gönnen, mich in ihren Arme ebenso fallenlassen, wie sie es in meinen tut, nur ein paar Stunden, die ich nicht an meine Rache denke und was aus mir geworden ist. Ich könnte mich der Illusion hingeben, dass das was Ava und ich haben, real ist.

Nola! Ich verdränge ihren Namen, ihr Vermächtnis, ihren schrecklichen Tod, wenigstens für den Moment. Stattdessen denke ich an Ava, nur an sie, an ihren warmen weichen Körper, wie sehr sie sich mir überlässt – vorbehaltlos und ehrlich, ihre ungefilterten Reaktionen, sobald ich sie berühre oder etwas zu ihr sage. Wie sie über das ganze Gesicht strahlt und mir ihre Tränen schenkt, egal ob sie von Schmerz, Freude, Leid oder Lust herrühren.

„Ava, Liebes. Du weißt, dass dich keine Schuld an seinem hinterfotzigen Benehmen trifft. Was hältst du davon, wenn wir meine Badewanne einweihen? Du wirst fantastisch in Schaum aussehen." Ich möchte nur eins: Dass sie glücklich ist, bis ich ihr das Herz breche.

„Du willst mir ernsthaft erzählen, dass deine Wanne jungfräulich ist?"

„Jupp. Ich dusche lieber."

„Dann war das die Wahrheit, dass noch nie ein Date in deinem Haus war? Warum ich?"

„Weil du etwas ganz Besonderes bist, Ava."

Ich lüge sie nicht an, sie ist wirklich etwas ganz Besonderes für mich, nicht, weil sie mir die Informationen liefern kann, sondern da sie die Frau ist, in die ich mich rettungslos verlieben könnte. Das ist nicht mein Plan!

Sie steht auf und greift nach einer Serviette, um sich die Nase zu putzen, sucht anschließend meinen Blick und hält ihn fest. „Bitte tu mir nicht weh, Sloan." Ihr steigt eine zarte Röte ins Gesicht. „Du weißt, wie ich das meine."

Ja, das weiß ich und dennoch werde ich es tun.

„Ich tue dir nicht an, was Leander dir angetan hat. Ich verspreche es dir."

Was ich tun werde, wird unsagbar schlimmer für sie sein.

Ava lächelt zaghaft und ich sehe ihr an, dass sie mir glauben will. „Ich räume den Tisch ab."

„Wir sehen uns gleich im Badezimmer. Es gibt allerdings einen Dresscode."

„Tatsächlich?"

„Nackt. Ich akzeptiere nichts anderes."

„Wie du es wünscht, mein Master."

Ich gehe ins Bad, lasse Wasser in die Wanne und gebe ein nach Mandeln duftenden Zusatz dazu. Erst dann habe ich die Nerven, um mich vor das Waschbecken zu stellen. Mit beiden Händen stütze ich mich daran ab und betrachte mich selbst im Spiegel. Ich sehe aus wie immer und mein Inneres scheint nicht nach außen durch.

Es ist kein dunkler Teufel, der mir entgegenblickt, stattdessen ein Mann, der alles verloren hat und der nie wieder so sein wird, wie er vorher war.

♠♣♥♦

Mir ist noch immer warm von dem entspannenden Bad. Allerdings war es nicht nur das Wasser, dass das kuschlige Gefühl in mir ausgelöst hat, sondern es war die Ruhe, die ich dabei in Sloans Armen erfahren habe.

„Fühlst du dich wohl, Caramella?" Er fährt den SUV geschickt durch die Straße. Er ist kein aggressiver Autofahrer, aber das würde auch nicht zu ihm passen.

„Ja, sehr wohl, obwohl ich nicht weiß, wohin wir fahren."

„Es ist eine Überraschung." Er legt seine Hand auf meinen Oberschenkel und ich lege meine darüber, betrachte für einen Moment wie unterschiedlich sie aussehen. Bei ihm sind die Adern deutlich sichtbarer, zudem ist sie viel größer. Sie sehen perfekt zusammen aus.

„Ich hoffe, dass deine Beine dich gleich ausreichend tragen. Du wirst sie brauchen." Sloan sieht kurz lächelnd zu mir herüber, ehe er sich wieder auf den Verkehr konzentriert. Ich gebe es auf herauszufinden, was er mit mir vorhat und blicke aus dem Beifahrerfenster. Bald ist das Jahr vorbei und ich frage mich, ob wir Weihnachten gemeinsam verbringen oder ich bis dahin längst Geschichte für ihn bin.

„Hast du noch Geschwister?", frage ich ihn.

„Nein. Ich bin allein, Ava. Meine Eltern sind schon lange tot."

Anstatt etwas darauf zu erwidern, verschlinge ich meine Finger mit seinen. Inzwischen haben wir Staffordshire erreicht und fahren Richtung Tamworth.

„Du hast keine lebenden Verwandten mehr?"

„Nein."

„Aber Freunde?"

„Du brauchst dich nicht um mich zu sorgen. Ich bin kein Mensch, der immer andere um sich herum braucht. Und ja, ich habe Freunde. Vielleicht lernst du sie eines Tages kennen."

Vielleicht?

„Und was ist mit dir? Hast du eine kleine Schwester, die dich auf die Palme treibt?"

„Das hättest du gerne. Ich bin ein Einzelkind. Allerdings sehe ich meine Eltern nicht so oft. Wir wohnen zu weit auseinander. Sie sind nach Wales gezogen, um ihren Ruhestand zu genießen."

„Und du verstehst dich gut mit ihnen?"

„Im Großen und Ganzen schon. Ich bin zufrieden."

„Hast du noch mehr Freunde außer Kay?"

„Nein, keine Zeit. Sie ist die einzige. Aber sie erfüllt den Status der besten Freundin perfekt." Ein Schild springt mir ins Auge: SnowDome.

„Sloan!“

„Mir scheint, du hast das Rätsel gelöst.“ Er lacht leise.

„Du wirst dich mit mir blamieren und … und ich bin auch nicht richtig angezogen. Genauso wenig wie du.“

„Caramella“, sagt er äußerst geduldig. „Du wirst mich niemals beschämen, egal, was du tust. Du wirst das niedlichste Skihäschen in der ganzen Halle sein. Und ich werde jedes Mal zur Stelle sein, um dich aus einer misslichen Lage zu retten. Und was die Kleidung anbelangt …“ Er drückt meine Oberschenkel. „… liegt alles im Kofferraum. Ich habe mir ein paar Sachen für dich ausgeliehen.“

Fünfzehn Minuten später trete ich aus der Umkleidekabine und fühle mich wie eine weibliche blaue Version des Michelinmännchens. Sloan wartet bereits auf mich und er sieht aus, als wenn er den ganzen Tag nichts anderes machen würde, als mit Skiern die höchsten Berge unsicher zu machen.

„Ich wusste es doch.“ Er zieht mich in seine Arme. „Du bist ein süßes Bunny.“

Die Schuhe sind genauso unbequem, wie ich sie in Erinnerung habe und mir klopft das Herz bis zum Hals, sobald ich die Skier bemerke, die neben ihm auf dem Boden liegen. Er reicht mir mein Paar, nimmt seins sowie die vier Stöcker, verschlingt seine Finger mit meinen und wir laufen in die Skihalle, die zum Glück nicht gut besucht ist. Sloan hilft mir mit den Skiern und reicht mir die Stöcker. Mein Körper erinnert sich an das Gelernte, dennoch stehe ich ziemlich wacklig auf den Beinen. Anschließend schnallt Sloan seine Skier um und lächelt mir aufmunternd zu. „Wir lassen es langsam angehen und beschränken uns auf die Anfängerpiste. Ich bin immer bei dir und gebe acht auf dich. Trau dich, Caramella.“ Geschickt stellt er sich neben mich und wir bewegen uns Richtung Schlepplift.

Oben angekommen, sieht der Berg viel steiler aus, als von unten. Mir kommt er vor wie ein Abgrund. Sloan legt seine

Hand auf meine Schulter. „Hast du Angst, Ava? Im schlimmsten Fall plumpst du auf deinen entzückenden Arsch. Mehr kann dir nicht passieren. Ich verspreche es dir. Und jetzt los."

Prustend lande ich nach ein paar Metern auf meinem Po und Sloan hilft mir gut gelaunt auf die Füße. Nach vielen vielen Versuchen schaffe ich es, die kurze Piste herunterzufahren, während mir mein Bauch vom Lachen wehtut. Sloan ist großartig. Er ist geduldig, verständnisvoll, humorvoll, hat Nerven aus Stahl und er ist der beste Lehrer, den ich mir vorstellen kann. Ständig berührt er mich, muntert mich auf, spricht mir Mut zu und er ist alles, was ich mir jemals von einem Mann erträumt habe. Das macht mir unglaublich Angst. Es wäre einfacher für mich, wenn er sich als ein Arsch entpuppen würde. Doch stattdessen behandelt er mich, als wäre ich wichtig und kostbar für ihn, dass er jede gemeinsame Sekunde mit mir genießt. Er schafft es, dass ich mich stolz und begehrenswert fühle, sicher und geborgen. Ich möchte bei ihm bleiben, wenigstens für eine Zeit lang.

Darf ich es riskieren, nach den Sternen zu greifen? In diesem Moment geht er vor mir in die Hocke und befreit mich von den Skiern. Er richtet sich auf und ich finde mich in seinen Armen wieder. Sanft küsst er mich auf die Lippen und ich will, dass das Wochenende niemals vorübergeht.

„Ich wusste, dass du es schaffst, Ava. Und jetzt lass uns nach Hause fahren. Ich möchte an dich gekuschelt einschlafen."

Kapitel 13

Jim öffnet mir die Tür zur *Wild Card Society*. „Sloan, schön dich zu sehen." Wir reichen uns die Hände und er sieht mir dabei direkt in die Augen. „Ray empfängt dich in seinem Büro. Du siehst müde aus, Mann." Er erwartet keine Antwort von mir und ich gebe sie ihm auch nicht. Ich folge ihm in den Seitenflügel, in dem die Privaträume der beiden Gründer der Society untergebracht sind. Ray Cornwell und Dash Forger wohnen nicht ständig auf dem Anwesen, aber verbringen einen Großteil des Jahres hier.

Ich habe damit gerechnet, dass sie wissen wollen, wie es mit Ava gelaufen ist und ob sie ihr erneut eine *Wild Card* für einen anderen Master ausstellen sollen. Das wird nicht geschehen. Sie gehört mir. Ein unglaubliches territoriales Gefühl kocht in mir hoch. Jim klopft an, wartet nicht auf eine Antwort, sondern hält mir die Tür auf.

Ray sitzt auf dem Sofa und er steht auf, sobald ich eintrete, um mich zu begrüßen. Ich mochte den Mann von unserer ersten Begegnung an und er würde zu meinen besten Freunden gehören, wenn ein Sloan Barker wirklich existieren würde. Oder mache ich mir auch in dieser Hinsicht etwas vor und er ist mein Freund? Wir klopfen uns gegenseitig auf die Schultern. Ray ist ein paar Zentimeter kleiner als ich, hat aber die Breite eines Quarterbacks und er ist ein lebendiger Lügendetektor. Er kann die Körpersprache seines Gegenübers auf eine beinahe unheimliche Weise lesen. Doch mir ist es gelungen, selbst ihn zu täuschen. Ich habe lange an mir gearbeitet, Schauspielunterricht genommen, um Victor Adrenski durch Sloan Barker zu ersetzen.

„Möchtest du was trinken?" Er trägt das dunkle Haar so kurz geschnitten, dass es wie ein samtiger Pelz seinen Kopf bedeckt. Seine Augen sind sehr dunkel und ich weiß, wie sie aussehen, wenn keine Wärme darin liegt. Ich war dabei, als er höchstpersönlich einen Master bestraft und degradiert hat, der das Safeword einer Sub missachtet und sie unverzeihlich hart angepackt hat. Das Arschloch musste außerdem der Kleinen eine hohe Summe zahlen und Dash hat sich ihrer angenommen, um den angerichteten Schaden so gut wie möglich zu beheben. Ich will mir lieber nicht vorstellen, was sie mit mir machen werden, falls sie herausfinden, dass ich ein Fake bin, der mit einer ihrer *Wild Cards* ein dreckiges Spiel veranstaltet.

„Setzen wir uns." Ray deutet auf den Tisch auf dem ein Teeservice und Sandwiches stehen. Die Society legt viel Wert auf derartige Traditionen und es zeigt mir deutlich, dass dies keine Plauderei wird. Ray hat mich aus einem Grund hierher zitiert.

Ich nehme ihm gegenüber auf einem der grauen Dreisitzer Platz und er gießt uns den Darjeeling in die Tassen. Ich trinke meinen Tee im Gegensatz zu ihm schwarz. Ray hat einmal zu mir gesagt, dass dies besser zu meiner Seele passt. Bei sich tut er noch einen Teelöffel Sahne in die Tasse, ehe er in ein Gurkensandwich beißt. Anscheinend will er mich ein bisschen schmoren lassen, ehe es ans Eingemachte geht, eine Taktik, die ich selbst gerne anwende. Allerdings bin ich keine nervöse Sub, die null Ahnung davon hat, was ihr Master im Schilde führt.

Daher schnappe ich mir ein Sandwich, lehne mich zurück und beiße genussvoll hinein, während Ray mich ansieht, als dächte er darüber nach, mir die Haut abzuziehen oder mich übers Knie zu legen. Bei der absurden Vorstellung verschlucke ich mich an dem Brot und huste unter der steigenden Belustigung von Ray. Anscheinend hat er zu oft *Ray Donovan* geschaut.

„Du wirkst müde, angespannt, dennoch glücklicher als sonst, Sloan."

Ich weiß, dass ihm noch mehr auffällt.

„Was willst du, Ray? So deliziös die Gürkchen auch sind, ich bin wirklich zu erledigt, um mit dir auszutesten, wer von uns zuerst wegsieht. Komm auf den Punkt."

„Wie war es mit Ava Silver?"

„Sie ist mir unter die Haut gegangen und nach reiflicher Überlegung möchte ich mehr von ihr, als nur eine einmalige *Wild Card* Liaison." Natürlich hat die Society davon Kenntnis, dass ich sie zu mir nach Hause eingeladen habe und scheinbare Ehrlichkeit ist jetzt das beste Mittel der Wahl.

„Das dachte ich mir bereits. Aber wie ernst ist es dir mit ihr? Du hast noch an keiner Spielpartnerin näheres Interesse gehabt, was über eines der Szenarien hinausging. Und das lag nicht an mangelnder Bereitschaft der *Wild Cards*."

„Du sorgst dich um Ava?"

„Wir tragen die Verantwortung für sie und das hört nicht an der Schwelle der Society auf. Ein Umstand, der dir bewusst ist. Also beantworte meine Fragen nicht mit Gegenfragen. Dazu sind wir beide zu intelligent. Du weißt, was ich von dir wissen will."

„Sie fasziniert mich und es ist kein Geheimnis, dass ich in meiner Vergangenheit einen schrecklichen Verlust erlebt habe, als meine Frau gestorben ist." Um eine Lüge glaubhaft zu machen, muss man nah bei der Wahrheit bleiben. Ray und Dash wissen von Nola, dass sie angeblich überfahren wurde. „Ich war bisher nicht bereit für etwas, das auch die Kraft hat, mein Herz zu berühren. Bei Ava fühle ich mich anders."

„Du hast dir viel Mühe gemacht, um an sie heranzukommen."

„Ich habe Ava mit Kay zusammengesehen, als ich Kay für euch observiert habe. Da hat sie mein Interesse geweckt, nicht nur ein wenig. Ich kann es mir selbst nicht erklären. Da ist ein Strahlen in ihr, das wahrscheinlich nur ich sehe." Das stimmt alles und hält einer Überprüfung statt. Allerdings hat

Ray keinen Grund mir zu misstrauen. Ich habe mich immer an die Leitlinien der Society gehalten und mir bei den Subs aber auch den Dominanten, den Ruf eines gerechten Masters erworben, der zudem die nötige Härte und Sanftheit an den Tag legt, falls es angebracht ist. Nicht eine Verfehlung habe ich mir bis jetzt geleistet und das war nicht nur für den devoten Part, sondern hat mich davor bewahrt, in das schwarze Nichts zu gleiten, das auf mich lauert, sich von mir nähren will, bis nichts mehr von mir übrig ist. Fürsorge und purer männlicher Beschützerinstinkt sind felsenfest in meinem Bewusstsein verankert, dennoch habe ich nicht damit gerechnet, dass es mir so schwer fällt, die eigenen Prinzipien zu verraten. Jahrelanges Planen hat mich nicht auf die Realität vorbereitet, die in Form von Ava Silver daherkam. Wie süß sie in den dunkelblauen Skisachen ausgesehen hat. Wie sehr sie sich über ihren Erfolg gefreut hat und ihr ansteckendes Lachen, wenn wie wieder auf den Po gefallen ist. So verflucht liebenswert!

„Am übernächsten Samstag veranstalten wir einen Masken- und Kostümball. Du und Ava seid eingeladen."

Eingeladen? Warum macht er sich die Mühe das Offensichtliche so nett zu verpacken. Es ist eine Order, der ich Folge leisten muss. Dennoch ist es eine verfickt heiße Vorstellung sich Ava vorzustellen, während sie mit mir den Ball besucht. Sie wird einige Dinge zu sehen bekommen, die sie nach außen hin schockieren, aber sie keinesfalls kalt lassen werden. Allerdings binden diese gemeinsamen Erfahrungen sie stärker an mich - ihren Master und Geliebten, denjenigen, der den größten Raum in ihrem Leben haben wird, unter dessen Händen sie vergessen wird, dass jemals jemand wie Leander existiert hat.

„Wir kommen gerne, Ray. Wer könnte einer derartigen netten Aufforderung widerstehen?"

„Nur ein Idiot." Ray beißt in das nächste Sandwich und ich muss zugeben, dass ich diesmal marginal nervös auf die

Intensität reagiere, die mit der Leichtigkeit eines Lasers in mich vordringt. Kein Wunder, dass so manche Sub allein deswegen in Tränen ausgebrochen ist. Auch ich beherrsche diesen Blick, allerdings kann Ray ihn ein wenig besser als ich.

„Willst du noch irgendwas wissen? Befürchtest du, dass ich Ava schlecht behandle?“

„Dash und ich hegten von Anfang an den Verdacht, dass du nicht ein paar Skelette im Keller hast, sondern ein paar Dämonen, die mit dem Tod deiner Frau zusammenhängen.“

Meine Haut fängt an zu jucken und ich sehe ihn direkt in die Augen.

„Das ist doch verständlich! Sie war die Liebe meines bisherigen Lebens.“ Ich spüre, dass mir Tränen hinter den Lidern brennen, und lasse es auch zu, dass meine Stimme meinen Schmerz widerspiegelt.

„Selbstverständlich, Sloan. Dash und ich möchten Ava nur gern selbst kennenlernen und sie muss wirklich außergewöhnlich sein, wenn sie durch den Eispanzer deines Herzens gedrungen ist.“ Er beugt sich vor und legt eine Hand auf meine Schulter. Ich lasse ihn. „Ich freue mich sehr für dich, wenn es etwas Ernstes für dich ist. Allerdings warne ich dich davor, sie nur zu benutzen …“

Ich schwöre, dass mein Herz drei Takte aussetzt.

„… als Ersatz für Nola, und sobald du genug von ihr hast, schlussendlich erkennst, dass deine geliebte Frau unersetzbar ist und Ava somit das Herz brichst.“

Von jedem anderen würde ich mir das nicht bieten lassen, aber dies ist Ray Cornwell, ein mächtiger Mann und auch ein Freund. Ja, er ist ein Freund.

„Das werde ich nicht. Ich brauche Ava und du kannst mir glauben, dass ich mich nicht in sie verlieben wollte. Es ist einfach geschehen. Ich weiß nicht, wie ernst es zwischen uns irgendwann wird. Wir stehen noch ganz am Anfang.“

Eigentlich müsste ich bereits zwei Löcher in meinem Kopf haben, doch ich sehe den Moment, indem sein Blick weicher wird, er mir glaubt, was ich sage. Wie könnte er auch nicht? Schließlich ist es zum größten Teil die Wahrheit.

„Wir sehen uns am Samstag. Einlass ist um 20 Uhr. Die Einladungen kommen mit der Post. Tee?"

Am liebsten würde ich auf der Stelle gehen, aber das würde nur sein Misstrauen erregen. „Gerne."

„Was macht dein Restaurant? Ich hoffe, die Geschäfte laufen nach wie vor gut."

„Bestens." Ich hatte nie geplant, zu den Topadressen von London zu gehören. Doch das Schicksal hat anders entschieden.

„Das freut mich zu hören."

Innerlich atme ich auf, denn was immer Ray für einen Verdacht hatte, er ist ausgeräumt.

Kapitel 14

Wie verabredet hat Sloan mich am Freitagabend von *Cipolla and Denbar* abgeholt und jetzt stehen wir in meinem Schlafzimmer. Er hält mich in den Armen und lächelt mich spitzbübisch an, ein Ausdruck, den ich bisher noch nicht bei ihm gesehen habe.

„Ich will dich entführen, Ava Silver, das ganze Wochenende lang. Pack alles ein, was du bis Sonntagabend brauchst, um mich kuschlig zu genießen."

Kuschlig?

„Meinst du das wortwörtlich?" Argwöhnisch starre ich ihn an.

„Du traust mir nicht zu, kuschlig zu sein?" Theatralisch legt er eine Hand auf Höhe seines Herzens.

„Irgendwie schon. Aber ich weiß nicht, ob ich damit umgehen kann. Der strenge Master ist leichter einzuschätzen."

Und auf Abstand zu halten.

„Ich werde dich aufs Land entführen und dort ist nur Raum für meine romantische Seite. Aber wenn du darauf bestehst, kann ich dir noch etwas Masteriges antun, ehe wir losfahren. Dich auskitzeln zum Beispiel."

Ich werfe mein Kopfkissen nach ihm und er fängt es auf, ehe es sein Gesicht trifft, und wirft mir anschließend einen Blick zu, der mich nicht kalt lässt. „Pack nur bequeme Sachen ein. Wir wollen uns entspannen."

In Windeseile stopfe ich alles in den Rollkoffer und spüre die ganze Zeit Sloans Aufmerksamkeit auf mir. Das macht mich noch wahnsinnig, dass ich ihn nicht ausblenden kann.

„Fertig?", fragt er amüsiert.

„Ja."

Er küsst mich zärtlich auf die Nasenspitze, ehe er den Koffer schließt, ihn vom Bett hebt und mich anlächelt.

„Komm, mein süße Caramella. Ich will mich an dir laben, sobald wir an unserem Ziel angekommen sind.“

„Gib mir doch wenigstens einen Tipp.“ Ich blinzele ihn an und werfe ihm meinen flehendsten Blick zu.

„Es gibt dort ein Bett, was zu essen und absolute Stille.“

Trifft das auf eine meiner Fantasien zu? Das könnte auf alles und nichts passen.

„Lass dich überraschen. Ich verspreche dir, dass es dir dort gefallen wird und du dich wunderbar erholst.“ Er streichelt mir über die Wange. „Du sieht schon wieder sehr erschöpft aus. Harte Woche?“

„Ja. Und außerdem …“ Ich schmiege mich in die Berührung. „… denke ich jede Sekunde an dich und habe die Minuten gezählt, bis ich dich endlich wiedersehen durfte.“ Warum soll ich es nicht zugeben? Er kann ruhig wissen, wie schrecklich ich ihn vermisst habe und wie gern ich mit ihm zusammen bin. Um ehrlich zu sein, fühle ich mich unvollständig ohne Sloan. Allerdings bin ich nicht bereit, dieses unwillkommene Gefühl zu analysieren um herauszufinden, ob es tiefer reicht, als gut für mich ist.

Ein paar Minuten später sitze ich neben Sloan in seinem SUV und das empfundene Glück ist wie eine Brise auf mir spürbar. Es flutet meine Sinne und meine Müdigkeit ist vergessen. Im Moment könnte ich Bäume ausreißen, wenigstens glaube ich das. Sloan fährt rauf aufs Land, erneut Richtung Staffordshire.

„Bist du oft hier in der Grafschaft?“

„Ja. Hier wohnen Freunde von mir. Und ich könnte mir auch vorstellen, hierher zu ziehen.“

„Du bist kein Stadtmensch? Du würdest dein Haus aufgeben?“

„Ich mag Städte nicht besonders. Und mein Haus …“ Er nimmt einen tiefen Atemzug, als wägte er seine Antwort genau ab. Irgendwie habe ich erneut das Gefühl, dass Sloan ein einsamer Mensch ist, der so gut wie niemanden jemals an sich heranlässt. Sein Domizil spiegelt das auch wieder. Es ist, als wäre er ein Gast im eigenen Haus. „… ist nur ein Gebäude. Mich hält dort nichts.“

Ob er überhaupt in der Lage ist, mich zu lieben? Innerlich zucke ich angesichts dieses Gedankens zusammen. Aber wenn er es nicht kann, dann ist eine mögliche Beziehung von Anfang an zum Scheitern verurteilt. Sein Verlust ist ein derart grausamer, dass er ihm bestimmt das Herz zerfetzt hat. Ob ich ihn heilen kann, ist fraglich. Aber ich werde alles in meiner Macht stehende tun, um ihm wenigstens eine Auszeit aus dieser Hölle zu ermöglichen. Ich lege meine Hand auf seinen Oberschenkel und ich weiß, dass es furchtbar ist, doch ich muss ihn einfach ständig berühren, als würde mir das beweisen, dass Sloan keine Illusion ist.

„Wie war deine Woche?“

„Sie war sicherlich ruhiger als deine, Ava. Ich schwöre, dass ich weder meine Angestellten gezüchtigt, noch sie in den Kühlraum gesperrt habe.“

„Würdest du das denn mit mir tun, sollte ich für dich arbeiten?“

„Mhhhmm. Da würde mir bestimmt das Eine oder Andere einfallen, damit ich dich übers Knie legen kann, wenn mir danach ist.“ Seine Stimme ist derart belustigt, dass ich diesmal unerschütterlich weiß, dass er nur scherzt.

Nach fast drei Stunden biegen wir in eine Einfahrt ein und halten vor einem mittelgroßen Landhaus. Inzwischen ist es dunkel, doch Strahler erhellen das cremefarbene Gebäude, das in einem Rosamunde Pilcher Roman eindeutig richtig wäre.

„Voilà, wir sind am Ziel angekommen.“

„Ist das ein Hotel?“ Ob es der Wild Card Society gehört? Ich versuche, durch die Scheiben zu sehen, um das Innere zu erfassen.

„Um genau zu sein, ist es ein Romantik Hotel." Er lacht leise. „Und es hat nichts mit der Society zu tun. Kim Sullivan ist die Inhaberin, und Master sind im Inneren nicht erlaubt."

„Wie meinst du das?"

„Ich möchte dieses Wochenende nur als Sloan mit dir verbringen. Keine Fesseln, kein Machtgefälle. Du sollst dich einfach nur wohlfühlen und dich erholen. Das heißt aber nicht …" Er fasst nach meiner Hand. „… dass ich dich nicht zum Schreien bringe, allerdings ausschließlich durch Zärtlichkeiten."

In diesem Moment kommt eine Rothaarige lächelnd aus der Eingangstür gestürzt. Sie ist größer als ich und hat diese beneidenswerten Beine und Brüste, die jede Frau haben möchte, die mit einem vollen Busen gestraft oder gesegnet ist, je nachdem wie man es betrachtet. Sie wartet, bis Sloan den Motor abstellt, ehe sie die Beifahrerseite aufreißt und mich breit angrinst. „Du musst Ava sein. Herzlich willkommen. Ich darf doch Ava sagen?"

„Selbstverständlich." Sie tritt einen Schritt zurück, sodass ich aussteigen kann, und umarmt mich, sobald ich vor ihr stehe. „Herzlich willkommen." Dann dreht sie sich Sloan zu, der inzwischen neben uns steht.

„Sloan, du siehst gut aus."

„Das Kompliment gebe ich zurück, Kim." Er drückt sie kurz an sich. „Wie geht es Dean?"

„Hervorragend. Obwohl er sich manchmal nach den alten Zeiten zurücksehnt, an denen es keine weiblichen Monster in seinem Haus gab." Kim kichert und es ist deutlich herauszuhören, dass sie gerne ein Monster ist. „Es ist alles vorbereitet und Sally hat euch Leckereien aufs Zimmer gestellt." Sie sucht meinen Blick. „Sally ist meine Cousine und gleichzeitig meine Schwippschwägerin und für die kulinarischen Genüsse zuständig. Wollen wir reingehen? Ihr habt Zimmer drei."

Sloan holt unsere Koffer aus dem Kofferraum und lässt es sich nicht nehmen, sie beide zu tragen. Wir folgen Kim ins

Haus und das Etablissement hat den Namen Romantik Hotel wahrhaftig verdient. Edle Holzböden, Blumenarrangements, helle Wände und tolle Gemälde zeigen deutlich, dass die Eigentümerin überall Hand angelegt hat. Die breite Holztreppe knarrt unter unseren Schritten, als wir in den ersten Stock hochsteigen. Kim biegt am Ende der Treppe nach rechts ab und wir haben nach wenigen Metern unser Zimmer erreicht.

Die Tür ist nicht abgeschlossen und öffnet sich, nachdem Kim die Klinke heruntergedrückt hat. Sie geht zur Seite, sodass Sloan und ich folgen können. Wir stehen in einer Suite, deren Möbel cremefarben sind. Die Kissen, Gardinen und Bettwäsche sind Pflaumenfarben. Ich fühle mich auf der Stelle Zuhause.

„Ich wünsche euch einen angenehmen Aufenthalt.“ Kim schließt die Tür hinter sich.

„Gefällt es dir?“ Sloan durchquert den Raum mit den Gepäckstücken und tritt durch die Flügeltür in das angrenzende Schlafzimmer.

„Ob es mir gefällt? Es ist fantastisch. Ich schwöre, dass ich noch nie in einem derart schönen Hotel gewesen bin. Die Zimmer sind wunderschön und so persönlich, mehr wie ein Zuhause.“

Sloan zieht mich in seine Arme, überbrückt die Distanz zum Kingsize Bett und lässt sich zusammen mit mir auf die Matratze fallen. „Was hältst du davon, wenn du duschst, dir etwas Bequemes anziehst …“

Ich unterbreche ihn, indem ich meinen Mund auf seinen presse und ihn küsse. So ganz kann er den Master nicht abstellen, denn kurze Zeit später finde ich mich nackt unter ihm wieder. Er liebt mich zärtlich und wir kommen gemeinsam zum Höhepunkt.

Besser geht es nicht.

♠♣♥♦

Draußen regnet es in Strömen und das trägt dazu bei, dass wir erst um elf Uhr aufstehen, uns in Wohlfühlklamotten werfen und zusammen in den Frühstücksraum schlendern, der sich im Erdgeschoss befindet. Außer uns sind noch drei weitere Paare anwesend. Ihnen allen ist anzumerken, dass sie sich lieben. So wie Ava strahlt, werden die Gäste das Gleiche von uns denken. Wir setzen uns an eines der bodentiefen Fenster und sogleich kommt Sally zu uns. Ich weiß, dass die Kleine die Hölle hinter sich hat. Narben auf ihrem Körper sprechen ihre eigene Sprache. Doch ihr Mann Miles Sullivan hat sie geheilt und die Strapazen sind ihr nicht mehr anzusehen.

„Sally. Darf ich dir Ava vorstellen?“ Ich stehe auf, ziehe sie in die Arme, ehe sie Ava begrüßt.

„Ich wollte nur kurz Hallo sagen. War das Essen gestern Abend zu eurer Zufriedenheit?“

„Mehr als das. Ich schwöre, dass ich drei Kilo zugenommen habe.“

„Eher vier“, wirft Ava ein. „Es war köstlich.“

Sally lächelt unglaublich süß. „Lasst euch das Frühstück schmecken. Deine Reservierung für 14 Uhr steht, Sloan. Ihr habt den Bereich für zwei Stunden ganz für euch allein. Viel Vergnügen.“ Sie sieht mir in die Augen und errötet furchtbar niedlich, ehe sie davonhastet.

„Reservierung?“, fragt Ava. Sie starrt mich an und seufzt anschließend. „Natürlich wirst du mir nichts verraten. Aber was immer es auch ist, es gefällt mir bereits jetzt.“ Sie leckt sich über die Unterlippe. „Ich will es eigentlich nicht zugeben und verstehen tue ich es nicht nach den Mengen, die ich gestern Abend gegessen habe. Doch mein Hunger ist riesengroß und rasend. Was machst du nur mit mir, Sloan?“ Sie lacht höchst frech. „Du verwandelst mich in ein unersättliches Geschöpf, das von allem nicht genug bekommen kann, egal was es ist." Dass sie dabei nicht an Essen denkt, ist ihr klar anzusehen.

Dieses Wochenende ist eigentlich dazu gedacht, dass sie sich in mich verliebt. Ich erkenne allerdings die Gefahr, die die gemeinsamen Stunden für mich darstellen, denn ich genieße jede Sekunde doppelt und dreifach, koste sie aus, speichere sie ab, verschließe sie in meinem Inneren, sodass ich in den Stunden davon zehren kann, wenn ich wieder der Mann bin, der nur auf Rache aus ist.

Nach dem ausgiebigen Frühstück gehen wir zurück in die Suite, ziehen die flauschigen Morgenmäntel über und ich verschlinge meine Finger mit Avas, während wir zum Spa laufen, der sich im Erdgeschoss befindet.

„Gibt es hier einen Pool?", fragt sie.

Anstatt einer Antwort klapse ich ihr leicht auf den Po. Sie kreischt übertrieben entrüstet und lacht äußerst lüstern. Ich argwöhne, dass sie es inzwischen herbeisehnt, dass ich sie übers Knie lege. Jedoch wird das an diesem Wochenende nicht passieren.

Wir betreten den Bereich, der ganz im Stil eines Hamam gehalten ist mit den typischen wunderschönen Mosaiksteinen, die allesamt in Türkis- und Grüntönen gehalten sind. Es hat ein türkisches Dampfbad, einen Whirlpool, eine Sauna und breite gepolsterte Liegen. Zwei Stunden sind ausreichend Zeit um Caramella ein paar süße Schichten vom Körper zu lecken. Nachdem wir uns im Duschbereich sehr sehr gründlich gewaschen haben, zeige ich ihr im Dampfbad, was ich so alles mit meiner Zunge anstellen kann. Ich muss allerdings zugeben, dass sie mir in dieser Hinsicht nicht nachsteht.

Viel zu schnell ist das Wochenende vorbei, bei dem ich vergessen habe, wozu es eigentlich dienen sollte. Doch als ich mich vor Avas Tür von ihr verabschiede, ihr wieder die Wahl lasse mich anzurufen und zu überlegen, ob sie auch das nächste Wochenende mit mir verbringen möchte, ist es nicht nur ihr Herz, das nicht alleine schlagen möchte.

Scheiße!

Kapitel 15

Ich kann nichts daran ändern, dass ich die Sekunden zähle, bis ich endlich in das lang ersehnte Wochenende kann – ein weiteres Wochenende mit Sloan. Das letze war unglaublich schön. Sloan ist nicht nur ein Master, er ist vor allem ein großartiger Liebhaber, der auf mich eingeht, mir meine Wünsche von den Augen abliest, ehe ich weiß, dass ich sie überhaupt habe. Er ist ein geschickter Verführer und inzwischen weiß ich, dass mir seine Dominanz keinesfalls auf die Nerven gehen würde, denn er setzt sie nur dann ein, wenn die Situation dieses Prickeln benötigt.

Wie eine Gefangene fühle ich mich und die Tage ohne ihn waren nur eins: schrecklich. Ich denke nur noch an ihn, an seine Stimme, seine Berührungen, seine Stärke, die er stets kontrolliert. Ohne ihn fühle ich mich unvollständig. Ich weiß, dass es ein gefährlicher Weg ist, den ich einschlage, aber ich kann nicht anders. Verliebt habe ich mich in diesen Mann, der zugleich mein Master ist. Er ist wie eine Droge, von der ich gekostet habe. Die erste seiner Berührungen, der erste seiner Blicke, der erste seiner Schläge – all das hat dazu beigetragen, dass ich süchtig nach Sloan bin. Ich fiebere ihm entgegen und bin nicht mehr ich selbst.

Ich habe mich Kay teilweise anvertraut, jedoch ist sie mir in dieser Hinsicht auch keine große Hilfe. Sie hat mir geraten alles von Sloan zu nehmen, was er mir geben kann, bis sich unsere Wege trennen, egal, wann es soweit ist. Sie hat sogar den Frevel begangen, einen ihrer beiden Master anzurufen, um sich über die Integrität von Sloan zu informieren. Das hat dazu geführt, dass beide Master am Mittwoch unerwarteterweise vor ihrer Tür standen. Sie hat mir gestern ihren Hintern gezeigt und dabei wie eine Irre gelächelt, was ich angesichts der Striemen und blauen Flecken nur zur Hälfte nachvollziehen kann.

„Du stehst in meiner Schuld, Ava. Ich fordere das Wellnesswochenende ein, das wir immer machen wollten, wozu du nie die nötige Energie oder Zeit hattest." Dann wurde ihr Blick unerwartet bedachtsam. „Sloan hat den Ruf ein ehrenvoller Dom zu sein und er hat sich vor dir noch nie zwei Mal mit einer *Wild Card* getroffen. Aber wenn du ihm das erzählst …" Kay wich bei der bloßen Vorstellung sämtliche Farbe aus dem Gesicht, sodass sie wie ein Geist vor mir stand.

„Ich sage kein Wort, Kay. Ich schwöre es. Ich verrate dich nicht." Und dann bin ich in ein Lachen ausgebrochen, das auch jetzt in mir nachklingt. Seitdem bin ich so unglaublich beschwingt. Sloan meint es ehrlich mit mir, es kann gar nicht anders sein. Vielleicht, wenn es mit uns klappt, schaffe ich es mein Leben zu ändern und seins. Ich möchte die Einsamkeit aus seinem Herzen verjagen, möchte Nola zwar nicht verdrängen, aber ihm helfen glücklich zu werden. Mit mir! In seinem Herzen muss Platz für Nola und mich sein.

Inzwischen stelle ich alles infrage, was ich sonst klaglos erduldet habe. Ich mag nicht mehr von morgens bis spät abends bis zur Erschöpfung arbeiten. Stattdessen will ich neben Sloan einschlafen, jeden Tag etwas mit ihm unternehmen, und sei es nur gemeinsam mit ihm einen Film auf der Couch zu schauen. Ich will mit ihm streiten, aus dem alleinigen Grund, um mich hinterher mit ihm zu versöhnen. Ich will meine Bedenken hinsichtlich der Ungereimtheiten in den Akten teilen. Meine inneren Stimmen warnen mich nachdrücklich davor, damit zu Mr Denbar oder Mr Cipolla zu gehen. Ich glaube nicht, dass sie erfreut wären, dass ich Mr Black, Mr Green, Mr Red und Mr White aufgespürt habe und ich den Verdacht hege, dass es nur Alias sind, die auf Offshore-Konten zugreifen.

Nein – sie wären nicht erfreut. Mir laufen mehrere Schauder über den Rücken. Ich kann mit niemandem darüber reden. Vielleicht sind es nur Decknamen für irgendwelche Mitglieder der High Society und nicht das Verstecken von dubiosen Geschäften noch dubiöserer Individuen. Hätte ich nicht ein derart gutes Gedächtnis, wären mir die Farbnamen gar nicht aufgefallen, zumal sie sich quer durch die Jahre ziehen und auf den ersten Blick keine Gemeinsamkeit haben. Sie sind keine realen Personen, da bin ich mir sicher, obwohl ich mich gerne vom Gegenteil überzeugen möchte. Natürlich habe auch ich den Buschfunk gehört, dass *Cipolla and Denbar* Unterweltsgrößen vertreten, doch das habe ich nie ernst genommen, es als neidvolle Gerüchte abgetan, die von Konkurrenten in die Welt gesetzt wurden. Inzwischen verstehe ich, warum Menschen das Grundbedürfnis verspüren, zu klatschen und zu tratschen. Ich krümme mich förmlich unter der Bürde, dass ich wirklich kein Wort über meine Tätigkeit verlieren darf.

Das habe ich mir im Vorfeld nicht so vorgestellt.

Ich ziehe den Stapel Papier aus dem Scanner, der von einem Unfall handelt, bei dem das Opfer angefahren worden ist und der Täter Fahrerflucht begangen hat. Wie bei Nola!

Sloan! Was hat er nur erlitten! Dagegen ist alles andere lächerlich. Ich möchte, dass er in meinen Armen genauso Vergessen findet, wie ich in seinen. Zusammen mit ihm erscheint mir alles möglich. Für ein paar Sekunden starre ich auf das Papier in meinen Händen und dann fällt mir auf, dass in der unteren Ecke des oberen Blattes etwas ausradiert worden ist. Allerdings nicht besonders gründlich: R. E.

Merkwürdig!

Seufzend lege ich die Blätter zurück in den Karton und nehme mir vor, mir den Fall am Montag genauer anzusehen. Für heute mache ich Schluss. Es ist 17:55 und ich glaube nicht, dass Sloan unpünktlich ist. Leider habe ich keine Zeit mehr, um mich ein wenig frisch zu machen. Aber ich glaube nicht, dass ihn das stört. Schließlich hat er mich bereits tränenüberströmt gesehen und ist nicht schreiend vor mir davongelaufen, weil ich wie ein zugekiffter Waschbär ausgesehen habe.

Ich schnappe mir Tasche und Mantel und zwinge mich dazu, gemessenen Schrittes zum Fahrstuhl zu gehen. Allerdings fehlt mir dann doch die Geduld auf ihn zu warten, sodass ich zur Treppe stürme. Atemlos erreiche ich den Eingangsbereich, nicke der Security zu und trete hinaus in den kühlen, dunklen Abend.

Wie erwartet, steht Sloan vor der Tür und mir ist es schlichtweg egal, ob ganz *Cipolla and Denbar* mich beobachtet. Nichts und niemand kann mich daran hindern, mich in Sloans Arme zu werfen. Er trägt einen anthrazitfarbenen Anzug mit einem dunkelblauen Hemd aus einem leicht glänzenden Stoff. Er sieht nicht nur zum Anbeißen aus, sondern auch unverschämt sexy. Sein Bartschatten unterstreicht das Maskuline an ihm, die rohe Ausstrahlung, die er hat und die mich unglaublich anzieht. Sloan Barker ist ein geheimnisvoller und gefährlicher Mann. Ich werde diejenige sein, die hinter alle seine Geheimnisse kommt. Er soll sich ebenso in mich verlieben, wie ich es bei ihm getan habe.

„Du hast mich vermisst“, sagt er mit einer gewissen Genugtuung in der Stimme.

„Das habe ich. Sehr sogar.“ Ich sehe keinen Sinn darin, ihm etwas vorzumachen. Das würde sowieso nicht klappen. Allerdings reizt mich die Vorstellung eines lustvollen ‚Übers-Knie-gelegt-Werden‘ für das Ertappen einer Lüge, mehr als gut für mich ist. Bis jetzt habe ich noch nie erlebt, dass Sloan mich wirklich bestraft und der Anblick von Kays armen Hintern hat sich in mein Gedächtnis gebrannt. Ja, ich hatte gedacht, dass ein paar Schläge durch den Flogger heftig gewesen waren. Meine Striemen waren jedoch nichts im Gegensatz zu denen auf Kays Po. Aber ich muss zugeben, dass ich ein wenig neidisch darauf bin. Sloans Spuren waren nur leicht und sind schnell verblasst. Vor einigen Wochen hätte ich es nicht verstanden, dass man Schmerz mit einer derartigen Inbrunst herbeisehnt und eine Menge dafür tun würde, um eine Bestrafung zu erfahren.

„Du siehst müde aus, Caramella." Immer sagt er das und er hat ja auch recht. Außerdem tut mir seine Besorgnis gut.

„Schlafen wird überbewertet."

Ob wir sofort in sein Haus fahren? Er dort bereits ein Szenario für uns vorbereitet hat, das mich meine Müdigkeit vergessen lässt?

„Hast du Hunger?" Seine wunderschönen grünen Augen sehen mich besorgt an. Und nach den vielen einsamen Monaten, den Selbstzweifeln, der Selbstzerfleischung meiner Persönlichkeit verliere ich mich darin. Ich kann nicht anders! Alles was ich mir vorgenommen habe, fliegt davon wie ein Blatt im Wind. Ein Mann wie Sloan lässt keine Distanz zu. Ob sich alle Frauen bei ihm so fühlen? Wie viele *Wild Cards* hat er vor mir gehabt? Warum bin ich die Erste, die er an sich heranlässt? Bin ich wirklich etwas Besonderes für ihn?

An meinem Aussehen kann es nicht liegen, denn ich bin nicht überdurchschnittlich schön. Er wird also kaum den Verstand verloren haben, beim Anblick meines nackten Körpers. Ich bin mir sicher, dass er unzählige perfektere Figuren unter seinen Händen hatte.

Was ist nur los mit dir? Woher kommt auf einmal diese Unsicherheit, die zu Eifersucht führt? Du weißt, dass Sloan kein keuscher Mönch ist, der den fleischlichen Gelüsten abgeschworen hat.

Die Fragen sind leicht zu beantworten. Sie sind der Angst geschuldet, dass Sloan nur mit mir spielt. Tief in mir ist sie vergraben, zeigt ungewollt das hässliche Haupt und ich bin ihr ebenso schutzlos ausgeliefert, wie ich es Sloan bin.

„Jetzt, wo du es erwähnst. Ja, ich habe rasenden Hunger." Eigentlich ist mir sogar ein bisschen schlecht. Vor Aufregung habe ich heute nicht viel runterbekommen.

„Als hätte ich es geahnt.“ Er lacht mich verführerisch und so unglaublich sexy an, erscheint plötzlich um Jahre jünger. Sloan fasst nach meiner Hand und ich kann nirgendwo seinen SUV entdecken.

„Ich weiß nicht einmal, wie alt du bist oder wann du Geburtstag hast“, platzt es aus mir.

„Wenn du brav bist, verrate ich es dir.“

„Was genau meinst du mit brav? Das kann ich auf zweierlei Weise deuten.“ Ich weiß, dass mein Blick frech wirkt. „Möchtest du, dass ich mich mustergültig benehme, oder soll ich etwas tun, damit du mich bestrafen kannst? Ein Bunny mit oder ohne Zähne?“

Er legt den Arm um mich und wir laufen Richtung City. „Du solltest dem Tiger lieber nicht am Schwanz ziehen.“

„Nein? Dabei hat mein Tiger so einen hübschen Schwanz.“

Sloan lacht laut und ich glaube, dass er nicht oft so befreit lacht. Er kontrolliert seine Emotionen und es macht mich stolz, dass er bei mir anders ist. Oder ist das nur ein Wunschdenken von mir?

„Wo bringst du mich hin?“

„Ins *Othello*.“

„Du hast dort einen Tisch bekommen?“ Das angesagte Restaurant ist immer Wochen im Voraus ausgebucht.

„Das will ich doch hoffen, schließlich gehört es mir.“

„Was?“

Er lacht erneut. „Was hast du denn gedacht, mit was für einem Restaurant ich meinen Lebensunterhalt verdiene?“

„Für den Besitzer einer Fish and Chips Bude hätte ich dich nicht gehalten. Aber das *Othello*! Kochst du selbst?“

„Ich kann zwar kochen, im *Othello* jedoch lasse ich kochen. Enzio würde mich auch nicht in seiner Küche dulden.“ Ich höre ihm an, dass er Enzio mag und respektiert. Auf einmal wird mir bewusst, wie müde ich aussehe, dass mein Make-up einer Auffrischung bedarf, dass mein Kostüm nicht schäbig ist, doch wenn ich gewusst hätte, dass wir schick essen gehen, dann hätte ich mich vorher umgezogen.

„Sloan, ich bin nicht passend gekleidet."

„Du könntest auch einen Müllsack tragen, Caramella. Meine Angestellten würden dich dennoch mit dem nötigen Respekt behandeln. Zudem hast du den ganzen Tag gearbeitet und nur in einem Film sieht man es den Frauen nicht an. Ich kann mir vorstellen, dass du deine Schuhe loswerden willst, den BH sowieso und deine Nylons ..." Er verzieht das Gesicht. „In ihnen herumzulaufen stelle ich mir nicht gerade bequem vor. All das ändert nichts daran, dass du bezaubernd aussiehst."

„Du weißt schon, wie du mich um deine Finger wickeln kannst, oder vielmehr über deine Knie drapieren." Das Spiel mit dem Feuer treibt mir Hitze in die Wangen. Nach dem romantischen sanften Wochenende steht mir jetzt der Sinn nach dem genauen Gegenteil – hart, schmerzhaft und auf eine wildere Art erfüllend. Der Versuchung zu widerstehen, stellt eine Unmöglichkeit dar. Sloan bleibt stehen und umfasst meine Schultern. Ich liebe es einfach, wie er mich anstarrt. Vergessen sind all meine Bedenken, meine Selbstzweifel, alles, was übrig bleibt, ist Sloan.

„Du legst es darauf an, noch heute einen glühenden Arsch zu erhalten. Vielleicht sollte ich dich in die Küche verschleppen, dich über eine der Arbeitsplatten beugen, dir den Rock hochschieben und dir vor meinem Küchenteam den entzückenden nackten Arsch versohlen."

Die Vorstellung, dass er genau das mit mir macht, jagt eine Begierde in mein Geschlecht, die man nur als schamlos bezeichnen kann. Ich werde nass für ihn und ich glaube, dass er das weiß.

„Caramella, du ahnst gar nicht, was du dir mit diesem gierigen Ausdruck in deinen Augen eingebrockt hast."

„Wie ... wie meinst du das?"

Er lächelt nur ominös und meine Beine verlieren ein wenig von ihrer Stabilität. Inzwischen laufen wir weiter und das Wechselbad meiner Gefühle vertreibt auch die letzte Müdigkeit. Ich fühle mich, als hätte ich gerade drei doppelte Espresso auf nüchternem Magen getrunken. „Sloan … Master, das hast du doch nicht wirklich mit mir vor?" Heiße und kalte Schauder laufen abwechselnd über meinen Körper, während mein Herz mit einem wummernden Bass hinter meinem Brustbein donnert. Ich weiß zwar, dass ich ihn mit meinem Safeword aufhalten könnte, aber ich bin mir unsicher, ob ich das überhaupt will. Wird er mich tatsächlich vor seinen Angestellten züchtigen?

Nein! Ja! Nein! Ja!

„Hat dein Mut dich verlassen?" Er umspannt mit einer Hand meine rechte Pobacke und drückt sie zärtlich. Es ist, als wenn mich keine Stofflagen von seiner Berührung trennen würden, so nachdrücklich spüre ich sie. Der Muskel pulsiert förmlich unter der Hitze seiner Handfläche und das Gefühl breitet sich bis zu meiner Pussy aus. Meine Nippel sind hart und ich habe auf einmal keinen Hunger mehr auf Nahrung, sondern auf Sloan.

Nach wenigen Minuten erreichen wir das *Othello.* Sloan hält mir die Tür auf und ich betrete zum ersten Mal das exklusive Restaurant. Die Einrichtung ist hell und doch intim durch die geschickt angebrachte Beleuchtung. Edle Gemälde von verwunschenen Herrenhäusern zieren die Wände.

„Guten Abend, Mr Barker, Miss Silver," begrüßt uns eine schlanke Blondine, die makellos und frisch aussieht, genau die Art Frau, die ein neidisches Zwicken aber auch Resignation in mir hervorruft, weil es eine Tatsache ist, dass ich mich äußerlich niemals mit ihr messen kann.

„Guten Abend, Sabrina. Ava, das ist Sabrina. Sie ist für die Reservierungen und die Tischzuweisungen zuständig."

Sabrina lächelt unverbindlich und ich versuche es ihr gleichzutun. Jedoch verabscheue ich sie auf der Stelle, ich oberflächliches Geschöpf.

Sloan dreht sich mir zu. „Möchtest du erst die Küche sehen?“ Amüsiert blickt er auf mich herab. „Oder soll Sabrina uns zu unserem Tisch bringen? Und wir verschieben das mit der Küche auf ein anderes Mal?“

„Ich habe wirklich Hunger“, wispere ich beinahe, weil mir das Herz bis zum Hals hinaufschlägt und ich kaum sprechen kann.

Sabrina sieht mich mit einem Ausdruck an, als dächte sie gerade: Natürlich hast du Hunger, du fette Kuh!

„Darf ich Sie zu Ihrem Tisch begleiten?“

Sloan nickt und lächelt sie an. Ich möchte ihm nicht nur das dämliche Grinsen aus dem Gesicht wischen, obendrein erhebe ich einen Besitzanspruch ihm gegenüber. Das mag unangebracht sein, aber bei Sloan ist mein Verhalten von der ersten Sekunde an, alles andere als standardmäßig gewesen. Er bringt Seiten in mir zum Vorschein, die offensichtlich nicht immer schön sind. Sabrina läuft vor und ich kann ihre schlanke Gestalt, ihren kleinen knackigen Po, der sich unter dem Rock abmalt, nur zu gut erkennen. Sloan, der hinter mir geht, legt eine Hand auf meine Lendenwirbel und auf der Stelle sind die giftgrünen Gedanken verschwunden, erst recht, als seine andere Hand meinen Nacken umfasst. Bei mir mögen es nur Gedanken sein, bei ihm sind auch die Handlungen territorial. Die Frage, ob er meine unangebrachten Reaktionen auf seine blöde wunderschöne Angestellte bemerkt hat, stellt sich mir nicht, denn seine Finger umschließen meinen Hals, bis kurz vor der Schmerzgrenze.

Oops!

Sloan begrüßt die Gäste im Vorbeilaufen und wir steuern einen Tisch im hinteren Bereich an, der etwas abseits von den anderen steht. Er ist privat und mir treten Tränen in die

Augen. Violette und weiße Kerzen, sowie eine gläserne Schale mit passenden Rosen zieren ihn, alles für mich.

„Bitte, Mr Barker, Miss Silver. Das Essen wird gleich serviert."

„Danke, Sabrina."

Sie fragt nicht, ob wir Wein trinken möchten und ich weiß, dass es zu Sloans Prinzipien zählt, seine Sinne von Alkohol unberührt zu lassen, wenn er eine Session plant. Sloan rückt mir den hellen Polsterstuhl zurecht und nimmt anschließend gegenüber von mir Platz. Ein Hauch von gefährlicher Belustigung ziert sein Antlitz und ich habe wirklich Schwierigkeiten, der grünen Intensität standzuhalten, die mich gerade fixiert und auseinandernimmt. Sein Verhalten steht im starken Kontrast zu dem Sloan vom letzten Wochenende.

„Durst?" Sloan greift nach der Karaffe mit dem stillen Wasser, in dem Limettenscheiben und Eiswürfel herumschwimmen.

„Ja, bitte."

Erleichtert greife ich nach dem gefüllten Glas und nehme einen großzügigen Schluck. Lindernd läuft die ansprechend kalte Flüssigkeit meine ausgedörrte Kehle hinunter. Die Aufmerksamkeit meines Masters lieg schwer auf mir.

„Wie war dein Tag?", frage ich.

„Angenehm. Ich wusste ja, dass ich dich das ganze Wochenende für mich habe, Ava. Ich kann mit deinem Körper eine Menge anstellen, um an deine Seele heranzukommen, einem Körper, bei dem ich noch nicht festgelegt habe, wie unversehrt er nach meinen Zuwendungen sein wird."

Ich kämpfe ernsthaft mit dem Drang, nach der Karaffe zu greifen, um mir den Inhalt auf einmal hinunterzuschütten. Mein Glas ist viel zu klein.

„Wenn du Sabrina nicht gleich ein wenig wohlgesonnener gegenübertrittst, könnte ich eine Entschuldigung deinerseits für angebracht halten. Fordere mich lieber nicht heraus."

Inzwischen ist jegliche Erheiterung von seinem Gesicht verschwunden. Ich erkenne überdeutlich, dass er giftgrünes Benehmen als intolerabel empfindet, auch, dass er es mir nicht ein weiteres Mal durchgehen lässt. Ich könnte jetzt aufstehen und aus dem *Othello* marschieren, unser Verhältnis beenden, bevor es richtig begonnen hat. Doch ein Teil von mir gefällt es viel zu gut, dass zickiges Verhalten bestraft wird. Allerdings habe ich da mehr an ein Spanking gedacht, als an eine Entschuldigung. Ich fühle mich wie ein Teenager, der seine Grenzen austestet.

Sloan trinkt mehrere Schlucke, während er geduldig auf meine Reaktion wartet. In mir brodelt es und es kostet mich eine Menge, um klein beizugeben. Mein kindischer Stolz trachtet danach, die Oberhand zu gewinnen.

„Du hast keine Liebesbeziehung mit ihr gehabt?"

„Ich schlafe grundsätzlich nicht mit meinen Angestellten. Das verkompliziert die Zusammenarbeit und Sabrina ist zudem nicht devot. Wenn ich sie übers Knie legen würde, würde sie die Schläge als grauenvolle, erniedrigende Demütigung empfinden, die einer Vergewaltigung gleichzusetzen ist. Du magst sie nicht, nur weil sie schön ist." Es ist keine Frage, die er stellt.

Er hat recht mit dem, was er sagt. Dennoch … „Ihr wirkt so vertraut miteinander und sie sieht dich an, als wollte sie dich überall ablecken."

„Sie hat mir viel zu verdanken, Ava. Wenn ihr danach ist, kann sie es dir eines Tages erzählen. Und außerdem ist sie lesbisch."

„Warum hast du das nicht sofort gesagt?"

„Weil es keine Rolle spielt. Sind wir uns in dieser Angelegenheit einig oder muss ich tiefer in die Materie dringen?"

Auch wenn ich weiß, dass ich mich falsch benehme, ist es schwer es nicht nur mir einzugestehen, sondern es vor ihm auszusprechen. Ich erkenne, dass eine Beziehung mit Sloan nicht einfach ist.

„Es tut mir leid, Sloan."

Er fasst nach meiner Hand und drückt sie sanft. Augenblicklich fühle ich mich besser. „Ich glaube dir, Ava."

Inzwischen tritt eine junge männliche Bedienung an uns heran und stellt eine Platte mit Vorspeisen auf unseren Tisch. „Guten Abend, Mr Barker, Miss Silver. Ich hoffe, dass alles zu Ihrer Zufriedenheit ist." Er wirft Sloan den gleichen Blick zu, mit dem auch Sabrina ihn angesehen hat, ehe er mich anlächelt.

„Danke, Michael."

Ich starre auf die vielen Vorspeisen und frage mich, wie ich noch Platz für die Hauptspeise haben soll.

„Greif zu, Caramella. Ich esse mich gern an Vorspeisen satt und habe vorausgesetzt, dass dir das ebenso zusagt. Jetzt entspann dich und lass es dir schmecken."

Jede Frau kennt das Gefühl bei einem Date diszipliniert, kontrolliert und nicht verfressen zu wirken, wenn es um Essen geht. Doch ich habe schrecklichen Hunger. Sloan runzelt die Stirn und seine Lippen verziehen sich zu diesem sexy Lächeln. „Damit solltest du lieber erst gar nicht anfangen, Caramella. Hätte ich eine Barbiepuppe haben wollen, hätte ich mir eine bestellt. Iss, bis du satt bist. Lebendige Menschen dürfen sich auch ihren Schwächen ergeben, das beeinträchtigt sie nicht in ihrer Stärke. Und außerdem hast du bereits am letzten Wochenende gemeinsam mit mir geschlemmt. Ich mag Frauen, die ihren Gelüsten nachgeben."

Zur Hölle! Ich werde sowieso nie wie Sabrina aussehen, egal, wie wenig ich esse. Und Sloan macht einem wirklich die schönsten Komplimente. Er kennt bereits meine Makel und sie stören ihn nicht. Ich fange mit den Champignons an, die mit Petersilie und Büffelmozzarella gefüllt sind. Köstlich! Wir essen zunächst in einem angenehmen Schweigen, bis die erste Sättigung eintritt und ich mich danach sehne, den Knopf meines Rocks aufzumachen. Sloan beugt sich vor und streichelt mir über die Wange. Ich liebe es, wenn er mich anfasst und es ist egal, welcherart die Berührung ist, solange nur seine Wärme mich umschmeichelt und verführt. Es ist erstaunlich, wie der Körper reagiert, wenn es die richtige Person ist, die es macht. Seine Fingerspitzen hinterlassen ein sehnsuchtsvolles Kribbeln auf meiner Haut, während das, was mich ausmacht, unter seinen Liebkosungen erblüht.

„Morgen schlafen wir lange aus, Caramella. Mir gefällt es nicht, dass du so unglaublich erschöpft bist. Ist das ein Dauerzustand? Ich hatte gehofft, dass es sich legen würde. Erzähl mir mehr darüber."

„Inzwischen ist es ein Dauerzustand. Am Anfang hat mich die viele Arbeit aufgeputscht und ich habe mich mit Feuereifer auf den neuen Job und meine interessante Tätigkeit gestürzt. Doch die erste Euphorie ist längst verflogen. Dann der schreckliche Bruch mit Leander. Ich bin anfälliger, als ich es wahrhaben will."

„Von deinen unmenschlichen Stunden abgesehen, fühlst du dich in der Anwaltskanzlei wohl?"

Wie gerne würde ich ihm von dem seltsamen Gespräch mit Mr Cipolla erzählen, von dem unschönen Klima in der Kanzlei, dass alle Angst vor den Chefs haben. Doch das würde zu sehr ins Detail gehen.

„Ich …"

Er hebt die Hand. „Verzeih mir, ich wollte dein Tabu nicht missachten. Es war nicht meine Absicht, zu sehr in dich zu dringen."

„Ich weiß selbst nicht, was ich im Moment fühle. Eigentlich bin ich jemand, der Beständigkeit braucht. Doch das Leben macht oft unerwartete Kapriolen. Du hast meine Anschauungen und Wertvorstellungen gründlich durcheinandergebracht."

„Ist das schlecht?"

„Nein, aber es ist schwierig, Änderungen nicht nur zu akzeptieren, sondern sie durchzusetzen, vor allem sich selbst gegenüber. Ich brauche Zeit, um mit mir ins Reine zu kommen, damit ich feststellen kann, was ich wirklich in meinem Leben verändern möchte. Auch das mit dir …“

Gibt es überhaupt ein Wir mit Sloan?

„Das mit mir? Unsere starke Anziehungskraft aufeinander ist keine Illusion. Wir lassen es langsam angehen, Ava.“

„Langsam angehen? Das funktioniert nicht mit dir, Sloan. Du bist über mich hergefallen wie ein Tornado, mit der alleinigen Absicht, mich in meine Grundbestandteile zu zerlegen und das ist dir erschreckend leicht gelungen.“

„Macht dir das Angst?“

„Vor dir habe ich nicht gewusst, dass diese Art von Angst existiert. Mein Kopf besteht darauf, dass es gefährlich ist, mich mit dir einzulassen. Aber mein Herz und mein Körper sind ganz anderer Meinung. Sie wollen mehr von dir.“

„Du brauchst nicht zu befürchten, dass ich dich hintergehe. Ich bin nicht Leander. Wenn ich mich auf eine Beziehung einlasse, dann geht das nur mit allem, was ich dir geben kann.“

Zu gern will ich ihm glauben und tue es schlussendlich auch. Die warnenden Stimmen in meiner Seele sind nur ein Echo von dem, was die hinterhältige Mistsau mir angetan hat. „Wo führt uns unser Weg hin, Sloan?“

„Ich würde sage, zunächst nach Hause. Du hast für meinen Geschmack zu viel an. Zudem habe ich mich noch nicht festgelegt, bezüglich einer möglichen Strafe.“

Warum nur gerät mein Puls außer Kontrolle, sobald er dieses Wort erwähnt? Bestrafung sollte doch eigentlich etwas Negatives sein. In seinem Fall trifft das nicht zu. Aber das ist nicht das Einzige in meinem Körper, das darauf reagiert. Dieses Flattern in mir entfacht eine Gier, die nur er besänftigen kann.

„Dessert?“

„Ich dachte, dass ich der Nachtisch für dich bin, Master.“

„Tatsächlich?" Er leckt sich mit der Zungenspitze über die Unterlippe. „Bist du dazu bereit, von mir verschlungen zu werden?"

„Das können wir nur herausfinden, wenn wir es ausprobieren. Oder sehe ich das falsch?"

„Steh auf, Ava." Sein Tonfall jagt mir einen angenehmen Schauder den Rücken entlang. Seine Stimme ist dominant, gebieterisch und mir kommt nicht in den Sinn, mich ihm zu widersetzen. Ich würde es auch nicht tun, wenn er mir wirklich befehlen würde, in die Küche zu gehen, damit er mir dort den Hintern versohlen kann. Bei ihm gelten keine gängigen Verhaltensregeln und ich weiß nicht, wie weit ich bereit bin zu gehen, nur um ihm zu gefallen.

♠ ♣ ♥ ♦

Sie hält dicht, was *Cipolla and Denbar* angeht. Auf normalem Wege bekomme ich keine Informationen von ihr. Mein Inneres verkrampft sich bei dem Wissen. Ava ist durch und durch loyal und auch das macht sie so verflucht liebenswert.

Und wenn du sie einweihst?

Diese Möglichkeit ziehe ich zum ersten Mal in Betracht. Wenn Ava mich wirklich liebt, und das wird sie zwangsläufig irgendwann, könnte ich ihr alles erzählen. Doch von ihrer Seite aus gibt es in diesem Falle nur eine Reaktion: Sie wird sich von mir aufs Höchste ausgenutzt fühlen, was ja den Tatsachen entspricht. Sie wird mich verabscheuen, mich als die widerliche Kreatur entlarven, die ich inzwischen nicht sein will. Wenn sie mich anschließend zum Teufel jagt, bekomme ich nichts aus ihr heraus. Obendrein könnte sie meine neue Identität auffliegen lassen und dann wäre alles verloren. Ich muss mich an meinem ursprünglichen Plan halten und darf mich nicht auf Risiken einlassen, die ich nicht kontrollieren kann. Ich verdränge den üblen Gedanken und konzentriere mich stattdessen auf die Gegenwart und das bezaubernde Wesen an meiner Seite.

Ava läuft vor mir aus dem *Othello* und ich kann es kaum abwarten mit ihr allein zu sein. Morgen wird ein weiterer Meilenstein in unserer Beziehung sein und der Maskenball kommt mir sehr gelegen. Die Erfahrung wird nicht nur ihre devote Natur festigen, sondern auch ihre Bindung zu mir. Aber für heute Abend habe ich nur Entspannung vorgesehen, denn die Kleine ist wirklich müde und dieser Zustand ist für eine Session gefährlich. Gemeinerweise werde ich sie noch etwas im Ungewissen lassen.

Vor der Tür lege ich einen Arm um ihre Schultern, da sie fröstelt. Es ist ein kalter Abend und die Nässe sowie der Wind kriechen in die Kleidung. Ich möchte nicht, dass sie friert. Wir hasten zu meinem Wagen und ich drehe den Regler der Heizung auf, sobald ich losgefahren bin.

Vierzig Minuten später stehen wir in meinem Wohnzimmer. Ava ist blass vor Erschöpfung.

„Ich gehe jetzt duschen und du kommst mit, Caramella." Sie mag es wirklich, wenn ich ihr sage, was sie tun soll, solange ich es nicht übertreibe. Allerdings wäre ich kein fieser Master, wenn ich nicht genau das ausreizen würde, jedoch nicht heute. Morgen wird es dagegen für sie nicht so einfach laufen. Eng umschlungen gehen wir die Treppe hoch, und ich lasse es mir nicht nehmen, sie im Schlafzimmer auszuziehen. Sie seufzt erleichtert auf, als ich den schwarzen BH öffne und ihn ihr von den Schultern streife. „Besser?"

„Ja. Sehr viel besser."

Ich ziehe ihr noch das Höschen aus und jetzt steht sie nackt vor mir, etwas unsicher. Ich muss zugeben, dass ich das an ihr mag, besonders weil ich weiß, dass sobald ich sie berühre, sie ihre angeblichen Makel vergisst und sich mir hingibt, ohne das Geringste zurückzuhalten.

„Darf ich dich ausziehen, Master?"

„Sloan, für heute habe ich nur deine Verführung vorgesehen. Du brauchst deine Kräfte sowie einen unversehrten Po für morgen Abend. Da wird es rauer und ungewohnter für dich zugehen."

Ihre geweiteten Pupillen sind ein deutliches Indiz, dass das Gesagte sie keinesfalls kalt lässt.

„Du bist ein Monster, Sloan. Mich derart im Zweifel zu lassen."

„Vorsichtig, meine Kleine. Ich vergesse nie einen Frevel und Monster …" Ich beuge mich zu ihr herab, um sie leicht auf die Lippen zu küssen. „… sollte man lieber nicht herausfordern."

„Runter mit den Klamotten, fluffiges Ungeheuer." Sie lächelt mich zuckersüß an. Anscheinend liebt sie das Spiel mit dem Monster, obwohl sie nicht weiß, wozu es wirklich fähig ist. Zuerst zieht sie mir das Jackett aus, wirft es aufs Bett und öffnet anschließend den Knopf und den Reißverschluss meiner Hose. Ich kicke mir die Schuhe von den Füßen, froh, dass sie keine Schnürsenkel haben. Sie geht vor mir auf die Knie, um sie mir gemeinsam mit dem Slip von den Hüften zu zerren. Meinen Schwanz kann ich nicht kontrollieren, erst recht nicht, weil Ava diese Position vor mir eingenommen hat. Das kleine Biest küsste mich neckisch auf beide Oberschenkel, ehe sie sich hochrappelt. „Noch nicht, mein Gebieter", wispert sie mit einer Stimme, die sich zugleich unschuldig und verrucht anhört. Ich lasse ihr alles durchgehen, denn heute Nacht bin ich nur der Mann, nur Sloan, weder der Master noch der Arsch, der durch Rachegedanken zerfressen ist. Ihr Lächeln ist zum Dahinschmelzen und äußerst ansteckend.

„Du bist höchst zufrieden mit dir, Caramella."

Sie nestelt an den Knöpfen meines Hemdes herum und ihr Lächeln wird zu einem breiten Grinsen. „Wie könnte ich das auch nicht? Ich packe dich gerade wie ein Geschenk aus und es ist das heißeste, was ich jemals bekommen habe.

Weißt du eigentlich, wie sexy du bist? Dass ich dir nicht widerstehen kann, du schlimme, schlimme Dinge mit mir anstellen kannst, nur weil du Du bist? Ich verzehre mich nach dir, Sloan. Auf diese Weise habe ich vor dir noch nie empfunden. Sex war schön, aber eben nur das.“ Sie ist beim letzten Knopf angekommen und sie streift mir das Hemd vom Körper. Sie legt beide Hände flach auf meinem Brustkorb und folgt mit ihnen den Linien meines Oberkörpers, als wollte sie sich seine Beschaffenheit für immer einprägen. Ihre Berührung ist unglaublich sanft, ebenso sanft, wie es ihr Wesen ist. Es kitzelt und ich fasse nach ihren Handgelenken, um sie festzuhalten, ehe meine Lippen auf ihre krachen und ich sie genauso wild küsse, wie ich es schon die ganze Zeit tun wollte. Sie öffnet ihren Mund, empfängt meine Zunge und wir verlieren uns in dem Kuss. Ich kann nicht anders, als mit einer Hand in ihr Haar zu greifen, ihren Kopf in den Nacken zu ziehen und sie zu halten, jedoch ohne ihr wehzutun. Ihre fülligen Brüste pressen gegen mich und ich muss ihren Arsch fühlen, umfasse eine Backe und knete sie. Ich wäre kein Mann, wenn mich das nicht anmachen würde. Die Gier auf sie jagt zuckend in meinen Schwanz und ich kann nicht anders, als mich an ihr zu reiben, während ich sie schmecke, sie spüre und rieche. Sie duftet wie eine reife süße Frucht, in die ich hineinbeißen will.

Ich löse mich von ihr und sie atmet ebenso schnell wie ich. Ihre Wangen sind nicht mehr bleich, sondern gerötet und ich weiß, dass sie nass für mich ist. Auf der Stelle könnte ich sie ficken, doch ich will nicht, dass es schon vorbei ist. Sie macht ein verflucht niedliches Geräusch, als ich sie hochhebe und mit ihr ins Badezimmer gehe, wo ich sie im Duschbereich abstelle. Mit einer Hand stelle ich das Wasser an, warte die paar Sekunden, bis es warm ist, und schiebe sie unter den großen Duschkopf. Eng aneinandergepresst stehen wir unter dem Wasser und ich kann ihren Herzschlag spüren. Sie ist so lebendig, so herrlich, so weich und feminin.

All das, was ich nicht bin. Sie ist für mich wie ein lang anhaltender Sommerregen nach Wochen der Dürre. Zuerst ist meine Oberfläche zu hart und ausgetrocknet, um die Flüssigkeit zu absorbieren. Allmählich erst sickert sie in mein Inneres. Warum nur fühle ich so? Wieso schaffe ich es nicht, mein Bewusstsein vor ihr zu versiegeln, damit nicht ein einziger Tropfen hineingelangen kann? Stattdessen tränkt sie mich und ich blühe auf. Doch all das verdiene ich nicht und es ist auch nicht vorgesehen. Ich habe über meine Rache hinaus nur Schwärze für mich gesehen und diese wird noch viel undurchdringlicher sein, wenn Ava erkennt, dass ich sie nur benutze. Dabei habe ich gedacht, dass ich bereits in einer luftdichten Finsternis dahinvegetiere, die kein Leben zulässt.

Du bist ein Narr, Sloan Barker!

Sie ist es, die sich zuerst von mir löst, nach der Seife greift und anfängt mich zu waschen. Ava beginnt oben und arbeitet sich sehr systematisch nach unten vor. Allerdings berührt sie nicht mein Geschlecht, nimmt sich jedoch Zeit, um meinen Arsch gründlich zu waschen.

„Kann es sein, dass du meinen Hintern magst?"

„Mhhmmm." Und dann umfassen ihre seifigen Hände meinen Schwanz und ich kann es nicht verhindern, dass ich keuche und stöhne. Viel zu sanft sind ihre Berührungen und sie ist noch zärtlicher zu meinen Hoden. Ich kann das nicht aushalten!

„Ava", knurre ich, was ihr ein Kichern entlockt. Sie weiß genau, dass ich nicht über sie herfallen will.

„Vielleicht sollte ich dich auch mal fesseln, um dich lustvoll zu quälen."

„Das wird nicht passieren, Caramella. Und wenn du so weitermachst, fixiere ich dich gleich ans Bett und quäle dich."

„Wirklich?", sagt sie dermaßen hoffnungsvoll, dass ich nicht anders kann, als zu lachen - befreit und glücklich. Ich spüle den Schaum von meinen empfindlichen Teilen und schnappe mir anschließend die Seife, die ich extra für sie gekauft habe. Sie riecht nach Flieder, Frühling und Ava.

Ich wasche sie gründlich und effizient, bringe all die Punkte an ihr zum Prickeln, bei denen es darauf ankommt, bis sie sich unter meinen Berührungen rekelt. Nachdem wir beide sauber und seifenfrei sind, stelle ich das Wasser aus, trockne sie ab und befehle ihr, sich mit gespreizten Beinen aufs Bett zu legen. Das geile Luder tut es augenblicklich. Sie schämt sich nicht mehr und will nur eins: dass ich sie ficke und sie einen Orgasmus bekommt. In Windeseile trockne ich mich im Türrahmen stehend ab und rubbele mir das Haar trocken. Ich positioniere mich an das Fußende des Bettes und erlaube mir ein paar Momente, um sie zu betrachten. Meine Augen bestätigen mir, was ich ohnehin gewusst habe. Sie ist nass für mich. Ihre Schamlippen sind ebenso geschwollen wie ihr Kitzler. Ihre rosigen Nippel sind erigiert und ihr Blick …

Nackte Gier schlägt mir entgegen. Ihr Brustkorb hebt und senkt sich unter ihren Atemzügen, die sich beschleunigen, sobald ich mich auf die Matratze knie, mich zu ihr runterbeuge, um hart an ihren Brustwarzen zu saugen. Das Gefühl der festen, prallen Nippel zwischen meinen Lippen, jagt auf direktem Weg pochend in meinen Schwanz.

„Bitte, Sloan. Bitte." Sie versucht sich an mir zu reiben, mich dazu zu bringen, sie auf der Stelle zu ficken. Stattdessen fasse ich ihr zwischen die Beine, benetze meine Fingerkuppen mit ihrer cremigen Nässe und massiere ihre Klit, auf eine Weise, der sie nichts entgegensetzen kann. Ich spiele nicht mir ihr herum, sie soll ihren Höhepunkt schnell erlangen, eine Annehmlichkeit, die ich ihr heute schenke, morgen Abend auf dem Ball wird das anders sein. Doch sie ahnt von all dem nichts, während sie unter mir zuckt und ich anschließend in sie eindringe, sie halte, küsse, berühre und nehme, ich zärtlich und liebevoll zu ihr bin. Ich rede mir ein, dass ich es nur tue, um meinen Plan zu verfolgen, mein Ziel zu erreichen. Ich will den eigenen Lügen glauben, aber es misslingt mir auf ganzer Linie.

Sie bäumt sich unter mir auf, umfasst meine Schultern und ich nehme sie, nicht nur mit meinem Körper, sondern auch mit meiner Seele. Langsam und tief sind meine Stöße und sie sieht mir in die Augen, mit diesen blaugrünen Abgründen, in denen ich mich nicht nur verlieren kann, es ist bereits geschehen.

Shit!

Sie lächelt, als sie merkt, dass ich komme und ich lasse mich fallen, in die warme Weichheit ihres Körpers, in das Vergessen, das ich in ihren Armen erfahre. Pure, herrliche Lust strömt durch meine Nervenbahnen, ausgehend von meinem Schwanz und mein Orgasmus trägt mich fort, direkt zu ihr. Zu Ava, genau, wie es nicht sein sollte.

Ermattet und gesättigt bleibe ich auf ihr liegen und es scheint ihr nichts auszumachen, dass ich sie beinahe zerquetsche. Ich umfasse ihr Gesicht und bin mir bewusst, wie zerbrechlich das wundervolle Wesen ist, dessen Schicksal ich in meinen Händen halte.

Vergiss deine Rache, flüstert mir eine Stimme zu. Doch ich ignoriere sie.

Wenig später schläft Ava an mich gekuschelt ein. Ich dagegen liege noch lange wach, weiß zum ersten Mal seit Ewigkeiten nicht mehr, wer ich bin, was ich will und wohin ich renne. Ava zwingt mich dazu innezuhalten, den Sprint zu unterbrechen. Mir dreht sich der Magen um, angesichts dessen, was ich bereit bin zu tun.

„Sloan“, murmelt sie und bohrt mir ihr Knie in die Seite. Wie kann man nur so eingerollt schlafen? Es passt zu ihr.

Endlich hören meine rasenden Gedanken auf und ich drifte in den Schlaf.

Kapitel 16

Sloan steht mit einer Tasse Kaffee neben dem Bett und sieht auf mich herab. Mir ist warm, nicht nur äußerlich, sondern vor allem innerlich, als würde seine Anwesenheit mich mit der kuschligsten Decke umhüllen. Dass er mich gestern so liebevoll umsorgt und unglaublich zärtlich geliebt hat, wirkt noch immer in mir nach. Ich fühle das Glück, das mich durchströmt, sich den Weg nach außen bahnt, bis alles in mir irgendwie auf eine angenehme Weise außer Kontrolle gerät. Man kann Glück jedoch nicht nur fühlen, man kann es sogar sehen. Für mich ist es Sloan Barker, der in seiner Trainingspants umwerfend aussieht. Sie sitzen tief auf seinen Hüften und wecken in mir den Wunsch, ihm die Hose vom Körper zu reißen. Anscheinend sieht er mir das an, denn seine Mundwinkel verziehen sich zu diesem Lächeln, das nur er beherrscht. Oder vielleicht hat es ausschließlich auf mich diese Wirkung, als ob der Boden unter mir schwankt und mir die sprichwörtlichen Schmetterlinge durch den Magen hüpfen.

„Möchtest du mich zum Frühstück mampfen, Caramella?“ Er setzt sich auf den Bettrand und reicht mir die Tasse. Er hat mir einen Milchkaffee gemacht, der mit Kakao bestäubt ist, genau, wie ich ihn am liebsten mag.

„Irgendwie bist du mir unheimlich, Sloan.“ Ich trinke einen Schluck und versuche mich nicht von ihm verunsichern zu lassen. „Du tust immer das Richtige, sodass ich dir verfallen muss.“

„Du kannst heute Abend austesten, wie weit du mir verfallen bist. Wir gehen auf einen Masken- und Kostümball der *Wild Card Society.*“

Sein Tonfall sagt eindeutig aus, dass wir dort hingehen, ob ich es will oder nicht.

„Nach Ausflüchten brauchst du nicht zu suchen. Du hast sowohl was zum Anziehen als auch die richtige Begleitung." Er streichelt mir mit dem Handrücken über die Wange. Nur er schafft es, dass eine Berührung zugleich schrecklich zärtlich aber auch schrecklich dominant wirkt.

„Ein Maskenball! Kostüme!", quietsche ich mehr, als das ich es sage. Davon habe ich schon immer geträumt und die Vorstellung in dem edlen Anwesen der Society in Sloans Armen in einem Ballsaal über das Parkett zu schweben befreit die Schmetterlinge, sodass sie mit ihren Flügeln überall meine Haut kitzeln.

„Ich warte auf dich im Wohnzimmer. Wir brunchen ausgiebig und ruhen uns anschließend für den Ball aus."

Für den Ball ausruhen? Was, wenn es kein normaler Maskenball ist? Ich außer der Maske splitterfasernackt bin?

Sloan zieht seine Augenbrauen hoch, schüttelt den Kopf und steht auf. „Du bist so niedlich, weißt du das, Ava?" Er steht auf, holt sich ein Shirt aus dem Schrank, streift es über und verlässt das Schlafzimmer. Schwarz ist eindeutig seine Farbe, aber das weiße enge T-Shirt ist wie für ihn gemacht. Als ich mich am Mittwoch endgültig entschieden habe, dass ich das Wochenende und am besten auch die Zukunft mit ihm verbringen will, hat er am Donnerstag einen Koffer mit Kleidung bei mir abgeholt, die erst mal bei ihm bleiben können.

Eine Stunde später sitzen wir aneinandergekuschelt auf der Couch und schauen *The Big Bang Theory*, wobei ich zugeben muss, dass ich mich nicht auf Sheldon Cooper und seine Freunde konzentrieren kann. Ich möchte nicht lachen, ich möchte schreien, weinen und mit meinem Stolz kämpfen, während mein Master Dinge von mir verlangt, die er mir abringen muss.

„Ava!" Sein Tonfall ist überaus gebietend und ich erstarre förmlich neben ihm. Er nimmt die Fernbedienung und drückt auf die Pausetaste.

Schluck!

„Wenn du nicht mit diesem Herumgerutsche aufhörst, weil du es nicht erwarten kannst über meinen Knien zu landen, werde ich dir deinen Wunsch auf eine Weise erfüllen, die dir allerdings nicht gefallen wird. Das verspreche ich dir.“ Er sieht mich an und das, was ich in seinen Augen erkenne, lässt mich förmlich nach Luft schnappen. Da brennt eine Wildheit in seinen Iriden, die ich jetzt zum ersten Mal bemerke.

„Es …“

„Sei still. Das ist besser für dich.“

Meine Nackenhaare stellen sich auf und ich möchte am liebsten wie eine Schnappschildkröte um mich beißen. Ich bohre mir meine Fingernägel in die Handflächen. Die Schmetterlinge haben Platz gemacht für etwas, das wie Säure auf meiner Haut brennt, mir über die Kopfhaut schabt, sodass ich aufspringen und die nächstbeste Tür laut hinter mir zuzuknallen möchte.

Möchtest du leibhaftig erfahren, was er dir in diesem Fall antut?

„An deiner Stelle würde ich das Schmollgesicht zurück in die Schublade packen und deinen kleinen Aufstand gleich dazu.“ Er besitzt tatsächlich den Nerv, mir mit dem Daumen über die Unterlippe zu streichen. Automatisch öffne ich den Mund. Er berührt meine Zunge und ich schließe meine Lippen, sauge an seinem Daumen und ich weiß nicht warum ich ihn nicht meine Zähne spüren lassen. Vielleicht ist mein Verstand doch nicht ganz außer Kraft gesetzt. Zu allem Überfluss bin ich nicht nur ein wenig erregt, sondern sehr. Das spüre ich nicht nur in meinem pochenden Geschlecht.

„Falls du dich heute Abend so aufführst, Caramella, gibt es keine Warnung von mir. Du wirst dich in einem besonderen Raum, über meinem Schoß wiederfinden, und dort tue ich dir Dinge an, die du dir momentan nicht vorstellen kannst. Vor Publikum. Nicke, wenn du mich verstanden hast.“

Anstatt, dass angesichts seiner Worte, das kalte Entsetzen in mir ausbricht, ist es heiße Lust.

„Ah, Ava. Mir scheint, du hast ein paar Seiten in dir, die ich noch erforschen muss. Es wird mir ein Vergnügen sein. Und jetzt knie dich vor mich und beweise mir mit deinem Mund, dass dein kleiner Aufstand dir so richtig leidtut."

Ich sollte ihn zur Hölle wünschen! Das tue ich zwar, doch ich folge ihm auf dem Fuß in den glühenden Schuppen. Ich sinke vor ihm auf die Knie und kann nicht glauben, wie sehr es mir gefällt, mich mit meinem Stolz auseinanderzusetzen. Eigentlich müsste ich mich gedemütigt fühlen, stattdessen macht Sloans Handlungsweise mich an. Das Gegenteil zu behaupten, wäre eine schamlose Lüge. Und wie er mich ansieht, mit dieser arroganten Überlegenheit! Ich befürchte, das wird nie seine Wirkung bei mir verlieren. Er hebt die Hüften an, damit ich ihm die Pants herunterstreifen kann. Nicht nur ich bin erregt. Sein Schwanz ist steif und der Anblick macht mich stolz. Denn er ist wegen mir so heiß und geschwollen. Dieser Stolz ist ein positiver und ich spüre, wie er mich mit Wärme erfasst. Das T-Shirt zieht er sich selbst aus.

„Zieh sie mir ganz aus." Seine Stimme ist rau, ein weiteres Indiz, wie heiß er auf mich ist. Sein Schambereich ist rasiert, im Gegensatz zu seinen Beinen, seiner Brust und seinen Armen. Ich mag das, liebe es, wie maskulin es ist und obendrein perfekt zu ihm passt. Ein dunkler Krieger, der zurzeit mir allein gehört.

♠♣♥♦

Dass, was gerade zwischen uns passiert, ist ein zusätzlicher Baustein in meinem Plan. Kann ich sie dazu bringen, sich mir zu unterwerfen, obwohl sie mich vor ein paar Minuten noch angesehen hat, als wollte sie mir ein Stück aus dem

Arsch beißen? Es anschließend genüsslich zerkauen, nur um es mir inbrünstig in die Visage zu spucken?

Wie weit ist sie bereit zu gehen, in diesem Spiel der Dominanz und Hingabe? Kann sie mit ihrem Stolz umgehen, der sie dazu bringen könnte, mich als ihren Feind anzusehen? Ava schafft den Test mit Bravour, weil sie mir längst verfallen ist. Sie möchte mich zufriedenstellen, da nicht nur ihre devote Natur sich danach sehnt, sondern auch, da sie mich instinktiv liebt. Ich möchte sie nicht brechen. Das wollte ich nie. Das erkenne ich glasklar und gebe es endlich zu.

Sie zerrt mir die Hose über die Füße und bleibt dann ein paar Augenblicke ganz still. Ava trifft meinen Blick und ich sollte mich dem Sog widersetzen, widerstehen, zurückschrecken. Doch ich tue all das nicht. Stattdessen lasse ich mich verschlingen. Sie legt ihre kleinen Hände auf meine Oberschenkel und der Kontrast ist atemberaubend. Ihre Haut ist hell, samtig und makellos, ihre Finger schmal und zerbrechlich. Sie liegen auf meinen harten Beinen und sie streichelt mit den Daumen über das Haar, als liebte sie die Textur, wie es sich anfühlt.

Dann beugt sie sich über meinen Schoß und ihre weichen Lippen umschließen meine Eichel. Ihr feuchter saugender Mund ist mein Untergang. Ich kann nicht anders, als in die seidige Masse ihres Haars zu greifen, es in meiner Hand zusammenzuführen, sodass es wie ein Seil ist. Es verbindet mich mit ihr, auf mehr als nur eine körperliche Weise. Mein Griff ist ein emotionales Band, der sowohl ihren, als auch meinen Stand in unserem Arrangement bestätigt. Ein Arrangement, das viel tiefer reicht und Avas unschuldige Vorstellungskraft sprengt. Sie schließt die Augen und ich lasse sie. Ich allerdings überlasse mich dem visuellen Reiz, beobachte sie, wie sie den Kopf hebt und senkt, während ihr warmer Mund Dinge mit meinem Schwanz macht, die meinen Verstand leer fegen, sodass ich nur noch spüre. Sie führt genau den richtigen Druck aus, bewegt sich nicht zu hastig und will den Blowjob nicht nur hinter sich bringen, sie will ihn ebenso auskosten, wie ich es tue.

Inzwischen umfasst sie mit einer Hand meinen Schwanz, löst für einen Moment ihre Lippen und leckt mit rauer Zunge meine Eichel, baut damit das Pochen in meinen Hoden weiter auf.

Das ist nicht zum Aushalten!

Und dann saugt sie fest an meiner Eichel. Der Reiz ist beinahe schmerzhaft und doch will ich nicht, dass sie damit aufhört. Das Pochen verwandelt sich in ein Ziehen und breitet sich in mir aus. Das Gefühl ist nicht nur physisch, sondern überschwemmt meinen Körper mit Glückshormonen, die auch meinen Verstand erreichen. Sie leckt an meiner Härte entlang, massiert mich gleichzeitig mit ihrer Hand, ehe sie meinen Schwanz erneut in den Mund nimmt.

Mittlerweile bin ich überempfindlich, habe das Gefühl zu zerbersten, wenn sie mich nicht bald erlöst. Zur selben Zeit will ich, dass dieses fordernde Pulsieren nie aufhört. Sie braucht nicht zu erraten, wie es mir ergeht, denn längst stöhne und keuche ich lauthals, während sich mein Körper anspannt, nach der Erlösung giert, die sie mir endlich gewährt.

Ich spritze in ihren Mund und sie lutscht mich weiter, bis die Gier abebbt. Dann sieht sie zu mir hoch, mit dieser ihr eigenen Schüchternheit, und das nachdem, was sie gerade getan hat.

„Du bist ein Engel und eine Dirne, Ava. Eine brisante Mischung."

Sie küsst mich auf die Eichel und richtet sich auf, sitzt wie die verführerischste Statue vor mir, die ich je gesehen habe und ich weiß, dass sie anfängt, ihre Instinkte, die sie mir gegenüber verspürt, bis ins kleinste Detail zu realisieren. Sie erkennt, dass sie nicht dabei ist, sich in mich zu verlieben, sondern dass es längst geschehen ist und dass die Verliebtheit in Liebe übergegangen ist. Das Wissen macht ihr eine

Heidenangst. Manchmal sollte man besser auf seine inneren Stimmen hören, Baby.

♠♣♥♦

Mir schlägt das Herz vor Aufregung bis zum Hals, etwas, das in dem Korsett nicht ratsam ist. Ich schaue an mir herunter und starre direkt auf meine Brüste, die mir unglaublich prall und groß erscheinen, was allerdings kein Wunder ist. Der kupferfarbene Stoff schiebt sie nach oben und die schwarzen Samtschleifen lenken den Blick nicht ab. Um den Hals trage ich ein Schmuckhalsband, das mich davor bewahrt, als freie *Wild Card* angesehen zu werden. Es ist ein schlichtes schwarzes Samthalsband mit einem eingefassten silbernen Ring, passend zu den Schleifen, die an den vorderen Versteifungen des Korsetts genäht sind. Sollte ein Mann mich berühren wollen, bedarf das der Einwilligung von Sloan, nicht meiner. Ich darf nicht darüber nachdenken, dass Sloan einem fremden Mann erlauben könnte, mich anzufassen, mich intim zu berühren.

Hör sofort auf damit! Sloan wird nicht zulassen, dass dir etwas geschieht, was du wirklich verabscheust.

Außer dem Korsett trage ich eine spitzenbesetzte knielange schwarze Hose, die – ich möchte augenblicklich sterben – eine Aussparung im Schritt hat. Wenigstens ist sie nicht eng. Solange ich meine Oberschenkel zusammenpresse, sieht man es nicht. Das hoffe ich zumindest. Meine Füße zieren Sandalen. Sloan hat mich gebeten, meine Haare hochzustecken und ich habe ihm den Wunsch gerne erfüllt. An den Seiten habe ich ein paar Strähnen herausgezupft, die mein Gesicht umspielen. Ich habe mich selbst kaum wiedererkannt, sobald ich mich in dem Outfit im Spiegel gesehen habe. Ich sehe wirklich heiß aus, wie jemand, der gevögelt werden möchte. Auf meiner Nase sitzt eine schwarze verschnörkelte Maske, die zudem durch ein Band auf meinem Hinterkopf gehalten wird. Meine Lippen sind blutrot geschminkt.

Allerdings darf ich nicht daran denken, was Sloan mir angedroht hat, als ich mich geweigert habe, die Hose anzuziehen.

„Entweder das oder nur das Halsband und die Maske. Ich habe kein Problem damit, dich gefesselt zum Ball zu schleppen, in deiner uneingeschränkten entblößten Schönheit." Und wie er mich dabei seziert hat, mit purem Hunger, sodass meiner Fantasie kein Raum blieb, um irgendwas hineinzuinterpretieren. Die Vorstellung, genau das mit mir zu machen, gefällt meinem Master mehr als gesund für mich ist.

Sloan trägt einen schwarzen Smoking, den er mit seiner ganz eigenen Arroganz zur Schau trägt. Auch er hat eine schwarze Maske auf, die bei ihm irgendwie diabolisch wirkt, auf eine subtile Weise unterstreicht, zu welcher Spezies er gehört. Es ist kein gezähmter Wallach, sondern ein Hengst, der die Stute mit einem Biss in den Nacken zum Gehorsam zwingt. Umso härter er dabei seine Zähne in das Fleisch schlägt, desto mehr erblüht das Animalische in ihm. Bin ich wirklich in der Lage, damit auf Dauer umzugehen? Ich weiß es nicht.

Die kühle Nachtluft legt sich besänftigend auf meinen überhitzten Zustand. Ich klammere mich so fest an Sloans Hand, dass es mich wundert, dass er nicht aufschreit, während wir über den ausgerollten Teppich laufen, der auf den Eingang der Society zuführt. Unzählige Fackeln erhellen den Bereich. Ich erkenne Jim, der ein Teil der Security ist. Sloan hat mich daran erinnert, dass ich die Männer nur mit Sir und Sie ansprechen darf, und das auch erst, nachdem sie zuerst etwas sagen. Natürlich geht das konträr mit der modernen Frau, die ich bin, doch es ist ja ein Spiel, ein aufregender Ball und daher machen die Regeln Sinn, die jedes Spiel braucht, auch, dass die Hierarchien eindeutig festgelegt sind.

„Guten Abend, Sloan. Ava." Jim sieht mir kurz nichtsdestoweniger durchdringend in die Augen. Der Blick eines Masters. Es verunsichert mich zwar, verursacht aber bei Weitem nicht den Effekt den Sloan auf mich ausübt, wenn er das macht. Es fehlt das Prickeln, das Schmetterlingsgefühl, all das, was mich zu Sloan zieht, mit einer Gewalt, die für mich unwiderstehlich ist.

„Guten Abend, Jim", sagt Sloan.

Jetzt bin ich auf einmal eingeschüchtert und weiß nicht, ob ich Jim auch begrüßen darf. Es fühlt sich falsch und unhöflich an, es zu unterlassen. Aber ich will Sloan nicht blamieren, ihn zwingen, dass er mich bestrafen muss, nur weil ich zu blöd bin, seine Order richtig zu interpretieren. Eine Züchtigung aus diesem Grund erscheint mir demütigend und keinesfalls stimulierend. Ich gehöre nicht hierher und vielleicht sollte ich Sloan bitten, mich nach Hause zu bringen, mich zu vergessen und sich lieber eine Sub zu suchen, die viel besser zu ihm passt.

„Caramella", sagt er in diesem Moment, so unglaublich verständnisvoll, als könnte er meine Gedanken lesen. Er zieht mich etwas zur Seite und stellt sich vor mich. „Deine Hand ist gerade eiskalt geworden und du hast panisch nach Luft geschnappt. Sag mir, was du genau jetzt fühlst."

„Ich fühle mich heillos überfordert, und obwohl du mir alles erklärt hast, wusste ich nicht, ob ich Jim begrüßen darf. Er hat mich zwar angesprochen …"

„Ava! Es tut mir leid. Das war mein Fehler. Der Kodex der Society gilt nicht für die Security oder sonstiges Personal. Jim ist gewiss ein Master und du tust gut dran, ihm den nötigen Respekt zu zollen. Begrüßen darfst du ihn selbstverständlich. Lieber nicht mit: Hey, Alter, aber ansonsten …" Er umfasst meine Schultern, fürsorglich und besitzergreifend. „Dir wird niemand den Kopf abreißen. Denk dran, ich bestimme über dich und kein fremder Master."

„Und wenn ich etwas falsch mache? Weil ich es nicht besser weiß?“

„Dann ist das meine Schuld, nicht deine. Sei einfach du selbst. Wir sind gemeinsam hier, um den Maskenball zu genießen und außerdem in weitere deiner Fantasien hineinzuschnuppern. Als Paar, Ava, nicht als Gegner.“ Er wartet mit der ihm eigenen Ruhe, bis ich mehrere Atemzüge nehme. „Bereit?“

„Ja.“ Ich weiß zwar nicht, ob das stimmt, doch wenn ich mich nicht traue, finde ich es nie heraus. No risk, no fun. Wenn der Spruch nicht hierher passt, wohin sonst?

Diesmal umfasst er meinen Nacken. „Falls du nichts sagen darfst, verstärke ich den Druck meiner Finger. Etwa so.“ Er tut es. „Okay?“

„Ja, Master. Danke.“ Ich kann im Moment sein Gesicht nicht sehen, trotzdem weiß ich, dass er lächelt.

Wir treten erneut an Jim heran, der seine Begrüßung wiederholt, allerdings noch hinzufügt: „Darf ich, Sloan?“

„Nur zu, mein Freund.“

Jim beugt sich zu mir herab, küsst mich auf die Wange und sein leichtes Verziehen der Mundwinkel, während er sich aufrichtet, zeigt mir deutlich, dass er meine Unsicherheit nicht als Makel erachtet.

„Guten Abend, Sir.“

Jim zwinkert mir tatsächlich zu. Meine Anspannung sinkt etwas, sodass ich nicht mehr das Gefühl habe in dem Korsett zu ersticken. Zudem rechne ich Jim hoch an, dass er es schafft, mir ausschließlich ins Gesicht zu sehen. Ich glaube, ich würde das selbst als Frau nicht schaffen.

Sloan schiebt mich weiter und dann stehen wir in dem Foyer der *Wild Card Society*. Ich weiß nicht, wohin ich zuerst starren soll. Ein Meer von weißen dicken Kerzen und Rosen liefert sich ein Duell mit den Gästen des Balls, die ich durch eine offene Flügeltür erkennen kann, die in den Ballsaal führt. Jetzt weiß ich, dass Sloan nicht gescherzt hat, als er damit gedroht hat, mich nackt hierher zu verschleppen. Einige der Frauen tragen tatsächlich lediglich eine Augenmaske und ein Halsband, andere nur Lederriemen, die auf kunstvolle Weise um ihre perfekten Körper geschlungen sind. Auf der Stelle fühle ich mich wie ein aufgeblasener Frosch mit extra gestutzten Beinen.

Und die Kostüme, quer durch die Fantasywelt und der Jahrhunderte! Von Avatar, bis ins römische Zeitalter, ist alles vertreten.

„Sloan." Ein athletischer Mann mit blonden kurzen Haaren tritt auf uns zu. „Ich freue mich, dass du unserer Einladung gefolgt bist." Er sieht mich auf die gleiche Weise an, wie Jim es getan hat.

„Darf ich dir Ava Silver vorstellen. Ava, Dash Forger."

Sloan hat mir erzählt, dass Dash Forger und Ray Cornwell, die Gründer der Society sind und dass für sie andere Regeln gelten. Sie sind die Einzigen, die mich ohne Genehmigung von Sloan berühren dürfen, jedoch nicht intim. Dash greift nach meiner Hand und haucht einen Kuss auf die Oberfläche. „Du siehst bezaubernd aus, Ava."

„Es ist mir eine Ehre, Sir."

Auch er trägt eine schwarze Maske, allerdings ist er wie ein Pirat gekleidet.

„Lass mich raten, Sloan." Dash wackelt mit den Augenbrauen. „James Bond?"

„Ist ein Klassiker und verliert nie seine Wirkung."

„Viel Vergnügen. Wir sehen uns später." Dash nickt uns zu und begrüßt anschließend weitere Gäste.

„Möchtest du was trinken, Ava? Etwas Alkoholisches?"

„Sehr gerne, ein dreifacher Scotch on the Rocks wäre nicht schlecht."

„Ich glaube, eher nicht. Aber wie wäre es mit einem Glas Sekt mit Mangosaft?"

Ich hoffe, dass die Gläser groß sind. Meine Nervosität schreit förmlich nach etwas, damit ich mich beruhige. Ich bemerke eine Gruppe von Frauen, die keine Halsbänder tragen und zu uns herübersehen. Sie sind wie Sklavinnen kostümiert und allesamt unglaublich schön. Ob eine oder vielleicht jede von ihnen eine *Wild Card* für Sloan gewesen ist? Ich kann nichts gegen die Eifersucht tun, die mich schon wieder anfällt. Wie Sloan wohl reagieren würde, wenn er eine Ansammlung meiner Exfreunde gegenübertreten müsste? Wahrscheinlich würden sie ihn nicht beeindrucken, denn sie können sich nicht mit ihm messen. Bei den Frauen und mir ist es umgekehrt.

Dennoch bin ich mit ihm hier und nicht sie.

„Sloan." Diesmal ist es ein dunkelhaariger Mann, der auf uns zutritt und wie ein Wikinger gekleidet ist. Er sieht mich nicht so an wie Jim oder Dash. Sein Blick ist unlesbar und ich wäre vor ihm einen Schritt zurückgewichen, jedoch hält Sloan mich an Ort und Stelle. Er drückt leicht meinen Nacken. „Ich freue mich, dich und deine entzückende Begleiterin auf unserem Ball zu begrüßen. Ava, willkommen im Anwesen der *Wild Card Society*."

„Ava, darf ich dir Ray Cornwell vorstellen?"

„Guten Abend, Sir."

Auch er greift nach meiner Hand, allerdings umfasst er sie nur. „Sie ist sehr nervös, Sloan. Hat sie einen Grund dazu? War sie vielleicht ungezogen?" Er nimmt weder seine Aufmerksamkeit von mir, noch lässt er mich los. Ich fühle mich, als würde er nicht nur mich testen, sondern ebenso Sloan.

„Bis jetzt hat sie sich keine Bestrafung verdient, Ray. Aber was noch nicht ist, kann sich schneller ändern, als es Ava lieb ist."

Die Worte meines Masters ängstigen mich nicht nur, sie erregen mich deutlich spürbar. Dabei habe ich bis vor ein paar Sekunden fest daran geglaubt, dass dies unter all den Menschen nicht geschehen könnte. Ray drückt meine Hand, ehe er sie loslässt, und lächelt mich an.

„Ich sehe, was Sloan an dir so besonders findet. Du bist wunderschön.“ Er nickt uns zu und verschwindet wie ein König in der Menge.

Wunderschön!

Ich starre auf ein Pärchen, das gerade an uns vorbeiläuft. Er zieht sie an einer Leine, die an ihrem Halsband befestigt ist, hinter sich her und ihr nackter Po ist mit richtig fies aussehenden Striemen übersät.

„Master, ich brauche jetzt wirklich mein Getränk. Bitte.“

„Dann komm.“ Er geleitet mich an den Tanzenden vorbei, bis wir durch eine weitere Flügeltür treten, die in einen Barbereich führt. Ein großzügiges Buffet ziert eine Wand des Raums. Sloan bemerkt, wie ich die Leckereien ansehe. „Wir essen später, Caramella.“ Wir bleiben vor dem Tresen der Bar stehen und ich fange an, den letzten Satz von ihm zu analysieren. Er gibt die Bestellung auf und er bestellt für sich ein Wasser.

Oh Gott! Später! Das bedeutet, dass er noch was mit mir vorhat, etwas, bei dem ein voller Magen nicht angebracht ist.

Der wirklich gut aussehende Kellner stellt die Getränke vor uns ab und er schafft es tatsächlich, mir nicht auf die Brüste zu schielen. Wahrscheinlich ist er abgestumpft oder übersättigt von all der nackten Haut, die hier zur Schau gestellt wird. Ich dagegen weiß nicht, wohin ich sehen soll. Aber ich vermeide direkten Augenkontakt mit den Mastern, es sei denn, sie tun es zuerst. Diese Verhaltensregel habe ich verinnerlicht.

Ich greife nach dem Glas und zwinge mich dazu, den Inhalt nicht in einem Schluck hinunterzustürzen. Sloan beobachtet genau, was ich tue. Er fühlt sich sichtlich wohl, im Gegensatz zu mir. Anscheinend törnt ihn meine Unsicherheit an. Oder er wartet nur darauf, dass er mich für irgendwas bestrafen kann. Sloan stellt sein leeres Glas zurück auf den Tresen und ich genieße die letzten Tropfen des herrlich kalten und fruchtigen Getränks. Am liebsten würde ich noch vier weitere davon in mich hineinschütten.

„Möchtest du tanzen, Ava?"

„Sehr gerne, Mr Bond. Es sei denn, dass du mich züchtigst, weil ich dir aus Versehen auf die Zehen trete."

„Der Gedanke, dass ich dir vor einem Publikum den entzückenden Arsch versohle, macht dich insgeheim an, Ava. Ist dem nicht so?"

Ich möchte nicht darauf antworten, will das Offensichtliche keinesfalls zugeben, da ich nicht einschätzen kann, was er damit macht. Doch die Frage zu ignorieren wäre fatal. Als wollte der Zufall mich verhöhnen, wirft ein paar Meter neben uns ein sehr angepisst aussehender Master seine bereits jetzt weinende Sub über den Tresen, zerrt ihr die Hotpants trotz ihrer Proteste herunter und versohlt ihr den Arsch.

Die Szene ist so intensiv, überraschend und auch heiß, dass ich spüre, wie ich nass werde, obwohl die Dunkelhaarige zwischen den Schluchzern um Gnade fleht, allerdings sagt sie nicht ihr Safeword, von daher weiß ich, dass sie es nicht nur akzeptiert, was ihr Master mit ihr macht, sondern es wahrscheinlich mag. Sloan ist ein paar Szenarien mit mir durchgegangen, damit ich bei einem derartigen Schauspiel nicht in Panik gerate. Den Blick davon loszureißen, fällt mir schwerer, als ich es mir eingestehen will. Die Szene ist in all ihrer Schrecklichkeit verflucht erregend. Selbst als ich nicht mehr hinsehe, verfolgt mich das Geräusch der Handfläche, die auf das nachgiebige Fleisch trifft. Und nicht nur das macht mich an! Auch die Hilflosigkeit und das Flehen der Frau.

„Ava!"

Shit! Ich habe ihm noch nicht geantwortet. „Ja, Master. Dennoch …"

Inzwischen steht Sloan hinter mir, presst mich mit einem Arm an seinen Körper. „… hast du Angst, dass ich dir antue, was Master Hendrik gerade mit seiner kleinen Sub macht. Sie steht sehr darauf. Du kannst mir glauben, dass sie trotz ihres Weinens glücklich ist. Vielleicht merkt sie es nicht sofort, aber im Laufe des Abends wird sie es.“ Und dann fasst er von vorne zwischen meine Beine und seine geschickten Finger finden genau das vor, was ich so gerne verbergen möchte.

„Na sieh mal einer an. Du magst es zuzusehen. Es macht dich geil.“

Der Kellner steht am anderen Ende der Theke und niemand kann sehen, dass Sloan mit einem Finger in mir drin ist und mit dem Daumen sanfte Kreise über meine Klit zieht. Das fühlt sich so verboten und unglaublich scharf an, dass ich nichts gegen die Gier machen kann, die mich von einer Sekunde zur nächsten vergessen lässt, dass ich nicht mit Sloan alleine bin. Mit einem letzten Rest von Selbstbeherrschung presse ich meine Schenkel aneinander, was mir einen Biss in den Nackenmuskel von meinem Master einbringt.

„Du bist kurz davor, das gleiche Schicksal wie Tamara zu erleiden. Verweigere mir nie wieder den Zugriff, Ava.“

Sein Tonfall ist eine glühende Warnung, die ich heiß auf meinen Wangen spüre. Ich spreize meine Beine für ihn, biete ihm mein beschämend nasses Geschlecht an. Für ein paar sinnlose Momente versuche ich mich innerlich gegen die Lust zu sperren. Aber mein Körper lässt mich im Stich. Es fühlt sich so gut an. Und doch ist es nicht genug. Sloan weiß genau, wie fest er mich stimulieren muss, um mich in eine Ekstase zu treiben, ohne mir die Erlösung zu gewähren.

„Wenn du kommst, Ava, bestrafe ich dich und mir ist es egal, wer dabei zusieht. Also streng dich an und gehorche mir.“ Und der Mistkerl reibt meine Lustperle härter.

„Bitte, Sloan, lass ab von mir. Ich kann …“

„Und ob du kannst. Du entscheidest nicht, was hier mit dir geschieht. Vielleicht brauchst du einen stärkeren Anreiz.“ Er dreht sich dem Raum zu und ich habe keine Chance gegen seine Kraft und muss die Bewegung mitmachen. Ich weiß, wie ich das auf der Stelle beenden könnte, sofern ich es wollte. Doch ich kann es nicht, will es nicht und tue es nicht. Ich schließe meine Augen, allerdings zu spät, um die drei Master auszublenden, die gerade in den Barbereich schlendern. Aber auch das stoppt nicht das Pochen meines Kitzlers, das ziehende Gefühl, das der Vorbote meiner Erfüllung ist. Stattdessen steigert es die köstliche Stimulation um ein Vielfaches. Starren sie mich an? Ich öffne die Lider und treffe auf der Stelle den Blick des Rothaarigen mit der blauen Maske, der wie seine Begleiter als römischer Soldat gekleidet ist. Das ist doch verboten! Augenkontakt ist ein Frevel!

Seine Aufmerksamkeit wirkt wie ein Brandbeschleuniger. Dabei stehe ich bereits in Flammen. Ich wünschte mir wirklich, dass ich Übung darin hätte, einen Orgasmus für mich zu behalten. Leider habe ich Erfahrung im Gegenteil. Einen Höhepunkt vorzutäuschen, ist bei den meisten Männern lächerlich einfach. Anders herum, dazu noch bei Sloan, unmöglich. So sehr ich meine Lippen aufeinanderpresse, ich kann weder das Stöhnen noch das Keuchen zurückhalten. Auch gegen das Zucken meiner Klit bin ich machtlos. Es ist wie ein psychedelischer Traum, bei dem Körper und Verstand getrennt werden. Ich stehe nicht wirklich in einem märchenhaften Anwesen, umrundet von männlichen Alphatieren, die mich als ihre hilflose Beute brandmarken. Nur Sloans Arme halten mich auf den Beinen und ich möchte vor Scham im Boden versinken und doch ist es eines der heißesten Erlebnisse in meinem Leben.

Mein Herzschlag wirft ein wummerndes Echo in meinem gesamten Körper und mir verschwimmt alles vor den Augen, bis ich Sloans Mund an meinem Ohr spüre. „Bist du gerade trotz meines Verbotes gekommen, Caramella?“

„Ich bin mir unsicher, Master.“

Die Römer blinken wie drei Eulen. Ich dagegen bin beinahe hysterisch und will in Sloan hineinkriechen, um der Aufmerksamkeit zu entgehen.

„Bist du dir das?“ Er akzentuiert jede Silbe und ich reagiere darauf, indem ich in wenigen Sekunden mehrere Klimazonen durchlaufe, die mit der Antarktis endet, anders kann ich mir die Gänsehaut nicht erklären, die über meinen Rücken rieselt.

Wenn er mich jetzt packt, mich über den Tresen wirft und mir den Arsch versohlt … In dieser Hinsicht bin ich mir ganz sicher: Das werde ich nicht überleben. Ich werde vor Demütigung vergehen.

Scheiße!

Die Römer spazieren auf uns zu und bleiben einen Meter vor uns stehen. Ich kann mich nicht aus Sloans Griff winden und ich vermute, dass es mir auch nicht gut bekommen würde, sollte ich mich wie eine Furie aufführen. Also verharre ich stocksteif, sofern man das so bezeichnen kann, wenn man wie Espenlaub zittert.

„Sloan, deine Sub ist bezaubernd und sehr unerfahren“, sagt der Rothaarige. Und dann lächelt er mich warm an.

Ich habe ihm, und tue es immer noch, ins Gesicht geschaut, aber anscheinend ist nicht jede Regel in Stein gemeißelt. Er und die anderen Römer sehen nicht ungehalten aus.

„Martin, das ist Ava. Und du hast recht, sie ist bezaubernd.“

„Mag sie denn auch Schmerz?“

Mein Zittern verwandelt sich in ein Beben, weil ich das Gefühl habe, in einer Falle zu sitzen, aus der es kein Entrinnen gibt.

„Ja, und einen heißen Arsch hat sie sich eigentlich verdient.“

„Das hat sie wohl. Vielleicht schenkst du uns ihren Anblick, während sie weinend über deinen Knien liegt.“

Sie reden über mich, als wäre ich eine Sklavin, eine Ware, mit der sie machen können, was immer sie auch wollen. Aber das Wissen, dass Sloan mich niemals respektlos behandeln würde, ist fest in meinem Verstand verankert. Er wird mir nichts antun, was mir wirklich schaden würde, weder physisch noch emotional.

Oder?

„Diese Option halte ich mir offen." Sloan zieht mich dichter an sich heran.

Die Römer nicken Sloan zu und machen sich hoffentlich auf die Suche nach einem neuen Opfer. Mein Master lockert seinen Griff, sodass ich mich umdrehen kann. Ich presse mein Gesicht an sein Hemd, was ihm ein Lachen entlockt. „Caramella, was soll ich nur mit dir machen?"

„Du hattest mir einen Tanz versprochen, Master, bevor du mich …"

„… äußerst glücklich gemacht hast?"

Erst jetzt traue ich mich ihn anzusehen. Ich bin erschüttert von der Wärme, die mir aus seinem Blick entgegenschlägt. Den Moment, mich von ihm zu distanzieren, habe ich verfehlt. Den Augenblick, mich nicht in ihn zu verlieben, habe ich verpasst. Die Sekunde, ihm nicht zu verfallen, habe ich übersehen. Und nun ist es zu spät für mich. Aber vielleicht schaffe ich es, ihn nicht zu lieben. Und dann küsst er mich zärtlich auf den Mund, und was immer auch ich mir vorgenommen habe, verflüchtigt sich wie fragile Mohnblumen in einem Sommersturm.

„Jason, wir hätten gerne zwei Gläser Mangosaft."

Die Frage, ob der Kellner meinen Orgasmus mitbekommen hat, stellt sich mir nicht, sobald ich in sein belustigtes Antlitz schaue. Er zwinkert mir zu und ich befürchte, dass mein Gesicht wie der Arsch eines Pavians leuchtet.

♠♣♥♦

Der Abend verläuft perfekt. Ava klammert sich noch immer an mich, sucht Schutz bei dem Raubtier, das ihr den Fluchtweg abgeschnitten hat, verfängt sich tiefer in dem Geflecht, das ich so sorgfältig ausgebreitet habe. Ich habe bemerkt, wie gierig Martin sie angesehen hat und ich weiß, dass es nicht nur Besitzerstolz ist, den ich empfinde. Ava gehört mir, mir allein. Das Chaos meiner Emotionen steht dem ihren nicht nach.

Sie schenkt mir ihr Vertrauen, und ich weiß, dass sie es insgeheim herbeisehnt, dass ich sie auf dem Ball bestrafe. Jedoch habe ich ein ganz anderes Szenario für sie vorgesehen. Ich warte, bis sie den Saft ausgetrunken hat, ehe ich ihr Kinn umfasse. „Du weißt, dass ich dich züchtigen muss?"

Ihre Pupillen weiten sich und sie leckt sich über die Unterlippe.

„Allerdings wäge ich die Art deiner Maßregelung noch ab. Aber mir wird sicherlich das Passende für dich einfallen. Doch zuerst bekommst du deinen versprochenen Tanz. Anschließend sehen wir uns ein bisschen um, und vielleicht ist etwas dabei, das meinen Vorstellungen für dich gerecht wird."

‚Ich bin mir unsicher!'

Die Erinnerung an den Satz und wie sie ihn gesagt hat, in diesem viel zu niedlichen Tonfall, tut Dinge mit meinem Herzen, die strikt verboten sind.

Ich nehme ihr das Glas ab und lege den Arm um sie, bemerke ihr entsetztes Keuchen, sobald sie den lebendigen Tisch bemerkt, an dem wir vorbeilaufen. Dass die Sub einen Schweif in ihrem entzückenden Arsch stecken hat, scheint Ava etwas zu beunruhigen.

„Ich nehme an, die Kostümierung als Pferd würde dir missfallen."

„Das wäre ein eindeutiges Rot."

„Dabei würdest du ein goldiges Pony abgeben. Obwohl so ein Schweif …" Ich lache dreckig. Jedoch stehe ich nicht auf Petplay. In der Hinsicht hat sie nichts zu befürchten. Allerdings behalte ich dieses Wissen für mich.

„Untersteh dich, Sloan, öhhm, ich meine Master."

„Keine Sorge, wenn ich dir das nächste Mal etwas in den Arsch stecke, dann wird es mein Schwanz sein. Sag mir dazu eine Farbe."

Ich weiß, dass Analsex auf ihrer verborgenen Wunschliste steht, die ihr selbst unbekannt ist.

„Hellblau", sagt sie mit einem frechen Unterton, den sie bald bereuen wird.

„Eine interessante Farbwahl, Caramella." Inzwischen haben wir die Tanzfläche erreicht und ich ziehe sie in meine Arme. Die langsame Melodie ist perfekt, denn einen Rocksong werde ich später mir ihr veranstalten, wenn wir beide allein und ungestört sind. Sie liegt in meinen Armen, als würde sie genau dort hingehören, als wären wir seit unzähligen Jahren ein Paar, das sich über alles liebt. Sie hat nur Augen für mich und ich kann mich auch nicht an ihr sattsehen. Ava ist glücklich, und wenn es so weit ist, werde ich sie nie wieder auf diese unbeschwerte Weise zu Gesicht bekommen. Mir ist, als würden sich mit Widerhaken versetzte Klingen in mein Inneres bohren. Sie lassen sich nicht entfernen, selbst dann nicht, wenn ich sie mit Gewalt rausziehen will, die Griffe drehe, an ihnen zerre.

Ava ist in meinem Herzen und es gibt absolut keine Behandlung, um mich von ihr zu kurieren. Sie ist so verflucht wunderschön und das liegt nicht nur an ihrem phänomenalen Dekolleté, ihren weiblichen Hüften und dem runden Po, der darum bettelt, meine Hand zu spüren oder dem Gesicht, das mir keine einzige ihrer Emotionen vorenthält. Sie ist Licht und ich bin der Schatten der ewigen Nacht. Ava lächelt mich an, während wir über die Tanzfläche schweben und sie ist bei mir, nur bei mir.

Ich will dieses Unbeschwerte weiter auskosten, und erst, als sie atemlos ist, verlasse ich mit ihr den Ballsaal. Nun ist es Zeit, ihr ein wenig mehr von der Welt der Dominanz und Hingabe zu zeigen. Sich in der Theorie ein lustvolles Szenario vorzustellen, hat selten etwas mit der Realität zu tun.

Dabei zuzusehen, wie eine Sub weinend und flehend Schmerzen erleidet, ist oft ein Schock, doch das Spanking in der Bar hat ihr gefallen. Nach einem Blick auf meine Armbanduhr weiß ich genau, wo ich mit Caramella hingehe. Vor ein paar Tagen hatte ich die Sklavenauktion im Sinn, die zu ihren Fantasien gehört, mich dann allerdings umentschieden. Martin und seine Freunde werden auch dort sein, wenn ich ihre römischen Kostüme in Betracht ziehe. Jedoch bleibe ich bei meinem ursprünglichen Plan. Ich durchquere mit ihr das Foyer, bringe sie in den Salon und setzte sie auf eines der Sofas.

„Warte hier auf mich, ich muss kurz auf die Toilette. Es dauert nicht lange." Ich küsse sie leicht auf die Lippen und spüre ihren Blick auf mir, als ich den Raum verlasse. Für sie beginnt in diesem Moment eine Fantasie, allerdings ist es diesmal meine und nicht ihre. Jedoch ahnt sie von alldem nicht. Ich lasse mir Zeit, ehe ich zurück in den Salon kehre, plaudere mit Dash, sodass sie ausreichend Gelegenheit hat, sich mit ihrer Umgebung zu beschäftigen. Erst dann schlendere ich Richtung der kleinen Sub, die keine Ahnung davon hat, was gleich mit ihr passieren wird. Von ihr unbemerkt bleibe ich im Türrahmen stehen, um sie zu betrachten. Ava sieht ein wenig verloren und unruhig aus, was auch kein Wunder ist, weil inzwischen zwanzig Minuten verstrichen sind, die ihr mit Sicherheit wie eine Ewigkeit vorkommen. In diesem Moment sieht sie mich und sie lächelt mich an, so unglaublich süß. Doch jetzt ist nicht der Augenblick für süß.

Zu ihrem Pech hat sie die beiden Gentlemen der Security nicht bemerkt, die sich ihr wie verabredet von hinten nähern und sie spielen ihre Rolle wirklich gut, wenn ich ihre wie in Stein gemeißelten Antlitze in Betracht ziehe. Ich kann mich auf Seth und Bill verlassen. Sie machen das nicht zum ersten Mal. Auch ich lege eine derartige Mimik auf und Ava reagiert auf der Stelle darauf. Ihr weicht das Blut aus den entzückenden Wangen. Ihr Versuch auf die Füße zu springen, wird von Seth vereitelt, der inzwischen direkt hinter der Couch steht. Er fasst sie an den Schultern und drückt sie zurück auf die Sitzfläche. Sie ist so überrascht, dass sie erschreckt aufschreit.

„Ist sie das, Sir?“, fragt Bill.

„Ich befürchte es“, sage ich mit einem theatralischen Seufzen.

„Sloan, was …?“

„Sie hat sich mit einer gefälschten Einladung Zutritt verschafft und sich eingeschlichen. Bringt sie in den Verhörraum. Ich muss herausfinden, worauf sie es abgesehen und was für Informationen sie schon gesammelt hat.“

Bill umrundet das Sofa wie ein Hai und er sieht auch ebenso freundlich aus. Er packt ihre Handgelenke, bevor sie überhaupt begreift, was er vorhat und zerrt sie auf die Füße. Er hält sie mit genau dem richtigen Druck, damit sie sich nicht befreien kann, jedoch ohne ihr wehzutun.

„Lass mich los, Sir!“

Perfekt! Sie ist so erschrocken, dass sie nicht mehr klar denken kann und all die Regeln vergisst.

„Das wird nicht geschehen, Miststück.“

„Miststück? Spinnst du, du Oger?“

„Hat sie mich gerade einen Oger genannt?“

„Das hat sie. Aber das ist nicht das Einzige, was ihr gleich sehr leidtun wird. Ich werde diese Beleidigung berücksichtigen, wenn ich all ihr Wissen aus ihr herauskitzle. Bringt das Weibsstück weg.“

Jetzt steht Ava zwischen Seth und Bill, die sie beide deutlich überragen. Sie sieht winzig aus, zerbrechlich und angepisst, da sie keine Ahnung hat, was das Ganze soll. Seth legt eine Hand auf ihre Schulter und sie zerren sie von mir fort, ohne ihr Gelegenheit zu geben, mich anzusehen.

Ich kann mir ein Grinsen nicht verkneifen. Das wird interessant werden. Im Foyer bleiben sie mit ihr stehen und ich schleiche mich an sie heran. Beeilen brauche ich mich nicht, denn meine Beute ist mir sicher.

♠♣♥♦

Mein Gehirn kann die auf mich einprasselnden Ereignisse nicht verarbeiten. Gerade noch schwebte ich im siebten Himmel mit dem Mann meiner Träume über die Tanzfläche und jetzt weiß ich gar nicht, wie mir geschieht. Der Oger hält meine Handgelenke betont sanft fest und das ist ein klares Indiz, dass er sie mir mit Leichtigkeit brechen könnte, sofern er es wollte. Warum schreitet Sloan nicht ein? Wir stehen im Foyer und für einen Augenblick spiele ich mit dem Gedanken, lautstark um Hilfe zu schreien. Erleichtert sehe ich Dash, der auf uns zukommt, doch ehe ich etwas sagen kann, spricht er. „Das ist sie? Sie sieht harmlos aus. Er ist sich sicher?"

„Ja, es gibt keinen Zweifel. Wir sollen sie in den Verhörraum bringen, oder wollen Sie den Eindringling selbst befragen?"

„Nein, Colt hat mehr Erfahrung in diesen Dingen. Er soll es machen. Seine Verhörfähigkeiten sind legendär und bis jetzt hat er jeden zum Reden gebracht."

Das Korsett schnürt mir die Luft ab, fühlt sie wie ein Käfig an, der sich immer enger um mich zieht.

„Aber mir scheint, sie braucht erst etwas Hilfe. Dreht sie um." Dash steht inzwischen hinter mir und macht sich an den Bändern des Korsetts zu schaffen und lockert sie. Erleichtert atme ich durch. „Geh mit ihnen mit, ansonsten zwingen sie dich." Dash tritt von mir zurück und die bereits empfundene Hilflosigkeit verdreifacht sich. Das Gefühl kommt so überraschend und heftig, dass ich Mühe habe, nicht in Tränen auszubrechen, als die beiden Männer der Security mich fortzerren.

Das ist bestimmt nur ein Spiel! Ich wiederhole es immer wieder stumm. Leider fühlt es sich schrecklich real an. Und wer ist dieser Colt? Die Oger tun mir zwar nicht richtig weh, aber sie halten meine Oberarme jeweils in einem undurchbrechbaren Griff. Silben türmen sich in meiner Kehle auf, obwohl ich es nicht will, und der Drang mir die Seele aus dem Leib zu schreien, wird sekündlich gewaltiger.

„Schrei ruhig. Damit ziehst du noch mehr Aufmerksamkeit auf dich, als du ohnehin schon hast, Cherie. Möchtest du, dass auch der letzte Gast bemerkt, wen wir geschnappt haben? Die Society toleriert kein Spektakel, sofern sie ihn nicht selbst veranstaltet. Dann kann dich niemand vor einer öffentlichen, sehr demütigenden Züchtigung bewahren. Es liegt allein in deiner Hand, wie mit dir verfahren wird."

Die Silben kleben wie Honig an mir und verstärken den Sog, der um mich herumwirbelt, während ich in einem Vakuum stecke. Der Schrei dringt trotz seiner Warnung aus meiner Kehle, doch diese ist dermaßen zugeschnürt, das es nur ein Laut ist, den man bestenfalls als gurgelnd bezeichnen kann. Aber er reicht, um mich aus diesem schrecklich erstarrten Zustand zu reißen.

„Mir dir würde ich mich auch gerne vergnügen", sagt Oger Nummer zwei. „Ich mag es wild."

Ich versuche nicht auf meine Umgebung zu achten, will nicht wahrnehmen, wer mich alles anstarrt, versage leider kläglich. Manche Frauen sehen mich mitleidig an, andere mit Neid. Den dominanten Männern hingegen steht eine nackte Gier auf den Gesichtern geschrieben, als wäre ich eine Beute, auf die sie sich stürzen wollen.

Das wird Sloan nicht zulassen, oder doch? Sie schleppen mich die Treppe hinauf in den ersten Stock.

„Was glaubst du, was der Boss mit der Spionin macht?"

Spionin? James Bond! Die Puzzleteilchen klicken ineinander. Verdammt! Ich bin aber auch ein Schaf.

„Er wird sie befragen, zuerst zart und dann hart, wenn sie nicht redet."

Sloan! Dieser Arsch!

„Ich sage kein Wort, ihr hinterhältigen Dreckschweine!" Das ist nur zur Hälfte auf das Szenario gemünzt.

„Oh, das werden wir dem Boss mitteilen und er wird dir schon das Maul stopfen, nachdem er dich zum Schreien gebracht hat."

Wir durchqueren einen Flur, in dem wir zu dritt nebeneinander laufen können. An den Wänden hängen Ölgemälde und er wirkt edel und einladend. Doch an seinem Ende lauert eine dunkle Tür auf uns, die Oger Nummer eins öffnet, nachdem er eine Karte vor eine Vorrichtung gehalten hat.

Es ist, als würden wir eine andere Welt betreten, und ein weiteres Mal packt mich die Realität dieses Spiels. Fackeln beleuchten den Gang nur ungenügend und mein Herzschlag klettert erneut auf ein bedenkliches Maß, als würde ein irrer Dirigent den Takt vorgeben. Instinktiv stemme ich meine Füße auf dem Boden und mir bricht der Angstschweiß aus.

„Lass das", knurrt Oger eins, ganz wie der Oger, der er ist.

Ich denke nicht dran. Leider finde ich mich Sekunden später in der Luft wieder, als sie mich wie einen Sack Kartoffeln fortschleppen. Es ist nicht nur visuell Furcht einflößend, von irgendwoher gellen markerschütternde Schreie und ich höre ein Geräusch, das sich wie das harte Aufklatschen einer Hand auf nacktes Fleisch anhört.

Ich weiß, dass es nur ein Spiel ist, aber das ändert nichts an der Panik, die mich nicht nur anfällt, sie fegt mich förmlich von den Füßen.

Nach ein paar Metern bleiben wir vor einer Tür stehen, die auf Augenhöhe der Oger eine Aussparung hat, die mit einem Gitter versehen ist. Oger zwei zieht diesmal einen altertümlich aussehenden Schlüssel aus seiner Hosentasche und schließt die Tür auf. Das dahinter liegende Zimmer liegt im Dunklen, wenn man von dem Stuhl absieht, der in einem

Kreis aus Licht steht, das von einem in der Decke eingelassenen Strahler stammt.

Eins muss man den Inneneinrichtern lassen, sie sind Meister ihres Fachs und auch derjenige, der für die Beleuchtung zuständig war, wusste genau, was er tut. Sie zerren mich zu dem Stuhl und Oger zwei schubst mich auf die hölzerne Sitzfläche. Erschreckt schreie ich auf, fühle förmlich den Aufprall auf dem harten Dielenboden, doch das Möbelstück rührt sich nicht einen Millimeter.

„Ist festgeschraubt. Du hast also keine Chance, dich von ihm zu befreien, du spionierende Schlampe."

Ich trete nach ihm und treffe sein Schienbein, leider nicht halb so fest, wie ich es gern getan hätte. Zudem fühlt es sich an, als wäre meine Sandale mit einem Stück Hartholz kollidiert. Er packt mein Kinn, und diesmal ist es nicht an der Grenze zum Schmerz. „Mach das erneut, und der Boss wird dich nackt auf dem Stuhl vorfinden. Er hat uns die Erlaubnis gegeben, dass wir genau das tun dürfen, falls du dich zu widerspenstig zeigst. Und wenn meine Finger dabei aus Versehen in Stellen rutschen, die dir mehr als unangenehm sind …"

Ich kann seine Augenfarbe nicht erkennen, aber das ist auch zweitrangig, denn den Stahl darin erkenne ich glasklar. Diese Männer beherrschen es wirklich einschüchternd dreinzuschauen. „Braves Mädchen." Er lässt mich los.

Ich will ihm gerade eine Beleidigung an den Kopf werfen, da klebt mir Oger zwei ein Stück Klebeband über den Mund. „Halt still und wehr dich nicht, dann wird dir nichts weiter passieren, bis der Boss eintrifft." Er läuft aus dem Lichtkegel und kehrt mit Handschellen zurück. „Eine Warnung noch, falls du dir die Handgelenke aufschürfst, wird der Boss ziemlich ungehalten sein. Hast du das verstanden?"

Automatisch nicke ich.

„Gut. Hände auf den Rücken."

Ich führe meine Arme nach hinten um die Lehne herum. Sekunden später klicken die Handschellen zu. Allerdings achtet Oger eins darauf, dass sie mir nicht ins Fleisch schneiden. Oger zwei ist inzwischen fleißig damit beschäftigt, meine Unterschenkel an die Stuhlbeine zu fesseln. Er benutzt dazu lederne Manschetten, die bereits an ihnen befestigt sind. Ich bin so mit der Situation überfordert, dass mir erst jetzt bewusst wird, dass seiner Fantasie nichts überlassen bleibt, sollte er mir zwischen die Beine glotzen. Und genau das tut nicht nur er, sondern auch sein Kompagnon. Ich lege meine ganze empfundene Entrüstung in meinen Blick, was bei beiden ein äußerst gieriges Grinsen hervorbringt.

„Sie hat eine reizvolle Pussy. Der Boss weiß sicherlich was damit anzufangen."

„So hübsch rosig und sie sieht irgendwie bereit aus. Er wird sie bestimmt ausgiebig ficken, nachdem er alles von ihr erfahren hat oder auch zwischendurch. Vielleicht lässt er uns zusehen, so wie beim letzten Mal."

Beide lachen dreckig und sie gehen aus dem Raum, lassen allerdings die Tür offen. Ich wünschte, das hätten sie nicht getan. Denn so habe ich ausreichend Gelegenheit, die Geräuschkulisse zu analysieren, und mir ist es schlichtweg egal, dass dies schon wieder geschickt angewandte Psychologie ist. Ich komme nicht dagegen an, dass ich bei jedem Schrei zusammenzucke, dass mir die Stöhnlaute durch Mark und Bein gehen, ich bei den durchdringenden Klängen diverser Schlaginstrumente auf nackter Haut mit Schweißausbrüchen, Zittern und einem Puls reagiere, der wie eine Herde wilder Tiere durch meinen Körper trampelt.

Und dann höre ich die Schritte. Sie sind fest, resolut und sie donnern in meinen Ohren, werfen einen Widerhall und mein Zittern verwandelt sich in ein Schlottern. Da der Stuhl der Tür zugewandt ist, haftet sich mein Blick auf den dahinterliegenden flackernden Flur. Die Schritte verstummen und für einen Augenblick kann ich Sloan ausmachen, der wirklich wie eine Reinkarnation des Bösen aussieht. Denn schließlich kommt das Böse meist in einer verführerischen Hülle daher, um sein Opfer zu umgarnen, es zu berauschen, bis es ihm verfällt. Die Tür klickt ins Schloss und alles, was ich jetzt noch wahrnehme, ist das Wummern meines Herzschlages. Er steht im Dunklen und es gelingt mir nicht, ihn auszumachen. Doch das ändert sich nach wenigen Sekunden. Er muss einen Lichtschalter betätigt haben, der den Spot über mir ausschaltet und stattdessen mehrere elektrische Fackeln einschaltet. Ich wünschte, er hätte es nicht getan. Die Wände sind aus Backstein und ich sehe Ringe, die in ihnen eingelassen sind, einen schmalen Tisch, der mit Fesselvorrichtungen ausgestattet ist, sowie verschiedenen Gerten, Paddel, Flogger und sogar eine Peitsche, die an Haken an einer Wand hängen. Aber all das ist nichts im Vergleich zu Sloan. Das Licht wirft Schatten auf sein Antlitz, die das Gefährliche und Dunkle in ihm untermalen. Er kann seine Mimik bis zur Perfektion beherrschen und tut es auch. Ich kann nur eins in seinem Gesicht erkennen: Eine absolute Härte und Entschlossenheit, die durch das leichte Hochziehen seiner Mundwinkel betont wird.

„Was für ein Fisch ist uns denn da ins Netz gegangen? Eine kleine Spionin, die sich ins tiefe Wasser gewagt hat?“ Er lässt seinen Blick über mich wandern und macht es so gekonnt, dass ich mich genau wie diese kleine Spionin fühle, die sich in diesem Moment lieber in eisige Fluten stürzen würde, als das zu erleiden, was seine Haltung und seine Mimik ihr versprechen.

Sloan läuft auf mich zu und bleibt zwei Meter vor mir stehen. Betont langsam zieht er seine Smokingjacke aus, hängt sie anschließend an einen freien Haken neben der Tür und tritt dann erneut an mich heran. Er löst die Fliege, nimmt sie ab und öffnet die drei obersten Knöpfe seines Hemdes. Dabei sieht er mir nicht nur in die Augen, sondern sein Blick frisst sich förmlich in mir fest – verunsichernd, immer tiefer vortastend, bis er sein Ziel erreicht hat. Das Wissen, dass es Sloan ist, der dort vor mir lauert, nur darauf wartet, den nächsten Zug zu machen, ist wenig hilfreich. Er geht dermaßen in seiner Rolle auf, dass er beängstigend real wirkt.

Und dann streift er seine Armbanduhr von seinem Handgelenk. Ich weiß nicht wieso, aber seine Vorgehensweise hebt mein Angstempfinden auf ein ganz neues Level. Er legt die Uhr auf ein dunkles Sideboard und bleibt dieses Mal anschließend dichter vor mir stehen. Ich habe noch nie einen Menschen so monstermäßig lächeln sehen, wie er es gerade tut, als er sich die Hemdsärmel hochkrempelt.

„Wie leicht oder schwer machst du es mir an deine Geheimnisse ranzukommen, Miss X? So nennt man dich doch in Fachkreisen?" Dann schüttelt er den Kopf. „Wie unhöflich von mir." Er greift nach einem Ende des Klebebandes und mir treten bereits Tränen in die Augen, noch bevor er es abreißt. Allerdings löst er das Tape langsam und es ist auch nicht schmerzhaft, hinterlässt stattdessen nur ein Kribbeln. „Nun?"

„Leck mich, du feige Sau."

Etwas wie Überraschung huscht über sein Gesicht und ein Hauch von Belustigung, ehe er mich mit überlegener Arroganz mustert. Er beugt sich zu mir herab und platziert seine Handflächen auf meinen Oberschenkeln, führt gerade genug Druck aus, damit es unangenehm ist. „Soweit ich es beurteilen kann, hast du einen makellosen Körper, mit dem ich jedoch allerlei Dinge anstellen kann, die ihn mehr oder weniger intakt zurücklassen. Und so wie du dich aufführst, wird wohl das ‚mehr' auf dich zutreffen. Umso größer, der Spaß für mich." Plötzlich umfasst seine rechte Hand meine Kehle und ich bin machtlos gegen den erschreckten Aufschrei, der sich den Weg aus meinem zugeschnürten Hals bahnt. „So abgebrüht, wie du gerne wärst, bist du längst nicht." Er lacht selbstgefällig.

Ich wünsche mir, dass ich das auch könnte. Leider nähre ich seine Überlegenheit mit meinem Puls, der unzweifelhaft gegen seine Fingerspitzen trommelt. „Na komm, Kleine. Eine Frage wirst du mir doch sicherlich beantworten, ohne dass ich dir dazu wehtun muss. Bist du Miss X?“

Ich presse todesmutig meine Lippen aufeinander, während ich seinen Griff überdeutlich fühle.

„Wie du es verlangst“, wispert er auf eine Art, die meine Gänsehaut erneut ausbrechen lässt. Sein Daumen streichelt über die Seite meines Halses, als er mir mit der anderen Hand ins Haar packt und meinen Kopf in den Nacken zieht. Er hält mich auf diese Weise, schmerzhaft und nachdrücklich, intensiviert den Zug auf meine Kopfhaut, bis ich ein ‚Ja‘ keuche.

„Und dein richtiger Name?“ Er lockert seinen Griff etwas.

„Miss Leck mich am Arsch.“

Ich bin echt sauer auf ihn, weil er mich ohne Vorwarnung auf das Spielfeld geworfen hat.

Oh Scheiße!

Was immer er jetzt auch denkt, es ist nichts Gutes. Er seufzt gekünstelt und geht neben mir in die Hocke. Er löst die Ketten, die die Manschetten mit dem Stuhl verbinden und kurz darauf öffnet er die Handschellen, die klirrend zu Boden fallen. Auf meinen Versuch aufzuspringen hat er nur gewartet, denn noch bevor ich stehe, umschlingt er meinen Hals von hinten mit einem eisenharten Arm, sodass er es ist, der mich auf die Füße zwingt. Automatisch greife ich mit beiden Händen nach seinem Unterarm, was völlig hirnrissig ist, weil ich absolut nichts tun kann, um mich zu befreien. Allerdings würgt er mich nicht. Noch nicht!

Soweit wird er doch nicht gehen? Oder? Ich bin zu feige, um es herauszufinden, und widersetze mich ihm nicht, als er mich auf eine der Wände zuschiebt, genau auf einen der Ringe zu, von dem Manschetten baumeln. Mit seinem Körper presst er mich gegen den Stein, sodass ich nicht nur völlig hilflos bin, ich kann zudem seine Erektion deutlich spüren, die mich nicht kalt lässt. Sloans Arm umschlingt mich nicht mehr, dennoch ist meine Lage fast noch schlimmer als vorher. Er hat keine Mühe damit, erst meinen rechten Arm nach oben zu zwingen, das Handgelenk mit dem Leder zu umschließen und das Gleiche mit meinem linken Arm zu machen.

„So, Madam Großklappe, Zeit dir ein paar Manieren beizubringen. Ich entblättere eine Schicht nach der anderen von dir, bis du mir sagst, was ich wissen will. Dazu fange ich mit der Kleidung an und anschließend werde ich mich ausgiebig deinem Körper widmen. Und nebenbei gesagt, Honey. Dein plumper Arsch ist die Hiebe wert, die er alsbald von mir erhält.“ Er umspannt mit einer Hand meine rechte Pobacke. Der dünne Stoff stellt keine Barriere gegen die Invasion dar, die ich dabei fühle. Der Muskel flattert förmlich unter der Wärme und der Kraft seiner Berührung. Ein sehnsuchtsvolles Kribbeln breitet sich aus. Ich komme nicht dagegen an.

Plumper Arsch! Ich denke zu sehr darüber nach, sodass mir keine impulsive Erwiderung aus dem Mund sprudelt. Außerdem bin ich nachdrücklich damit beschäftigt, ihn zu fühlen. Er tritt etwas von mir zurück und lässt ein paar endlose Sekunden verstreichen, in denen ich genügend Zeit habe, um mich mit meiner Situation auseinanderzusetzen. Die raue Wand vor mir, die Kühle des Raums und die verbliebene Hitze seines Körpers, die allmählich verschwindet, all das torpediert meine Wahrnehmung. Ohne Vorwarnung schlägt er mir auf den Hintern, ehe sich seine geschickten Finger daran machen, die Schnüre des Korsetts weiter zu lösen. Der Schlag brennt stark auf meiner Haut, in meinem Verstand und lockt mich verführerisch.

Allerdings ahne ich, dass Sloan heute unerbittlicher vorgehen wird, ganz, wie das Spiel es erfordert. Schlussendlich wird er mich vergessen lassen, dass es nur ein Spiel ist. Ich habe bereits jetzt Schwierigkeiten Realität und Illusion auseinanderzuhalten, als würde ich ein Buch lesen, das mich so fesselt, dass ich zu einer Figur des Romans werde, mich völlig in der fiktiven Welt verliere, bis ich ein Teil davon bin.

„Mir scheint, dass dir schon mal jemand den Arsch versohlt hat, jedoch mit Sicherheit nicht so, wie ich es gleich tun werde."

Der Stoff des Korsetts gibt weiter nach und dennoch nehme ich mehrere Atemzüge, die man nur als ‚nach-Luft-ringend' bezeichnen kann.

Er zieht die Schnüre aus den Ösen und wirft das Kleidungsstück zu Boden. Meine Brüste sacken nach unten und ich spüre meine geschwollenen Nippel überdeutlich. Sie senden verstörende Signale durch meine Nervenbahnen.

Seine furchtbar heißen Hände umfassen sogleich meinen Busen und er schnaubt arrogant. „Entweder frierst du oder du bis hochgradig erregt. Ist das möglich?" Er untermalt das Gesprochene, indem er meine Brustwarzen zwickt, auf keinen Fall sanft, sondern fest und erregend. Ich kann nichts dagegen tun, dass er mich dermaßen aufheizt, mein Körper mit nackter Gier auf ihn reagiert, ich nass zwischen meinen Schenkeln werde und ich will, dass er mir horrende Dinge antut, die mir wirklich unter die Haut gehen.

Es ist Sloan!

Verflucht!

Er reizt meine Schmerzschwelle aus, und ich bin unfähig, ihn daran zu hindern. Längst brennen meine ehemals zarten Knospen, die sich bis zum Bersten geschwollen anfühlen. Und ich wünsche mir, dass es nur schmerzen würde. Denn dann könnte ich mich der Erregung widersetzen. Aber da ich anscheinend ein schmerzbesessenes Luder bin, mache ich das genaue Gegenteil, ich gebe mich ihm hin.

„Ich glaube, ich muss dir Schlimmeres antun, als dir in die Nippel zu kneifen. Oder möchtest du mir deinen richtigen Namen verraten, um mich zu besänftigen?"

„Niemals! Du … oh … du … oh, Sloan!"

Na das war ja sehr überzeugend, Ava.

„Wer ist denn Sloan? Wie kommst du darauf, dass ich so heiße?“ Er nimmt seine Hände fort und presst mich an die raue Wand, die sich wie unzählige Nadelspitzen auf meinen geschundenen Brustwarzen anfühlt.

„Woher, Miss X?“ Da liegt ein Unterton in seiner Stimme, der an mir zerrt.

„Ich habe von dir gehört. Du sollst es nötig haben Frauen zu fesseln, weil sich sonst keine von dir ficken lässt. Colt ist nur dein Deckname.“

Als Antwort fasst er an den Bund meiner Hose, die lediglich durch einen Gummizug gehalten wird, und zieht sie mir über die Hüften, bis hinunter zu meinen Knöcheln. „Meine Skrupel, so ein kleines weiches Ding mit vielen Striemen zu zeichnen, haben sich gerade in Luft aufgelöst, aber nicht nur das …“ Er lacht wirklich gemein. „Du wirst mich anbetteln, dass ich dich nehme, und zwar genauso wie ich das will. Bis dahin …“ Er umfasst meine Kehle mit genügend Druck, um mir einen Schauder den Rücken entlangzujagen. Die andere Hand liegt zunächst auf meinem Bauch, bis er weiter mit ihr nach unten rutscht und meinen Venushügel erreicht. Ihm entgegenzuschreien, dass er mich nicht anfassen soll, ist zu spät und außerdem sinnlos, weil ich ja seine Hände auf mir haben will. Egal wie!

Seine Fingerspitzen streifen meine Klit, ehe er meine Schamlippen teilt und genau das vorfindet, was ich vor ihm verbergen möchte. „Klatschnass! Wo bleibt da die Herausforderung? Ich glaube, ich muss meine Bemühungen, um ein Vielfaches verschärfen.“ Er beißt mir in den Schultermuskel, während er meine Lustperle massiert. Der Kontrast der Pein und des Genusses ist überwältigend. Abrupt lässt er von mir ab und geht hinüber zu der Wand, an der die Schlaginstrumente hängen. Ich kann nicht anders, als ihn anzustarren, ihm dabei zuzusehen, wie er vor der Wand steht, als müsste er sich noch entscheiden. Er streichelt den Griff der Peitsche und mir drohen die Beine nachzugeben. Dazu bin ich nicht bereit. Allerdings traue ich ihm zu, dass er das Instrument beherrscht und mir auch damit Lustschmerz entlocken kann, der sicherlich auf der Schmerzseite ein höheres Guthaben aufweist als auf der Lustseite.

Zu meiner grenzenlosen Erleichterung umschließen seine Finger nicht das Leder. Der fiese Kerl stellt sich jedoch so, dass ich nicht sehen kann, was er schlussendlich von der Wand nimmt. Jetzt überwiegt die Angst vor dem Unbekannten. Meine Atmung gerät ebenso außer Kontrolle, wie mein Wille ruhig zu erscheinen. Er bleibt hinter mir stehen, ich spüre es, trotz meiner inzwischen geschlossenen Augen. Ich erwarte einen Schlag, doch stattdessen umschließt eine Hand meinen rechten Knöchel. Er zieht mir erst die Sandalen aus und streift mir anschließend die Hose ganz ab.

„Spreiz die Beine."

Ich will das nicht und verharre stocksteif, obwohl ich weiß, dass es mir nichts bringen wird. Was immer er auch von der Wand genommen hat, zischt auf meine linke Pobacke. Ein unglaubliches Brennen breitet sich aus und es ist so schlimm, dass ich nicht einmal schreie, sondern nur nach Luft schnappen kann.

„Ich frage dich nicht erneut freundlich."

Freundlich? Allerdings behalte ich meinen Unmut für mich, setze stattdessen meine Füße schulterbreit auseinander, gehorsam, wie ein eingeschüchtertes Schaf, hinter dem der böse Wolf, den es nur in Menschengestalt gibt, mit besonders großen Zähnen lauert, die er bereits gebleckt hat. Er wittert die Furcht seines Opfers, schmeckt sie, lässt sie über seinen Gaumen fließen, sodass sein Hunger ins Unermessliche steigt. Doch ihm gelingt es, diese Gier zu kontrollieren, bis zu dem Zeitpunkt, an dem er es nicht mehr will.

„Du zählst die zehn Hiebe laut mit, und falls du nicht stillhältst oder meinen Befehl missachtest, verdopple ich die

Anzahl. Und, Miss X, dieses Arrangement ist nicht verhandelbar."

Wie schafft er es nur, eine derartige Durchschlagskraft in seine Stimme zu legen, als ob für ihn wirklich alles davon abhängt? Zehn Hiebe!

Ich möchte ihm am liebsten bereits jetzt alles sagen, doch eine Miss X lässt sich nicht so einfach in die Knie zwingen. Ein hysterisches Kichern entschlüpft meiner Kehle, denn ich würde liebend gern auf die Knie gehen, mich anschließend auf dem Bauch zu ihm schlängeln, nur damit er mir nicht einen weiteren schrecklichen Schlag verpasst. Eine derartige Unterwürfigkeit müsste ihn besänftigen.

Er legt seine Handfläche zwischen meine Schulterblätter und ich kann nicht anders, als die Berührung zu absorbieren, weil sie so fürchterlich beruhigend ist und ein Indiz, dass es doch Sloan ist, der hinter mir steht.

„Na komm, streck mir deinen entzückenden Arsch entgegen. Wir wollen es richtig machen. Nicht wahr?"

Meine unregelmäßigen, viel zu schnellen Atemzüge sind ein deutliches Zeugnis, dass mein Kopf nicht im Einklang mit meinem Kopfkino und Körper ist. Etwas zu wissen, bedeutet nicht zwangsläufig, es auch zu glauben.

„Wird's bald? Oder soll ich mir eine Maßnahme überlegen, bei der ich deine Kooperation bekomme? Meine nachsichtige Geduld hat jetzt ein Ende", haucht er derart überzeugend, dass ich tue, was er verlangt, ohne dass ich es bewusst mache.

„Falls du brav bist, lasse ich den Schlag vorhin als den ersten gelten. Zeig mir, dass du eine Spionin bist, die wenigstens ein bisschen Grips in ihrem hübschen Köpfchen hat."

Ich schließe die Augen und akzeptiere einfach mein Schicksal. Das fiese Schwein schlägt nicht sofort zu, sondern streichelt mit seinen Fingerspitzen über die Rundungen meines Hinterns. Meine Haut reagiert auf das Kitzeln und leitet es an Regionen weiter, die ich mir abzustellen wünsche. Ich will nicht mit Lust auf seine hinterhältigen Bemühungen reagieren und versage kläglich.

Er tritt etwas von mir zurück und ich wappne mich gegen den Schmerz, versage allerdings hierbei noch kläglicher. Das Brennen folgt dem klatschenden Geräusch in einem Sekundenbruchteil und ich gebe ihm die Genugtuung, dass ich schreie, vergesse, was ich tun soll.

„Na komm schon, du bist doch fähig zu zählen, Miss X. Folter ist dir nicht fremd."

„Eins, du Mistsau." Natürlich wollte ich das nicht sagen, aber ich habe mich nicht unter Kontrolle, verliere mich unter seinem Willen und Ava Silver existiert in diesem Raum nicht, nur Miss X.

Der zweite Hieb folgt auf der Stelle und diesmal trifft er die linke Seite.

„Zwei", schluchze ich.

Nach dem vierten Schlag kann ich nicht mehr auseinanderhalten, wo genau er hingezielt hat, denn mein Hintern fühlt sich wie ein zusammenhängendes Flammenmeer an. Ich fange an, ihn aus ganzem Herzen zu hassen, und brauche mir jetzt keine Sorgen darüber zu machen, dass ich unangebrachte Begierde fühle. Es tut einfach nur schrecklich weh!

Er tritt dichter an mich heran und umfasst meinen Venushügel, hält dann allerdings seine Hand absolut still. „Soll ich fortfahren, Miss X? Oder sagst du mir nun, warum du dich in die Society geschlichen hast? Was hast du im Salon gehört?"

„Ich weiß nichts."

„Das ist eine glatte Lüge", wispert er.

Und er hat recht! Jetzt macht auch diese seltsame Unterhaltung Sinn, die ich mitgehört habe, als ich auf Sloan gewartet habe. Ich verkrampfe meinen ganzen Körper, nicht bereit, ihm meine Geheimnisse zu verraten. So leicht will ich nicht einknicken.

„Du möchtest wirklich, dass ich damit fortfahre dir wehzutun!“ Er zieht eine kitzelnde Spur mit seinen Lippen an meinem Nacken entlang.

Unmittelbar nach dem letzten Schlag war ich der festen Überzeugung, dass ich keinen weiteren mehr ertragen kann, dass ich die nächste Frage beantworte, egal, wie sie lautet. Doch auf eine perverse Weise ist mein Ehrgeiz erneut erwacht und durch die Pause regenerieren sich meine Kräfte, zumindest ein wenig. Leider ist meine Vermutung, dass ich keine Lust in meinem jetzigen Zustand fühlen kann, schlichtweg falsch. Sobald er mit einem Finger in meine Spalte dringt, wird mir sehr sehr bewusst, dass ich trotz der Pein unverständlich hochgradig erregt bin. Sloan weiß besser als ich, was er mir zumuten kann. Ein Seufzen kriecht mir über meine Lippen und ich zucke zusammen, als sein Daumen meine Klit berührt.

„Mir scheint, dass du Schmerz nicht nur magst, sondern dass er dich heißmacht. Aber wie ich bereits sagte, du wirst mich schlussendlich anflehen, dass ich dich ficke. Zuerst jedoch muss ich deine Zunge lösen.“

Er wiederholt seine Vorgehensweise und nachdem ich acht in den Raum geschrien habe, hält er inne.

„Sag mir jetzt sofort deinen richtigen Namen!“

Was? Ich kann nicht mehr klar denken, als sich Realität und Rollenspiel so sehr miteinander vermischen, dass ich das eine nicht mehr von dem anderen zu unterscheiden vermag.

„Ava Silver.“

„Ich glaube dir“, wispert er an meinem Ohr. „Stell dich gerade hin.“

Ich schlucke gegen meine Tränen an und möchte mich am liebsten auflösen, während ich mit der Erkenntnis kämpfe, dass lächerliche acht Schläge gereicht haben, um mich kleinzukriegen. Meine Beine zittern, ebenso wie der Rest von mir, sodass es mir nicht leicht fällt, seine Order zu befolgen. Ich kann seine Ungeduld spüren, weiß, dass er mich nicht nur ansieht, sondern meinen Anblick verinnerlicht. Meine Reaktionen sättigen seinen Sadismus und machen ihn an, wecken allerdings auch seinen Appetit auf mich.

Unvermittelt packt er meine Schultern und dreht mich um. Dass die Ketten so lang sind, war keine Unachtsamkeit auf seiner Seite. „Schluss mit dem Geplänkel. Es ist Zeit für ein paar Antworten, jetzt wo der Damm gebrochen ist." Ich kann nichts von Sloan in seinen Augen erkennen. Der Mann, der momentan vor mir steht, wirkt fremd und unglaublich Furcht einflößend.

„Bitte …!" Zu spät presse ich die Lippen aufeinander, um mein jämmerliches Flehen zu unterbinden.

„Na, na, na. Obwohl ich ja zugeben muss, dass es mir durchaus gefällt, wenn du mich anbettelst. Jedoch hört es sich nicht überzeugend an. Du glaubst, dass ich dich nicht brechen werde." Erneut umspielt dieses grässliche Lächeln seine Mundwinkel. „Ich verrate dir ein Geheimnis." Er packt mein Kinn und hält es in einem schmerzhaften Griff, ehe er mich grob küsst. Ich weiß, ich sollte nicht so empfinden, wie ich es tue. Aber seine harte Vorgehensweise macht mich unglaublich an. Er leckt mir über die Wange und starrt mir anschließend in die Augen. Seine Nasenspitze ist kurz davor meine zu berühren und ich muss zugeben, dass er verdammt einschüchternd wirkt. „Jedoch werde ich dich nicht brechen, ich werde dich zwingen, zu genießen, was ich dir antue. Dazu sind weitere Stimuli erforderlich." Er schürzt die Lippen und erscheint nachdenklich. „Deine Tränen sind verfickt heiß. Ich mag es, wie du heulst. Und du, Honey …" Er legt das Schlaginstrument zur Seite, was sich als ein schwarzes schmales Lederpaddel erweist. „… bist wahrhaft wie Honig für mich."

Seine warmen Hände umfassen meine Brüste, heben sie an und in meinem für mich undefinierbaren Zustand spüre ich alles überdeutlich. Als er anfängt meine Brustwarzen zu zwicken, muss ich mich mit den Schultern an der Wand anlehnen, um Halt zu finden, so unglaublich gut fühlt es sich an. Er lächelt arrogant und presst seinen Unterleib an meinen, zwingt meinen Hintern gegen die Wand und ich schreie auf, sobald die geschundene Haut an den rauen Backsteinen schabt. Seine Lippen krachen auf meine und ich erwidere den Kuss, sogar, da ich es nicht will.

Brennender Schmerz, pochendes Verlangen und animalische Lust auf ihn, erobern meine Sinne nicht nur, sie ringen sie nieder, machen mich zu seiner Kreatur, die vollständig von seiner Gnade abhängig ist.

Ich will ihn, obwohl ich ihn hasse, für das, was er mir angetan hat und auch in diesem Moment tut.

Inzwischen versuche ich mich an ihm zu reiben, doch er tritt einen Schritt zurück, während ich nach Luft schnappe, mich nach ihm verzehre und mein gieriges Geschlecht jeden klaren Gedanken unmöglich macht.

„Oh nein, Ava. So einfach mache ich es dir nicht. Ich bin noch lange nicht fertig mit dir. Eigentlich habe ich gerade erst angefangen."

Zu meinem Erstaunen löst er den Haken, der die Manschetten mit dem Ring verbindet, fasst dann hart in mein Haar und zerrt mich durch den Raum, bis wir einen Bereich erreichen, der im Schatten liegt. Er drückt auf einen Schalter an der Wand und zwei weitere Fackeln erwachen zum Leben.

Entsetzt starre ich auf die Scheibe.

„Rauf da mit dir. Und falls du dich widersetzen solltest, rufe ich Seth und Bill, die mir sicherlich gerne assistieren. Seth hat sowieso einen Narren an deiner kleinen Pussy gefressen. Er würde sie höchstpersönlich mit etwas füllen, sogar wenn es nicht deinem Geschmack entspricht."

Meine Nerven entsprechen keinen Drahtseilen, sondern Seidenfäden. Ich will nicht herausfinden, wie weit seine Drohung reicht, und wehre mich nicht, als er mich an der

Taille packt, um mich hochzuheben, sodass ich meine Füße auf die Vorsprünge stellen kann.

„Arme nach oben."

Sekunden später bin ich sowohl an den Handgelenken als auch an den Knöcheln mit breiten unterfütterten Manschetten an die Scheibe gefesselt.

„Einen hübschen Seestern gibst du ab, Ava Silver." Er starrt mir zwischen die weit gespreizten Beine, ehe er mein Gesicht schrecklich zärtlich umfasst und mich sanft auf die Lippen küsst, nur weil er es kann. Sloan Barker weiß genau was er macht und er kann wirklich ein Verhör führen. Danach fasst er nach zwei Lederriemen, die er mir um die Taille schlingt und anschließend festzurrt. Er überprüft jede Fixierung, ehe er mich anstarrt, wie der Sadist, der er ist. Sloan gibt nicht vor etwas Anderes zu sein.

Er drückt auf einen Knopf und die Scheibe setzt sich langsam in Bewegung und ich schreie vor Schreck. Doch ich falle nicht runter. Sloan hält den Mechanismus an, nachdem die Scheibe wieder in ihrer Ursprungsposition ist.

„Damit kann ich arbeiten."

Er läuft nach rechts und kehrt mit einem rollbaren Beistelltisch zurück, ganz wie in einem Horrorfilm. Die Rollen quietschen grauenvoll und Sloan lächelt grauenvoll. Der Tisch ist reich bestückt und neben dem Messer, einem Rädchen mit fies aussehenden Spitzen, erfasse ich zwei Flogger, einen Dildo, einen Vibrator und einen Spender mit Gleitgel. Sloan verdeckt allerdings meine Sicht, um etwas in die Hand zu nehmen, bevor ich alles erkennen kann. Inzwischen steht er sehr dicht vor mir und was immer er auch an sich genommen hat, ist nicht groß.

Er umschließt mit Daumen und Zeigefinger meine rechte Brustwarze und zwirbelt sie hart.

„Solch ein braver Nippel."

Was?

Und dann bringt er etwas an der geschwollenen Knospe an, das mich nicht nur hörbar nach Luft schnappen lässt, sondern mir Tränen in die Augen treibt. Es brennt furchtbar und im ersten Moment habe ich das Gefühl, dass er mich mit einer Nadel gestochen hat.

„Keine Sorge, der erste fiese Schmerz verwandelt sich in einen, der dir besser gefällt." Leider hat er recht. Doch ehe ich mich mit dem verführerischen Pochen auseinandersetzen kann, ereilt meiner zweiten Brustwarze das gleiche Schicksal. Er fasst mir zwischen die Beine und massiert meine Klitoris, bis alles sich nur noch angenehm anfühlt. Ich starre auf meine Brüste, die mit Klemmen versehen sind, an denen zwei silberne feingliedrige Ketten hängen. Sloan packt die Enden davon und hakt sie an den vorderen Ring meines Schmuckhalsbandes.

„An deiner Stelle würde ich den Kopf so ruhig wie möglich halten." Sein Tonfall indiziert deutlich, dass er sich meines Versagens sicher ist.

„Was hast du vorhin im Salon gehört, Ava?" Er nimmt einen der Flogger und lässt die ledernen Schnüre liebevoll über meine Arme gleiten. Natürlich schafft er genau das, worauf er es abzielt. Mein Angstpegel erreicht ein neues Level, weil ich zu gut weiß, was er mit seinem Lieblingsinstrument erreichen kann.

Schmerz, Lust, Pein, Vergnügen, Erlösung, Qual. Er kann mich das alles einzeln spüren lassen, oder auch jedes Gefühl miteinander kombinieren, vermischen, ganz so, wie er es will.

Ich nehme mehrere tiefe Atemzüge, die es mir ermöglichen, mich zu konzentrieren, mich an die beiden Männer zu erinnern, die irgendwo hinter mir an der Wand im Salon gestanden haben.

„Es ging um einen Buchladen in der Baker Street."

„Um einen Buchladen?"

„Genauer gesagt, um irgendeinen Roman von einer Lydia Limas, der dort auf Abholung wartet und weitere Informationen über das Opfer enthalten soll." Als ich das Gespräch unfreiwillig belauscht habe, dachte ich, dass es die Fantasie von einer *Wild Card* wäre. Dabei ging es nur um mich.

„Was noch?" Er schnippt mit dem Finger leicht gegen meinen rechten Nippel und das reicht schon, um unangenehm zu zwicken. Allerdings muss ich zugeben, dass es mich auch stimuliert.

„Im siebten Kapitel ist die codierte Kontonummer sowie die Bankverbindung angegeben, auf die das Geld überwiesen werden soll. Sie kann man mit dem Code aus Kapitel neun im vierten Absatz knacken."

„Sag mir, hast du dich nur wegen dieser Informationen auf den Ball geschlichen?"

„Da du so viel von mir weißt, solltest du das bereits wissen? Oder bist du nur ein 08/15 Agent, der sich nach oben gevögelt hat?"

Sloan räuspert sich, ehe sein Kellerblick sich weiter verdüstert. „Anscheinend brauchst du neue Anreize, um zu reden."

Ohne Vorwarnung trifft der Flogger mich direkt auf den Venushügel, allerdings nur mit einer Stärke, die eine Warnung ist. Dennoch schreie ich auf, weil ich nie damit gerechnet hätte, das Sloan mein Geschlecht schlagen würde. Danach treffen die Schnüre abwechselnd meine Oberschenkel. Es ist auf eine schaurige Weise faszinierend, Sloan dabei zu beobachten, wie konzentriert er auf mich ist. Kein Treffer ist zufällig gesetzt, ebenso wenig wie die Kraft, mit denen er meinen Körper trifft. Die Haut auf meinem Hintern steht nach wie vor in Flammen, aber das, was er mit meiner Vorderseite macht, ist ein langsames Erwärmen, ein Herantasten an den Punkt, an dem ich alles vergesse und mich der Schmerz sowie die Lust, in diese herrliche Leere fallen lassen, bis Sloan mich auffängt. Meine Angst versiegt, stattdessen breitet sich das Vertrauen zu Sloan in mir aus, bis es keinen Raum mehr für etwas anderes lässt.

Er erwärmt meine Haut mit liebevollen Schlägen, die mich so unglaublich verführen. Und dann trifft er meinen Blick und es ist, als würde ich gegen eine Wand laufen, nur um anschließend in ihr zu versinken. Allerdings geht dieser Moment auch nicht an ihm unbemerkt vorbei. Ein Hauch von Unsicherheit schimmert in seinen Augen. Vielleicht bilde ich mir das nur ein und es sind die Fackeln, die mich etwas sehen lassen, das gar nicht existiert.

Die Lederstrippen landen genau auf meiner Klit, vier Mal hintereinander, mit einem fein abgestimmten Schmerz, der mich völlig überrascht. Dieser empfindliche Bereich pocht, kribbelt und schickt verstörende Signale durch meinen Leib. Vor Schreck bewege ich meinen Kopf, ziehe an den Ketten und weitere Reize überschwemmen meinen Körper, bei denen mein Verstand nicht entscheiden kann, ob sie mir gefallen oder nicht.

Er nimmt den großen Dildo aus einem weichen und flexiblen aussehenden Material, das auf seiner Oberfläche Erhebungen aufweist, in die Hand, beschmiert ihn mit einer reichhaltigen Portion Gleitgel und tritt an mich heran.

„Sloan, bitte nicht."

„Nicht sagt dein Mund, aber deine Augen, Miss X, die sagen mir etwas ganz anderes. Ich fürchte, dass es sein muss. Du denkst zu viel nach. Das hört gleich auf."

Er setzt die abgerundete Spitze an meine Spalte und ich kann nicht verhindern, dass er das Sextoy in mich einführt. Sloan macht es langsam und vorsichtig, gibt mir keinen Ansatzpunkt, damit ich das Eindringen als unangenehm empfinden könnte. Die Erhebungen reiben diese besondere Stelle an meiner oberen Scheidenwand.

Sloan bewegt ihn ein paar Mal vor und zurück und ich spüre den Kitzel deutlich in meiner Klit. Er tritt einen Schritt nach hinten und starrt mir zwischen die Beine mit einem wahrhaft animalischen Ausdruck auf dem Gesicht. Das ziehende Gefühl in mir wird dadurch intensiviert. Er drückt auf den Schalter und das Rad setzt sich in Bewegung. Obwohl es langsam rotiert, verschwimmt die Welt um mich herum. Irgendwie verstärkt es die unterschiedlichen Reize, die in und auf mir wüten.

Sloan hält das Rad an, als ich mit dem Kopf nach unten hänge. Er nimmt den Vibrator, schaltet ihn ein und presst ihn an meinen Kitzler.

Lieber Himmel!

Das Blut steigt mir in den Schädel und ich fühle mich, als ob ich gleich zerberste.

„Sag mir, warum du hier bist!"

„Nur wegen dir, Sloan. Nur wegen dir. Bitte, bitte, ich sag dir alles, was du wissen willst, nur quäle mich nicht länger. Bitte, lass mich kommen."

Sloan erhört mein Flehen.

„Komm für mich, Caramella. Nur für mich."

Ich weiß nicht, wie ich den Orgasmus beschreiben soll, der sich in wellenartiger Ekstase in mir ausbreitet, mein Geschlecht zucken und mich vor Lust stöhnen lässt. Ich bin nicht mehr die Herrin meiner Sinne, denn diese gehören allein Sloan, meinem Herrn und Master, meinem Geliebten und Partner, dem Mann, der die Kälte aus meinem Herzen verjagt hat, sodass sie nicht zurückkehren kann, solange er bei mir ist.

Obendrein löst das miese Schwein die erste Klemme und mein Seufzen verwandelt sich in einen Schrei, als das Blut zurück in die zarte Spitze schießt. Meine Klit zuckt dennoch unter der starken Vibration des Sextoys, als ich erneut komme, selbst dann noch, als er meinen zweiten Nippel malträtiert. Ich fühle mich unglaublich seltsam, als hätte ich irgendein Mittel eingenommen, dass mich betäubt, aber gleichzeitig jeden meiner Sinne intensiviert, mich in eine Leere zerrt, die mich trotzdem mit Reizen überflutet.

♠♣♥♦

„Ava, sieh mich an." Sie hat nicht mitbekommen, dass ich sie mit der Hilfe von Seth befreit habe und sie in eine Decke gewickelt mit mir auf dem Boden sitzt. Das, was in diesem Raum zwischen uns passiert ist, ist mir in vielerlei Hinsicht unter die Haut gegangen. Sie hat sich vollkommen im Subspace verloren und ich weiß, dass ich sie erneut in diesen Zustand versetzen kann, um ihr Fragen zu stellen, die sie mir bei klarem Verstand niemals beantworten würde. Ich bin fast am Ziel angekommen. Aber das ist nicht der Grund, warum meine Hände zittern und ich meine gesamte Willenskraft benötige, um mich zusammenzureißen und der überlegene Master zu sein, den Ava jetzt braucht. Ihre Hingabe ist vollkommen, von ihrer Seite bedingungslos und es ist das geschehen, was ich am meisten befürchtet habe: Ich habe mich in das bezaubernde Wesen verliebt, obwohl ich es weder gewollt habe noch bereit dafür bin.

Ach was!

Für mich ist keine Liebe vorgesehen, keine Wärme, kein Glück. Mein Leben ist von Rache erfüllt, von Kälte, von Einsamkeit. Ich darf es nicht zulassen, darf mich nicht von meinem Plan abbringen lassen. Meine Vorgehensweise erscheint mir auf einmal fraglich und ich verstehe mich selbst nicht mehr. Doch ich bin im Moment unwichtig, alles, was zählt, ist Ava. Ihr darf nichts geschehen, wenigstens jetzt noch nicht.

„Ava, meine Kleine. Sieh mich an." Ich lege Nachdruck in meine Stimme. Sie zittert in meinen Armen und zeigt zunächst keine Reaktion. Zu meiner grenzenlosen Erleichterung flattern ihre Lider und sie schaut zumindest in Richtung meines Gesichts. Mich richtig wahrnehmen tut sie allerdings derzeit nicht.

„Trink." Ich halte ihr einen Becher mit verdünntem Saft an die Lippen und sie schluckt gehorsam, erst zögerlich, doch dann leert sie ihn. Sie kuschelt sich eng an mich, sucht instinktiv meine Nähe, und verflucht, ich verzehre mich ebenso danach wie sie.

Ich umfasse ihren Hinterkopf mit einer Hand und halte sie, während sie langsam zurück in die Realität gleitet. Ich bin da, um sie aufzufangen.

„Sloan", murmelt sie und lächelt so unglaublich verzückt, noch gefangen in den Nachwirkungen ihres überreizten Körpers. „Was hast du mit mir gemacht? Ich fühle mich so seltsam."

„Schhh."

Sie schlingt ihre Arme um meinen Hals und ich spüre, wie sie zu mir zurückkommt. Das Zittern hört auf und sie löst sich ein wenig von mir. „Ich … ich möchte nach Hause."

„Dann komm." Ich erhebe mich und ziehe sie hoch. Sie ist kaum in der Lage zu stehen. „Zieh das an, Caramella." Seth hat vorhin einen Sweater und eine Sweathose mitgebracht. Die Society hat immer genügend vorrätig. Sie sind die perfekten Kleidungsstücke, um müde und frierende Subs schnell und warm zu kleiden. Ich helfe ihr zuerst in die Hose und sie schlüpft anschließend in den Pullover. Ich reiche ihr noch ein Paar Socken.

Wenig später lege ich ihr den Arm um die Schultern und wir verlassen das Anwesen der Society durch den Hinterausgang, nachdem ich Seth Bescheid gesagt habe, dass alles in Ordnung ist.

Ava schläft während der Fahrt ein, und so kann ich mich meinen kreisenden unerwünschten Gedanken in aller Ruhe widmen. Leider kann ich keine Strukturierung in das Chaos bringen und weiß nicht mehr, was ich eigentlich will.

Du willst Ava!

Das Gesicht von Nola erscheint urplötzlich vor meinem inneren Auge und das erste Mal seit Ewigkeiten ist es nicht mit Blut besudelt, die Lippen aufgeplatzt und die Augen aufgerissen mit einem Ausdruck, der das erlittene Grauen widerspiegelt. Ich sehe Nola, wie sie den Karton aufreißt, den eBook-Reader herausholt und so hinreißend lächelt. Ihre blonden Haare schimmerten im Sonnenlicht und sie ist wie ein Sommertag.

Warum kann ich sie nicht immer derart warm und leuchtend in Erinnerung behalten? Was bin ich für ein Mann, was für ein Mensch, sollte ich Grigori Denisov ungestraft davonkommen lassen, obwohl ich so nah dran bin, ihn dafür bezahlen zu lassen, was er Nola und unzähligen anderen Frauen angetan hat?

Kann ich mir selbst in die Augen sehe, falls ich es zulasse, dass Ava alles verdrängt, was bis vor Kurzem mein Leben bestimmt hat, das so wichtig für mich war, wie atmen? Darf ich dermaßen egoistisch sein und Nola für immer aus meinem Bewusstsein löschen? Wird sie mich bis zum Ende verfolgen, auf meiner Seele sitzen und schlussendlich meine Liebe zu Ava vergiften? Darf ich für ein rosarotes Dasein, die Schwärze in mir verbannen?

Du verfluchter Arsch! Ist ja auch zu einfach anderen die Schuld für das eigene Versagen in die Schuhe zu schieben, bis sie darin feststecken und sich nicht mehr befreien können.

Wieder einmal bleibe ich im Fahrzeug sitzen, nachdem ich den Motor ausgeschaltet habe. Ava wird wach und fasst nach meiner Hand. Sie weiß gar nicht, wie unglaublich besänftigend ihre Berührung für mich ist, wie sehr sie mich aus meiner vermeintlichen Balance bringt.

„Sloan, ist alles in Ordnung?" Ihre Stimme ist schlaftrunken und sie ahnt nicht, wie weit ich bereits vorhin gegangen bin, erinnert sich nicht mehr an die zwei Fragen, die ich ihr gestellt habe, die ganz klar ihr Tabu massakrieren.

‚Hast du geheime Konten entdeckt?'

‚Sagt dir der Name Grigori Denisov etwas?'

„Ich bin nur müde."

Sie sieht nicht sehr überzeugt aus und schenkt mir ein halbherziges Lächeln. „Habe ich alles richtig gemacht, Master?"

„Ja, du warst großartig, Caramella. Lass uns reingehen." Sie fängt wieder an zu frieren.

„Bekomme ich was zu essen? Ich … ich habe Hunger und würde auch gern noch etwas trinken. Machst du mir was zu essen?"

„Und erst eine Dusche?"

Sie wirkt plötzlich nicht mehr müde.

„Gemeinsam mit dir? Ich möchte …"

„Du möchtest …?"

„… dir wenigstens ein bisschen von dem zurückgeben, was du mir geschenkt hast, Sloan. Der Abend war … ist unglaublich schön und er soll noch nicht vorbei sein."

„Dann komm."

Eine halbe Stunde später liege ich unter ihr auf dem Bett und sie reitet mich in die höchste Verzückung. Beinahe hasse ich sie dafür.

Kapitel 17

Ich weiß, dass ich bereits einen Schlussstrich hätte ziehen können. Aber ich schaffe es nicht. Ich könnte Ava bei unserer nächsten Session dazu zwingen, mir alles zu verraten, was sie in den Akten von *Cipolla and Denbar* entdeckt hat. Das sage ich mir andauernd und dann bringe ich es nicht über mein verfluchtes Herz. Inzwischen weiß ich ja, dass sie etwas entdeckt hat. Acht Wochen ist der Maskenball jetzt her und längst ist Ava zu einem traumhaften Alltag für mich geworden, der dermaßen berauschend ist, dass ich mich mental nicht von ihr zu lösen vermag. Jede Sekunde, die ich nicht mit ihr zusammen bin, ist entsetzlich, denn sofort kehrt diese Kälte zurück und ich brauche Ava, um sie von mir fernzuhalten.

Ich möchte sie beschützen, will ihr am liebsten befehlen, sich einen anderen Job zu suchen, bei dem sie menschliche Arbeitszeiten hat und kein Sklave ihrer Firma ist. Ihr begeistertes Quietschen holt mich in den Moment zurück.

Ava streckt ihre Zunge aus, um Schneeflocken zu fangen. Sie strahlt vor Freude und fasst nach meiner Hand. „Und das ist diesmal wirklich nur eine Ausstellung?“

Ich bleibe stehen, umfasse ihre Schultern und fixiere sie mit meinem Blick. Sie vibriert vor Lebendigkeit, Glück und Freude. Ich habe bei ihr alles erreicht, was ich erreichen wollte, was ich so kaltblütig geplant habe und ich fühle mich zweigeteilt und innerlich zerrissen. Mit jedem Lächeln, jedem Kuss, jeder Hingabe reißt sie ein weiteres Stück des abscheulichen Ichs aus mir, um es durch sich selbst zu ersetzen. Ich hasse mich und liebe sie.

„Es ist nur eine Ausstellung, versprochen.“

„Und ich lerne Freunde von dir kennen?“

„Ja.“

„Besondere Freunde?“

„Auch das.“

„Ich habe noch nie eine Malerin, einen Bildhauer oder eine Schmuckdesignerin kennengelernt. Und es ist so eine tolle Idee Gemälde, Schmuck und Statuen gemeinsam auszustellen.“ Sie lacht frech. „Du sagtest, dass der Bildhauer heiß wäre, dazu ein Italiener. Ich esse gerne Pasta, Pizza und Cannelloni. Das letztere ganz besonders.“

„Vorsichtig, Bunny. Sonst muss ich dir nach der Ausstellung das Fell ausrupfen, und zwar mit der Wurzel. Oder ich könnte mich versucht sehen, deinen runden Popo in eine Lasagneplatte zu formen.“

„Du meinst den hier?“ Sie wackelt mit besagtem Popo, der leider im Augenblick durch einen gesteppten Mantel und ein smaragdgrünes Wickelkleid bedeckt ist. Ich kann es kaum erwarten ihr gleich den Mantel abzunehmen, um sie in dem Kleid zu betrachten, das ihren Körper perfekt in Szene setzt. Ein derartig feminines Kleidungsstück ist wie für sie gemacht. Ihr Haar schimmert und sie trägt es offen. Ich liebe diese herrliche seidige Masse und wie es die Farbe verändert, je nachdem welches Licht herrscht. Ich weiß, dass sie saphirblaue Dessous und halterlose Strümpfe trägt. Die karamellfarbenen Stiefel sind dem Wetter geschuldet, aber sie stehen ihr äußerst gut. Es schneit wie verrückt und der Titel der Ausstellung könnte nicht passender sein. *Seduced by Winter*.

Ihre Wangen sind wegen der Kälte gerötet und sie ist so beängstigend schön. Nicht sie hat sich nur vom Fleck weg in mich verliebt, sondern ich mich auch in sie. Ich konnte es nur nicht erkennen.

„Sloan, du hast diesen eigenartigen Ausdruck auf dem Gesicht. Hattest du wieder einen Albtraum?“

„Ja, vorgestern Nacht.“ Es ist nicht einmal gelogen.

„Ich wünschte, dass ich dir helfen könnte. Aber …“ Sie legt ihre Hand gegen meinen Brustkorb. „… das geht nur, wenn du mich lässt.“

„Reden wir ein anderes Mal darüber. Lass uns den Abend genießen, danach das Wochenende und Montag, Dienstag, jede Sekunde."

Sie hat sich zwei Tage freigenommen und sie braucht die Ruhe. Ich werde nach dieser Zeit eine Entscheidung treffen: Entweder offenbare ich mich Ava oder ich benutze sie. Dabei weiß ich schon längst, dass zumindest die zweite Option keine mehr ist. In beiden Fällen werde ich sie verlieren. Daran hege ich nicht den geringsten Zweifel. Allerdings könnte ich mein dunkles Geheimnis auch für mich behalten. Aber ich weiß, dass Nola dann immer zwischen uns stehen würde. Ava ist so sensibel, dass sie merken würde oder vielmehr bereits merkt, dass ich etwas vor ihr verberge. Shit!

Wir hasten weiter und erreichen nach fünf Minuten die Galerie. Ich halte Ava die Tür auf und eine willkommene Wärme schlägt uns entgegen sowie Stimmengewirr. Ich helfe Ava aus ihrem Mantel, ziehe den eigenen aus und bringe die Kleidungsstücke zur Garderobe.

„Sollen wir uns erst ein wenig umschauen?"

„Gerne." Sie hüpft aufgeregt von einem Bein auf das andere. Manchmal ist sie frei wie ein Kind. Ich liebe das an ihr.

Ich lege Ava den Arm um die Schultern und wir schlendern in den ersten Ausstellungsraum. Zwei Statuen von Ricardo Costa stehen an der Tür, und obwohl ich Arbeiten von ihm kenne, verblüfft mich jedes Mal die Detailtreue, mit der er seine Werke versieht. Die eine hält einen gespannten Bogen in der Hand und die andere eine Kugel. Beide sind mit silbernen Schmuckstücken von Rebecca Maxwell verziert und die Rubine wirken fabelhaft auf dem polierten schwarzen Stein.

„Wunderschön", flüstert Ava andächtig.

„Findest du?"

„Ja, die Frauen sehen so in sich versunken und stolz aus. Ich habe noch nie so exquisite Kunstwerke gesehen."

Wir laufen weiter und bleiben vor dem ersten Gemälde stehen. Eine blutrote Rose liegt im Schnee und von ihr führen Fußspuren weg. Eine Feder schwebt über der Blüte, das Zeichen des Vertrauens und des BDSM-Clubs, dem die Malerin angehört.

„Das ist fantastisch. Es wirkt so traurig und gleichzeitig so lebendig. Die Rose sieht unglaublich echt aus, als könnte ich sie aus der Leinwand heben, um an ihr zu riechen. Das Bild würde großartig in deinem Wohnzimmer aussehen, an der Wand, wo das Sideboard steht."

Sie hat recht.

„Sorry, Sloan, das war vermessen von mir. Nur weil ich die Wochenenden bei dir verbringe, und manchmal oder immer häufiger, ein paar Tage in der Woche, bedeutet das nicht, dass ich dir reinreden darf, wie du zu wohnen hast."

Wenn mein Leben ein anderes wäre, hätte ich ihr jetzt vorgeschlagen, probeweise zu mir zu ziehen, und sie dürfte mein … unser Heim mit allen einrichten, was ihr in den Sinn kommt, damit sie sich Zuhause fühlt. Ich muss und werde nach den gemeinsamen Tagen eine Entscheidung treffen, denn ich spüre in diesem Augenblick ganz deutlich, dass Ava mich zur Rede stellen wird. Meine Ausflüchte wird sie nicht länger hinnehmen. Ihre Frage nach meinen Albträumen hat das verdeutlicht.

„Vielleicht finden wir ein Gemälde, das dir noch besser gefällt."

„Wenn das so weitergeht, will ich sie alle haben." Sie starrt auf eine Winterlandschaft auf dem ein Apfelschimmel dem Betrachter entgegentrabt. „Entschuldigst du mich einen Moment. Ich muss mal auf die Toilette."

In diesem Augenblick entdecke ich Viola Sullivan. „Neben der Garderobe. Ich warte hier auf dich und stelle dich dann der Malerin vor."

Sie legt mir ihre Hand an die Wange und ich lege meine darüber, ehe ich sie auf die Innenseite ihres Handgelenks küsse. Ich weiß, dass sie das mag. Überhaupt liebt sie es, wenn ich das tue, egal auf welche Körperstelle. Sie lächelt mich an und die Düsternis in mir zieht sich zurück, wenigstens für den Augenblick. Ich sehe ihr noch nach, wie sie davonhastet und der Anblick ihres Hinterns, der sich unter dem anschmiegsamen Jersey abzeichnet, ist einen zweiten oder auch dritten Blick wert, oder in meinem Fall einen Dauerblick.

„Sloan." Viola hat mich entdeckt und hastet auf mich zu. Sie trägt ein enges schwarzes Shirt und ihr gerundeter Bauch lässt keinen Zweifel zu: Sie ist schwanger. Diese Neuigkeit haben mir sowohl Kim als auch Sally vorenthalten. Viola sieht wie das blühende Leben aus. Ich verstehe, warum John sie so sehr liebt.

♠♣♥♦

Erleichtert schließe ich die Tür hinter mir und atme einmal tief durch. Ich weiß nicht, ob ich es mir nur einbilde, jedoch habe ich das immer stärker werdende Gefühl, dass Sloan etwas Erhebliches vor mir verbirgt. Doch ich kann es nicht festnageln, weil Sloan ein Meister darin ist, seine Emotionen zu kontrollieren. Es ist allerdings anders als bei Leander. Bei Sloan bin ich absolut sicher, dass er mich nie betrügen würde. Das würde er als einen Affront gegen sein Ehrgefühl erachten, seinen persönlichen Kodex, den er auf gar keinen Fall überschreiten würde. Auch bei sehr intensiven Sessions behandelt er mich nie respektlos, sogar wenn er Dinge von mir verlangt, die ich ihm nicht immer auf der Stelle freiwillig überlasse. Ist eine dritte oder weitere Personen anwesend, putzt er mich niemals runter, verbietet mir den Mund oder macht mich klein. Das Gegenteil ist der Fall. Er wertschätzt mich sehr.

Ich glaube fest daran, dass Sloan mich auf eine Weise liebt, wie es vor ihm kein anderer Mann getan hat und es auch nach ihm nie wieder jemand wird. Und dennoch ist da was, was sich nicht richtig anfühlt, ein Störfaktor, der tief in mir schwingt, mal mehr, mal weniger stark, aber stets bemerkbar. Als ich aus der Kabine heraustrete und zum Waschbecken laufe, fällt mir auf der Stelle, der auf der Ablage liegende Manila-Umschlag auf. Hat Sloan sich doch ein Spiel für heute Abend einfallen lassen? Allerdings hat er nichts mit den edlen Materialien zu tun, die die *Wild Card Society* benutzt. *Ava Silver* – steht auf der Oberfläche, aufgedruckt auf ein weißes Klebeetikett. Jeder kennt dieses Gefühl, eine eisige Vorahnung, die man nicht genau definieren kann, aber die einen eindeutig warnt und obwohl es keinen Zweifel an der Natur dieser Signale gibt, das innere Navigationssystem einem ein BITTE WENDEN entgegenbrüllt, biegt man trotzdem rechts ab. Ich greife nach dem Umschlag und reiße ihn an der Vorrichtung auf.

In ihm sind ein Foto in DIN A4 Größe und ein Blatt Papier. Ich starre auf das Foto, nehme jedes Detail in aller Deutlichkeit wahr, während der Raum um mich herumflirrt, der Boden unter meinen Füßen schwankt und mir das Sandwich, was ich heute Mittag gegessen habe, wie ein Elefant in meinem Magen herumhüpft.

Das kann nicht sein!

Ich kann meine Empfindungen nicht analysieren, denn sie sind zu hart, gewalttätig und sie prügeln auf mich ein. Ich blinzele, um meinen vor Tränen verschleierten Blick zu klären, bis ich erneut auf Sloan und Natascha starre, die sich gegenüber an einem Tisch in einem Restaurant sitzen.

Mein Verstand klappt einfach zu und ich weiß nicht, wie lange ich auf das Abbild glotze, das in meinen zitternden Händen liegt, unfähig mich aus der Versteinerung zu lösen, bis jemand den Waschraum betritt und an mir vorbei in eine der drei Kabinen geht.

Nicht weinen! Nicht zusammenbrechen! Nicht kotzen! Ich schiebe das Blatt Papier nach oben.

‚Wenn du ihn wirklich liebst, lässt du nicht zu, dass er seinen Plan mit deiner Hilfe durchzieht.'

Darunter steht eine Mobilfunknummer.

Ich weiß nicht, was ich tun soll, während ich verzweifelt zu begreifen versuche, woher Sloan Natascha kennt, warum er mit ihr an einem Tisch sitzt. Sie lächelt und seinen Ausdruck kann ich nicht erkennen. Unser ganzes verrücktes Aufeinandertreffen prasselt auf mich ein, wie sehr er mich vom ersten Moment an für sich gewonnen hat, dass ich mich ihm geöffnet habe, er Dinge von mir erfahren durfte, die ich selbst nicht kannte. Bei ihm gab es kein Zurückweichen, kein Verstecken, kein Zögern, kein Herantasten. Hat er mir die gesamte Zeit seine Gefühle nur vorgespielt? Wozu? Das alles macht keinen Sinn.

Ich bekomme keine Luft mehr und will nur noch raus hier. Sloan jetzt gegenüberzutreten ist unmöglich. Ich breche beinahe doch in Tränen aus, da meine Tasche mit meinem Haustürschlüssel und Papieren in seinem Haus liegt, weil ich kein Auto vor der Tür stehen habe, mit dem ich flüchten kann und ich habe nicht einmal Geld bei mir, mit dem ich ein Taxi bezahlen könnte.

Scheiße! Scheiße! Scheiße!

Aus meiner zugeschnürten Kehle drängt sich ein Schluchzen. Ich schlage die Hand vor meinen Mund, um es abzudämpfen, hebe den Kopf an und blicke in den Spiegel. In diesem Zustand kann ich Sloan nicht gegenübertreten. Wenn wir allein wären, wäre es schlimm genug. Aber so? Unmöglich. Oder? Bei Leander bin ich einfach aus der Wohnung gerannt, habe meine Wut in mich hineingefressen, ihm vor Natascha keine Szene gemacht, sondern mir eingeredet, dass mein Abgang ein würdevoller gewesen ist. Doch das habe ich oft bereut. Zudem bin ich nicht mehr die Frau, die ich zu der Zeit gewesen bin. Ich bin stärker, habe durch Sloan Seiten in mir entdeckt, die mich mit Stolz erfüllen. Ja, ich könnte auch still an ihn herantreten, ihm erzählen, dass mir schlecht geworden ist und ich auf der Stelle nach Hause will. Doch er würde es mir sowieso nicht abkaufen, dazu kann er viel zu gut Reaktionen und die Körpersprache eines Menschen lesen. Ich habe ein außergewöhnliches Gedächtnis, aber Sloan ist außergewöhnlich darin einen Menschen einzuschätzen, aufgrund der ganzen Kleinigkeiten, die unser Körper, unbemerkt von einem selbst, zur Schau trägt.

Allerdings weigere ich mich, dem Pfad meiner Gedanken zu folgen, dir mir klar aufweisen, dass Sloan und ich nicht ungesteuert aufeinandergetroffen sind und dass Natascha und Leander womöglich nicht zufällig im Bett gelandet sind.

Weitere Klingen bohren sich in mein Herz. Ich kenne niemanden auf der Ausstellung, den ich um Hilfe bitten könnte, und auch wenn ich mir ein Telefon ausleihen würde, um Kay anzurufen, würde mir das nichts bringen, weil sie entgegen ihrer anfänglichen Behauptungen, die beiden Master inzwischen regelmäßig trifft und sie gemeinsam über ein verlängertes Wochenende nach Schottland gefahren sind. Ich weiß nicht, ob Kim oder Sally hier sind.

Ich sollte den Sprengstoff nutzen, der mir zur Verfügung gestellt wurde, und muss nur aufpassen, dass ich mich dabei nicht selbst in aberhunderte kleine Bröckchen zerteile, die man nie wieder zusammensetzen kann. Ich habe mich auf Sloan eingelassen, ohne Airbags, Spurkontrolle, Einparkhilfe und automatischen Warner, falls man zu dicht auffährt. Ich bin ungebremst mit ihm kollidiert. Aber warum hat er mich ausgesucht?

Cipolla and Denbar!

Die Stimme ist zuerst wie ein fernes Echo in meinem Verstand, während mein zerschreddertes Herz das Blut wild durch meine Venen pumpt, bis es ohrenbetäubend meine Seele erreicht.

Ich schlucke mehrere Male hart, bis ich die Tränen zurückdränge, was unglaublich schmerzt. Nein, was immer das anonyme Arschloch erreichen wollte, ich werde jetzt nicht den Schwanz einziehen und einfach von der Ausstellung verschwinden. Soweit die Theorie!

Ich halte meine Handgelenke unter kaltes Wasser und sehe mich nicht mehr im Spiegel an. Das ist besser so. Ich trockne mir anschließend die Hände ab, packe den Umschlag, falte ihn schmal zusammen und stecke ihn in den linken Ärmel meines Kleides. Ich weiß, wen ich anrufen kann! Ich warte, bis die nächste Frau in den Waschraum kommt und sie gibt mir bereitwillig ihr Smartphone.

„Ein Scheißkerl?“, fragt sie.

Ich nicke und tippe die Nummer des Notfallkontakts der *Wild Card Society* ein. Bereits nach dem zweiten Klingeln meldet sich eine männliche Stimme.

„Mein Name ist Ava Silver und ich brauche Hilfe.“ Ein paar Sekunden später fühle ich mich zwar nicht besser, aber wenigstens werde ich in zwanzig Minuten abgeholt. Ich gebe der Dunkelhaarigen ihr Telefon und laufe zurück in die Ausstellung. Sloan steht am Empfang und wirft nur einen Blick auf mich. Ich habe noch nie gesehen, dass er erbleicht, doch es geschieht jetzt tatsächlich.

„Ava, was ist …?

Er kommt nicht mehr dazu den Satz zu beenden, denn meine Handfläche knallt gegen seine Wange und leider ist es nicht halb so befriedigend, wie ich es mir vorgestellt habe. Zudem weiß ich, dass er mich gelassen hat. Mir ist es egal, wer mich alles anstarrt. Rot leuchtet die getroffene Stelle und es ist das erste Mal, dass ich jemanden geschlagen habe. Aber hey! Mit Sloan gab es eine Reihe an ersten Malen, also fügt sich mein Gewaltausbruch perfekt ein.

„Kommt Natascha auch? Vögelst du sie neben mir und ich bin für euch die Lachnummer des Jahrhunderts? Was ist, hat es dir die Sprache verschlagen?“ Ich kann nichts dagegen tun, dass meine Stimme kippt und es mir auf ganzer Linie misslingt, mich wie ein eiskalter Racheengel anzuhören. Inzwischen heule ich doch und ich hasse mich so sehr dafür.

„Gibt es hier ein Problem?“, fragt eine Stimme, die so autoritär, befehlsgewohnt, aber auch ruhig ist, dass ich mich ihr automatisch zuwende. Ein dunkelhaariger Mann mit grauen Augen steht seitlich hinter mir und sieht mich besorgt an.

„Das kann er Ihnen am besten beantworten.“

„Sloan?“

Natürlich kennt er den Mann, der mir in mehr als einer Weise, den Boden unter den Füßen fortgerissen hat und er hält mich bestimmt für eine psychopathische Irre. Zu meinem Erstaunen bleibt er weiterhin gefasst.

„Ihr könnt in eines der Büros gehen …“

Ich falle ihm einfach ins Wort. „Das ist nicht nötig, ich werde gleich abgeholt.“

„Ava, lass uns nach Hause fahren und dann erkläre ich dir alles.“

„Nein, ich kann das jetzt nicht. Ich …“ Zu meinem Entsetzen breche ich richtig in Tränen aus und finde mich plötzlich in dem Armen des Dunkelhaarigen wieder.

„Dean, lass sie …“

„Das ist nicht hilfreich, Sloan“, sagt Dean.

„Ava, bitte …“

Ich will Sloan noch so vieles an den Kopf donnern, doch ich bin schlichtweg unfähig zu sprechen. Dean lässt mich langsam los. „Du bist in guten Händen bei dem, der dich abholt?“

„Ja.“ Das hoffe ich zumindest.

„Ich hole deinen Mantel.“ Sloan weiß, wann ein Kampf verloren ist und ich würde nur mit ihm gehen, wenn er mich über seine Schulter werfen würde. Aber das traut selbst er sich nicht. Ein paar Minuten später drückt er Dean meinen Mantel in die Hände. Seinen hat er inzwischen angezogen.

„Ava, bitte komm mit nach Hause, damit ich dir alles erklären kann."

Ich reiße meinen Blick von dem gesprenkelten Fußboden los und sehe ihm direkt in die Augen. Seine sind schmerzerfüllt und voller Angst, sodass ich beinahe einknicke. Er hat Angst mich zu verlieren. Vielleicht habe ich überreagiert.

Stopp! Dich trifft keine Schuld. Fang bloß nicht wieder mit dem Scheiß an. Das Foto hat eine ekelhafte Geschichte und Sloans Verfehlung steht ihm klar ins Gesicht geschrieben. Er weiß genau, was er getan hat.

In diesem Moment kommen Ray und Dash persönlich in die Galerie gestürmt, begleitet von Jim, Seth und Bill. Damit habe ich nicht gerechnet und Sloan offensichtlich ebenso wenig.

„Ava, du kommst mit mir", sagt Dash und sein Tonfall ist sanft, im Gegensatz zu seiner Körperhaltung.

„Und du begleitest uns, Sloan", sagt Ray.

„Möchtest du wirklich mit ihm gehen?" Obwohl ich Dean nicht kenne, fühle ich mich sicher bei ihm.

„Ja, er bringt mich nach Hause."

Dean nimmt langsam seine Hände von mir und schaut Dash an, wobei er dicht an ihn herantritt. Dash hebt die Hände. „Ich weiß, dass ihr im *Federzirkel* einen Kodex befolgt, ebenso wie wir. Ich versichere dir, dass ich auf sie achtgeben werde. Sie ist eine unserer *Wild Cards* und wir werden alles tun, um ihr zu helfen. Komm, Ava."

Sie starren sich schweigend in die Augen und dann nickt Dean. Dash legt den Arm um mich und führt mich aus dem Gebäude. Ich will mich nach Sloan umdrehen, bekämpfe aber den Drang und Sekunden später sitze ich auf dem Rücksitz einer Limousine neben Dash.

„Ava, was ist passiert?", fragt er, ehe wir losfahren.

„Ich … meine Handtasche mit meinem Schlüssel ist bei Sloan."

Er zieht ein Smartphone aus seiner Tasche und wischt über die Oberfläche und sagt demjenigen, den er angewählt hat, dass sie meine Tasche holen sollen. „Du übernachtest heute bei der Society. In deinem Zustand lasse ich dich nicht alleine. Erzähle mir, was Sloan dir angetan hat? Es kann keine Kleinigkeit sein. Ich schätze dich nicht als eine Frau ein, die leicht die Nerven verliert."

Der Wagen setzt sich in Bewegung, während ich versuche in Worte zu fassen, was ich selbst nicht begreifen kann. Soll ich Dash das Foto zeigen? Für einen Rückzieher ist es jetzt zu spät. Zudem würgt mich die Erkenntnis, dass ich Hilfe brauche und wahrscheinlich auch Sloan. Das kann keiner von uns allein durchstehen. Es ist wie eine dunkle Wolke am Horizont, die sich zu einer tiefschwarzen Wand entwickelt und in einer Geschwindigkeit auf mich zurast, sodass ich es nicht schaffe, mich zu retten.

„Mein Ex hat mich mit unserer Putzfrau Natascha betrogen, und als ich aus dem Waschraum der Galerie gekommen bin, lag ein Umschlag mit meinem Namen neben dem Waschbecken. Darin war ein Foto von Sloan mit Natascha." Jede einzelne Silbe bleibt mir fast im Hals stecken.

„Nur das Foto, sonst nichts?"

Für einen Moment spiele ich mit dem Gedanken ihn anzulügen. Aber ich weiß, dass er es sofort merken würde. Ich ziehe den Umschlag aus meinem Ärmel und reiche ihn Dash.

Er nimmt den Inhalt heraus, schaltet das Innenlicht ein und sieht kurz darauf, „Hast du die Nummer angerufen?"

Ich schüttele den Kopf. „Ich habe ein Telefon ausgeliehen, um die Society anzurufen, weil meins bei Sloan zu Hause liegt."

„Du hast dir die Notfallnummer gemerkt?"

„Ich habe ein besonders gutes Gedächtnis. Was ich einmal gesehen habe, speichere ich ab."

„Bevor ich weiter in dich dringe, muss ich eins wissen: Liebst du Sloan?“

„Scheiße, ja.“ Und dann breche ich abermals in Tränen aus, weil meine Welt erneut um mich herum zu Staub zerfällt. Nur ist es diesmal weitaus schlimmer als bei Leander. Im Nachhinein betrachtet ist meine Liebe, die ich für Wilcock gefühlt habe, ein fades langweiliges oberflächliches Geflecht gewesen, das keinen Millimeter weit in mich gedrungen ist. Sloan hat in mir feine Wurzeln geschlagen, die mit jeder Minute an Kraft gewonnen haben, sodass es sich anfühlt, als würde er meine Seele, mein Herz, alles, was mich ausmacht, mit Gewalt nach außen zerren, um es gleißendem Sonnenlicht auszusetzen, bis es verdorrt.

Dash zieht mich gegen sich und ich weine in den Armen eines fremden Mannes, und ich bin zu zerstört um mich zu schämen, dass auch der Fahrer meinen Zusammenbruch mitbekommt. Ich lasse es einfach zu. Wozu stark bleiben, wenn die Welt um mich herum im Chaos versinkt?

„Hier.“ Dash reicht mir ein Taschentuch und ich putze mir die Nase. Inzwischen sind wir am Anwesen der Society angekommen und mein Verstand klärt sich etwas, sobald ich in der kühlen Nachtluft stehe. Ich nehme mehrere tiefe Atemzüge und lege meinen Kopf in den Nacken, sodass die Schneeflocken sich auf mein Gesicht legen. Kann es wirklich sein, dass Sloan mich nicht liebt, er lediglich ein perfides abscheuliches Spiel ausgetüftelt hat, um mir zu schaden? Der Schmerz in seinen Augen ist jedoch echt gewesen, da bin ich mir absolut sicher. Das war keine Heuchelei.

Er muss einen schwerwiegenden Grund haben.

„Du fragst dich gerade, ob es richtig war uns anzurufen? Ob du überreagiert hast?“

„Ich weiß es nicht. Sloan hat … fühlt sich so echt an und ich kann mir nicht vorstellen, dass alles nur ein Fake war. Oder rede ich mir das nur ein, um nicht ganz zu zerbrechen?“

„Er liebt dich, Ava“, sagt er ohne jedes Zögern. „Was immer er auch vorhatte, er konnte sein Herz nicht gegen dich verschließen.“ Er sieht mir in die Augen, ehe er seinen Arm um mich legt und mich Richtung Tür führt, die von einem livrierten Mann aufgemacht wird.

„Guten Abend, Mr Forger, Ava. Das Zimmer ist für unseren Besuch hergerichtet.“

„Danke, Roberto.“

Roberto tritt hinter mich und hilft mir aus dem Mantel, den er ebenso an sich nimmt wie Dashs.

Dash bringt mich zunächst in einen kleinen Salon. Eigentlich möchte ich jetzt alleine sein. Doch das steht außerfrage.

„Setz dich.“ Er zeigt auf die dunkelrote Couch, geht hinüber zu einem Barschrank und gießt etwas in zwei Gläser, nachdem er Eiswürfel hineingetan hat. Da sein Körper mir die Sicht versperrt, kann ich nicht erkennen, was es ist.

„Was weißt du über Nola?“, fragt er, als er mir eines der Gläser reicht und sich dann gegenüber von mir hinsetzt.

„Nur, dass sie überfahren wurde und der Täter Fahrerflucht begangen hat.“

„Hast du das Gefühl, dass sie über ihren Tod hinaus ein wichtiger Teil seines Lebens ist?“

„Nola ist ein Tabuthema für Sloan. Ich … wir waren noch nicht so weit, um darüber zu reden.“

„Du arbeitest bei *Cipolla and Denbar*. Du weißt, dass sie nicht nur die Upperclass vertreten?“

„Darüber darf ich nicht reden. Ich muss über alles, was in der Kanzlei geschieht, Stillschweigen bewahren.“ Er hüpft von einem komplizierten Thema zum nächsten, und das zeigt mir deutlich, dass er sich schon etwas zusammengereimt hat.

„Und das hast du auch noch nie gebrochen.“ Es ist keine Frage, sondern eine Feststellung. Er trinkt einen Schluck von der bernsteinfarbenen Flüssigkeit. „Aber es fällt dir schwer alles für dich zu behalten, weil du Bedenkliches entdeckt hast." Auch hier schwingt keine Unsicherheit in seiner Stimme.

Scheiße! Dash führt mich auf ein Terrain, das ich nicht betreten darf und es auch nicht will, da es mich im besten Fall nur meine Stelle kosten würde. Und bei Illoyalität würde mich kein Anwalt jemals wieder einstellen. Sie würden mich auf die tiefschwarze Liste setzen.

„Trink aus, Ava. Der Scotch wird dir guttun."

Eigentlich mache ich um harten Alkohol einen großen Bogen, aber meinen Verstand zu vernebeln, erscheint mir in diesem Moment verflucht verführerisch. Ich huste nach dem ersten Schluck, doch das Brennen ist angenehm und vertreibt die schreckliche Kälte. Dash sieht mich nur an, dringt nicht weiter in mich und wartet, bis in meinem Glas lediglich die Eiswürfel herumschwimmen.

Ohhhh! Ich vertrage wirklich keinen Alkohol und fühle mich wie in dicker Watte eingepackt, die alles dämpft und mir die Sicht vor den Augen verschwimmt.

„Jim bringt dich jetzt in dein Zimmer. Schlaf gut, Ava."

Wo kommt Jim auf einmal her?

Ich hatte Dash noch fragen wollen, was sie mit Sloan vorhaben, doch ich kann überhaupt nicht mehr nachdenken und offensichtlich auch nicht sprechen. Ich taumle, als ich aufstehe und Jim hebt mich hoch, ehe ich in einem Nichts versinke.

Kapitel 18

Die Gewissheit, dass die einsame Kackreise, auf der ich mich befunden habe, ein abruptes Ende genommen hat, ist wie die kälteste Dusche, die ich mir vorstellen kann. Ich kann mich nicht herauswinden! Noch sitze ich auf einem bequemen Sessel in der Bibliothek der Society. Dash und Ray geben mir die Chance zu erklären, was ich getan habe und vor allem warum. Aber ich habe nicht die geringste Ahnung, was schief gelaufen ist. Der Anblick von Ava in der Galerie verursacht weiterhin ein Zittern in mir, das ich nicht zu kontrollieren vermag. Da war so viel Entsetzen, Trauer, Schmerz in ihrem Blick gewesen, dass ich sofort gewusst habe, dass meine miese Fassade keine mehr ist. Was ist in dem verfluchten Waschraum geschehen? Als ich davorstand, ist nur eine dunkelhaarige Frau rausgekommen, die ich noch nie gesehen habe.

Was habe ich nur getan? Mein Karma beißt mir in den Arsch, genau, wie ich es verdiene.

Dash steht angepisst, und ich meine wirklich angepisst aussehend, an der Wand gelehnt und Ray sieht aus, als wollte er mir auf der Stelle den Hals herumdrehen, am liebsten drei Mal nur um sicher zu gehen. Ich kann es ihnen nicht verdenken. Ray hält einen braunen Umschlag in der Hand, den er mir reicht. Bis jetzt haben sie kein einziges Wort gesagt. Ich ziehe das Foto heraus, anschließend das Blatt Papier.

Fuck!

„Du weißt, dass das hier auf zwei Arten laufen kann, Sloan. Du wirst reden, freiwillig oder auch nicht“, sagt Dash.

„Wo ist Ava?“

„Sie schläft in einem der Gästezimmer. Ich habe ihr ein Schlafmittel gegeben.“

Irgendwie fühle ich mich erleichtert, wie in einem Strudel, der mich hin und her wirbelt, mich währenddessen aus einem entsetzlichen Albtraum loslöst. Ich kann mich endlich jemandem anvertrauen und jetzt steht es außerfrage, dass ich Ava wie eine Zitrone ausquetsche. Eigentlich habe ich es verdient, dass sie mich verprügeln, mich spüren lassen, dass ich ihr Vertrauen missbraucht habe. Aber jetzt ist die Zeit gekommen, um zu gestehen, mir das erste Mal alles von der Seele zu reden. Ich komme nicht mehr raus aus dieser Nummer und will es auch gar nicht. Schachmatt!

„Mein Name ist Victor Adrenski und ich will den Vergewaltiger und Mörder von Nola zur Strecke bringen, der von der US Regierung eine neue Identität bekommen hat, weil er ihnen mehrere Arschlöcher ans Messer geliefert hat, um die eigene stinkende Haut zu retten."

„Ich brauche erst einmal einen Drink." Ray gießt Scotch in drei Gläser und ich stürze meinen hinunter, nachdem er ihn mir gegeben hat. „Du bist Russe?"

„Vater Russe, Mutter Engländerin."

„Was genau hat man Nola angetan und wer?", fragt Dash.

„Sein Name ist Grigori Denisov, ein Mitglied der russischen Mafia. Ich habe mit ihm ein paar Immobiliengeschäfte abgewickelt, obwohl ich wusste, wer er war." Ich schlucke hart und eine Eisenfaust umklammert meinen Magen. „Er hat besonders gut bezahlt und da sieht man nicht so gründlich hin. Ich war zu leichtsinnig, wollte nicht wahrhaben, dass ich mit dem Teufel Geschäfte mache, und war so unglaublich dumm Nola auf eine Party mitzunehmen, auf die er uns eingeladen hat. Er hat sie gesehen und wollte sie." Ich halte Ray mein Glas hin. Er holt die Flasche und füllt es zur Hälfte. „Natürlich habe ich abgelehnt und er hat es geschluckt. Das dachte ich zumindest. Nola war Lehrerin und er hat sie vor der Schule von seinen Männern abfangen lassen. Und dann …"

Ich leere das Glas, doch irgendwie versagt der Alkohol. „Er hat sie vergewaltigt, mehrere Male, sie geschlagen, mit Schnitten übersät und sie zum Sterben in einen Straßengraben geworfen. Sie ist allein unter schrecklichen Schmerzen gestorben. Und es hat lange gedauert. Sehr lange.“ Ich kann nichts gegen die Tränen tun, die mein Gesicht hinuntertropfen. „Nola war nicht sein erstes Opfer.“

„Verflucht, Sloan.“ Dash weiß es besser, als mich zu berühren.

„Ich wollte ihn umbringen, ihn leiden lassen. Doch es war unmöglich, an ihn heranzukommen. Und dann ist er verschwunden, wie ein Geist, den es nie gegeben hat. Es hat Monate gedauert, bis ich herausgefunden habe, dass er eine neue Identität in England bekommen hat. Allerdings konnte all mein Geld nicht seinen neuen Namen herausbekommen. Niemand weiß was.“

„Außer *Cipolla and Denbar*“, sagt Ray, der sich offensichtlich in der Zwischenzeit einiges zusammengereimt hat.

„Sie verwalten Offshore-Konten und Grigori würde niemals auf seinen Reichtum verzichten. Sie müssen wissen, wer er ist.“

„Und da kommt Ava ins Spiel.“ Dash bohrt seinen Blick in mich und ich erkenne nicht in seinen Augen, womit ich gerechnet habe. Er sieht mich nicht mit purem Abscheu an, sondern mit Verständnis, Trauer und Mitgefühl. „Was macht sie genau in der Kanzlei? Wir wissen, was sie verdient, das ist nicht allzu viel, und dass sie als Gehilfin eingestellt ist. Warum hast du dich nicht an eine der Anwältinnen herangemacht?“

„Ava archiviert alle Fälle in ein neues Computersystem und sie hat ein …“

„… außergewöhnliches Gedächtnis“, fällt Dash mir ins Wort. „Du hast sie als ein kleines, nichtsdestotrotz sehr einflussreiches Glied in der Kette aufgestöbert, hast Natascha angeworben, um ihre Beziehung zu zerstören, Ava zu schwächen und angreifbar für dich zu machen. Sie hatte keine Chance gegen dich als erfahrenen Master zu bestehen.“ Er trinkt einen Schluck. „Aber dann hast du dich nicht nur in sie verliebt, sondern du liebst sie ebenso stark wie sie dich. Das hattest du nicht eingeplant, nicht wahr?“

„Meine Rache ist das Einzige gewesen, das mich am Leben gehalten hat. Und als sie zum Greifen nah war, brachte ich es nicht übers Herz, den finalen Schritt zu machen, weil ich sonst Ava verloren hätte. Ich konnte es nicht.“

„Kennst du die Nummer, die auf dem Zettel steht?“

„Nein.“

„Dann sollten wir herausfinden, wer dahinter steckt, ehe wir uns mit dir befassen. Wer immer das ist, scheint nicht dein Feind zu sein.“ Ray drückt auf den Knopf der Sprechanlage und bittet Roberto Cindy zu holen. „Du hast die Prinzipien der *Wild Card Society* in Grund und Boden getreten und wirst dafür zur Verantwortung gezogen werden, Sloan. Allerdings ist dein Solokampf beendet.“

„Das …“

„Halt die Klappe“, knurrt Ray. „Möchtest du uns jetzt etwa sagen, dass du uns nicht mit hineinziehen willst? Dazu ist es zu spät. Du weißt genau, dass Ava unter unserem Schutz steht und du hast ihr das Herz gebrochen, mit voller Absicht. Du hast uns betrogen. Und dennoch …“ Er trinkt sein Glas leer. „Du bist unser Freund. Immer noch.“

Seine Worte lösen in mir eine unglaubliche Erleichterung aus, die so heftig ist, dass ich für ein paar Sekunden die Augen schließe.

In diesem Moment klopft es an der Tür und Cindy läuft auf uns zu, obwohl laufen nicht der richtige Ausdruck ist, für die schlängelnden Bewegungen, die sie mit ihren Hüften macht. Sie ist die persönliche Assistentin von Ray und Dash, verschwiegen, und steht ihren Arbeitgebern absolut loyal gegenüber. Allerdings stellt ihr Körper ein Tabu dar und soweit ich informiert bin, haben sie niemals Hand an sie gelegt, was auch kein Wunder ist, weil sie meistens Frauen in ihrem Bett mag und kein devotes Härchen besitzt. Sie wohnt in einem Apartment im Dachgeschoss.

„Guten Abend. Was kann ich für euch tun?“ Fragend sieht sie Dash an, ehe ihr Blick mich streift.

Er hält Avas Smartphone in der Hand. Bevor sie mich hierher gefahren haben, haben wir ihre Tasche geholt.

„Bitte gib dich als Ava Silver aus. Wir müssen wissen, wer sich am anderen Ende der Leitung meldet.“

„Und wie soll ich mich melden? Wütend? Am Boden zerstört?“

„Am Boden zerstört.“ Dash tippt die Nummer ein, stellt es auf Lautsprecher und reicht das Phone an Cindy. Wer immer dahinter steckt, lässt sich Zeit, bis er antwortet.

Und dann meldet sich eine weibliche Stimme. „Hallo?“

Irgendwoher kenne ich sie.

„Hier ist Ava Silver.“ Cindy nimmt einen zitternden Atemzug und schafft es, sich tränenüberströmt anzuhören.

„Wir müssen uns treffen, Ava. Ich … ich will Sloan nur helfen, aber wenn ich direkt an Sie herangetreten wäre, hätten Sie mich für verrückt gehalten.“

Ich weiß, wer das ist. Es ist Nolas Schwester.

„Geben Sie mir das Telefon“, sage ich zu Cindy.

Cindy schaut zuerst zu Ray, der nickt, bevor sie es mir überreicht.

„Mascha, was zur Hölle hast du dir dabei gedacht?“

„Victor, bist du das?“ Sie bricht in Tränen aus. „Ich konnte nicht zulassen, dass du dich und Ava in Gefahr bringst. Du bist Grigori nicht gewachsen und du bist kein Mörder.“

Mascha ist die einzige Person aus meinem alten Leben, zu der ich noch sporadisch Kontakt pflege. Nie hätte ich in Erwägung gezogen, dass sie in England ist und sich einmischt. Sie wusste, dass ich Nola rächen will, aber darüber hinaus habe ich ihr nichts mitgeteilt.

„Wie hast du mich gefunden?“

„Das sollten wir persönlich besprechen."

„Morgen? Wo finde ich dich?"

Sie nennt mir ihre Adresse. „Bitte hasse mich nicht. Ich …"

„Ich hasse dich nicht, Mascha. Wir sehen uns morgen." Ich unterbreche die Verbindung.

Cindy ist in der Zwischenzeit gegangen.

„Das war Nolas Schwester."

„Anscheinend hast du von Anfang an Verbündete gehabt, die du nicht wahrhaben wolltest. Was willst du Ava sagen?" Dash schluckt hart und er lässt mich sehen, wie sehr er mit mir leidet.

„Die Wahrheit." Und ich weiß schon jetzt, dass mein Herz ebenso gebrochen ist, wie ihres. Sie wird mich hassen - schlussendlich. Und es gibt nichts, was ich tun kann, um meinen hinterfotzigen Frevel ungeschehen zu machen. Ich habe keine Ausrede auf meiner Seite, kann es mir nicht schönreden, dass ich bereit war, Ava zu opfern, nur um meine Rache zu bekommen. Die Erkenntnis, dass ich es wahrscheinlich nicht durchgezogen hätte, kommt zu spät und ist sowieso unzureichend.

„Du übernachtest hier und redest morgen mit Ava, sofern sie es will. Es aufzuschieben wäre fatal. Ray und ich entscheiden in ein paar Tagen, was wir mit dir machen, Victor."

♠♣♥♦

Noch bevor ich die Augen aufmache, weiß ich, dass etwas Schreckliches geschehen ist. Mir liegt ein Gewicht auf der Brust und mein Herzschlag beschleunigt sich von jetzt auf gleich. Endlich gelingt es mir meine verklebten Augen zu öffnen und die Erinnerungen kommen schlagartig zurück.

Sloan!

Er hat mich benutzt, mich verraten und mich offensichtlich nie richtig geliebt. Oder? Ich bin in der Society und möchte nur eines: nach Hause, wo ich mich in mein Bett verkriechen kann, um zu heulen, bis es nicht mehr so schrecklich wehtut. Aber so viele Tränen habe ich nicht. Warum hat er mir das angetan? Hat er wirklich Natascha auf Leander angesetzt? Ich schaue zum Fenster hinüber. Es schneit noch immer, und die Welt um mich herum dreht sich weiter, als wäre nichts geschehen. Offensichtlich habe ich die Nacht durchgeschlafen, denn draußen ist es hell. Mir fällt der Drink von gestern ein, den Dash mir gegeben hat. Er muss etwas hineingetan haben, damit ich schlafe. Eigentlich sollte ich zornig sein, bin es jedoch nicht. Ich bin froh über die Ruhe, die ich deswegen hatte. Andernfalls hätte ich die ganze Nacht geweint. Wie immer habe ich Kopfschmerzen nach einem Tränenausbruch. Jemand hat mir die Schuhe ausgezogen, ansonsten habe ich dieselbe Kleidung wie gestern an: das Kleid, das ich für Sloan angezogen habe, mit dem Gedanken, dass er mich darin bestimmt sexy findet. Aber das ist wahrscheinlich nur ein Wunschdenken, denn er hat sich nur mit mir abgeben, um mich auszunutzen. Doch dann erinnere ich mich an den Ausdruck in seinen Augen, der meinen erlittenen Schmerz widergespiegelt hat.

Ich kann nicht denken! Die Tür gegenüber vom Bett steht auf und zu meiner grenzenlosen Erleichterung ist es ein Badezimmer, das zudem mit allem ausgestattet ist, was ich brauche. Ich bemerke den Sweater und die Hose, die auf der Bank liegen, die am Fußende des Betts steht und der Anblick reicht aus, um die Verzweiflung erneut hochlodern zu lassen, bis ich mich vor Pein zusammenkrümme.

Nein, ich muss mich zusammenreißen, wenigstens, bis ich in den eigenen vier Wänden bin. Ich laufe ins Bad, reiße mir die Klamotten vom Leib und weiß, dass ich das Kleid nie wieder anziehen werde. Das Wasser aus der Dusche prasselt auf mich ein und ich lehne meine Stirn an die weiße Fliesenwand, während ich versuche, mich in den Griff zu bekommen. Es muss mir gelingen! Allerdings nicht heute, nicht jetzt in dieser Sekunde.

Ich muss mit Sloan reden, muss erfahren, warum er das getan hat. Sein Grund muss ein gewaltiger sein. Ich klammere mich verzweifelt an diesen Gedanken fest, in der Hoffnung, dass er nicht vergeblich ist. Ich schäume mich erneut ein, bilde mir ein, dass ich Sloan noch immer riechen kann und sobald ich die Lider schließe, sehe ich sein Gesicht vor mir, steigt in mir das Gefühl hoch, wie sicher ich mich in seinen Armen gefühlt habe. Allerdings verachte ich mich dafür, dass ich ihn herbeisehne, sogar im Moment. Ich weiß am allerwenigsten, was ich will.

Mittwoch muss ich zurück an meinen Arbeitsplatz und bis dahin muss ich Sloan vergessen, wenigstens so weit, dass ich tagsüber arbeiten kann. Weihnachten wollten wir gemeinsam verbringen. Meine Eltern sind während der Feiertage auf den Malediven und ich kann mich nicht einmal in mein Elternhaus retten.

Ich stelle das Wasser ab, trockne mich ab und schlüpfe in den bereitliegenden Morgenmantel. Wie ein Zombie komme ich mir vor, eine Untote, die nie wieder lebendig sein wird, deren Herz zu einem Klumpen erstarrt ist, gefroren bis in die Ewigkeit.

Nachdem ich mir dir Haare trocken geföhnt habe, wage ich es zum ersten Mal, in den Spiegel zu sehen. Zombie!

Es bringt nichts es aufzuschieben, ich will nach Hause. Ich laufe zurück in das Gästezimmer und ja, man kann virtuell gegen eine Wand prallen. Sloan steht an der Tür, in der Hand ein Glas Wasser und eine Packung Ibuprofen. Ich möchte ihn so gerne hassen, verachten, ihm mit Gleichgültigkeit begegnen, aber meine Emotionen sind so gewaltig, dass mir ein sehr ungewolltes Schluchzen aus der Kehle dringt und ich auf einmal so friere, dass ich im wahrsten Sinne des Wortes schlottere.

„Ava, es tut mir unendlich leid."

Ein Schwall Beleidigungen wartet auf meiner Zunge darauf, dass ich sie ihm entgegenschreie, doch dann sehe ich ihm in die Augen, bemerke die Tränen, die ihm die Wangen herunterlaufen und ich ahne, dass es nicht einfach wird, ihn zu verurteilen, egal, was er mit mir geplant hatte. Es ist fatal, mich von ihm berühren zu lassen, jedoch kann ich nicht anders, als zu ihm zu laufen und wehre mich nicht, als er mich in seine Arme zieht. Wir sinken gemeinsam zu Boden, und ich suche Trost bei dem Mann, vor dem ich eigentlich davonlaufen sollte. Wir klammern uns aneinander fest, aber tief in mir breitet sich die Gewissheit aus, dass es das letzte Mal ist.

„Ich weiß, dass du mir weder verzeihen kannst, noch habe ich es verdient, dass du mir verzeihst."

„Liebst du mich, Sloan?" Warum ich das frage, begreife ich nicht. Vielleicht brauche ich es für mich, damit ich mich daran festhalten kann.

„Ja, Ava. Ich liebe dich."

„Aber du wolltest mich nicht lieben?"

Er weicht meinem Blick nicht aus. „Nein, das gehörte nicht zu meinem Plan. Es ist einfach geschehen."

„Bevor du mir deinen Plan erklärst, brauche ich zuerst zwei von den Pillen."

Er steht auf und hilft mir hoch, die Gesten schrecklich vertraut, fürsorglich und liebevoll. Und doch befürchte ich, dass alles nur eine Farce gewesen und es sogar in dieser Sekunde ist. Er drückt zwei Tabletten aus der Folie und seine Hand zittert, als er sie mir reicht. Spielt er mir vor, dass er derart erschüttert ist? Es wirkt so echt und ist es auch. Ich wünsche mir, dass dem nicht so wäre. Wie viel einfacher wäre es in diesem Fall mich von ihm loszusagen. Ich spüle die Tabletten mit dem Wasser hinunter und mir fällt selbst das Stehen schwer. Ich bin bis ins Mark erschöpft.

„Setzen wir uns aufs Bett?"

Ich nicke und lasse mich auf die Matratze plumpsen. Sloan nimmt neben mir Platz, allerdings ohne mich zu berühren. Und dann erzählt er mir von Nola und seiner Rache. Ich kann seinen Schmerz sowohl körperlich als auch seelisch spüren, verstehe, dass nur der Gedanke an Vergeltung ihn davor bewahrt hat, Nola in den Tod zu folgen, aber ich bringe nicht die Kraft auf, ihm zu verzeihen, einfach dort weiterzumachen, wo wir gestern aufgehört haben.

„Wie ist dein richtiger Name?"

„Victor Adrenski."

„Und wie wolltest du die Informationen aus mir bekommen, falls ich sie dir nicht freiwillig gesagt hätte? Hättest du mich gefoltert?"

„Nein, Ava, ich hätte dich so tief in den Subspace getrieben, dass du mir geantwortet hättest."

„Das hast du schon getan, nicht wahr? Bei dem Agentenspiel." Da ist was in meinen Erinnerungen vergraben und bis zu diesem Moment habe ich gedacht, dass ich es mir nur einbildet habe. Doch dem ist nicht so. „Du hast mich gefragt, ob ich etwas über Grigori Denisov wissen würde und ob mir Ungereimtheiten bei *Cipolla and Denbar* aufgefallen sind."

Er streitet es nicht ab.

„Ich brauche eine Pause von dir."

„Eine Pause? Oder ist es das Ende?"

„Das kann ich dir nicht beantworten. Ich weiß es nicht, Sloan. Ich weiß gar nichts mehr. Soll ich dich Victor nennen? Welcher der Männer in dir ist der echte? Existiert Sloan überhaupt?" Im Moment bin ich so zerstört, dass ich nicht einmal weinen kann. Ein Klopfen an der Tür reißt mich aus dem paralysierten Zustand.

Es ist Dash. „Soll ich dich nach Hause bringen? Oder soll Sloan dich mit zu sich nehmen?"

Es wäre so einfach zu sagen, dass ich bei Sloan bleiben möchte, doch das funktioniert nicht. Ich brauche Zeit für mich, muss den Verrat von ihm verarbeiten, und mir darüber klar werden, wie es weitergehen soll.

„Ich brauche zehn Minuten, Dash."

Sloan beugt sich vor und küsst mich sanft auf die erstarrten Lippen. „Ich liebe dich, Ava." Dann steht er auf und geht.

Eine Stunde später schließt Dash meine Haustür auf und zieht mich zum Abschied in seine Arme. „Ich habe meine persönliche Telefonnummer in deinem Smartphone abgespeichert. Sobald du eine Entscheidung hinsichtlich deines Arbeitgebers getroffen hast, rufe mich bitte an. Und Ava …" Er streichelt mir über die Wange und auch das erinnert sich so schrecklich an Sloan. „Er liebt dich wirklich. Vergiss das nicht."

Die Tür fällt hinter mir ins Schloss und ich bin alleine mit mir und meinen Dämonen, die mich in Form von Einsamkeit, Selbstzweifeln und Verlust anfallen. Ich brauche eine Flasche Vernunft oder Wein. Ich entscheide mich für die zweite Option, weil Vernunft bis auf Weiteres ausverkauft ist.

♠♣♥♦

Mascha sieht Nola dermaßen ähnlich, dass mir ihr Anblick Pfeilspitzen in mein bereits zerstörtes Herz treibt. Dass ich überhaupt noch etwas empfinden kann, ist ein Wunder. Eine Abscheulichkeit wie ich, verdient es nicht Emotionen zu fühlen, die reinen Menschen vorbehalten sind. Ich weiß, dass Ava entsetzlich wegen mir leidet, auch, dass sie es nicht schafft, mich aus tiefster Seele zu hassen. Dann wäre das, was ich ihr angetan habe, für sie leichter zu verkraften. Ich sehe ihr tränenüberströmtes Gesicht vor mir, bilde mir ein, ihren zerbrechlichen Körper in den Armen zu halten, ihre Wärme zu spüren und den blumigen Duft des Shampoos zu riechen, das sie vorhin benutzt hat. Es steht in den Sternen, ob ich sie jemals wiedersehen werde.

„Soll ich dich Sloan nennen?“ Ich höre Mascha an, dass sie mit sich ringt, ob sie das Richtige getan hat. Schlussendlich will auch sie die Drecksau tot sehen.

„Ja.“

Wir sitzen im kleinen Salon der Society, wobei ich mich frage, wie gründlich sie über mich Bescheid weiß. Dash und Ray haben mich gebeten, sie in das Anwesen zu bringen. Ich habe ihrer Bitte gern nachgegeben. Ihre Augen haben das gleiche Blau, wie das ihrer fünf Jahre älteren Schwester. Ihr blondes Haar ist allerdings ein wenig dunkler und sie trägt es kürzer. Es streift ihre Schultern, wenn sie sich bewegt.

„Ich will dich und Ava nur schützen.“

Ich nehme einen tiefen Atemzug, versuche mich zu kontrollieren, meinen hilflosen Zorn im Zaum zu halten und Mascha erst anzuhören, ehe ich mir ein Urteil erlaube. Schließlich hat Ava das auch für mich getan, mich angehört, obwohl ich es nicht verdiene. Mascha dagegen verdient es. Sie ist im Gegensatz zu mir kein berechnender Mensch, der kühl und überlegt vorgeht, um sein Opfer aus dem Hinterhalt anzufallen, es zu verwunden und dann seinem Schicksal zu überlassen.

„Papa ist vor zwei Jahren gestorben, Herzinfarkt.“

Mein letzter Kontakt zu Mascha ist vor gut sechsundzwanzig Monaten gewesen.

„Alexej ist tot?“ Die Nachricht trifft mich wie ein Hammerschlag.

„Du weißt, dass er nach Nolas Tod nicht mehr derselbe gewesen ist. Mit ihr ist auch er ein Stück gestorben.“ Tränen glänzen in ihren Augen. „Aber jetzt ist er bei Mama und bei Nola.“ Sie schluckt hart, ebenso wie ich.

„Er hat dich wie einen Sohn geliebt. Zuerst dachte ich, dass er sich in die Sorge um dich hineinsteigert, aber als ich nichts mehr von dir gehört habe, meine Anrufe auf einem scheinbar toten Telefon gelandet sind, hat seine Besorgnis auf mich übergegriffen. Er hat mir ein paar Tage vor seinem Tod das Versprechen abgenommen, dass ich dich aufspüren muss, um dich daran zu hindern, dass du dich und andere Menschen in Gefahr bringst, weil du nur für deine Rache lebst." Sie greift nach dem Wasserglas und trinkt, während sie darum kämpft, die Fassung zu bewahren. „Er hat mir Geld zur Verfügung gestellt und ich habe Monate gebraucht, um dich zu finden." Sie sieht mich an, sucht meinen Blick und fleht mich stumm an ihr zu verzeihen. „Sabrina ... Ich habe sie auf dich angesetzt. Sie ist eine Freundin von mir, Schauspielerin, und sie hat dich belauscht, als du dich das erste Mal mit Natascha im *Othello* getroffen hast. Deswegen wusste ich, dass du einer Frau schaden wolltest, um an Grigori heranzukommen."

„Was! Du erzählst mir ernsthaft, dass du sie bei mir eingeschleust hast."

Sie nickt. „Ja. Sie hat auch das Foto von dir und Natascha gemacht. Als du mit Ava im *Othello* aufgekreuzt bist, hat sie auf der Stelle erkannt, dass du sie liebst, aber es nicht wahrhaben willst und sie hat mich benachrichtigt. Ich habe euch beobachtet, herausgefunden, wo Ava arbeitet und geahnt, dass du sie benutzt, um an das Scheusal heranzukommen. Ich weiß was *Cipolla and Denbar* für eine Kanzlei ist und dass sie Denisov vertreten haben."

„Warum hast du nicht mit mir geredet?"

„Weil du mir nicht zugehört hättest. Du bist von Rache zerfressen, was ich auch bis zu einem bestimmten Grad verstehe, doch Ava ist unschuldig."

„Das weiß ich nur zu gut."

„Und was wolltest du tun, sobald du ihn gefunden hättest? Grigori selbst zu Tode foltern? Riskieren, für immer ins Gefängnis zu gehen, für so einen Abschaum? England ist nicht Russland." Sie beugt sich vor und legt mir eine Hand auf die Schulter. „Wirf dein Leben nicht weg, Sloan. Ava liebt dich und sie wird dir verzeihen, wie könnte sie das nicht?"

„So sicher bist du dir?"

„Du hast es nicht bis zum Schluss durchgezogen, obwohl du es schon gekonnt hättest, weil du sie liebst. So ein Mist aber auch, dass dir das in die Quere gekommen ist. Du bist innerlich nicht halb so trostlos, wie du es annimmst. Es ist nicht zu spät für euch."

„Und ich soll Grigori einfach davonkommen lassen?"

„Nein, das sollst du nicht. Es gibt bestimmt eine andere Möglichkeit, um ihn zu vernichten. Und vielleicht sagt dir Ava jetzt freiwillig, was sie weiß, ahnt, oder noch herausfinden kann."

Ich reibe mir mit den Handflächen über das Gesicht, während sich die Gedanken in mir überschlagen. Ich habe keinen zweiten oder dritten Plan und mir fehlt die Energie, um einen neuen auszuarbeiten. Wo soll dieser auch hinführen? Grigori muss sterben, was anderes kann ich nicht akzeptieren.

Aber kann ich ein Leben ohne Ava ertragen?

„Kämpfe um sie, Sloan. Das habt ihr beide verdient. Wirf nicht weg, was du gefunden hast. Ich glaube fest daran, dass dir das Schicksal Ava aus einem guten Grund geschenkt hat und es ist nicht deine Rache, sondern deine Erlösung aus der Vergangenheit, die nicht darin besteht, dass du sie und dich selbst opferst, du den Weg zu Ende gehst, von dem es kein Zurück mehr gibt."

„Du bist sehr erwachsen geworden."

„Ich habe es Papa versprochen, Sloan. Es ihm geschworen und das nehme ich nicht leichtfertig. Bitte verzeih mir."

„Warum hast du nicht eher eingegriffen, Mascha? Du beobachtest mich seit Monaten." Ich kann es nicht fassen, dass ich es nicht bemerkt habe, auch nicht, dass sie Sabrina bei mir eingeschleust hat.

„Ich wusste nicht, wie ich dich davon abhalten soll deine Rache durchzuziehen. Und ein Teil von mir …“ Ihre Stimme zittert. „… hat sich gewünscht, dass du es zu Ende bringst. Aber das ist so falsch. Es hätte dich ins Verderben gestürzt und dann hätte dich Nichts und Niemand zurückholen können. Du wärst an einen Ort gelangt, an dem dir kein Mensch folgen könnte, nicht einmal Ava.“

Jetzt rinnen Tränen über ihre Wangen und ich ziehe sie in meine Arme. Die bekannte Finsternis zerrt an mir und doch will ich ins Licht, in die Wärme, die Ava ist.

Kapitel 19

Ich habe nicht einmal Kay angerufen, um mit ihr über das Schreckliche zu sprechen, was Sloan getan hat. Darüber darf und kann ich nicht mit ihr reden. Dash und Ray werden dicht halten, das weiß ich einfach. Doch weitere Mitwisser sind zu gefährlich. Jeder Mensch hat das Bedürfnis sich irgendjemandem mitzuteilen und so werden Geheimnisse weitergetragen, bis sie zu den falschen Personen gelangen. Ich habe den gestrigen Tag dazu genutzt, die Ungereimtheiten, die ich in den Akten von *Cipolla and Denbar* aufgespürt habe, zusammenzutragen. Mich darauf zu konzentrieren hat mich abgelenkt, mich ein Stück aus dem finsteren kalten Loch gezogen, in das ich gestürzt bin.

Ich verstehe Sloan, kann bis zu einem bestimmten Punkt nachvollziehen, warum er mich ausgesucht hat, warum er bereit war mich zu benutzen, mich dazu zu bringen ihn zu lieben, damit er Nola rächen kann. Es wäre leichter für mich, wenn dem nicht so wäre. Ich schaffe es nicht, Ordnung in mein Gefühlsleben zu zwingen. Als ich Leander im Bett mit Natascha erwischt habe, war es problemloser, denn ihn verachtete ich auf der Stelle. Auch darüber habe ich gestern gründlich nachgedacht und begriffen, dass wir vor dem Vorfall schon länger kein glückliches Paar mehr gewesen waren. Leander hat mich nicht wirklich respektiert und ich glaube, dass er mich bereits vor Natascha betrogen hat. Ich wollte es mir nur nicht eingestehen. Eigentlich hat Sloan nur benutzt, was wir ihm geboten haben. Manch einer würde sagen, dass ich nur nach Ausflüchten suche, damit ich Sloan verzeihen kann. Allerdings wäre es ebenso eine Flucht nur Schwarz und Weiß zu analysieren und die ganzen Zwischentöne außer Acht zu lassen. Seine Liebe zu mir stelle ich nicht infrage. Vielleicht hat er es nicht verdient, dass ich so denke, aber ich verdiene es. Ich will vor den Feiertagen mein Leben in Ordnung bringen und dazu gehört auch, dass ich etwas tiefer in die Materie bei *Cipolla and Denbar* blicke, nicht so tue, als hätte ich nichts entdeckt. Wie könnte ich das mit meinem Gewissen vereinbaren?

Dash ist gestern Abend bei mir gewesen und er hat mir Fotos von Nola gezeigt, die er von Sloans Abzügen abfotografiert hat. Ich werde sie nie mehr vergessen. Und Dash hat mir eine Lösung aufgezeigt, sodass Sloan sich nicht die Hände schmutzig zu machen braucht, obwohl es wahrscheinlich das ist, was er will oder zumindest glaubt, dass er es will, weil er viel zu lange mit sich und seiner Rache allein gewesen ist.

Ich liebe ihn, aber ich brauche Zeit, bis ich ihm das wieder sagen kann. Als ich die Empfangshalle der Kanzlei betrete, fühle ich mich wie die Agentin, dessen Rolle ich beim Maskenball angenommen habe. Ich werde meiner Arbeit nachgehen, bis ich genügend Indizien habe, um sie der Society zu geben, damit sie ihren Plan in die Wege leiten können. Wenn ich Glück habe, schaffe ich es noch vor den Feiertagen, sodass ich das neue Jahr mit einem reinen Gewissen und arbeitslos antreten kann. Ich werde das Berufsfeld wechseln müssen. Aber nichts kommt ohne Preisschild. Ich könnte auch vor allem meine Augen verschließen und in meinem vorherigen Leben weitervegetieren. Doch das ist unmöglich. Ich kann nicht mehr umkehren, mit dem Wissen, was ich schon jetzt habe. Mein Herz schlägt mir bis zum Hals, als ich der Security zulächele und zum Fahrstuhl haste. Einige meiner Kollegen warten bereits auf ihn und ich nicke ihnen unverbindlich zu. Wir sind von *Cipolla and Denbar* beeinflusst worden und es gibt keine Nähe oder Freundlichkeit unter uns. Ich will das nicht mehr. Alle steigen vor mir aus und ich bin allein, als ich auf meiner Etage aussteige. Ich liebe es hier oben und auch jetzt lässt mich die Atmosphäre nicht kalt. Irgendwie ist es auf dem Dachboden wie in einer Bibliothek, die ich für mich habe. Ich ziehe den Mantel aus, hole meine

Thermoskanne mit meinem Tee aus meiner Tasche sowie ein Sandwich und schalte meinen Computer ein.

Ich rufe mir die Farbnamen auf und suche gezielt in den Papierakten nach irgendwas, das auf Grigori Denisov hinweist, und werde kurz vor Feierabend fündig bei einem Kürzel R. E., die zweiten Buchstaben in Vor- und Nachname. Sie führen auf ein Offshore-Konto in Singapur und auch zu dem Fall mit der angeblichen Fahrerflucht. Ich überprüfe das mit anderen Farbnamen und werde jedes Mal fündig. Wenn man weiß, wonach man sucht, ist es einfach. Ich präge mir die Nummern ein, unschlüssig, ob ich wirklich Dash und Ray in meine Erkenntnisse einweihen werde. Doch das brauche ich nicht heute zu entscheiden.

„Ava."

Ich schreie vor Schreck auf und lasse beinahe die Akte fallen, die ich in der Hand halte. „Mr Denbar, Sie haben mich zu Tode erschreckt."

Mr Denbar lächelt mich nicht an und nimmt mir die Akte aus der Hand. Scheiße!

„Ich habe nicht mit Besuch gerechnet." Ich lege eine Hand auf mein Herz und zeige meine Reaktion in aller Deutlichkeit. „Sie sind der erste Mensch, der mich, nachdem Miss Aggerton mir den Dachboden gezeigt und die IT alles eingerichtet hat, hier oben aufsucht. Huuhhh. Alle anderen rufen an."

„Das haben Sie gerade eingescannt?" Er schlägt den Ordner auf.

Ich darf nicht lügen. Das kann er nachprüfen.

„Nein, ich habe nur noch einmal etwas nachgeschlagen, weil ich befürchtet habe, ich hätte sie falsch abgelegt. Sie kennen doch sicher dieses Gefühl, wenn man denkt, man hätte die Herdplatte angelassen, obwohl man sich sicher ist, dass man sie ausgeschaltet hat und so war es dann auch." Ich weiche seinem Blick nicht aus, während er mich taxiert wie ein irischer Mafiaboss, der sich bereit macht, seinem Opfer mit einem Beil die Arme abzuhacken. Er ist durchschnittlich groß, aber kräftig gebaut und ich könnte ihn mir eher in einem Boxring vorstellen als im Gerichtssaal.

„Sie kommen gut voran, habe ich gehört und Ihr System soll unschlagbar sein, genau wie ihr Gedächtnis."

Ich sehe nicht hin, als er die Akte auf meinen Schreibtisch legt.

„Vielen Dank, Mr Denbar."

Warum ist er wirklich hier?

„Ich wollte Ihr Gedächtnis auf die Probe stellen und Miss Aggerton eine stundenlange Recherche ersparen. Ich brauche Ihre Hilfe und hoffe, dass sie das Gesuchte bereits archiviert haben." Er zwinkert mir zu und auf einmal wirkt er weder bedrohlich noch einschüchternd. Allerdings ist das nur eine Fassade, ein Schauspiel und ich kann mir gut vorstellen, wie er die Anwesenden im Gerichtssaal in seinen Bann zieht.

„Worum geht es?"

„Um Mord. Er hat seine Frau in die Gefriertruhe gepackt."

Ich weiß genau, welchen Fall er meint. Sie hat den eigenen Sohn missbraucht. „Das habe ich bereits archiviert. Ich schicke Ihnen die Datei."

„Sehr schön, Ava. Ich wünsche Ihnen einen schönen Abend."

„Danke, ich Ihnen auch."

Zehn Minuten später haste ich nach draußen in die Dunkelheit. Ich vermisse Sloan mit jeder Sekunde mehr und wünsche mir, dass er lächelnd vor der Tür auf mich wartet. Doch das tut er nicht. Natürlich nicht! Er gibt mir Zeit, geduldet sich, bis ich den ersten Schritt mache, wobei ich unsicher bin, ob es das ist, was ich wirklich möchte. Bei Leander war die Trennung simpel, wie ein kurzer scharfer Schnitt, der ihn mit einem Hieb von mir getrennt hat. Das erkenne ich jetzt deutlich. Vor Sloan habe ich das anders empfunden. Es stellte sich mir nie die Frage, ob ich Leander vergeben oder er eine zweite Chance verdiente. Aber bei Sloan ist alles von Anfang an komplizierter gewesen und sein Betrug ist kein simpler, den man auf Anhieb verurteilen kann. Es ist unmöglich, einfach nur nach vorne zu schauen, um schlussendlich den Frevel zu vergessen, auch, was hinter einem liegt.

Ich laufe zur U-Bahn-Station, froh, dass meine Bahn nach fünf Minuten kommt. In der Kabine sitzen Menschen, die allesamt furchtbar müde aussehen und erleichtert sind, endlich nach Hause zu kommen, in die Arme ihrer Liebsten.

Mist!

Ich dränge die Tränen zurück, denn ihnen schon wieder nachzugeben, würde mir nur Kopfschmerzen einbringen, keinesfalls Erlösung. Alle sehen auf den Boden oder starren nach vorne, gefangen in der Anonymität und Einsamkeit, die eine Großstadt mich sich bringt.

Sloan, was hast du nur angerichtet?

Ich möchte das alles nicht mehr. Ich möchte in einer Firma arbeiten, in der ich mich sicher und geborgen fühle und ich freundschaftlichen Umgang mit meinen Kollegen habe. Ich möchte aufs Land ziehen, möchte, dass jemand für mich da ist.

Eigentlich ist alles doch ganz einfach: Ich will Sloan.

Nach zwanzig Minuten steige ich aus der Bahn, haste wie ein grauer Schatten, der von niemandem wahrgenommen wird nach Hause. Ms Carlton muss bereits auf mich gewartet haben, denn sie reißt ihre Haustür auf, ehe ich meinen Vorgarten betrete.

„Ava, ich habe ein Paket für Sie. Es ist sperrig, aber nicht schwer."

Ich zwinge ein Lächeln auf mein Gesicht und sie bittet mich herein. Das etwa 1 m x 1,20 m große dunkelgrün verpackte schmale Paket lehnt an ihrer Flurwand. Es hat eine goldene Schleife.

„Vielen Dank, Ms Carlton."

„Das hat der sehr gut aussehende Mann vorbeigebracht, den ich schon öfter bei Ihnen gesehen habe.“ Unerwartet fasst sie nach meiner Hand. „Versöhnen Sie sich mit ihm, Kindchen. Das Leben kann ganz schnell vorbei sein und dann ist es zu spät.“

„Das ist aber nicht so einfach.“

„Doch das ist es. Ich würde alles dafür geben William selbst nach unserem schlimmsten Streit noch einmal in die Arme schließen zu dürfen. Ihm in die Augen zu sehen und mich in seine Arme zu werfen.“ Sie nimmt einen tiefen Atemzug. „In dem Blick von Mr Barker liegt der gleiche Schmerz wie bei Ihnen, Ava. So viel Liebe und Leid. Sprechen Sie sich mit ihm aus. Wenn man will, kann man beinahe alles zusammen überwinden.“ Sie lässt meine Hand los. „Verschwenden Sie das Glück nicht, was Sie haben könnten, sofern Sie es nur wollen.“

„Er hat sich Ihnen vorgestellt?“

„Er hat bei mir eine Tasse Tee getrunken.“

Oh!

Ich hebe das Paket hoch und es ist genauso leicht, wie Ms Carlton gesagt hat.

„Danke, Ms Carlton.“

Ich fasse das Paket mit beiden Händen und schließe ein paar Minuten später erleichtert meine Haustür hinter mir. Ausgerechnet jetzt muss der Stiefelreißverschluss klemmen und ich bin bereit ihn aufzuschneiden. Doch zu seinem Glück gibt er endlich nach. Ich bringe das Geschenk von Sloan in den Wohnraum, lege es auf den Esstisch und öffne die Schleife, ehe ich das Geschenkpapier aufreiße.

Es ist die Winterrose. Ich berühre die Leinwand, als müsste ich mich davon überzeugen, dass das Gemälde wahrhaftig vor mir liegt. Das Motiv ist sinnbildlich für Sloan und mich. Unser Liebe ist vergänglich und doch durch das Eis in der Ewigkeit gefangen. Ich nehme den Druck von der Wand und hänge anschließend den Keilrahmen auf. Erst dann öffne ich den Umschlag.

‚Bitte vergib mir, Ava. Ich weiß, ich habe kein Recht, dich darum zu bitten. Aber ich vermisse dich schrecklich.'

Danach rufe ich Dash an.

„Ava", sagt er sanft. „Du hast eine Entscheidung getroffen."

„Ja, das habe ich."

„Du bist gerade von der Arbeit gekommen, nehme ich an. Hast du Hunger?"

„Irgendwie schon."

Er lacht leise. „Magst du indonesisch? Ich bin in einer Stunde bei dir und bringe was zu essen mit. Zieh dir was Bequemes an und stell dir einfach vor, ich wäre deine beste Freundin." Jetzt lacht er laut, ehe er die Verbindung unterbricht.

Dash Forger macht mich fast so nervös wie Sloan und er weiß, wie einschüchternd er ist, ein Wissen, das ihm durchaus Vergnügen bereitet. Aber er ist mein Verbündeter und nicht daran interessiert, mich sexuell zu unterwerfen. Das muss ich stets bedenken, denn ansonsten werde ich wie eine Sprungfeder neben ihm sitzen, die bei der kleinsten Erschütterung losschnellt.

Wenn Dash die Informationen von mir bekommt, gibt es kein Zurück mehr. Dann setze ich eine Kette von Ereignissen in Gang, die unumkehrbar sind. Ich sehe Nolas Gesicht vor mir, die Schnittwunden über ihren Lippen, das Blut auf ihren Schenkeln. Nein, ich muss Sloan nicht vergeben, ich muss ihm Erlösung verschaffen.

Kapitel 20

„Setz dich, Sloan.“

Ich nehme auf dem Sessel Platz, während Ray und Dash stehenbleiben, dabei sollten sie doch wissen, dass ihre Psychotricks bei mir ins Leere laufen.

„Wir haben ein paar Bedingungen für dich“, sagt Ray und verschränkt die Arme vor der Brust. „Und sie sind nicht verhandelbar.“

Natürlich sind sie das nicht!

„Du wirst Ava ein Jahr lang unterstützen, unabhängig von ihrer neuen Stelle, selbst wenn sie nicht mehr mit dir zusammensein möchte. Du wirst ihr den Umzug bezahlen und für sie da sein, falls sie dich braucht.“

Für sie da sein … Meine Prioritäten haben sich vollständig geändert. Meine Rache ist weit in meiner Liste nach unten gerückt. Ich will Ava! Ich will ihr Lachen, ihre Wärme, ihre Hingabe. Ich will ihre Stimme hören, die Licht und Leben bedeutet. Sehen, wie sie unter meinen Händen bebt, wie ihre Augen vor Glück strahlen, wie sie mir ihr Vertrauen und ihre Liebe schenkt. All das habe ich verspielt! Oder?

„Ich gebe ihr alles, egal, was sie verlangt.“

„Es ist nicht Ava, die das verlangt, sondern wir. Wir haben sowohl mit den drei Sullivanbrüdern als auch mit den beiden Söldnern Sean Carrigan und Keith Logan gesprochen. Die Söldner haben alles in die Wege geleitet, um die Informationen an die richtigen Stellen zu bringen. Dein Rachefeldzug ist zu Ende, ohne dass du dir selbst die Hände schmutzig machst.“

Mein Rachefeldzug ist wirklich und wahrhaftig vorbei! Ich schließe kurz die Augen und versuche eine Logik in meine Gefühlswelt zu zwingen. Sollte ich mich nicht unglaublich erleichtert fühlen oder bin ich enttäuscht, dass ich Grigori nicht selbst zu Tode foltern kann? Mich darauf zu konzentrieren ist unmöglich, denn alles was zählt, ist Ava. Wenn sie mich nie wieder sehen will, dann muss ich das akzeptieren, schließlich habe ich ihr jeden Grund geliefert, um mich abgrundtief zu verabscheuen.

„Sie nimmt den Job bei Nicolas West an?“ Nicolas ist Anwalt und ein Cousin der Sullivans. Mir ist der Gedanke in der letzten Woche gekommen.

„Ja, sie mochten sich auf Anhieb“, sagt Ray.

Ich zögere es hinaus, die entscheidende Frage zu stellen und so sadistisch und blöd, wie die beiden grinsen, wissen sie es ganz genau.

„Wann fängt sie dort an?“

„Im März.“

„Und wann zieht sie um?“

„In drei Tagen“, sagt Dash.

„Und will sie mich wiedersehen?“, platzt es aus mir.

Dash räuspert sich. „Ava steht nicht nur unter unserem Schutz, sondern auch unter dem der Sullivanbrüder sowie von Sean und Keith. Aber das sollte dir keine Sorgen bereiten. Du bist ein Mann und fähig damit umgehen. Was allerdings die Subbiearmee angeht, die gegen dich in den Krieg zieht, falls du Ava schlecht behandelst …“

Sowohl er als auch Ray seufzen tief. „Niemand auf der Welt kann dich dann retten.“

Nicht gut behandeln …

„Ava ist nebenan, Sloan. Vergeig es nicht.“ Ray bohrt seinen Blick mehrere Male in mich hinein, bis er mir direkt in die Augen sieht. „Auch das ist nicht verhandelbar.“

Ich springe förmlich von der Couch und rase auf die Tür zu, die zu meiner absoluten Traumfrau führt, die ich sogleich aufreiße, sodass das die Klinke gegen die Wand knallt. Sie steht am Fenster und zuckt vor Schreck zusammen, ehe sie herumwirbelt. Sie ist furchtbar blass, ihr Gesicht schmal und sie starrt mich an, als könnte sie es nicht fassen, dass ich es wirklich bin. Egal, ob sie mich hasst, verabscheut und mich in die finsterste Hölle verwünscht, ihre Augen spiegeln deutlich die tiefe Liebe wieder, die sie für mich empfindet.

Ich weiß nicht, ob sie sich vorgenommen hat, cool zu bleiben, mir mit überlegener Arroganz, die sie sich wahrlich verdient hat, gegenüberzutreten, aber sie zögert keine einzige Sekunde und wirft sich förmlich in meine Arme.

Ich halte, rieche und spüre sie, während ich sie fest an mich presse. Gott, ich liebe diese Frau, verzehre mich nach ihr und ich weiß nicht, was ich getan hätte, wenn sie mich nie hätte wiedersehen wollen. Wir bleiben eine Zeit lang bewegungslos stehen, und anscheinend absorbiert sie meine Nähe ebenso wie ich ihre. Mein wild schlagendes Herz beruhigt sich und der Kloß in meiner Kehle verschwindet.

„Ava", murmele ich gegen ihr Haar und umfasse ihr Gesicht mit beiden Händen, um mich in den verwundeten blaugrünen Abgründen ihrer Augen zu verlieren. Ich habe das angerichtet, ich ganz allein. „Ich …"

„Nicht jetzt. Wir haben einen langen Weg vor uns, Sloan. Und der soll nicht mit Vorwürfen meinerseits beginnen. Ich habe die Fotos von Nola gesehen. Das ist Erklärung genug für den Anfang. Können wir uns hinsetzen, meine Beine sind etwas instabil."

„Du hast abgenommen."

„Du weißt doch, die obligatorischen fünf Kilogramm." Ihre Stimme ist erstickt und sie ringt sehr mit sich, um nicht zu weinen.

Ich setze mich auf die Couch und ziehe sie auf meinen Schoss. „Wenn du mich lässt, füttere ich dich solange, bis du wieder wie vorher bist. Bitte, lass mich, Caramella." Dabei weiß ich, dass ich sie nicht reparieren kann, dazu habe ich viel zu viel zerstört. Nachgiebig lehnt sie gegen mich und dreht mir das schöne Gesicht zu. „Ich liebe dich, Sloan Barker, und alles andere heilt mit der Zeit, das ist ein Fakt. Vor dir habe ich noch nie mit einer dermaßen unerklärlichen

Intensität geliebt und ich kann mir ein Leben ohne dich nicht mehr vorstellen. Das mag für andere falsch sein, aber für mich fühlt es sich richtig an."

„Du bist dir ganz sicher?"

„Ja, absolut. Und außerdem ist das Haus, in das ich einziehe, viel zu groß für mich allein."

„Du willst wirklich aufs Ganze gehen?"

„Das oder gar nicht."

„Du bist dir ganz sicher?" Erneut blubbert der Satz aus meinem Mund, was ihr ein freches Lächeln aufs Gesicht zaubert.

„Wenn ich einen Papagei gewollt hätte, Sloan Barker, dann hätte ich mir einen bestellt."

„Tatsächlich?"

„Mhmmm." Ihr Blick wird ernst. „Dash und Ray haben dir gesagt, was passieren wird. Kannst du damit leben? Das alles gehört nicht zu deinem sorgfältig ausgetüfteltem Plan." Sie sagt es ohne Vorwurf. „Ich weiß, dass deine Rache das Einzige gewesen ist, das dich davor bewahrt hat, vor Verzweiflung und Trauer wahnsinnig zu werden."

„Das habe ich gedacht, Caramella. Aber wie sich herausgestellt hat, bist du es und nicht eine selbst ausgeführte Rache. Du hast mich vom ersten Augenblick an verzaubert. Dich brauche ich."

Und dann bricht sie in Tränen aus. Ich fühle Nässe an meinen Wangen, als ich mich stumm meinem Schmerz hingebe. Doch sie hilft mir, allein durch ihre Anwesenheit.

Eine Stunde später laufe ich mit Ava den Waldweg entlang, der zu Nolas Grab führt und ich weiß, dass es das letzte Mal ist. Wir bleiben in der schneebedeckten Lichtung stehen. Es ist unglaublich friedlich. Der Schnee dämpft jegliches Geräusch und alles wirkt so rein.

Ava fasst nach meiner Hand und verschlingt ihre Finger mit meinen.

„Auf Wiedersehen, Nola“, wispere ich und lasse sie endgültig los.

Epilog

Die erste Nacht im neuen Haus - ich zucke bei jedem Geräusch zusammen und sehne den Beistand eines Hundes herbei. Es war eine blöde Idee sie allein zu verbringen. Alles ist ungewohnt, angefangen vom superteuren, unfassbar bequemen Boxspringbett bis zum Knarren des Fußbodens. Am liebsten würde ich das Licht einschalten und mich unter der Bettdecke verstecken. Doch dann würde ich überhaupt keine Ruhe mehr finden.

Kommt da gerade jemand die Treppe hinauf? Ich setze mich auf, horche angestrengt, aber mein wild klopfendes Herz löscht alles andere aus. Im Zimmer ist es zwar dunkel, jedoch kann ich die Umrisse der Möbel im Mondlicht erkennen. Meine Augen gewöhnen sich schnell an die Dunkelheit und ich kann immer mehr Details erkennen, die leere Seite des Bettes neben mir, auch dass die Bettwäsche ein helles verschlungenes Muster hat.

Jetzt reiß dich zusammen, du bist kein kleines Kind!

Niemand kann in das Haus gelangen. Die Schlösser sind die besten, die es auf dem Markt gibt, und sämtliche Fenster sind mit zusätzlichen Sicherungen ausgestattet. John Sullivan ist persönlich mit mir alles durchgegangen. Das Haus habe ich von den Brüdern.

Ich lege mich zurück, schließe die Augen, und nehme mehrere tiefe Atemzüge. Eine Hand presst sich aus dem Nichts auf meinen Mund und erstickt meinen Schrei, ehe er sich aus meiner Kehle löst. Er trägt nicht nur eng sitzende lederne Handschuhe, er ist maskiert und hat ein Messer in der rechten Hand, was er mir sogleich an die Kehle hält. Eiskalter tödlicher Stahl, der mir innerhalb eines Wimpernschlages das Leben rauben könnte.

„Ich will keinen Mucks hören, hast du mich verstanden? Du weißt, was sonst passiert.“

Sein Mund und seine Augen liegen frei und das betont das Bedrohliche um ein Vielfaches. Langsam löst sich der Druck von meinem Mund. Er zieht mir die Bettdecke vom Körper und ich trage leider nicht meinen Snoopy Pyjama, sondern ein oberschenkellanges Hemdchen aus einem seidigen Material.

„Was haben wir denn da Hübsches? Und du kleine Nixe, hast dir die liebreizende Pussy blank rasiert.“

Er schaltet das Licht der Nachttischlampe ein und ich sehe, dass ein Strick über seiner Schulter hängt. Wenn er mich damit fesselt, habe ich verloren!

„Stillhalten, Baby. Ich würde dich ungern mit dem Messer bestrafen, deinen Körper verletzen, ehe ich dich ficke.“

Mein Mund ist ausgetrocknet und ich versuche gegen die Panik anzukämpfen, die mich in ihrem Würgegriff hält, die droht, meine Brust zu zersprengen, sodass ich nicht mehr atmen kann.

„Spreiz deine Beine, damit ich besser erkennen kann, wie es um deine Spalte bestellt ist, ob ich ein bisschen Spucke brauche, um dich zu vögeln, oder du nass für mich wirst, wenn ich dich auf die richtige Weise stimuliere.“

Ich presse meine Schenkel aneinander und er berührt mit der Spitze des Messers, die Stelle zwischen meinen Schlüsselbeinen. Ein leichtes Brennen zeigt mir deutlich, wie scharf die Klinge ist.

„Der erste Tropfen Blut. Sollen noch weitere folgen?“ Seine Stimme ist ein schreckliches Flüstern, das mir einen Schauder über die Haut treibt.

„Deine Nippel sind geschwollen und ich wette, dass sie es mögen, wenn ich hart an ihnen sauge. Und jetzt auseinander mit den Beinen und winkel sie an. Ich frage nicht erneut.“

Er sieht mir direkt in die Augen und ich kann die Farbe nicht erkennen, außer, dass sie nicht braun sind. Ich tue, was er verlangt, stütze mich mit den Füßen auf das Spannbetttuch und zeige ihm, was er sehen will. Er leckt sich über die Lippen, ehe er sich zwischen meine Schenkel auf die Matratze kniet. Hilflos muss ich erdulden, dass er genau hinsieht, sich an dem Anblick aufgeilt, während ich vor Angst eingefroren bin, obwohl ich deutlich zittere.

„Hübsch. Aber du hast zu viel an für meinen Geschmack." Er beugt sich über mich und ich kann nichts gegen das verflucht flehende ‚Bitte' tun, das aus meiner zugeschnürten Kehle kommt.

„Du bettelst bereits, dabei habe ich noch gar nicht richtig angefangen. Bis jetzt ist es nur mein Blick, der dich streichelt. Allerdings habe ich vor, dich mit Händen, Zunge und natürlich meinem Schwanz zu berühren, dich auf jede erdenkliche Weise zu vögeln. Und es wird dir gefallen. Ich mache es dir nicht einfach, Baby. Ich will, dass du kommst und ich mache solange weiter, bis du es zulässt. Erst dann werde ich mich endgültig an dir sättigen und gehen."

Erneut spüre ich die Spitze der Klinge, zunächst unter dem rechten Träger, anschließend unter dem linken. Sie halten dem Stahl ebenso wenig stand wie ich. Zwei kurze Bewegungen seines Handgelenks und sie sind durchschnitten. Hinterher packt er das Hemdchen mit einer Hand, zieht es straff, ehe die Schneide den Stoff einschneidet, so schrecklich mühelos. Er legt das Messer neben sich, und ehe ich reagieren kann, reißt er den Stoff entzwei. Ich nutze die Gelegenheit, ziehe die Beine an und trete ihm gegen den Brustkorb, sodass er beinahe vom Bett fliegt. Doch leider reagiert er blitzschnell und wirft sich auf mich. Er ist viel schwerer, stärker und größer als ich, zudem ist sein Körper hart und unnachgiebig. Das Einzige, was ich mit meinem Angriff erreicht habe, ist, dass er wütend ist. Er presst mich in die Matratze, und ich schaffe es dennoch, ihm ins Gesicht zu schlagen, allerdings nicht annähernd hart genug, sodass er es kaum bemerkt. Seine Hände umschließen meine Handgelenke in einem eisernen Griff. Er hat mich, fesselt mich mit seiner Kraft und seinem Körper.

„Das war ein ziemlich blöder Fehler von dir und dafür werde ich dich bestrafen. Mit meinem Gürtel. Als hätte ich es geahnt, dass du eine von der Sorte bist, die es gerne etwas rauer mag." Er senkt den Kopf und dann spüre ich seinen warmen feuchten Mund, der an meinem rechten Nippel saugt, hart genug, um mir ein Keuchen zu entreißen. Der pulsierende Reiz beschränkt sich nicht nur auf meine Brustwarze, er rast durch meinen aufgewühlten Körper, der es nicht schafft, ihn als ekelerregend zu empfinden, so wie es eigentlich sein sollte. Er leckt über den Schmerz und ich presse meine Zähne aufeinander, um ihm nicht zu zeigen, dass es sich viel zu gut anfühlt.

Das darf nicht sein. Das ist falsch.

„Du hast wirklich prachtvolle Titten. Weißt du das?" Er beißt in die andere Warze, tut mir allerdings nicht so weh, dass ich es nicht aushalten könnte.

Würde er das doch nur tun! Mich mit Schmerz überfordern, sodass ich seine furchtbare Vorgehensweise, als schrecklich empfinden könnte. Stattdessen reagiere ich auf ihn mit Lust! *Nein, nicht du, sondern nur dein Körper.*

Mein Geschlecht wird nass für ihn, und als er sanft an der geschundenen Knospe saugt, kann ich nicht anders, als mir zu wünschen, dass er nicht damit aufhört.

Mit einer Hand reißt er sich die Maske vom Kopf und jetzt erkenne ich, dass er grüne Augen hat.

„Wie du bebst! Ahnst du eigentlich, wie heiß mich das macht?" Seine Stimme ist so tief und sie treibt mir einen weiteren Schauder über den Rücken. „Aber vor deinem Orgasmus kommt erst der Schmerz, das weißt du, nicht wahr? Oder möchtest du ihm entgehen, indem du dich freiwillig von mir fesseln lässt und dich nicht gegen meine Stimulation sperrst? Mir vielleicht sogar den Schwanz lutschst, ohne dass ich dich dazu zwingen muss?“ Er starrt mir in die Augen und ich kann nicht anders, als mich davon verschlingen zu lassen.

„Und dieser Ausdruck auf deinem Gesicht! Es sind nicht nur Panik und Angst, die du spürst, sondern das genaue Gegenteil. Und jetzt beweist du mir deine Kooperation, indem du dich auch meinem Kuss nicht widersetzt.“

Sein Gewicht hält meine Handgelenke immobil an den Seiten meines Körpers, als er seinen Oberkörper tiefer zu mir runterbeugt. Entgegen meiner Befürchtung krachen seine Lippen nicht auf meine, stattdessen berühren sie mich zunächst sanft, als testete er meine Bereitwilligkeit. Er löst den Griff um mein rechtes Handgelenk und fasst in mein Haar, allerdings ohne Druck auszuüben. Aber ich verstehe die Warnung. Seine Lippen liegen weich und warm einige Sekunden lang auf meinen. Ich versuche mir einzureden, dass es nur die Angst vor dem Gürtel ist, die mich den Kuss als annähernd angenehm empfinden lässt, selbst als er ihn vertieft, mit seiner Zunge in meinen Mund eindringt und diese Intimität sich den Weg durch meinen Körper bahnt. Ich schmecke ihn, und da ist nichts, was mir helfen würde, ihn als das anzusehen, was er ist. Ein Scheusal! Wenn er jetzt nackt wäre, könnte er einfach in mich eindringen. Beinahe liebevoll sieht er mich an, als er sich von mir löst.

„Arme nach oben“, sagt er leise, und doch schwingt seine Überlegenheit deutlich in seiner Stimme. Er braucht mich nicht anzuschreien, um seine Intentionen zu verdeutlichen. Dass er so ruhig ist, verdeutlicht seine Absichten, auch, dass ich nichts tun kann, um ihn daran zu hindern.

„Ich tue dir nicht weh, sofern du dich brav benimmst. Ich nehme und bekomme von dir, was ich will und du gibst es mir freiwillig, Baby. Andernfalls nehme ich es mir trotzdem. Lust und Schmerz liegen dicht beieinander und ich weiß beides geschickt zu kombinieren. Es hängt allein von dir ab, wie viele Tränen du für mich vergisst und auch welcherart sie sind.“ Er umfasst meine Kehle und zeichnet mit dem Daumen meine Unterlippe nach. Wäre ich doch nur mutig genug, ihn zu beißen. Wenn er doch nur die Handschuhe ausziehen würde! Der Geruch von Leder setzt sich in meinem Gehirn fest und ich weiß, dass ich jedes Mal an ihn denken werde, sobald ich Leder rieche.

Er lässt mir Platz, sodass ich tun kann, was er von mir verlangt. Seine Berührungen klingen in mir ebenso nach, wie der Kuss. Ohne Vorwarnung schlägt er mir fest auf den Oberschenkel und das Brennen verteilt sich sofort auf meiner Haut.

Ich strecke die Arme aus, bis meine Fingerspitzen das Kopfteil des Bettes berühren. Die Querverstrebungen sind mit weißem Lederimitat überzogen und ich verfluche mich, dass ich kein Bett gewählt habe, das es ihm schwerer machen würde, mich zu fixieren. Er führt ein Ende des Seils um eine der Verstrebungen, zieht daran, bis er zwei gleich lange Enden in den Händen hält, die er mir sogleich abwechselnd um die Handgelenke wickelt. Das Seil ist unerwartet weich. Ich habe Spielraum, doch ich vermute, dass er das nicht grundlos getan hat, denn so kann er mich auf den Bauch drehen, ohne die Fesselung zu lösen. Seine Handlungsweise zeigt deutlich, dass er das hier nicht zum ersten Mal macht. Ich kann mich zwar nicht aus dem Strick befreien, aber es schnürt mir auch nicht die Blutzufuhr ab. Mir stockt der Atem, als er nach dem Messer greift und die Spitze diesmal genau zwischen meinen Brüsten aufsetzt. Ich verkrampfe jeden Muskel, wünsche mir, dass selbst mein Herz zu schlagen aufhört und ich erreiche nur eines damit: dass ich furchtbar zittere.

„Bitte …"

Sein eisiger Blick lässt mich verstummen. Er streichelt mich mit dem Messer und ich erwarte, dass die Klinge eine blutige Spur bis hinunter zu meinem Venushügel hinterlässt, meinen warmen Körper grausam verstümmelt. Doch er verletzt mich nicht. Stattdessen lächelt er mich an, derart wissend und arrogant, dass ich ihm am liebsten in die Visage treten würde.

Ich weiß, was er beabsichtigt, weiß genau, dass ich ihm nichts entgegensetzen kann und dass mein Leib genauso auf ihn reagieren wird, wie er es vorausgesagt hat.

Er legt das Messer neben dem Bett auf den Boden und kniet sich erneut auf die Matratze. Warm liegen seine behandschuhten Handflächen an den Innenseiten meiner Oberschenkel, die er weiter für sein schreckliches Vorhaben spreizt. Zuerst spüre ich seinen Atem, der über mein überhitztes Geschlecht fächert.

„Ich wusste, dass du nass für meinen Schwanz wirst. Aber so schnell ist dennoch ein wenig überraschend." Ehe ich mich wappnen kann, leckt er mit der Breitseite seiner Zunge über meine Klit. Meine Reaktion verdeutlicht mir, dass ich schon längst verloren habe, und er von mir bekommen wird, was auch immer er möchte. Wie eine Spirale schraubt sich die pochende Lust durch meine Nervenbahnen, während er mich abwechselnd leckt und saugt, bis ich beinahe komme. Ich habe Mühe, mein Flehen zu unterdrücken, denn es wäre dem falschen Grund geschuldet. Inzwischen will ich, dass er weitermacht und keinesfalls aufhört. Er richtet sich auf und zieht sich das Shirt aus. Sein Oberkörper ist genauso muskulös, wie ich es befürchtet habe und wenn er es gewollt hätte, hätte er mich mit brutaler Gewalt nehmen können. Doch er verfolgt einen anderen Weg, und überzeugt meinen Körper mit sanftem Zwang, auf seine Stimulationen mit Lust zu reagieren. Er sieht mir ins Gesicht, als er Hose und Shorts auszieht. Sein Schwanz ist bereit für mich, hart und geschwollen steht er von seinem Unterleib ab. Er streichelt sich selbst, während er seinen Blick an meinen fesselt.

„Dreh dich um, Baby."

Ich tue es einfach, zu feige, um seinen Zorn zu schüren.

„Knie dich hin und stütze dich auf einer Schulter ab. Streck mir deinen Arsch entgegen, und vergiss nicht, die Beine schön zu spreizen."

Er nimmt etwas, das sich unter dem Bett befunden hat und ich höre das eindeutige Pumpgeräusch, ahne, was er vorhat, genau in dem Moment, als ich die geforderte Position einnehme.

„Wag es ja nicht, dich zu rühren. Noch ist deine Haut unversehrt."

Ich erstarre in der Bewegung und er zieht meine Pobacken auseinander, ehe er das Gleitgel auf und in meinen Anus verteilt. Sein Finger schlüpft trotz des Leders mühelos in meinen Po und ich spüre das seltsame ziehende Gefühl überdeutlich, das sich angenehm bis zu meiner Klit ausbreitet. Er ist geduldig bei dem, was er mit mir macht, gewährt mir erneut keine Chance, seine Stimulationen als unangenehm zu empfinden. Sorgfältig weitet er mich, bereitet meinen Körper darauf vor, dass er mich gleich in den Arsch vögeln will. Und das er es auf diese Weise vorhat, trägt zu der unverständlichen Gier bei.

„So ein braves Mädchen. Anscheinend bin ich nicht der Erste, der dir etwas in dein entzückendes Arschloch steckt. Aber ich bin der Erste, der dich anal fickt. Richtig, Baby?"

„Ja. Bitte …"

„Sei still."

Ich schließe die Augen, versuche mich zu entspannen, weil ich weiß, dass es mir nichts bringt, mich gegen das Eindringen zu sperren. Er zieht die Handschuhe aus, wirft sie auf den Boden und verteilt anschließend das Gel auf seiner Erektion und sanft auf meinem Kitzler. Es fühlt sich so grauenvoll gut an.

„Ganz ruhig. Ich bin vorsichtig, sofern du weiterhin so brav bist."

Seine Eichel berührt meinen Hintereingang und er presst seine Härte in mich hinein, langsam, aber dennoch unerbittlich. Es brennt, füllt mich unangenehm aus und er umschlingt mein Becken mit einem Arm, um mich an Ort und Stelle zu halten.

Ich wimmere und heiße Tränen brennen hinter meinen Lidern. Und dann fängt er an, meine Lustperle zu massieren. Auf der Stelle wandelt sich das scheußliche Gefühl in das genaue Gegenteil um.

„Geschafft. Ich bin ganz in dir drin. Wie geil sich das anfühlt, so eng und ich bin dir so nah, wie niemand zuvor."

Er wartet ein paar Sekunden, unterbricht jedoch nicht die Stimulation meiner Klitoris, ehe er seine Hüften bewegt.

Lust explodiert förmlich in mir und ich kann nichts dagegen tun, dass ich komme, unerwartet heftig, was ihn triumphierend lachen lässt.

„Ich wusste doch, dass dir das gefällt und wie mir scheint nicht nur ein wenig."

Ich weiß nicht, ob es das Gefühl ist, dass er mich in diese wahrhaft persönliche und intime Körperstelle fickt, er mich auf eine Weise unterwirft, die nicht unterwürfiger sein könnte, aber ich komme noch einmal. Der Orgasmus ebbt nicht ab, pulsiert durch meinen Unterleib, sodass er die Kontraktionen um sein Geschlecht spürt. Ich vergesse, wer er im Moment ist, und schreie seinen Namen in den Raum. Kann nichts dagegen tun, obwohl er es mir verboten hat und ich die Konsequenzen kenne. Sloan wird mich für dieses Vergehen bestrafen. Später! Und auch das trägt zu meiner Lust bei, denn Sloan ist mein Master, mein Geliebter, mein Vertrauter und die Liebe meines Lebens.

♠♣♥♦

Zwei Monate später überreicht Sean mir wortlos einen Umschlag, ehe er mir auf die Schulter klopft und mich allein lässt. Meine Bestrafung hat die Society in seine Verantwortung legt und der Schweinehund lässt mich schmoren. Doch damit kann ich mich später befassen.

Meine Hände sind ruhig, als ich den Umschlag öffne. Ich weiß nicht, welche der Familien schlussendlich meine Rache zu Ende geführt hat. Aber Grigori hat einige verraten und sie wussten, die Informationen zu nutzen, die ihnen zugetragen worden sind. Das Foto bestätigt mir, dass er keinen einfachen Tod hatte, genau, wie er es verdient hat.

„Sloan", ruft Ava und kommt lächelnd auf mich zu. Sie hat mir wirklich vergeben und mein Vertrauensbruch steht nicht mehr zwischen uns. „War das Sean? Er hätte zum Essen bleiben können."

„Er hat mir nur was gegeben. Wir sehen sie ja alle am Wochenende. John hat Geburtstag."

Sie tritt an mich heran und schmiegt sich gegen mich. „Es ist vorbei?"

„Ja."

Sie stellt sich auf die Zehenspitzen und küsst mich leicht auf die Lippen, ehe sie meine Hand nimmt und ihre Finger mit meinen verschlingt, während unsere Herzen im Einklang schlagen. Es gibt keinen Grund mehr zurückzublicken. Alles was zählt, ist das Hier und Jetzt.

Ava!

Ende

Ich möchte euch, meinen Lesern, danken, Denn nur wegen euch gibt es die Wild Cards. Ihr habt den Federzirkel in eure Herzen geschlossen, scheut euch nicht davor zurück, mit mir auf wilden Drachen zu reiten und begleitet mich in die Welten meiner Fantasie.

You rock!

Autorin:

Linda Mignani, Jahrgang 1965, geboren in Kirkcaldy (Schottland), lebt glücklich verheiratet mit ihrem Mann italienischer Herkunft im Ruhrgebiet. Den britischen Pass ziert ein grauenvolles biometrisches Passfoto. Inspiration holt sie sich beim Malen ihrer Acrylbilder. Sie liebt Regen und stürmisches Wetter, besitzt nur eine Handtasche aber unzählige Turnschuhe. Neben Büchern zählen Wandern, Joggen und Rad fahren zu ihren Leidenschaften. Damenschneiderin und Industriekauffrau sind die Berufe, die sie erlernte. Ihr Motto: Das Leben ist zu kurz, um sich zu ernst zu nehmen.

Linda Mignani im Netz:

Website: lmignani.blogspot.com
Facebook: Linda Mignani

Impressum

Linda Mignani
Holtstegstr. 76
46147 Oberhausen
linmig@web.de

Weitere Romane von Linda Mignani:

Bittersüßer Schmerz – Federzirkel-Prequel 01
Bittersüße Hingabe – Federzirkel-Prequel 02

Verführung und Bestrafung – Federzirkel 01
Zähmung und Hingabe – Federzirkel 02
Vertrauen und Unterwerfung – Federzirkel 03
Feuerperlen – Federzirkel 04
Feuertango – Federzirkel 05
Feuernächte – Federzirkel 06

Mitternachtsspuren – Mitternachts-Reihe 01
Mitternachtserwachen – Mitternachts-Reihe 02

Touch of Pain – Die Insel 01
Touch of Pleasure – Die Insel 02
Touch of Trust – Die Insel 03

Dark Tango

Kriegsbeute

Blood Dragon 02 – Drachenschwingen (Fortsetzung von Kira Maedas Roman „Blood Dragon 01: Drachennacht“)
Blood Dragon 03 – Drachendämmern Mai 2016

Versteigert – Herbst 2016

Die Tränen der Lilien

Leseprobe: Die Tränen der Lilien

Kapitel 1 - Jasmine, 2014

Neunzig Minuten habe ich Zeit, um Jahre des Unrechts auszulöschen, die wie ein schnöder Wimpernschlag in der Unendlichkeit des Universums erscheinen. Aber für mich sind es fünftausendvierhundert endlose Sekunden, bis die Nachtschwester sich zu ihrer nächsten Runde aufmacht. Allerdings darf ich den Zeitrahmen nicht ausschöpfen.

Zu riskant!

Das Auslöschen von ihm, dem perversen Scheusal, wird sehr viel schneller gehen. Ein paar letzte äußerst unangenehme Atemzüge und für ihn ist es vorbei. Schade eigentlich, denn er verdient keinen zügigen Tod durch meine Hände.

Kurz schaue ich aus dem Fenster, als Gedankenfetzen sich in meinen Verstand drängen, und ich mich in aller Deutlichkeit daran erinnere, dass es ein sonniger Tag war, an dem die Dunkelheit mich gepackt und sämtliche Farben meines Daseins innerhalb von Minuten auslöschte, bis nur Schwarz verblieb. Kein selbst abgemischtes Schwarz, wie Künstler es verwenden, sodass dieser Farbton nicht wie ein Schlund in einem Gemälde wirkt, sondern ein trostloses Dunkel, durchzogen von einer grauenvollen einsamen Stille, das den Betrachter ins Nichts zieht, bis nur Leere verbleibt.

Draußen ist es mittlerweile stockdunkel. Die Nacht hat die Sonne verdrängt und ich empfinde es als gerecht, dass er den morgigen blauen Himmel nicht mehr sehen wird.

Mit meinen behandschuhten Fingerspitzen ziehe ich eine bedächtige Spur über die Bettdecke, während ich es vermeide, ihn anzusehen, denn an ihn erinnere ich mich nicht nur, er ist in mir, auf mir, als verkrustete er meinen Körper mit einer eisigen übel riechenden Schicht, die mit jeder Sekunde, jedem Atemzug tiefer eindringt. Sein Gestank, das Gefühl seiner Hände auf meiner Haut, sein Keuchen, der schreckliche heimtückische Schmerz, all das hat mich nie verlassen. Doch die durchlittene Angst stellt jegliche entwürdigende Erfahrung in den Schatten, weil sie mich von innen heraus zerstört hat, bis nur eine Hülle verblieb und von Lily nicht einmal mehr das. Diese Furcht hat mich immer begleitet, egal, wie sehr ich dagegen ankämpfte.

Er starrt mich an mit diesen braunen Augen, die mich selbst in der Finsternis gefunden haben und mich zwangen, tiefer in sie hineinzuflüchten. Ich nehme einen langen Atemzug und starre auf meine Hand, die viel zu ruhig für das erscheint, was in mir lauert. Er hat Böses in mir gesät, und es hatte eine gefühlte Ewigkeit Zeit, um zu reifen.

Meine Sekunden rinnen an mir vorbei, bis ich bereit bin, die Nacht in mir zu entfesseln. Es gibt kein Zurück mehr - weder für ihn noch für mich.

Mein Blick verschmilzt mit seinem, und ich ringe es mir ab, ihm standzuhalten, obwohl mein Magen rebelliert und die unmenschlichen Scheußlichkeiten, die er mir angetan hat, auf mich niederprasseln, bis ich mich am liebsten zu einer Kugel zusammenrollen würde. Doch das hat mich damals nicht gerettet, und wird es auch in dieser Nacht nicht tun. Ich will schreien, toben, weinen, aber all das erfordert Farbe - ein strahlendes Orange oder ein sattes Grün. Mir ist lediglich ein Grau geblieben, das mein Dasein wie nasse Asche überzieht.

Sechs Jahre sind seit unserem letzten Aufeinandertreffen vergangen. Alt ist er geworden, schlaff und gezeichnet durch sein Leiden. Seine Arme liegen kraftlos auf dem Bett und die eintätowierte Nummer ist deutlich zu sehen. Sie erweckt Mitleid, jedoch nicht bei mir, weil sie ebenso heuchlerisch ist wie der Mann, der sie trägt. Als ich mich zu ihm herunterbeuge, registriere ich Furcht in seinem Blick, wie einen zarten kaum wahrnehmbaren Dunst, aber mir bleibt sie nicht verborgen. Er erkennt mich! Und er weiß genau, welcherart seine Verbrechen sind. Ich spüre einen Anflug einer verlorenen Emotion, die sich unerwartet heftig in mir ausbreitet. Doch ich dränge sie zurück, denn ich habe keinen Platz für unberechenbaren Hass.

Nicht jetzt!

Ständig ist er in meinem Verstand gewesen, während ich darüber fantasiert habe, wie ich ihn, die Bestie umbringe, obwohl ich stets glaubte, es wäre nur ein Wunschtraum. Nur dieser Drang hat mich davor bewahrt, nicht in den Irrsinn abzudriften, der mich so gnädig empfangen hätte. Meine Seele schreit danach, ihn leiden zu lassen, doch mir bleibt nur die Option, es schnell zu tun. Aber spüren wird er die Pein, die ihn bis in die letzten Nervenenden durchdringen wird.

Ich hole das Messer aus rostfreiem Spezialstahl aus dem Rucksack und ziehe es aus der Lederscheide, die ich auf die Fensterbank lege. Es ist scharf, spitz, und das Licht über dem Patientenbett spiegelt sich in der Klinge. Zudem ist es ein deutsches Fabrikat, äußerst passend, wie ich finde - schnell und unauffällig bestellt im Versandhandel. Ich sehe ihm an, dass er gerne wegrennen möchte. Er kann mir jedoch ebenso wenig entfliehen, wie ich ihm. Und Lily ...

Plötzlich verschleiern Tränen meine Sicht und ich fasse an meinen Augenwinkel, betrachte die salzige Flüssigkeit, die für mich den Wert eines Diamanten besitzt. Auch das hatte er mir genommen - die Fähigkeit zu weinen, um somit Schmerz und Trauer zu verarbeiten. Ich zerre mein Bewusstsein aus den Erinnerungen, um mich auf ihn und mein Vorhaben zu konzentrieren.

Das Messer ist nicht alles, was ich für die Drecksau mitgebracht habe. Ich hole die Blutbeutel raus, lege sie feinsäuberlich nebeneinander auf die Fensterbank. Die Lilienblüte folgt zum Schluss. Ihre Blütenblätter sind so zart, unschuldig und vergänglich. Sie wird ebenso verrotten wie er und ist die Lieblingsblume von Lily gewesen.

Er kann nicht einmal den Kopf drehen und eigentlich ist er bereits tot, lebendig gefangen in einem nutzlosen Körper. Doch hin und wieder geschehen auch bei Patienten, die einen schweren Schlaganfall erlitten haben Wunder. Ich habe die Ärzte gehört, dass sie ihn stabilisiert haben und damit rechnen, dass er Fortschritte machen wird. Und dem Gott, der über ihn wacht, traue ich es zu, dass er ihm diesen widerlichen Leib zurückgibt, anstatt ihn in diesem Albtraum zu lassen, in dieser Hölle, die er so sehr verdient.

Daher fordere ich meine Rache ein, auf die intimste und persönlichste Weise, die ich mir vorstellen kann. Ich werde ihm in die Augen starren, während ich ihn umbringe.

Er kann sich zwar nicht wehren, aber er wird in grellen Farben spüren, was ich ihm antue, bis ihn die Intensität zerreißt. Langsam ziehe ich den Reißverschluss des Schutzanzuges zu, bleibe dabei in seinem Sichtfeld, denn er soll nichts verpassen.

25347096R00199

Printed in Poland
by Amazon Fulfillment
Poland Sp. z o.o., Wrocław